ロシア・中東欧のエコクリティシズム

ロシア・中東欧のエコクリティシズム

OGURA Hikaru + NAKAMURA Tadashi

スラヴ文学と環境問題の諸相

小椋彩＋中村唯史編

水声社

はじめに

小椋彩

本書はＪＳＰＳ学術振興会科学研究費・基盤（Ｂ）（21H00518、23K20456）「ロシア・中東欧のエコクリティシズム――スラヴ文学と環境問題の諸相」（代表・小椋彩）と、二〇二二年一二月一七日に京都大学文学部で開催されたワークショップ「ロシア・東欧の『パストラル』の諸相」（日本ロシア文学会若手ワークショップ企画賞受賞、代表・五月女颯）の研究成果である。上記科研費研究プロジェクトは二〇一九年度北海道大学スラブ・ユーラシア研究センター「プロジェクト型」共同研究「中東欧地域のエコクリティシズムに関する研究」の後継として、ロシア、ベラルーシ、ポーランド、チェコ、ブルガリアをおもな調査対象とする文学者・文化人類学者・社会学者によって二〇二一年より開始され、この科研費助成により、日本スラヴ学研究会研究発表会でのパネル組織（パネル名「鉱山の光景」、二〇二二年三月三〇日、オンライン開催）、ヘルシンキ大学准教授ティンティ・クラプリ氏の日本招聘と講演会開催（二〇二三年九月二九日、北海道大学スラブ・ユーラシア研究センター）、およびシンポジウム「スラヴの森」開催（同三〇日、北海道大学文学部）がかなった。本書にはロシア東欧学会二〇二三年度研究大会・共通論題「スラブ・ユーラシアの環境を考える」(二〇二三年一一月四、五日、京都大学文学部)での中村唯史、小椋彩の各報告と討論の過程で得られた知見も反映し[1]、イギリスのロマン主義を代表する詩人ワーズワスを「ポスト・パストラル」の視点から考察する論考(吉川朗子「ウィリアム・ワーズワスの描く英国湖水地方の自然と共同体――パストラル、エコロジー、ナショナル」)や、日本文学から環境をまなざす論考(伊東弘樹「幸田露伴の水都東京論――日本のパストラル受容の一つとして」)も加えて、より広範な視野から文化と環境をとらえようという試みである。

エコクリティシズムの目的とは、端的に言って、環境と文学の相互関係に注目することだ。エコロジカルな思想を取り入れた文学批評の枠組みとしてアメリカで生まれ、一九九〇年代に学問として組織化されると、二〇〇〇年代に入り、文学のみならず文化全域に及ぶ批評の枠組みとして急速に拡大した。その展開について簡単に追うならば、アメリカのネイチャー・ライティングへの注目に始まり、パストラルやイギリス・ロマン主義の自然へのまなざしなど自然表象に関心が向けられた第一波、理論的広がりとともに大都市や産業にも関心が向けられるようになった第二波、多文化主義的傾向が見られる第三波を経て、現在は、人間が地球に与えた影響を考える「人新世」の議論に象徴されるような、新たな波が観察される。世界中の環境問題の緊急性への認識とともに、それぞれのテーマが発展する形で、地域的にも学問領域的にもいまなお多様に展開し続けている。

一方、エコクリティシズムが英米文学批評に起源をもつゆえに、研究の取り組みの地域的不均衡はかねてより指摘されてきた。英米文学研究の文脈でのここ数十年にわたる急速な発展と比較して、近年根付き始めたばかりという国・地域も多い[2]。

本書執筆者の大半が研究のフィールドと定めるロシア・中東欧地域の、スラヴ諸語が話されるスラヴ語文化圏においても、同様に研究の遅滞は指摘されてきた。とはいえ、むろん、そうした事情がこの地域の環境への無関心をあらわすわけではない。ヨーロッパ中東部からロシアにかけて広がるこの一帯で、たとえばポーランドとべラルーシの現国境地帯にひろがるビャウォヴィエジャのヨーロッパバイソンの保護など、環境問題への関心はむしろ潜在的に高かった（越野剛「ソ連時代のベラルーシの原生林とバイソンのイメージ」）。環境のことを「自然環境」ととらえるならば、土地や自然は人を取り巻くものとして、その精神性と関連付けられ、独自的価値を付与されてきた。古来より自然をテーマに文学が編まれて、そうした文学への批評には各々の伝統がある。たとえば、ポーランドに「風景論」の学問領域を開いた文学史家ヤツェク・コルブシェフスキ（Jacek Kolbuszewski 一九三八―二〇二二）の著書は、一九世紀前半の分割時代から戦間期にいたるポーランド文学において「タトラ山脈」が担った表象の意味を明らかにする（『一八〇五年から一九三九年のポーランド文学におけるタトラ山脈』）[3]。ポーランドとスロヴァキアの現国境地帯を走るタトラ山脈は、とりわけポーランド・モダニズムの芸術家の間で、観念や思想の投影先としておおいに流行し、ときに神話的かつ非現実的な姿であらわされてきた。詩に描かれた山々の雄大な自然は、人間に人生の意味や目的、義務についての考察を促す。山は人間に生の儚さを教えるのであり、「若きポーランド」の代表的詩人テトマイェル（Kazimierz Przerwa-Tetmajer 一八六五―一九四〇）は、自然を前にすれば人の存在が生死の絶え間ない明滅に過ぎないことを、印象派絵画にヒントを得た詩表現によって示した。その一方で、土地や自然は、帝国として主体的に領土拡大に努めてきた場合も、また複雑な領土変更が繰り返された被支配地域であっても、ナショナリズムの表出を引き受けてもきたのであり、失われたポーランド東部国境地帯「クレスィ」がその多言語性・多民族性にもかかわらず、ミツキェヴィチ（Adam Bernard Mickiewicz 一七九八―一八五五）やミウォシュ（Czesław Miłosz 一九一一―二〇〇四）を介してポーランドの愛国心の醸成に結びついているのはその一例といえるだろう[4]。

ロシア・中東欧の自然や環境を考えるうえで、この地域が「帝国主義」と「共産主義」の過去を共有すること、そしてそれが、程度の差はあれ地域特有の環境問題を生み出していることにはとりわけ留意すべきと思われる。欧州の比較的狭い地域に集まるスラヴ語圏は、言語に由来する共通の文化基盤を有する一方で、旧共産圏と地勢的にほぼ重なり合う。コーカサス山脈麓に位置するジョージアは「スラヴ語圏」ではないものの、かつてロシア帝国の植民地として様々な影響を被り、二〇世紀にはソ連の構成国であったことから、ロシア・ソ連へのまなざしを「東欧」のそれと比較されることもままある。ポーランド科学アカデミーのアンナ・バルチュは『ソ連・東欧の環境文化』のなかで、「集団農業や重工業による土壌汚染と水質汚染、放射能に汚染されたウラン鉱石の採掘」を理由に閉鎖された町の景色を、「旧ソ連圏諸国の中央集権的な地域経済が風景に残した痕跡のほんの一部」[5]と述べるが、チェルノブイリ原発事故による環境汚染や、ロシア北極圏の産業開発とここに多発する森林火災、同じく北極圏の永久凍土の融解による土壌汚染など、地域に発する環境危機は、国家の環境政策やグローバリズムの議論と分かちがたく結びついている。それらがこの地域特有の倫理的・政治的な複雑さを伴い、被支配者であるマイノリティの存在を踏まえたポストコロニアリズムや、文学史書き換えの要請へ向かうことは、五月女論考（「A・カズベギ「ぼくが羊飼いだった頃の話」におけるパストラルの諸相」）や、クラプリ論考に示されるとおりだ（「北の隣人たち――エコクリティシズムおよびポストコロニアリズムの視点から見たロシア北極圏先住民文学」）。

環境危機に警鐘を鳴らす文学や映画は、地域を問わず、世界的に増加傾向にある。ポーランドの作家オルガ・トカルチュクは、熱心な社会活動家としても知られるが、二〇〇九年発表の小説『死者の骨に汝の犂を通せ』（菅原論文「森で死者の声を聴く――現代ポーランド文学の事例から」参照）は、推理小説をパロディ化しながら「動物の権利」を訴える「環境犯罪小説」とも称され、アグニェシュカ・ホラント監督によるその映画化は[6]、カトリック教会を、狩猟の趣味を認める非倫理的なものとして描いたことでポーランド国内に保守と革新の対立の緊張をもたらした。これは近年の環境に対するこの国の意識のこれまでにない高まりと多様化の一例ととらえられる。こうした状況は、二〇一九年一二月に行われたトカルチュクによるノーベル文学賞（二〇一八年度）受賞記念講演[7]と、翌二〇二〇年四月にドイツの新聞、つづいて本人のフェイスブックに発表された、パンデミックに関する時事エッセイ（「窓」）によって、とくに強く印象付けられることになった。[8] 両者は、世界的に深刻化する環境破壊への危機意識と、それに対する文学の役割を共通のテーマとし、そのことが世間の大きな反響を読んだ。ノーベル賞講演の方には、バタフライ効果（蝶の羽ばたき程のわずかな変化から連鎖的にひきおこされる世界規模の環境破壊）と自らの創作技法（星に見立てた断片的挿話をつないで、星座をつくるように物語を語る）とを結び付けて環境問題を語るという文学的仕掛けがあったが、それ以前からこの作家は、環境に対する文学の役割についてきわめて意識的だった。旅や移動をテーマとする小説『逃亡派』（二〇〇七）で描かれているのは、地球の果てまで移動が可能になった人間の新しい自由の形、換言すれば、人間のきりなく広がる欲望の形だ。[9] 小説には、移住したポーランド人女性が死期の近い元恋人を祖国に訪ねる挿話がある。女性の父親は共産主義ポーランドを「人が住むには適さない国」だと言い、一家は地球の裏側のニュージーランドに移住した。娘は長じて生物学者になり、生態系保護のため、害獣退治の大規模プロジェクトに参加している。一方、飛行機を乗り継いではるばる会いに来た彼女に向かって、瀕死の元恋人は「なんのために生き物を殺すのか」と問う。理由は一つ、移動を繰り返す人間が、もともとの生態系には存在しない生物を、「境界」を越えて持ち込んだせいだ。しかし、そんな「害獣」排除のプロジェクトも、結局は無駄であると彼女にはわかっている。なぜなら、「閉じた生態系は、まもなく存在しなくなる。世界はひとつに混じるから」。彼女はじつは元恋人に、安楽死の介助を請われてやって来た。自由な渡航は、かつて社会主義ポーランドではかなわなかったことのひとつだ。しかしいまや生物学者は、元恋人の最後の願いをかなえると、再びやすやすと赤道を越えて、南半球の自宅に帰っていく。この挿話には、「神の国」という、皮肉なタイトルが付されている。ニュージーランド、別名「Godzone（ゴッドゾーン）」には、先住民の植民地化の記憶、人間が自然環境の変化にいわば暴力的に介入した歴史がある。物語は人間が生態系の「神」として命を選別する矛盾を、グローバル化の意味への考察を通して突きつける。

さて、トカルチュクが『逃亡派』で書いていたように、世界には「境界」が存在しないこと、世界が一つに混じっていることが、図らずもパンデミックによってあきらかになった。ニンゲンとて、この地球上では巨大な網の目の一つを成す、ちいさくて無力な存在にすぎない。わたしたちこそ世界の中心にあり、わたしたちは特別だと、人間は思っていたかもしれない。しかしそうした時代は終わると作家は言う。人間の傲慢に警鐘を鳴らす作家の「窓」からの声は、その四か月前に発表されたノーベル賞講演「優しい語り手」のリフレインとなっている。[10]人文学に環境や社会問題に対する働きかけ、何らかの明白な機能を求める傾向は世界的に強まっており、この時代趨勢に応じた批評としてのエコクリシティズムは存在感を一層増している。本書が読者にとって、人間の営みと環境をめぐる考察の一契機になることを願ってやまない。

末筆ながら、本書刊行に際し、細やかなご配慮で編集の労をとってくださった水声社の板垣賢太氏に、執筆者を代表して心よりお礼申し上げます。

【注】

(1)　中村唯史「「ロシア的自然」の成立過程について、およびその波及の素描」、『ロシア・東欧研究』(ロシア・東欧学会)第五二号(二〇二三年)、一九―三八頁。小椋彩「一九世紀ポーランドの文学と自然・都市・エコロジー」、同三九―四九頁。

(2)　たとえば、近年の日本とアジアのエコクリティシズムに関して、以下の論集が詳しい。小峯和明編『日本とアジアの〈環境文学〉』勉誠出版、二〇二三年。エコクリティシズムが文学研究全般に浸透しているとは言い難いという日本の研究状況について、「古典への視座の欠如」との以下の指摘は興味深い。小峯和明「〔序論〕〈環境文学〉論の道程――〈環境・景観文学〉への視座」、『日本とアジアの〈環境文学〉』、一―五四頁。英米文学批評以外のエコクリティシズム関連研究として、五月女颯の二〇二〇年一二月に東京大学大学院人文社会研究科提出の博士論文をもとにした以下の単著は、ジョージア文学研究であると同時に、これをエコクリティシズム、動物批評の俎上で論じる画期的試みである。五月女颯『ジョージア近代文学のポストコロニアル・環境批評』成文社、二〇二三年。

（3）Jacek Kolbuszewski, *Tatry w Literaturze Polskiej 1805-1939*. Kraków 1982.

（4）Jacek Kolbuszewski, *Kresy*. Wrocław 2005.

（5）Anna Barcz, *Environmental Cultures in Soviet East Europe: Literature, History and Memory*. Bloomsbury USA Academic 2020.

（6）『ポコット　動物たちの復讐』*Pokot*, Agnieszka Holland, Kasia Adamik, 2017.

（7）オルガ・トカルチュク（小椋彩・久山宏一訳）『優しい語り手　ノーベル文学賞受賞記念講演』岩波書店、二〇二一年。

（8）オルガ・トカルチュク「窓」（小椋彩訳）、『世界』第九三四号、岩波書店、二〇二〇年、二四—二八頁。

（9）オルガ・トカルチュク（小椋彩訳）『逃亡派』白水社、二〇一四年。

（10）『逃亡派』、「窓」、「優しい語り手」に関する本稿の記述については、「窓」の解説として付した以下拙稿から一部転載していることをお断りする。小椋彩「訳者解説」、『世界』第九三四号、二七—二八頁。

目次

第二部　スラヴの森

第三部　パストラル

第一部　鉱山の光景

序

中村唯史

第一部には、チェコ、ポーランド、ソ連における炭鉱をはじめとする鉱山と、鉱山に関わって生きてきた人々の表象を扱った四編の論文が収録されている。私はこれまで鉱山という場に対してはなにか懐かしい心象を漠然と抱いてきたのだが、今回、多くの事例を網羅・考察したこれらの論考を読んで、改めて鉱山表象のアンビヴァレントな多義性に驚かずにはいられなかった。ときに相反するさまざまな原理が錯綜する鉱山という場の特性を以下に素描してみるが、どうやら多分に迷宮めいた記述になりそうである。それは主として、近代において鉱山が帯びていたこの多義性のせいだ。

この部で扱われている近代の鉱山という場の最大の特徴は、燃料（石炭や石油）や資源（鉄鉱石や銅など）を産出することで、産業社会の最も基底の部分を支えてきたことだろう。小椋彩「神話の解体――「モラルの不安の映画」と炭鉱・労働・労働者」に引用されている「国は石炭の上に立っている」という社会主義時代のポーランドのスローガンは、じつはほとんどの地域の近代社会にも当てはまるのである。これは、同じく小椋論文内のマルクスの言を用いるなら、「人間は自然の一部であり」、人為的な構造である人間社会が鉱物という自然によって支えられていたことを意味している。

ただし、それは不可避的に、人間が「みずからの労働を通じて自然を変化させる」営為を伴ってもいた。しかも、農業によって生じた「里山」が曲がりなりにも「自然」として認知されるような景観としくみを有していたのとは違って、鉱業は森林伐採や掘削による生態系や景観の破壊、鉱毒等による環境汚染と健康被害をもたらしたのである。その被害者は多くの場合、社会的には搾取されながら、鉱山の現場という自然からの搾取の最前線で働き、生活していた労働者やその家族だった。

中村唯史「ワシーリー・グロスマンの短編『生』に見る労働者―炭鉱―自然の連帯の神話」で言及されている、産業革命の到来と市場経済の普及直前のドイツで自身鉱山技師だった詩人ノヴァーリスが形象した「宝掘りの老人」は、まだ鉱山を貨幣原理という人為とは対照的な、自然の美と精緻に触れる場と思いなすことができた。『青い花』には、自然の一部である人間と自然の照応という幸福な夢がなお息づいている。だが、その後の産業社会において、石炭や鉄鉱石は、消費されたり加工されたりするためにこそ重宝されたのであり、すでに鉱物それ自体としての価値を認められてはいなかったのである。

鉱山という場が、近代産業社会のもうひとつの根幹的なトポス「工場」と違っているのは、自然との空間的・意味的な隔たりの度合いである。工場では、石炭などの燃料を消費しつつ、鉱石から金属を製錬したり、その金属をさらに加工して人間に有為な製品を生産したりする。そのために用いる機械もまた、ほとんどが鉄などの金属からできている。工業生産は、自然の産物を消費し、変容し、またその変容した事物をさらに加工する、自然とは一線を画した人為的な過程である。これに対して鉱業生産とは、埋もれている自然の産物を掘り出すことだ。鉱山と工場はともに近代の基底を支えた両輪であるけれども、自然との関わりの程度が異なっている。鉱山は、人間の産業社会を支えるために自然に直接対峙し、これを搾取する場だったのである。

工業は、自然と一線を画し、これを直接に搾取することはない。ただし、もちろんそれはあくまでも直接にはということであって、農業や林業や鉱業によって得られる自然からの産物を前提とし、これを利用することで成り立ってきたのである。マルクスの言うような、人間が「みずからの労働を通じて自然を変化させる」産業は、農業・林業・漁業などの第一次産業と鉱業だろう。ただし両者のあいだでは、「自然を変化させる」仕方が違っている。農業や林業において人間は、自然との協働によって自分たちに有為な作物や樹木を再生産できるように、自然を変化させる（改造する）。漁業の場合には、漁獲制限や養殖がこれに当たる。

だが鉱業においては、石炭や鉄鉱石などの鉱物を育成・再生産することは不可能だ。気が遠くなるような長い歳月をかけて自然の力が作り出してきた鉱物を、人間は見つけ、掘り、消費するだけなのである。鉱業による自然の変化とは、一方的なその搾取であり、景観の荒廃や生態系の崩壊以外の何ものでもない。

このような観点から見るとき、菅原祥「ポーランド、上シロンスク地域における「自然」としてのボタ山」の分析は、きわめて興味深いものだ。ボタ山は、炭鉱の生産過程から漏れ落ちた残滓物の堆積だが、その地域の人々にとっては交流の場であり、個々人の生活の一助を得る場でもある。そのこともあって、故郷の景観の不可欠な要素として、ほとんど自然に準じるものと意識され、ノスタルジーの対象となってきたが、その一方で危険や健康被害をもたらす可能性を持つ火種でもあり続けてきた。

自然に直接向き合いつつ、これを一方的に搾取する鉱業という人為によって生み出されながら、「制御不可能な力の活動が、すなわち人間を超えた自然の要因が生み出した」とも思わざるを得ないボタ山のこのような両義性は、人間が自然の生産力に働きかけて農業（再）生産をおこなう場である里山や、あるいは逆に自然と一線を画している工業廃棄物の集積には認められないものだ。ボタ山は、一方的に搾取するためだが自然とじかに接し、まさにそれゆえに破壊した後にも愛着や郷愁を抱かずにはいられない、鉱山というトポスの凝縮的な現象なのである。

池田浩士の浩瀚で網羅的な『石炭の文学史』に見るように、炭鉱労働者をはじめとする鉱山労働者は、工場労働者と並んでプロレタリアートの双璧と位置づけられ、社会主義諸国や世界のプロレタリア文学において、革命意識に目覚め、組織的に動き得る存在として描かれることが多かった。ただし、鉱山労働者と工場労働者の表象のあいだには、微妙だが大きな違いもある。工場労働者の闘いは主として階級闘争であり、工場経営者やその手先、あるいはその背後にいる資本主義原理や国家こそが敵だった。鉱山労働者の闘争も、基本的にはもちろん同様なのだが、ただし、工場労働者の場合とは異なる要素も、しばしば加味された。鉱山の環境、苛酷な自然との闘争という要素である。

この違いは、すでに述べたように自然と一線を画し、基本的に人為的な構造の中で回転する工場と、社会の一環であると同時に自然との臨界点でもある鉱山という場との相違に起因している。鉱山労働者は、空間に即して言えば、自然との臨界どころか、その内部（地下）の奥深くまで入り込まないわけにはいかないのだ。

考えてみれば、プロレタリアートとその連帯の称揚は、階級闘争ではなく自然との闘争を描くことによっても可能である。とくに石炭労働者が社会主義諸国において最たる「労働英雄」と位置づけられることが多かったのは、すでにプロレタリア独裁へと歩み出しているという建前の社会において階級闘争を思い描くことの困難を、自然との闘争を前景化することで回避したからではないだろうか。人間社会の基底を支える英雄としての鉱山労働者と、苛酷な自然の象徴としての鉱山との葛藤を描く方が、階級闘争が揚棄されつつある（ということになっていた）社会主義社会を肯定的に定位するには効果的だったのである。もちろん鉱山労働者は、実際には、社会主義諸国の作品やプロパガンダが好んで表象したように、いつも困難を克服し、前進していたわけではない。だが落盤、ガス爆発、坑内火災などの事故、塵肺やその他の公害といった鉱業の負の側面は、表象においては隠蔽ないし抑圧された。

鉱山労働者たちが資本主義社会ではブルジョアジーや国家あるいはその手先と闘争の過程で、また階級問題が揚棄されたという建前の社会主義社会では苛酷な自然との闘争の過程で連帯するという物語は、第二次世界大戦後の世界において、国の体制の如何にかかわらず、現実の鉱山労働者たちによってかなりの程度内面化され、その自己意識や世界認識を少なからず規定していた。だが私たちは、小椋論文が一九七〇年代から八〇年代のポーランド映画に即して指摘しているように、このような連帯の神話がしばしば「個」を――とりわけ鉱山という場ではマイノリティとなりがちな女性や、女性原理を――抑圧し、排除していたことを忘れるべきではない。


ここまで「鉱山」というトポス一般の原理的な特性について書いてきたが、最後に、本書の主要な対象であるロシア・中東欧地域の鉱山表象の特殊性を考えてみよう。

第一に指摘できるのは、ロシアと旧ソ連地域では約七〇年、中東欧地域では四〇年以上に渡って社会主義体制が維持されていたということだ。その間に培われ、根づいた物語や世界観の型は、作家や映画製作者を含む人々の意識に、社会主義イデオロギーに対する姿勢の如何にかかわらず、大きく影響した。たとえばアンジェイ・ワイダ監督の映画『鉄の男』が、体制に対するスタンスを社会主義リアリズムから反転させてはいるけれども、労働者の連帯という話型はそのままに反復し、少なくとも結果的に、その連帯からのマイノリティの排除の構造を再生産してしまっていることは、小椋論文が示唆しているとおりである。

ロシア中東欧諸国における鉱山とそこに生きる労働者たちに対する注目の度合いと継続性は、たとえば日本などと比べると深くて長い。彼我のこの相違は、それぞれの産業構造の違いによって説明できるかもしれない。日本では一九七〇年代以降、工業を主体とする産業社会から情報化を伴う高度産業社会への移行が進み、また主要な燃料が国内でも多く産出された石炭から、炭鉱のような労働者と環境の直接的な接触が少ない油田で生産され、しかもほぼ全面的に輸入に頼る石油へと切り替わったため、鉱山や鉱山労働者の表象は影が薄くなった。表象される場合には、現代とは隔絶した、ノスタルジックで一種ユートピア的な世界として描かれることが多くなった。一方、一九九〇年頃まで社会主義体制の統制下にあったロシア、ポーランド、チェコなどでは、高度産業社会・情報化社会への移行が遅れた結果、産業社会の「英雄」だった石炭労働者の表象が重要な位置を占め続けた。その残像は、社会主義体制が崩壊して三〇年以上を経た今日でも、しばしば陰画的にではあれ、なお現在につながるものとして文学や映像に現れている。

第二の特殊性は、阿部賢一「鉱山の記憶――カルヴィナーとヤーヒモフの事例」が考察しているような、鉱山の境界性、多民族性・多言語性に求められよう。もっとも、この特性はなにも中東欧地域に限ったことではない。炭鉱や鉱山の集落は、元々はほとんど人跡もなかった山間部や荒野に、鉱脈が発見されて初めて、仕事を求める人々が集まるようになって形成されたものである。鉱山労働者の連帯は、伝統的・地縁的な農村共同体とは違って、社会の流動化の過程で、ほとんどが他所からやってきた者たちによって作り出されたのである。

境界性は、たとえば大日本帝国期の炭鉱や銅山において、朝鮮半島や中国大陸出身者が多数居住し、働いていたこと、ロシア帝国期からソ連期の石炭産業の中心地だったドンバスが、石炭鉱脈の発見後、職を求めて帝国各地から集まってきた多様な言語・民族の労働者が共生する場であったことなどからもうかがえるように、鉱山というトポスに必然的に伴う特性だった。けれども、これらの地域がかつて多言語・多民族の場であったことは、多くの場合、日本のように集団的記憶から隠蔽されたり、ドンバスのようにロシアとウクライナのどちらに帰属すべきかというナショナリズムの枠組に収斂させられたりしてきたのである。

阿部論文が的確に指摘しているように、中東欧地域の鉱山表象に顕著な境界性は、この地域の鉱山自体に固有の属性なのではなくて、むしろその記憶と表象の特徴なのである。かつて多言語・多民族が交差していた鉱山という場がナショナリズムによって画一化を図られ、それまで当然のように共生していた諸民族がネーション・ステートの成立によってマジョリティとマイノリティに分別されていった一世紀前のカルヴィナーの状況は、なにか世界のいたるところで現在生じていることを想起させないだろうか。炭鉱をはじめとする鉱山は、今では社会の最前線にあるとは言えないかもしれないが、近代の基底を支えたその記憶と表象の問題は、現代世界を考えるうえでのアクチュアリティをなお失ってはいない。

鉱山の記憶
——カルヴィナーとヤーヒモフの事例

阿部賢一

「鉱山」をめぐる言葉

一九三二年、フランスの思想家シモーヌ・ヴェイユ（一九〇九―一九四三）は炭坑を訪問した際の様子を文章に残している。炭鉱は産業社会の基盤であるとしながら、人びとが暮らす空間の下に位置することから、「もろもろの労働の序列において占める立場の表象《イマージュ》」を示しており、地下に降りていく者は「プロレタリアートのまさしく心臓部」に入り込む感覚を抱くとし、そこは「労働の仲間」と「対象」しかいない、苦役と危険と紙一重の状態にあるとする。それゆえ「眼にするものことごとくが、悲痛な運命、つまり彼ら自身の運命をあらわにする[1]」と言明する。ヴェイユの文章は、地下という炭坑の空間的な位相と、産業社会の位相が対応していることを示すだけではなく、そのような場に置かれた個々人の生にまで光をあてる。社会構造はそのような一人一人の生によって支えられていることを指摘している。

そのような視点をさらに補強してくれるのが森崎和江（一九二七―二〇二二）による聞き書きだ。福岡県の筑豊で一〇名の女性の坑内労働者から話を聞き、まとめたのが『まっくら』（一九六〇年）である。例えば、「無音の洞」には次のような一節がある。

わたしらおなごは、朝二時に起きるとばい。そーっと、音のせんように、下駄は音がしてつまらんから、藁ぞうりを履いてな、そして火を焚きよったよ。くど（竈）といっても一斗ガンガンばい。レンガを敷いて一斗ガンガンを据えて、それに石（石炭）を焚いて釜をのせるとじゃ。ごはんができたら、まあだ暗いのに、眠っとる子ば起してな。かわいそうに、目をこすりこすりぐずる子を叱りとばしてばい。べんとうをつめて――べんとうは、くらがえといって今でも木樵りのとこにいきゃありますばい。竹で小判型に二段かさねるように作ってあると。上と下を杉板ではってあってな。これにべんとうつめて、かせにん（独身）なら、なわで十文字に結わえてツル（鶴嘴）にひっかけて肩にかついでいきよった。わたしらおなごは風呂敷につつむもんもあったな。そんなのを子どもにもめんめん（各自）につめてやってな。保育園に連れていくとばい。道はまだくらかけんなぁ、子どもはあと追いして泣くしの。一日八銭で昼も夜も預かってくれよったが。／けどなぁ、坑内さがるときは思いよったぁ。――またあの子に逢えるじゃろうか――と。帰って抱いてやれるじゃろうか、もう、あの子は母親を亡くすのじゃなかろうか、抱いてもらえん子になるのじゃなかろうか、と思わん日はいちんちもなかったなぁ。(2)

母／女が語るのは実生活に染みついた方言であり、「文字」への変換、つまり何らかの枠組みへの抽象化を拒む。坑内での仕事が語り手の日常生活に密着しており、かつ、そのような体験を日々営んでいるからこそ真実味が充溢している。そこには集約不能の、一人の人物のかけがえのない生が無数にあり、そして何よりも、自分の言葉での「語り」を通してしか描くことの出来ない世界がある。というのも、森崎が述べるように、「語る」ことは「個体の生命の脈絡を、それを生かそうとする超越的な生命体を共有する他者へ、かずかずの障害がいどみかかってきた個体史を怒りや笑いを嘆きをこめて伝達する行為[3]」だったからである。

鉱山を題材にした文学の一つの意義は、森崎が聞き書きし、活字にしたように具体的な個々人の声や叫びを響かせる点にある。では、他の地域、具体的には二〇世紀の中東欧、とりわけチェコの鉱山の文学も同様なのだろうか。それとも、何か特徴的な点があるのだろうか。以下では、チェコの鉱山文学の特殊性を検討しつつ、鉱山文学の特性についても検討を加えていくことにする。

『傾いた教会』——国境の炭坑町

「ヨーロッパの歴史とは、国境の歴史にほかならない[4]」と述べたのはポーランド出身の歴史家クシシトフ・ポミアンであったが、国民国家の誕生が西欧に比べて遅かった中東欧の国々もまた国境画定をめぐる問題を長年抱えていた。とりわけ、シレジア地方は第一次世界大戦後、ドイツ、ポーランド、チェコスロヴァキアの三か国がその領有権を争うことになったが、そこには単なる領土拡大という野望だけではなく、石炭などの鉱山資源の確保という側面もあった。それゆえ、シレジア地方の炭坑は二〇世紀前半に見られた民族対立を映し出す生々しい現場ともなった。

カルヴィナーというシレジアの炭坑町を舞台にして執筆されたのが、チェコの作家カリン・レドニッカーの長篇三部作『傾いた教会』(二〇二〇―二〇二四年)である。著者は、一九六九年、カルヴィナーに生まれ、ハヴィーショフで育ち、現在はオストラヴァ在住である。ギムナジウム卒業後に図書館学、ジャーナリズムを学ぼうとしたが諸般の事情でかなわず、オストラヴァの工場などで働いたのち、一九八九年の体制転換後に文筆活動を始め、雑誌などに記事を寄せる。一九九三年から一九九四年にかけて英国で英語とイギリス史を学んだ後、個人出版社を立ち上げ、以降、二〇年にわたって出版にたずさわる。長年にわたって調査、関係者への聞き取りを行ったうえで初めての小説として発表したのが本作『傾いた教会』である。

『傾いた教会』は第一巻「一八九四―一九二一年」（二〇二〇年）、第二巻「一九二一―一九四五年」（二〇二一年）、第三巻「一九四五―一九六一年」（二〇二四年）の三巻から構成されている。「失われた町の小説年代記」という副題が付されているように、ある町が舞台となっている。チェシン公国の主要な炭鉱の町「カルヴィナー」である。この地名については説明を要する。現在のチェコ共和国には「カルヴィナー（Karviná）」という町があるが、それは小説の主たる舞台ではない。今日の「カルヴィナー」はかつて「フリシュタート（Fryštát）」と呼ばれた場所が中心となっており、作中の「カルヴィナー」は、今日では「鉱山」を意味する「ドリ（Doly）」と呼ばれる地区にあたる。作中の地名「カルヴィナー（Karviná）」はポーランド語の Karwina にチェコ語の語尾 á を加えた独自のもので、著者が現地の二言語的な特徴を強調するために作った表現である。(5) 地名ひとつとっても、言語が交錯するこの地の複雑な来歴の一端を垣間見ることができる。

以下では、多言語、多文化的な炭鉱の町が、チェコスロヴァキアとポーランドという国家間の争いを経て、チェコスロヴァキアの街へと変貌する時代をたどった第一巻を中心に議論を進める。

「鉱山」に依存した生

第一巻「一八九四―一九二一年」は、「バルボラ」「ルドヴィク」「ユルカ」「バルカ」という四人の人物を軸とした四部から構成され、四人の生涯が緩やかに交錯していく様子が描かれている。もちろん、物語の中軸をなすのがカルヴィナーという炭鉱町であり、一九世紀末から、第一次世界大戦を経て、チェコスロヴァキアとポーランドの戦闘にいたる時代まで、国境の街という視点から語られる。

物語は、一八九四年、身重のバルボラが額に汗を流しながらポーランドのヴィエリチカ岩塩坑へ向かうシーンから始まる。夫はカルヴィナーの炭坑で働いているが、家計を助けるべく、女性たちの仲間でカルヴィナーから一週間かけた「塩の巡礼」を毎年行なっていた。夫パヴェルは酒も飲まなければ暴力も振るわない模範的な夫で、炭鉱で過酷な労働をこなしながら、帰宅後は身重の妻を手助けしている。父の背中を見て育った長男カレルも一四歳という若さだが、父とともに炭鉱で仕事をしている。パヴェルは坑内のことは家庭では話さないのだろう。小説においても、坑内での具体的な労働が描写されることはない。父子が揃って、自宅から炭鉱へと向かう様子は淡々と描かれている。


パヴェルとカレルは沈黙の調和を奏でながら、丘から下り、塔が建設中の教会の前を通り、フリシュタートの道中で、水筒を手にした他の男たちの群れに加わる。そして、ヤン－カレル炭鉱に通じる上の方へと道を曲がる。

名前を告げると、ランプを受け取り、いっしょに祈りをささげてから、下にくだる前に今一度、名前を告げる。

毎日同じように。(6)


ヤン－カレル鉱山は一八五九年、一八六〇年に相次いで開設された隣接する鉱山であり、二〇二一年の閉山まで採掘が行われ、ドウブラヴァ地区では最も長い歴史を有する鉱山である。地下七〇〇メートルの深さがある竪坑が設置され、瀝青炭の掘削が行われていた。そのような歴史的な場所で、パヴェルら坑夫たちは、名前の確認、ランプの受けとり、祈りという決まった手順を繰り返し、機械的な労働を日々行っていた。

先の引用では「教会」にも言及されているが、それは町の中心に聳えるアルカンタラの聖ペドロ(チェコ名「ペトル」)教会のことである。一八世紀半ば、この地を治めていたラリシュ家によって後期バロック様式で建設されたローマ・カトリック教会であるが、次の引用にあるように、この教会の下でも掘削は行なわれていた。

彼らの家のある広場から下に向かうと教会があるが、ちょうど新しい塔を増設している。古い塔は高すぎるのだという。というのも、この下で石炭を掘削しているため、地面の振動で古い塔が倒れるかもしれないと言われていたからだ。(7)

採掘の影響で地盤が四〇メートルほど陥没し、教会の建物そのものも七度ほど傾いている。この地区の住民は最盛期には二万人の住民を誇っていたが、今日では大半の人々がこの町を去っており、小説のタイトル『傾いた教会』は鉱山の街の栄枯を象徴するものとなっている。

それゆえ、作中の家族にも不幸が降りかかる。夫だけではなく、息子も夜勤を始めると聞かされたバルボラはいったん反対するも、子供が生まれるのに出費がかさむためやむをえないと説明され、子供が生まれるまでのあいだね、とやむなく折れる。あと一週間で夏至を迎えるある日、バルボラは二人を抱きしめて、いつも通りに「無事で帰ってきてね」と声をかけて見送る。翌朝、不思議な夢を見て目覚めたバルボラは、いつもならかまどに置かれているはずの水筒がないことに気づき、二人とも帰宅していないことを確認する。気になって広場に向かうと、「坑内で爆発だ」という知らせを伝え聞く(これは、一八九四年六月一四日、フランチシュカ鉱山で爆発が起こり、隣接するヤン－カレル鉱山でも火事が起き、二三五名の犠牲者を出した実際の出来事が背景になっている)。

三人の子供に加え、第四子の出産を間近に控えていたバルボラは、突然夫と息子を失い、途方に暮れる。補償金、年金を受け取るもわずかな金額で長期的な生活の展望は描けない。祖父母、両親とともに過ごした日々を回想し、かつては、町名の由来でもある牛の群れがこの地の牧草地をはんでいたが、今では炭坑の塔が次々と立ち、風景ばかりか、生活様式も一変したことを痛感する。そしてついに幾多の想い出が刻まれた家を売ることを決意する。

第一部ではバルボラの視点が中心に置かれ、夫や息子が炭坑で働く様子は描かれることはない。だが、坑夫を家族にもつ周囲の人々が炭坑と無縁の生活を送っているわけではない。むしろ、周囲の人々の生活も炭坑に過度に依存しているため、近親者の喪失は自身の生活基盤の喪失をも意味する。バルボラはかろうじて居酒屋で仕事を見つけるが、その代償として子供たちと過ごす時間を手放し、家族の関係にもひびが入ってしまう。副題は「失われた町」とあるが、坑夫の他界は家族の喪失をも意味しているのである。

鉱山という磁場、多言語空間

バルボラは三世代にわたってカルヴィナーに暮らしていた地元の住民であったが、「石炭はつねにある。／炭坑夫もつねに必要とされる」と作中にあるように、「鉱山（šachta）」は「よりよい生活というあらゆる希望を叶えてくれるイメージ(8)」そのものであり、各地から労働者を引き寄せる磁場ともなった。実際にモラヴィア、ガリツィア、ハンガリーからも人々がやって来たが、「彼らがたどりついたのはまったく未知の世界であり、家族、小屋、（ささやかであっても）生活上の安定さを遠くに、あまりにも遠くに置き去りにし、自らの意思で根っこから切り離されてしまった(9)」。生活風習ばかりか、何よりも、いろいろな言葉を話す人々が訪れ、これまでのシレジアの方言が話されていた場所が「石炭の大都市《バビロン》(10)」となったのである。

中東欧の特徴としてその多言語性がしばしば言及される。帝国という制度に属していたため、国民国家の誕生が西欧と比べ遅れたためである。それゆえ、独立国家が次々と誕生する第一次世界大戦前後の状況は、国境に位置する炭坑の命運をも左右することとなった。というのも、カルヴィナーもまた多言語的な空間であったからだ。

第一巻前半の主要人物はバルボラおよびその娘たちだが、後半で重要な役割を担うのが第二部で登場するルドヴィクである。父ハネス・ポスピーシルはハナー地方の出身だったが三男だったため、若い頃に故郷を離れ、カルヴィナーに辿り着いた人物として描かれている。第二部では、実母との想い出、継母との不仲、そして一八九四年の炭坑爆発で父が亡くなるまでが描かれ、第四部では、坑夫となったルドヴィクがバルボラの娘バルカと結婚して以降の生活が描かれるが、それは、第一次世界大戦末期、オーストリア＝ハンガリー帝国が瓦解し、独立したばかりのポーランドとチェコスロヴァキアのあいだでカルヴィナーの領有をめぐって激しい戦闘が繰り広げられる時代でもあった。

地図の上で線を引くことは可能だが、その土地に暮らす人々の生活、言語の境界線を引くのは容易ではない。家庭ではポーランド語を話していたルドヴィクは同僚からポーランドの組織に加わるように促されるが、「民族」意識をもっていない彼は気乗りしない。また友人のユレクはこう語る。

　ここではみんな、交じり合って、何年も暮らして来た。役所では、いまなお、ドイツ語を使っているし、俺たちはポーランド人といる時はポーランド語で話し、隣のテーブルにいる連中はチェコ語で話している。これまでもそうだったし、これからもそうなるはずだ。今まで、俺たちは相手がだれかなんて気にしていなかった。それがとたんに、昔からの隣人とけんかを始めるんだ、ただあいつがポーランド人で、こいつがシレジア人で、そいつがチェコ人だからという単純な理由で。いや、しまいには戦争を始めるってわけさ。(11)

彼の言葉を裏付けるように、一九一九年にはチェシンの領有をめぐって「七日間戦争」が両国のあいだで繰り広げられ、双方に死者を出す。翌一九二〇年には国際的な調停により、オルザ川を国境として、ポーランド側のチェシンとチェコスロヴァキア側のチェスキー・チェシンに分断されることとなり、カルヴィナーの炭坑を含む、フリシュタートの地域はチェコスロヴァキア領になる。

長きにわたって様々な出自の人々が集っていた場所の地名も、人びとの国籍も一瞬にして変わったため、住民は戸惑いを隠せない。

> ルドヴィクは理解できなかった。国籍という些細な事柄のために、どうやったら自分固有の根っこを引きはがすことができるだろう？　戸籍が何だというのか？　生活そのものはまったく変わっていない。人々はこれからも仕事に出かけ、料理や食事をし、子供を産んで育て、庭や畑の世話をするはず。これからも石炭を掘り続けるはず。(12)

もちろん、ポーランド側に移住する者もいれば、チェコスロヴァキア側に留まる者もいる。日常生活そのものが変わらないが、人びとを取り囲む制度や意識は一変していた。鉱山もチェコ側の管理となり、上司となったチェコ人のカドレチェクはルドヴィクに問いかける。「君は、チェコ人の父の息子であり、チェコスロヴァキア共和国の市民だというのに、家ではポーランド語を話していると？」(13)。つまり、子どもたちをチェコ人学校に通わせるか、もしくは解雇されるか、どちらがよいかと迫る。重い足取りで鉱山の門をくぐりぬけるとき、ルドヴィクは明日も、そして明後日もこの門をくぐることになるのを覚悟し、第一巻は終わる。

炭坑町カルヴィナーは磁石となり、人びとを引き付け、かつ人々は炭坑にその生活を依存した。だがそこは国境の街でもあった。『傾いた町』第二巻以降でも、一九三八年のミュンヘン会談後にポーランド領になり、一九四五年には再度チェコスロヴァキア領となり、一九六一年までの様子が描かれる（なお、一九九三年にはチェコとスロヴァキアの分離により、チェコ領となっている)。国境に位置する地勢により、カルヴィナーは民族性を問いかける最前線ともなったが、一方で長年その歴史については多くが語られなかった。ポーランド語の使用を否定し、チェコ語化を強制した過去は民主主義的とされる第一共和国の負の遺産でもあったからだ。それゆえ、小説『傾いた教会』は、二〇世紀前半の中東欧における炭坑および周辺の人々の意識や制度の変容を巧みに描いた作品となっている。

社会主義における自然と人間

中東欧における鉱山を論じるべきもうひとつの論点は、二〇世紀後半の社会主義体制下における鉱山の位相であろう。国有化という企業形態という点だけではなく、自然と人間の問題系にも関与するからである。

ソ連時代、シベリアなど極寒の地でも種間雑種や接木などによる品種改良を行なったミチューリン(一八五五―一九三五)、さらには、獲得形質の遺伝を主張し、メンデル遺伝学をブルジョア的であるとして批判したルイセンコ(一八九八―一九七六)らが生物学において影響力を有していたが、それはソ連にとどまらず、旧東欧にも多大な影響をもたらしていた。例えば、スロヴァキアの社会学者、哲学者アンドレイ・シラーツキー(一九〇〇―一九八八)は、「人間が介入することによって、動物、植物のあらゆるフォルムをもっとも速く、そして人間にとって望ましい方向へ変化させることができる。〔……〕人間は、自然よりも優れた、植物と動物の新しいフォルムを形成できるだけではなく、そうしなければならないのである[14]」とし、自然の獲得と変形は、人類の営為の使命および目的として理解し、人間と自然の関係に対して、より高次の質を与えることであり、それは社会主義においてのみ可能と考えていた。植物だけではなく、鉱山を含む、自然に対する干渉はむしろ推奨され、今日であれば「自然破壊」と批判されるような、環境問題への意識は希薄であったのである。

戯曲家ヴァーツラフ・ハヴェルは「政治と良心」（一九八四年）という評論において、煙突による「空の汚染」という幼い頃に感じた違和感を手がかりに、全体主義体制における自然の位置について論じている。「空を汚す」煙突は、「自然的世界を無視し、その命令をあなどる文明の象徴[15]」であるとし、それは、個々人の良心の外で動く、「匿名の官僚的な非個人的権力の完全な支配[16]」と説く。その結果、自然を人間の下に位置付け、煙突に問題があるのであればフィルターでもつければよいという場当たり的な対応しかできないとする。このような議論においてハヴェルはいわゆる社会主義体制の国々のことだけを念頭に置いてはいない。むしろ、全体主義体制の問題は「現代文明全体の凸面鏡[17]」であり、それは西欧そのものが内包している問題に他ならないと強調している。それゆえ、中東欧における自然の問題は、翻って他の国々や地域の問題にも通じる点が多々あるのだ。

社会主義期の鉱山においては、ハヴェルが指摘するような「自然破壊」といった側面に加え、全体主義体制に特徴的なもうひとつの現象を見いだすことができる。それは、鉱山がしばしば労働収容所としても機能していたという事実である。このような視点を提供してくれるのが、レンカ・エルベの小説である。

『ウラノヴァ』――ダークツーリズム

レンカ・エルベの小説『ウラノヴァ』（二〇二〇年）は、ボヘミア北西部のヤーヒモフを舞台にし、強制労働施設、そして革命後のダークツーリズムにも通じる論点を提供する作品である。本書の帯文には、「主役ヤーヒモフ」と記されているように、物語の舞台であり、かつ物語の主要な役割を担うのがヤーヒモフという町である。チェコ語では「ヤーヒモフ（Jáchymov）」と表記されるが、ドイツ語では「ヨアヒムスタール（Joachimsthal）」「ザンクトヨアヒムスタール（Sanktjoachimsthal）」（聖ヨアヒムの谷）と呼ばれ、今日のチェコ共和国カルロヴィ・ヴァリ州に位置する。ヤーヒモフを舞台にした小説を描いた著者レンカ・エルベは、一九七九年、ロウニーに生まれ、カレル大学でジャーナリズムを学んだ後、コピーライター、ジャーナリストとして活躍していたが、初めての小説『ウラノヴァ』(18)を二〇二〇年に発表し、マグネジア・リテラ賞の新人部門を受賞している。

この小説はいわゆる歴史小説ではない。むしろ、この土地の歴史を背景にして、推理小説、幻想小説の要素も加味した作品となっている。とりわけ、英国人を主人公に設定したことで、他者の視点が前景化している点が本書の叙述の特徴である。まずは、概要を記そう。ロンドン在住のヘンリー・ロボサムはかつてアンジェラという女性と付き合っていた。だが一九六八年八月、家族のいたチェコスロヴァキアに滞在中、彼女はヤーヒモフで謎の死を遂げてしまう。それ以来、ヘンリーはトラウマに悩まされているが、アンジェラの最後を確認してはどうかと医師に勧められ、一九九九年、恋人シュザンヌとともにヤーヒモフ訪問を決意する。現地の墓地でアンジェラの名前が刻まれた墓石を発見し、同時に、三〇年前にアンジェラに預けた腕時計をはめている老人を見かけ、追跡する。その老人シュミットがヤーヒモフのホテルに勤務しているのを突き止めたが、同ホテルには、ラドン療法を受ける長期の治療客を世話する酔っぱらいの看護師エルベ、ハイデルベルク大学の核化学の専門家たち、地下に放射線治療実験室を有するオーナーのエステル・ハンス博士らがいた。さらには大男と小人を引き連れた謎の常連客フーフニンも姿を見せ、執拗にエステルに面会を迫る……。このように、ヤーヒモフという町を舞台にして、様々な人々の様々な来歴が交錯しつつ、物語は進んでいく。

この作品の第一の特徴は、土地に詳しくない「外国人」として英国人ヘンリーを登場させ、恋人の消息をたどるという個人的な目的にくわえ、土地の歴史をたどるという啓蒙的な役割も担わせている点である。それはとりわけ負の歴史を有する土地を訪問するという「ダークツーリズム」としての要素を前景化させることになる。それゆえ、彼がはじめに接触するのは英語があまり話せない観光ガイドの男性のメンシクであった。

ヘンリーは説明にただ頷くばかりで、集中できず、読み上げられる文章のうちいくつかの事実しか頭に残らなかった。例えば、銀の鉱脈が見つかったのは一五一八年、その後、いわゆる銀フィーバーが続き、この高価な金属を家庭の坑道で見つけ、金儲けしようと街中で掘削するようになった。もちろん、この町でいわゆるターレル硬貨が鋳造され、その言葉からヨアヒムスタール、つまりヤーヒムの谷、それからチェコ語のトラル、色々と経過がありドルになったことを知り驚きを隠せなかった。今度から、ドルのことを「谷」と呼ぼうかと心の中で冗談めかし、この事実と独創的なアイデアを語ればシュザンヌも喜ぶだろうと思った。(19)

ヘンリーが観光ガイドからこの土地の歴史を知るように、読者もまたその情報を獲得していく。一五世紀末、この地で銀が発見され、一六世紀に採掘が本格的に始まり、人口が急激に増加する。一五二五年には「調和採鉱場」が開設された（なお、同所は現在稼働している鉱山としてはヨーロッパ最古である）。ここで、「ターレル／ターラー（Thaler）」と呼ばれる銀貨が鋳造され、ヨーロッパ銀貨の基準となり、同様な銀貨がヨーロッパ各地で鋳造され、今日の英語の dollar、スロヴェニア語の tolar の語源となった。この鉱山が有名になったのは銀だけではない。一九世紀には、ニッケル、ビスマス、ウランの採掘がはじまり、一八九八年、スクウォドフスカ＝キュリーがこの地のウラン鉱石（ピッチブレンド）で画期的な発見をする。

コバルトやビスマスの採鉱、ウランの採鉱、ウラン染料の工場といった情報を聞くたびに、ヘンリーは初めに聞いたことを次々に忘れてしまい、今度は一九二八年になり、マリー・キュリー・スクウォドフスカが「調和採鉱場」に入坑し、この地のピッチブレンド（閃ウラン鉱）の中に新しい要素を発見した。ラディウムである。それだけではなかった。ポロニウムも。(20)

二〇世紀に入っても歴史に翻弄され、一九三九年、この町はズデーテンの一部としてドイツへ編入され、核兵器開発が行なわれる。だが戦後の全体主義体制になると、鉱山は単なる資源創出という経済的な役割ではなく、別の機能が加わることとなる。収容所としての側面である。戦後、この地においても強制労働収容所が建設され、収容者はウラン鉱山で労働に従事していた。それゆえ、ガイドがヘンリーを次いで案内するのは、収容所の痕跡、収容所で働いていた囚人たちの墓であった。

「ヤーヒモフ炭鉱で拷問された囚人の墓。あなた、見る?」冊子の文章を示した。

「……」

ヘンリーは、その男が予想したような反応をしなかったのだろう。

「拷問された人の墓、探してない?」

「いや、拷問された人の墓、探していない」

「この地図の赤い線のところ。ここ……」英語で、ヤーヒモフ-ウラン地獄、と書かれた地図を示した。

「この地図、ええと、ウランの場所、労働収容所の場所、悪いことや死にまつわることが書いてある」

ヘンリーは地図のタイトルと裏面を見た。そこには、「ウラン地獄」という見出しが赤線で強調され、裏面の説明文が示しているのは、墓地、記念碑、労働収容所、ウラン炭鉱の場所ばかりだった。

「ここ、いっぱい。ここの墓地は、拷問された人の墓。共産主義の犠牲者の記念碑は教会の隣」男は地図の点を指さした。「かつての労働収容所の中には、拷問されたスカウトのための十字架がある。それからヤーヒモフの町の外にも」すこし探してから鉛筆を取り出すと、地図に何か書きはじめた。「この建物、名前は〈島〉」説明文の隣の小さな地図に円で囲った。「ここに、死の塔」

「死の塔」ヘンリーはひとりつぶやいた。「死の塔? 知っている。近くを通った」

「そう?」メンシクは軽く微笑んだ。「ここはとてもひどい場所。囚人はウランをここで掘削。そのあと病気、死ぬ。ここからウランを乗せた列車、ソ連へ直行。爆弾つくる。ここ、読んで」[21]

負のイメージに満ちたエピソードが次々と披露されるが、それはまさに歴史の影の部分に光をあてる「ダークツーリズム」の実践に他ならない。ヤーヒモフの来歴を知ることは、この土地の負の歴史を知ることと同義であった。だが、ヘンリーには別の目的があった。かつての恋人アンジェラの消息をたどることである。

回想法

現地で様々な歴史的な建造物や記念碑を実際に訪れ、またガイドの説明に耳を傾けながら、ヘンリーは身体的な体験を通し、ヤーヒモフをめぐる情報を獲得する。だが、彼の一番の関心事は、一九六八年に消息を絶ったかつての恋人アンジェラのことだ。ヘンリーがヤーヒモフを訪れる決心をしたのはロンドンの精神科医に勧められたからである。「打ち明けますが、もはやつらい感情はないんです、あの件について……何のことかお分かりでしょう。ただ、一体何が起きたか、自分がまったく知らないという事実に自分は腹立たしいんです。それはあまりにも遠くて。誰も何も語ることはできない。あの国は[22]……」と相談された、医師はヘンリーに「回想法」を勧める。ヘンリーは回想法についてみずから説明を試みる。

回想法っていうんです。自分自身のトラウマに再び向き合わないといけない、もしかしたら叫ばなければならない、つまりトラウマと折り合いをつけないといけないのです[23]。

「回想法」とは、アメリカの精神科医バトラーが一九六三年に提唱した高齢者を対象とする心理療法であるが、今日では認知症やうつの治療でも利用されている。過去の未解決の事柄との葛藤に折り合いをつけ、人格の統合をはかることを目的としている。ここでは、恋人を失ったヘンリーは心に傷を負っているが、その傷は「悪夢や反復強迫的行為として生き延びた者のところに繰り返し立ち戻ってくる」[24]。アンジェラが最後にいたヤーヒモフを訪れ、彼女が最後の時間を過ごしたこの地域を歩くことは、ヘンリーにとってはアンジェラをめぐる空白を埋める行為であり、同時に自分の心の穴を埋める営みでもあった。だがヘンリーはヤーヒモフでアンジェラの痕跡に近づくが、彼女の死をめぐる明確な答えは見つからない。それよりも、むしろ彼が直面するのは、ヤーヒモフのホテルで遭遇する様ざまの人々であり、かれらの言葉である。はじめは、アンジェラの過去をたどる旅であったはずなのだが、徐々にヤーヒモフの住民たちの過去をたどる旅へと変容していくのであった。

その際、もうひとつの治療法もまた言及される。ハンス博士がホテルで行なっているのがラドン療法である。ヘンリーの現在の恋人シュザンヌもまた十日間にわたって、ホテルが提供するラドン療法を受ける。ヘンリーが心の傷をいやす一方でシュザンヌも身体的な疲労を癒し、ともにある種の療法を受けていたのである。だがその治療を受けているのは、観光客だけではない。ホテルのオーナーである医師ハンスもまたラドン療法を受けている(なお、ハンスはウランから排出されるラドン、ラジウムに異様な関心を寄せ、それに関連するものを偏執的なまでに収集している。そして、じつは、それによって何百年も長生きしているという設定になっている)。このようにしてみると、登場する人物は何らかの傷を抱えており、それぞれの傷を癒すためにヤーヒモフのホテルに滞在しているという構図が浮かび上がってくる。そして、ヤーヒモフだけではなく、一九二〇年代のアメリカ合衆国でラジウムから抽出した夜光塗料を塗っていた労働者の多くが健康被害を受けた「ラジウム・ガールズ」など、ウランやラドンにまつわる各地のエピソードも言及される。ヤーヒモフを一つの起点として、ウランをめぐる様々な物語が共鳴していくのだ。

先にも述べたが、『ウラノヴァ』はいわゆる歴史小説ではない。まずはアンジェラの死因をさぐる推理小説の側面もあれば、後半では、ハンス博士がラドン療法によって長生きしている設定になるなど、ファンタジー的な要素もある。そのような叙述について、作品の終盤で以下のように語られている。

探偵物語が急な展開を見せるのはテレビだけ、それ以外は長い待ち時間ばかり。死体が運ばれ、幕が下り、客は帰り、事件の終わりはわずかな情報が残るだけ。人びとはそのための時間がない。ハンス博士は「人びと」ではなく、細部の説明がなされるのを耳にするまで、数週間待っている。何が起きたか理解するためにそれを必要としたわけではない。それについては自分でよくわかっていた。でも、ほかの人たちがどのように受け止めて、どういうナラティヴが歴史の一部となるのか知る必要が彼女にはあった。というのも、出来事がどのように起きたかよりも、どのように語るかのほうがはるかに重要だからだ。(25)

奇想天外の出来事も言及されると同時に史実に基づいた事柄も並列され、読者は「現実」と「虚構」のあいだで彷徨うことになる。だが、歴史の記述に一つの答えがないように、小説にも一つの読み方はなく、それぞれの読者がそれぞれの記憶と共にそれぞれの読書を実践することになるのだ。

結びに――ダークツーリズムとトラウムの交点

鉱山が生み出す資源は工業製品の原材料として近代化を推進する動因となった。だがその一方で労働災害、自然破壊をもたらし、とりわけ社会主義体制下においてはその傾向はさらに強まるものとなった。だが二〇世紀後半に入ると、採掘可能な資源の枯渇、あるいは二酸化炭素の排出による環境問題への意識の高まりなどから、各地で鉱山が閉山するようになる。

井出明は「ダークツーリズム」を「近代社会の矛盾の中に生きる我々が、その矛盾を捉え直すための身体的な方法論[26]」と定義しているが、中東欧における鉱山の来歴を振り返ることはまさにそのような営みの実践に他ならない。坑内での過酷な労働と引き換えに賃金を得ることができた一方で、健康被害に悩まされる者も数多くいた。また坑夫の家族や近親者もまた、その生活基盤を一変させることとなった。さらには国境地帯という立地により国家間の争いの場ともなった。そのような意味で、鉱山は、近代、とりわけ社会主義の近代社会の様々な矛盾がもっとも露呈した場とも言えるかもしれない。

だが、鉱山町では閉山後に人口が流出し、あるいは東欧の革命による体制転換への移行期の混沌から、連続した語りや記憶を育む環境が整備されていなかった。『傾いた教会』で見たように、鉱山の町は多様な歴史的出来事を経ているにもかかわらず、その多くは一時滞在者であり、共通する「語り」や「歴史」といったものを欠いていた。それゆえ、レドニツカーは当事者の聞き取りを通じて、あるいは、エルベはトラウマを有する「観光客」の視点を用いて、それぞれカルヴィナーとヤーヒモフのひとつの叙述を試みたのであろう。

カルースは「トラウマ」について、次のように述べている。

> トラウマという現象は、外に向けて叫び声を発する場であり、それ以外の方法では伝えることの出来ない現象や真実をわれわれに語ろうとする試みそのものであると言えよう。そして、その真実は遅延して現われ、後になって語りかけてくるもので、すでに知っていることにそれをつなげて考えるのではなく、われわれの行動や言語によっては認識されえないことに関係させて考えるべきなのである。[27]

鉱山という場を描いた作品には、このような「叫び声」に溢れている。そして、それは小説という媒体において、傷とはなにか、鉱山とは何か、という問いを今なお投げかけている。

[注]

(1) シモーヌ・ヴェイユ「炭鉱訪問のあとで」(一九三二年)、『シモーヌ・ヴェイユ選集Ⅱ　中期論集：労働・革命』冨原眞弓訳、みすず書房、二〇一二年、二〇―二一頁。
(2) 森崎和江『まっくら――女抗夫からの聞き書き』岩波文庫、二〇二一年、一七―一八頁。
(3) 森崎和江「聞き書きの記憶の中を流れるもの」(一九九二年)、森崎和江『まっくら　女抗夫からの聞き書き』、三一〇頁。
(4) クシシトフ・ポミアン『増補　ヨーロッパとは何か――分裂と統合の一五〇〇年』松村剛訳、平凡社ライブラリー、二〇〇二年、九頁。
(5) Karin Lednická, Doslov, in: *Šikmý kostel. Románová kronika ztraceného města léta 1894-1921*. Ostrava-Svinov: Bílá vrána, 2020, s. 391.
(6) Karin Lednická, *Šikmý kostel. Románová kronika ztraceného města léta 1894-1921*. Ostrava-Svinov: Bílá vrána, 2020, s. 33-34.
(7) Ibid., s. 22.
(8) Ibid., s. 55.
(9) Ibid., s. 97.
(10) Ibid., s. 98.
(11) Ibid., s. 335.
(12) Ibid., s. 385.
(13) Ibid., s. 388.
(14) Andrej Sirácky, *Prírodné a spoločenské prostredie*, Tatran, Bratislava 1951, s. 74.
(15) ヴァーツラフ・ハヴェル「政治と良心」石川達夫訳、『反政治のすすめ』恒文社、一九九一年、一五一頁。
(16) 同、一五二頁。
(17) 同、一五〇頁。
(18) 表紙のデザインでは、まずは「U」「Ra」「Nova」の文字がそれぞれ四角で囲まれ強調されているように、それぞれウラン(原子番号92)の元素記号「U」、ラジウム(原子番号88)の元素記号「Ra」を意味している。同時にチェコ語でurnaは「骨壺」を意味し、かつ、語尾の-ovaは、墓碑で一般的に使われている「～家」を意味しており、放射性の元素と「死」の含意が表題に込められている。
(19) Lenka Elbe, *Uranova*. Praha: Argo, 2020, s. 170.
(20) Ibid., s. 171.
(21) Ibid., s. 48.
(22) Ibid., s. 27.
(23) Ibid., s. 189.
(24) キャシー・カルース『トラウマ・歴史・物語——持ち主なき出来事』下河辺美知子訳、みすず書房、二〇〇五年、七頁。
(25) Lenka Elbe, *Uranova*, s. 386.
(26) 井出明『ダークツーリズム拡張——近代の再構築』美術出版社、二〇一八年、一五頁。
(27) キャシー・カルース『トラウマ・歴史・物語——持ち主なき出来事』、七頁。

[参考文献]

Lenka Elbe: *Uranova*. Praha: Argo, 2020.
Václav Havel: *Spisy IV*. Praha: Torst, 1999.
Petr Jemelka: *Reflexe environmentální problematiky v dějinách české a slovenské filosofie*. Praha: Filosofia, 2016.
Ján Mlynárik: *Ekológia po slovensky. Otázky životného prostredia na Slovensku (1948-1988)*. Praha: Danubuius, 1994.
Jan Vávra, Miloslav Lapka, Eva Cudlínová(eds.): *Current Challenges of Central Europe: Society and Environment*. Praha: FF UK, 2014.
池田浩士『石炭の文学史』インパクト出版会、二〇一二年。
『シモーヌ・ヴェイユ選集Ⅱ　中期論集：労働・革命』冨原眞弓訳、みすず書房、二〇一二年。
森崎和江『まっくら——女抗夫からの聞き書き』岩波文庫、二〇二一年。

ポーランド、上シロンスク地域における「自然」としてのボタ山

菅原 祥

一 はじめに――シロンスクと「ボタ山」

「ボタ山」[1]（halda）は伝統的に炭鉱業をはじめとした鉱工業が発達してきた上シロンスク地域の風景を構成するもっとも特徴的な要素のひとつである。それは、工業開発による環境破壊の象徴であると同時に、シロンスク人のアイデンティティを象徴する、ある種のかけがえのない「自然」としてもまたしばしば言及されてきた。たとえば、一九九九年にシロンスク大学で開催された「ボタ山」をテーマとしたシンポジウムをもとにした論集に寄せたミハウ・ルビナの「ボタ山を愛する」と題した文章では、以下のように述べられている。

現在、ほとんどのボタ山が再生の対象となり、生命が戻りつつある。おそらく数十年後には、ボタ山はある意味で風景から消えさってしまい、ただ専門家だけがそれに関する知識を持つことになるだろう。そのよ

うなことが起こるのは好ましいことではあるまい。それは、ボタ山が上シロンスクにおける文明発展のある段階の証拠であり、それなしには将来、その文化的遺産の一部を読み解くことが困難になるからというだけではない。何世代にもわたって上シロンスクの人々がボタ山と一緒に育ってきたからであり、また、ボタ山が風景における唯一無二の特徴をなしているからでもある。それはまさにシロンスクらしい風景なのである。もしかしたら、国内（だけでなく！）の旅行会社がボタ山を巡るツアーを企画するようになる時代が来るかもしれない。(2)

ここに見られるのは、シロンスクのボタ山をめぐるある特徴的な態度の一例である。本来、人間の工業活動の副産物として、言うなれば「ごみ」として誕生したはずのボタ山は、やがてシロンスク人がそれとともに育ってきた「環境」「自然」としてまなざされるようになり、時に「文化遺産」としての「保存」やあるいは「観光資源」としての価値すら云々されるようになる。

ボタ山はまた、シロンスクのアマチュア画家（本職は炭鉱夫などで、職業画家ではない画家のこと）による作品のなかでも好んで取り上げられたモチーフのひとつである。なかでも、シロンスクのアマチュア画家グループの中でも最も有名な「ヤヌフ・グループ」(3)のうちのひとり、パヴェウ・ヴルベル（Paweł Wróbel 一九一三―一九八四）は、ボタ山を好んで描いた代表的な画家であろう。彼の絵の特徴は、非現実的とも言えるほどカラフルに描かれる、シロンスクの鉱工業地帯特有の奇妙にノスタルジックな風景だった。(4)炭坑の巻き上げ機、給水塔、工場の煙突などによって構成される、いかにも「シロンスク的」な景観にそれ固有の「美」を見出したのがヴルベルだったが、そうしたシロンスク的景観を構成する必須の要素が「ボタ山」であった。ヴルベルがこのボタ山という対象にいかに強い思い入れを持っていたかは、ヴルベルと親交のあった美術史家セヴェリン・A・ヴィスウオツキが以下のように証言している。

パヴェウ・ヴルベルは、ボタ山の美や、その固有の魅力、それが多くの者が体を温めたり（炭鉱のボタ山では常に火がくすぶっていた）、最も貧しい人たちが生計の足しにするために石炭を集めることができる場所だったのだということを、強い確信を持って語っていたものだった。[5]

本稿ではこの人間の活動によって生み出された新たな「自然」とも言うべきシロンスクのボタ山に注目し、それが人々によっていかなる意味を与えられてきたのか、また、現在のボタ山を通じて炭鉱の記憶にいかに向き合うことができるかについて予備的な考察を行うことで、今後のさらなる研究につなげることを目的としている。

二　ボタ山への多様なアプローチ

近年、ボタ山がポーランド、とりわけシロンスクの文化的想像力において有する意義についてはいくつかの先行研究が出ている。ここでは、それらの中でももっともまとまったものとして、本稿冒頭にも引用したシロンスク大学で一九九九年に行われたボタ山に関するシンポジウムの記録集『ボタ山』（二〇〇〇）を紹介しておきたい。[6]ボタ山に関する様々な考察、文学作品等の考察、ボタ山に関する思い出など、さまざまな議論が収められたこの論集は、シロンスクのボタ山について概観する上で格好の一冊である。

本書に収められたこれらの文章を読んでいて何よりも印象深いのは、先にも引用したような、ボタ山をある種の「シロンスク性」の象徴、シロンスク人のアイデンティティを象徴するような景観として捉えるような視点である。先述のルビナの文章では、以下のようにも述べられている。

私にとってボタ山は、シロンスク性に関する多くの可能なアレゴリーのひとつであるように思われる。文化の景観の中におけるシロンスク性とは、ちょうど現実の風景におけるボタ山のようなものとして我々の前にたち現れる。それは、その存在、異質性、人間との関係の多様性で私たちを驚かせるのである。ある人には愛され、ある人には嫌われ、しかし、ここに住むほとんどの人はごくあたりまえのものとしてその中に浸っているのである。(7)

また、ヴウォジミエシュ・ヴイチクも「ボタ山と人々」と題された文章の中で同様に以下のように述べる。

巨大な工業地域に生まれた人々にとって、人間の活動の産物であるボタ山は、東京やナポリやソレントの住民にとって富士山やヴェスヴィオ火山の形がそうであるのと同じような景観の構成要素なのであり、それは制御不可能な力の活動が、すなわち人間を超えた自然の要因が生み出した結果なのである。火山もボタ山もどちらも（しばしば）危険なものであったし、また今も危険なものである。どちらの場合も人間はそれと共に暮らしているのであり、また共に暮らさざるを得ないのである。(8)

このような、ボタ山という景観がシロンスク人にとって有する象徴的意味にもまして重要なのが、具体的な「場所」としてのボタ山が人々の生活において果たしてきた役割だった。スタニスワフ・ホレツキは、「ボタ山の思い出」という文章で、自らの幼少期のボタ山の記憶を以下のように回想している。

［子供の頃の私たちにとって］ボタ山は総じてとても親しい場所でした。なぜなら、どこかで時間をつぶす必要があったからです。私たちはボタ山に対して何も持っていく必要はなく、ボタ山のほうが私たちに場所

を与えてくれました。それは私たちにとって体力や勇気を試す場でした。誰も私たちをボタ山から追い払おうとしたりもしないし、ほどほどに安全な場所でした。(9)

シロンスクにおいてボタ山はまた、先に紹介したヴルベルの発言からも明らかな通り、「最も貧しい人々」がそこで暖を取ったり、石炭を拾って売ったりすることのできる、最貧困層のライフラインとしての役割も果たしていた。そうした、ボタ山に依存することでなんとか生計を立てていた人々は「ハウジャシュ」haldziarz（ボタ山師）と呼ばれた。「ハウジャシュ」について、先に引用したミハウ・ルビナの文章では次のように紹介されている。

ボタ山から集めた石炭やスクラップを売って生計を立てている人々であるハウジャシュについて、私たちはほとんど知らない。彼らの仕事場は、石炭を石から割り出すハンマー、バケツ（もっと力の強い人は巨大な壺を使う）、荷車で構成されている。ハウジャジュの仕事はきわめて危険だった。なぜなら、トロッコからこぼれ落ちた岩石が飛んできては頭に当たりそうになるのだから。そのため怪我や切り傷はしょっちゅうのことで、昔はハウジャシュの頭の上にトロッコで運ばれてきたボタが落とされることもあった。ハウジャシュの生活をリアルに描写しているのは、アウグスティン・ハロッタの短編小説『ホウジャルカ』であろう(10)［……］。

ルビナは他にも様々な映画や文学の事例を挙げて、人間とボタ山の複合的な関わり合いを紹介している。そこでは、ボタ山は貧困や疎外、搾取の象徴でもあると同時に、安全な場所、身を隠す場所などでもあるのである。(11)

ボタ山の両義的な性格は、グラジナ・バルバラ・シェフチェクが「煙のなかで生まれた人々——現代シロンスク文学におけるボタ山の神話をめぐって」[12]という論考で紹介しているハリナ・リポフチャンのルポルタージュ、『七つのボタ山のむこう』からも見てとることができる。

ボタ山とはこういうものだ。集落のあるところにはいつだってボタ山がある。マルチン立坑の住民は、グラル〔ポーランドの山岳地帯の原住民〕が森の斜面を見るのと同じように、これらのボタ山に慣れ親しんできた。石炭を集め、「フロリアン」製鉄所がここに捨てる鉄くずを集める。子供たちは学校からの帰り道にボタ山へ直行する。〔……〕ボタ山はまるで母なる大地のようだ。マルチン立坑の住民はボタ山を愛し、また二五軒の建物、一五〇〇人の住民からなる自分たちの集落を愛している。まるでひとつの家族のように〔……〕。

彼らはボタ山と理想的な共存関係を築いているので、ボタ山が成長していることに、つまりどんどん巨大になっていることに気づかない。ますますちっぽけになり、もはや小さなしみのようにしか見えない赤レンガの建物を、ますます力強い輪をなしつつあるボタ山が包囲していることに気づかない。〔……〕ボタ山が集落を呑み込もうとしている。[13]

こうして、人々はボタ山に支えられて、まるでボタ山を「家」や「母」のように頼りにして生きているが、ほかならぬそのボタ山が自分たちの生命を徐々に侵食していることや、また「ボタ山からのガスに毒された子供たちの間で病気や死亡が増加しているとか、木々が枯れたり自然が破壊されているというようなニュース」には気がつかない。[14]ここには、ボタ山という存在が孕む二つの側面が見えてくる。一方で、ボタ山は、そこに暮らす人々にとって文字通りまるで「母なる山」とでも呼ぶべき安心感と保障をあたえるものであった。他方、その同じボタ山が、人々に気付かぬうちに危険や健康被害・公害をもたらし、そして最終的には集落を呑み込み、コミユニティの崩壊へと誘う存在でもあったという事実は、まさにこうしたボタ山が象徴するような近代化・産業化による恩恵が、同時に凄惨な負の側面や暗黒面をも抱え込まざるを得ないものでもあったということを如実に示している。こうした近代化の負の側面の記憶といかに向き合うべきかというのは、ボタ山を考える上で大きな課題ではないだろうか。

三　ボタ山をめぐる近年の保存・活用をめぐる状況

では、以上のような文脈を踏まえて、ポーランドの、とりわけ近年における現実のボタ山を取り巻く環境についてどのようなことが考えられるだろうか。先に引用したルビナの文章でも触れられていたように、かつてシロンスクに典型的な風景の一要素をなしていたボタ山は、近年その多くが再生・緑化[15]の対象となって姿を消している。また、シロンスク全体で石炭採掘がかつてほどの勢いを失い、衰退しつつある中、ボタ山は文字通り過去の遺物となりつつある。そのような状況の中で、ボタ山を一種の観光名所、あるいは文化遺産として保存しようという動きも（これもまた先のルビナの文章から読み取れるように）存在する。ここでは、もっとも有名な事例であるリドゥウトヴィ市のボタ山の事例を概観しよう。

リドゥウトヴィのボタ山、通称「シャルロッタ」は標高約四〇〇メートル、麓からの高さ約一三〇メートルであり、ヨーロッパ最大級のボタ山とされる。一部斜面には灌木などの植物も見られる。二〇〇七年には市民によって「シャルロッタ」という名が与えられ、山頂付近にその名前を書いた看板が設置された。山頂部は市の文化遺産リストにも登録されている。現在ではリドゥウトヴィ市のシンボル的存在となっており、一部では観光名所としての活用も期待されているようだ。実際、二〇一四年には市と炭鉱、グリヴィツェのシロンスク工科大学建築学部との間の協働プロジェクトとして、シャルロッタを観光スポットとして整備する再開発計画が提案されたこともあった[16]。

しかし、観光名所化の最大のネックは安全問題である。というのも、シャルロッタは石炭のボタ山であることから内部は未だに非常な高温で、火事などのリスクが常に存在しているからである。それら火事などの問題解決のため、近年所有会社のPGG（ポーランド鉱山会社）がシャルロッタの解体を決定したが、解体に伴う塵芥の発生などの不安もあり、市民や市側などはシャルロッタの保存を求めた。最終的に山頂部分などを残し部分的に解体を行うことで決着し、リドゥウトヴィ市長マルチン・ポウォムスキは、「わたしたちは、後にシャルロッタが私たちの町の観光名所になって、人々が私たちの山の上を歩くことができるようになることを夢見ています」と述べているという[17]。

シャルロッタの「文化遺産化」「観光名所化」をめぐる欲望と、にもかかわらずその下で依然としてくすぶり続ける「火種」の存在は、後期近代におけるボタ山の位置付け・意味付けの変化、すなわち、ボタ山という近代社会における人間の活動によって生まれた廃棄物（ごみ）が当該社会のなかでどのような意味を持ち、それがモダニティの変容とともにどのように変化してきたのかを考える上で、重要な示唆を与える比喩となっている。それはひいては、近代化の記憶とわれわれがどのように向き合うべきかという重要な問いを投げかける。

シロンスクの石炭産業が全盛であった前期近代（産業社会）のシロンスクにおいて、ボタ山は個人の物理的・経済的拠り所であり、また生命を保障してくれるものであった。そこにおいて人々は、ボタ山の地面の下から石炭を掘り出す／ボタ山に身を隠す／ボタ山で遊ぶ／ボタ山で逢い引きをする、といった、ボタ山と人々との直接的な相互作用を通じて、ボタ山から様々な利益を引き出していた。と同時に、『七つのボタ山のむこうで』にも鮮やかに描かれていたように、一方では人々の生活を保障してくれるボタ山が、他方では同時に人々に危険や健康被害をもたらすものでもあったということをも忘れてはならない。

後期近代（ポスト産業社会）になり、石炭産業が徐々に過去のものとなるにしたがって、ボタ山の位置付けもまた変容していく。それは何よりも公園、文化遺産、市のシンボルといった消費の対象としてまなざされるようになる。後期近代の不安定で流動化した状況の中、人々はそこにある種のノスタルジア、個人的アイデンティティの係留地、時には宗教的シンボルに近いものをすら見出す。そこにおいて特徴的なのは（ちょうどリドゥウトヴィのシャルロッタの事例において、火事が起こらないようにボタ山の「火種」を地中に閉じ込めたうえでその表面を「観光資源」化するという計画の存在が見事に暗示していたように）、ボタ山の表面の下の「火種」（過去）を隠蔽・忘却した上で成り立つような遺産化・モニュメント化への欲望である。近代化の記憶に、その負の歴史も含めていかに向き合うかという問題を考える場合、そうした隠蔽・忘却・モニュメント化を含んだようなジェントリフィケーションにいかに抗するかというのは、他の近代化遺産・産業遺産全般とも共通する課題ではないだろうか。

四　ポーランド映画におけるボタ山の表象

この問題を別の角度からも考えるために、本稿ではポーランド映画に描かれたボタ山の表象を、二つの時期を比較することで考察してみたい。最初に考察したいのは、カジミェシュ・クツの有名な「シロンスク三部作」のうち最初の二作『黒い大地の塩』（一九六九）、『王冠の真珠』（一九七一）であり、次にそれとの比較において、レフ・マイェフスキ監督の『天使』（二〇〇一）を取り上げる。これらはいずれもシロンスク出身の映画監督によるシロンスクを舞台とした作品であり、これらの作品を比較・考察することで、一九六〇年代から七〇年代にかけての映画と二〇〇〇年代の映画とで、ボタ山へのまなざしがどのように変化したかを追うことができるだろう。

まず、カジミェシュ・クツ監督の二作品から検討してみよう。『黒い大地の塩[18]』は、第二次シロンスク蜂起

（一九二〇）に身を投じる若者ガブリエルを主人公とする物語であり、蜂起軍とドイツ軍との戦闘風景が映画の大きな部分を占める。興味深いのは、蜂起軍の集合場所や、戦闘から一時的に退避したり身を隠したりする場所としてボタ山が頻出することである。「敵地」や「家」が明確に描かれるのと並んで、そのどちらでもない中間的・両義的な場として、ボタ山が登場するのである。ここにおいてボタ山は、誰のものでもない場所であるからこそ、主人公たちに隠れ家や避難場所を提供するような存在たりうるのである。

このボタ山の有する両義性を発展させてさらにドラマチックな形で描いているのが、『王冠の真珠[19]』である。この映画は、一九三七年にカトヴィツェ近郊のギーシェ炭鉱で実際に起きたストライキをモデルに、炭鉱に立てこもってハンガーストライキを行う炭鉱夫たちの姿を描いたものである。作品のオープニングクレジットからすでにボタ山が大きく画面上に写っているのも印象的だが、何よりも特筆すべきは、物語の序盤、主人公たち労働者と炭鉱の経営陣・官憲との対立・衝突が最初に起こるシーンの舞台がほかならぬボタ山に設定されている点である。主人公の炭鉱夫ヤシがボタ山の麓を歩いていると、向こうから叫び声がする。ヤシがボタ山の山頂に登ってみると、その反対側の麓では数多くの男たちが「貧者の立坑」（biedaszyb）、すなわち炭鉱経営者や当局の許可を得ずにゲリラ的に掘られた違法立坑から石炭を掘り出しており、ちょうど当局がその取締に来たところだった。「貧者の立坑」で炭鉱を掘っていた多くの男たちが逃げ出し、ボタ山を登ってきてヤシと合流する一方、ひとつの立坑の底に頑として居座って強情に出てこようとしないエルヴィンという男を心配してヤシはひとり麓へと降りていく。ヤシの説得にも応じず依然として立坑から出てこないエルヴィンに業を煮やして、当局はエルヴィンの頭上から汚水を放水してエルヴィンを溺れさせようとする。見かねたヤシがボタ山の上の男たちに石を投げて合図すると、男たちも一斉に立ち上がり、石を投げながら麓へと突進し、当局に襲いかかる。官憲側は銃を撃ちながら応戦するがやがて退却し、ヤシたちはエルヴィンを助け出す。この衝突は、後に労働者と経営者・官憲側が全面的に対決することになる、炭鉱の地下で行われるストライキの前哨戦となる。こうしてこのシーンにおけるボタ山は、誰のものでもない中間的・両義的場所であることによって、潜在する対立関係をうかびあがらせ、地下に潜在する「火種」を表面化させるような場所として存在している。

『王冠の真珠』ではまた、ボタ山は「貧者の立坑」で石炭を掘る労働者や「ハウジャシュ」など、最貧困層の人々が身を寄せる場所としても描かれている。印象的なシーンが、ヤシらに救出されたエルヴィンが運び込まれる、巨大なボタ山の斜面に建てられた掘立て小屋集落のシーンである。ここでもボタ山はやはり、誰のものでもない場所であるからこそ、これら最貧困労働者たちに住居を提供し、彼らの生活を支える場所として描かれると同時に、そこにおいて資本主義社会の矛盾がまさに表出する場所としても描かれている。

こうした一九六〇年代から七〇年代のクッ作品におけるボタ山の描かれ方と比べると、二〇〇一年の『天使』[20]（レフ・マイェフスキ監督）におけるボタ山は、全くその様相を異にしている。この映画は、先にも少し触れたカトヴィツェ郊外のヤヌフ地域に実在したオカルティストの画家サークル「ヤヌフ・グループ」から着想を得たフィクション作品である。作中では、一九五〇年代初頭のシロンスクを舞台に、来たるべき破滅から「世界を救う」ための計画を実行に移そうとするオカルティストたちのグループと、彼らの活動に巻き込まれる少年ルドルフが描かれている。物語の終盤、世界を滅ぼす光線が巨大なボタ山の頂上に落ちることが判明し、世界を救うための「犠牲」としてオカルティストたちに選ばれたルドルフは、一人でボタ山の頂上に向かう（ちなみに、このボタ山のシーンのロケに用いられたのは、本稿でも触れたリドゥウトヴィのボタ山であった）。

以上のあらすじからも明白な通り、この映画においてボタ山はもはやそこにおいて住んだり、出会ったり、身を隠したり、争ったり、石炭を掘ったりする場所ではなくなっている。そして、「世界を救うため」の犠牲としてルドルフが頂上目指して歩くボタ山の道行きの描写には、イエスが処刑されるゴルゴタの丘との明白な類比が見て取れる。このように本作品におけるボタ山は、クッ作品におけるような「地上」と「地中」を結ぶ場所ではなく、むしろ「地上」と「天上」を繋ぐ聖なるトポスという宗教的意味付けを与えられている。そこにおいて主人公は一人でボタ山に登り、ボタ山と何の相互作用もすることなく、ただその「頂上」のみを目指す。これもまた、クッの映画ではむしろボタ山の「麓」やその麓を掘った「地下」が重要だったのと比べると対象的である。

こうして、『天使』におけるボタ山は、そこにおけるヒトとボタ山のあいだの、あるいはヒト同士の交渉・対立などの具体的な相互作用が極めて希薄な場であり、ただその「頂上」にのみ表面的な象徴的・宗教的意味付けがなされている。こうしたボタ山の描かれ方は、前項までで論じた、「遺産化」のまなざしを被った二一世紀のボタ山の姿と重なるところが大きいように思われる。

五　むすびにかえて

以上、本稿では、シロンスクの「ボタ山」をめぐって、ボタ山と人々との間のかかわりのあり方およびその変容の過程について予備的な考察を行ってきた。それはすなわち、近代化の過程で生まれた「新しい自然」と人間の間の関係性・相互作用の可能性に関する考察という、より広い問題系へとつながる。そうした大きな問題系を扱うことは本稿でできることの範囲を大幅に超えているが、ただ、本稿でのごく限られた検討からも、現代において過去のボタ山の「記憶」といかに向き合い、また未来のボタ山とどう付き合っていくべきか、というより限定的な問題系に関しては、ある程度の見通しが得られたのではないかと思う。

これまで見てきたとおり、ボタ山は人間の開発の副産物として生み出された「廃棄物」であるにもかかわらず、同時にある種の「新しい自然」として、そこにおいて人々の生を育んだり、人々の生活の不可欠な背景として活用されてきた。そこから、現代におけるボタ山に対するノスタルジックなまなざしや、シロンスクのアイデンティティにとってかけがえのない固有の「場所」としてのボタ山という発想も生まれてくる。他方で、そうしたボタ山をめぐる記憶や愛着の裏には、近代化をめぐる負の側面の記憶（環境汚染、貧富の差、労働争議）も同時に存在していたはずである。現在の、文化遺産化のまなざしを被りつつある「ボタ山」のイメージに抗して、隠蔽・忘却された「火種」をいかに想起し、それを受け止めることができるか、というのが、本稿において見出された問題であった。

この問題に対して満足な答えを出すという課題は、またしても本稿に可能なことの範囲を超えている。しかしながら、あえて現時点での仮説的示唆をするとするならば、やはり近代化をめぐる「負の記憶」の重荷を背負った他の場所や、あるいはボタ山と同様の風化や変化の渦中にある他の産業遺産の事例などが、ボタ山を考える際にもヒントになるかもしれない。たとえば、文化人類学者の田中雅一は、水俣の美化された埋立地「水俣エコパーク」に置かれた「野仏」に関する考察を行っている[21]。この埋立地は、有機水銀に汚染されたヘドロを、やはり汚染された魚など大量の生物と一緒に封じ込めるために埋め立てることによって作られたものである。つまり、水俣エコパークは、「他地域の繁栄や安寧のために、犠牲となり、その存在自体が隠蔽され」た場所としての「犠牲区域」なのである[22]。こうした水俣エコパークの「忘却・排除」に抗し、そこに「亀裂」を入れるような試みが、水俣病患者を主体とした「本願の会」が行ってきた「野仏」の制作・設置の実践である。「本願の会」の会員一人一人が自然石に仏像を彫り、それを水際の公園に設置するというこの試みは、被害と加害、生者と死者、人間と非人間などの関係が流動化し繋がり合う「聖化の供犠」とでも呼ぶべきものだと田中は論じる[23]。

> 野仏たちは、水銀という毒が水俣にどのような悲劇をもたらしたのかを静かに、しかし雄弁に語っている。それらは、美化された埋立地にゆっくりと深く亀裂を入れる杭である。一方で、隔離され、放置され、殺された生類たちに繋がろうとし、深く地中へと伸びる根茎でもある。私たちは、埋立地の先端で、野仏にふれ、多くの犠牲者を出した水銀と、これによって死に絶えた生類たちを想起するのである。そして、差別にさらされ人生半ばにして無念にも死を迎えた多くの水俣病患者へと思い

を馳せる。野仏たちは、犠牲区域・水俣をなかったことにしようとする自治体の企てに加担することに警鐘を鳴らす。それらは私たちに「ここ」に何があるのか、何が起こったのか、起こっているのかを、鋭く、しかし限りなく優しく教えている。[24]

（傍点は原文）

むろん、シロンスクのボタ山と水俣とでは、その置かれた歴史的文脈や現在の社会における位置づけも著しく異なる。だが、それでも上記の田中の議論からは、ボタ山の「火種」を隠蔽することなくそれと繋がり合うような、新たな記憶の実践のヒントを見出すことができるのではないか。そしてそのような実践においては、「ボタ山」という場所の特性がきわめて重要になってくるのではないか。なぜなら、本稿でこれまで再三論じてきた通り、対立するさまざまなもの（恩恵／被害、人間／非人間、生者／死者）を媒介し、つなぎ合わせる中間的・両義的な場としてのあり方こそが、まさにボタ山という場所の中心的な可能性をなすものであったからだ。

もうひとつ、本稿における「自然としてのボタ山」の可能性を考える上での補助線として、地理学者ケイトリン・デシルヴィの言う「ルデラル」（ruderal）な文化遺産というアイデアを最後に紹介しておきたい。「ルデラル」（荒れ地性）とはもともとは環境学の用語で、人間の活動や自然活動などで荒らされ、植生が失われた土地に根付く「雑草」や「外来植物」などを形容する語である。それら侵入性が高い荒れ地性の植物は、しかしながら「前衛部隊として土壌を安定化させ、より攻撃的でない他の種が後に続くことを可能にするような環境を生み出す助けとなる[25]」。さらに重要なのが、「撹乱の結果として生み出されるエコシステムが新規で類例のないものであるということである[26]」。

このようにルデラルな思考は、想像上の真正なヴァージョンの「過去」を取り戻すことなど不可能であるという文化遺産研究における洞察と重なり合う。我々にできることはただ、たまたま手に入る過去からスクラップを借りてきて、それで可能な未来を組み立てることだけなのであり、撹乱とはその意味で別の軌道や新規なナラティヴの配置を生み出すための機会として見ることができるのである。[27]

こうして、デシルヴィの提唱する「ルデラルな文化遺産」とは、単なる過去の「真正な」状態の保存・復元ではなくむしろ「変容」や「不安定さ」を積極的な契機とした環境・遺産との関わり方であるがゆえに、文化遺産／自然遺産の二分法を超えた新たなヘリテッジ概念へとつながっていく。

本稿で検討したシロンスクのボタ山もまた、人間による自然破壊の結果としてもたらされたものでありながら、同時にそこに新たな植生を生み出し、それによって新たな「自然」と「未来」とを形作っていくものである。その意味でボタ山は、まさにデシルヴィの言うところの「ルデラル」な文化遺産としての可能性を秘めている。そこにおいて目指すべきは、何らかの（決して現実には存在しなかった）アルカディアのような場所としてボタ山を「保護」「保全」あるいは「観光地化」することではあるまい。むしろ、ボタ山というものがこれまで辿ってきた歴史、これから辿っていくであろう未来、そしてそこに常に内在的に存在してきた／しつづけるであろう「変化」や「撹乱」、「不安定性」という特質の中にこそ、新たな「自然」としてのボタ山の可能性があるのではないだろうか。こうして、「ルデラル」な遺産としてのボタ山は、人新世における新たな環境保全への想像力の場となりうる。そこにおいては、過去における産業化・開発の産物とその記憶が（その負の側面も含めて）時に批判的に内省されるとともに、またそれが現在・未来においてがどのように人々にとっての新たな「自然」となりうるかということが真剣に考察されることだろう。その意味でボタ山はまさに、「人々と過去と未来の間に新たなつながりを生み出す[28]」場となる可能性を秘めているのではないだろうか。

[注]

（1）　二〇世紀に刊行されたポーランドの国語辞典のなかでもっとも権威あるものとして知られる『ヴィトルト・ドロシェフスキ国語辞典』（一九五八―一九六九）において、hałda は「鉱山や加工工場から排出された役に立たない岩石や、灰、スラグ、その他の産業廃棄物が堆積した山」として定義されている。Witold Doroszewski red., *Słownik języka polskiego* (Warszawa: Państwowe Wydawnictwo Naukowe, 1958-1969). 本稿では便宜上「ボタ山」と訳した。

（2）　Michał Lubina, *Pokochać hałdę*. [w:] Tomasz M. Głogowski i Marian Kisiel red., *Hałda. Materiały IV sesji śląskoznawczej Pracowników Naukowych, Studentów i Gości Wydziału Filologicznego Uniwersytetu Śląskiego, Katowice 5-6 maja 1999* (Katowice: Pallas Silesia, 2000), s. 21.

（3）　ヤヌフ・グループについては以下の論文を参照。菅原祥「産炭地をめぐる記憶と表象――ポーランドの炭鉱住宅ニキショヴィエツとギショヴィエツをめぐって」、『京都産業大学論集 人文科学系列』第五四号、二〇二一年、二四一―二七二頁。

（4）　Sonia Wilk, *Paweł Wróbel. Kroniki Przedmieść* (Katowice: Muzeum Śląskie, 2017).

（5）　Seweryn A. Wisłocki, *Mit, magia, manipulacja i orbis interior. Śląska sztuka nieelitarna* (wyd. II, Katowice: Wydawnictwo Naukowe „Śląsk”, 2008).

（6）　Głogowski i Kisiel red., *Hałda*.... なお、本稿では詳しく紹介する余裕がないが、ごく近年のボタ山に関するまとまった先行研究として、文学研究者カタジナ・ニエスポレクによる『ボタ山――シロンスクの詩的・象徴的想像力』も参照。本書では主にヴィルヘルム・シェフチク、スタニスワフ・クラフチクなどの詩人たちが描いたボタ山のイメージが分析されているが、最初の章は概論的・導入的議論に割かれており、そこではボタ山の有する象徴的意味が（1）シロンスクのイコンとしてのボタ山、（2）「想像力」を喚起するものとしてのボタ山、（3）自伝的な場所、家としてのボタ山、（4）空間としてのボタ山、（5）モノとしてのボタ山、（6）残り物、ゴミ箱としてのボタ山、の六つに分類されている。Katarzyna Niesporek, *Hałda. O śląskiej wyobraźni poetyckiej i symbolicznej* (Katowice: Wydawnictwo Uniwersytetu Śląskiego, 2019).

（7）　Lubina, *Pokochać hałdę*, s. 22.

（8）　Włodzimierz Wójcik, *Hałdy i ludzie*. [w:] Głogowski i Kisiel red., *Hałda*..., s. 34.

（9）　Stanisław Holecki, *Wspomnienia z hałdy*. [w:] Głogowski i Kisiel red., *Hałda*..., s. 137.

（10）　Lubina, *Pokochać hałdę*, s. 20.

（11）　Ibid.

（12）　Grażyna Barbara Szewczyk, *Ludzie urodzeni w dymach. Wokół mitu hałdy we współczesnej literaturze o Śląsku*. [w:] Głogowski i Kisiel red., *Hałda...*, s. 55-64.

(13) Halina Lipowczan, *Za siedmioma hałdami* (Katowice: Wydawnictwo „Śląsk", 1965), s. 36; cyt. za: Szewczyk, *Ludzie urodzeni w dymach*, s. 56.

(14) Szewczyk, *Ludzie urodzeni w dymach*, s. 57.

(15) ボタ山においてはしばしば、時間の経過とともに雑草が生えるなどして自然が「再生」することがあり、中には貴重な生態系が見られる場所もあるという。代表的なのが、ビトム市、ホジュフ市、ピエカルィ・シロンスキェ市の境にある自然公園「ジャビェ・ドウィ」であり、ここではかつてのボタ山の跡地が国立の自然公園として保護されている。また、ホジュフの「シロンスク公園」に代表されるような人工的な緑化・再開発も行われている。

(16) *Studium urbanistyczne dla zadania rewitalizacji obszaru hałdy Szarlota w Rydułtowach oraz dla obszaru przylegającego wraz z rekomendacjami projektowymi* (Katedra Urbanistyki i Planowania Przestrzennego, Wydział Architektury Politechniki Śląskiej, 2014), https://www.polsl.pl/Wydzialy/RAr/Documents/wspolpraca/Ksi%C4%85%C5%BCka%20Rydu%C5%82towy%206.pdf [dostęp: 15/II/2022].

(17) Anna Malinowska, *Jedna z największych w Europie. Czym potężna Szarlota z Rydułtów ustępuje piramidzie Cheopsa?*, Wyborcza.pl (Rybnik), 5 sierpnia 2021, https://rybnik.wyborcza.pl/rybnik/7,180134,27412904,jedna-z-najwiekszych-w-europie-czym-potezna-szarlota-z-rydultow.html [dostęp: 15/II/2022].

(18) *Sól ziemi czarnej*, reż. Kazimierz Kutz, 1969.

(19) *Perła w koronie*, reż. Kazimierz Kutz, 1971.

(20) *Angelus*, reż. Lech Majewski, 2001.

(21) 田中雅一「犠牲区域・水俣の犠牲区域」、『水俣学通信』六七号、二〇二二年、二頁／田中雅一「犠牲区域・水俣の犠牲区域」トラウマ科研研究会報告スライド（未公刊）、二〇二二年二月八日。

(22) 田中「犠牲区域・水俣の犠牲区域」、『水俣学通信』六七号、二頁。

(23) 田中「犠牲区域・水俣の犠牲区域」トラウマ科研研究会報告スライド。なお、「本願の会」の活動については以下が詳しい。下田健太郎『水俣の記憶を紡ぐ——響き合うモノと語りの歴史人類学』慶應義塾大学出版会、二〇一七年。

(24) 田中「犠牲区域・水俣の犠牲区域」、『水俣学通信』六七号、二頁。

(25) Caitlin DeSilvey, "Ruderal Heritage", in Rodney Harrison and Colin Sterling eds., *Deterritorializing the Future: Heritage in, of and after the Anthropocene* (London: Open Humanities Press, 2020), p. 296.

（26）　Ibid., p. 296.

（27）　Ibid., p. 296.

（28）　Ibid., p. 289.

神話の解体
——「モラルの不安の映画」と炭鉱・労働・労働者

小椋 彩

はじめに

炭鉱や鉱山は、産業革命以来、多くの雇用を提供し、人々の生活を保障してきた。戦後ポーランドの近代化に大きな役割を果たしたこれらの場所は、二一世紀の現代においては、問題含みのトポスでもある。

ポーランドの環境批評をリードするアンナ・バルチュは、『ソ連東欧の環境文化——文学、歴史、そして記憶』の一章を割いて、石炭採掘、石炭業、その他の鉱工業が、かつて東欧地域の自然環境にいかなるダメージを与え、またいまも与え続けているか、そうした環境危機をどのように文学に読み取るかの分析を試みている(1)。

世界で環境危機が叫ばれて久しい。それにもかかわらず、ポーランドでは体制転換後も数十年にわたって、(時代遅れの)集中的な採掘が続いている。バルチュは二〇一八年一二月にカトヴィツェ(ポーランドの石炭鉱業と重工業の中心地、そしてヨーロッパでも有数の大気汚染地域)で開催されたCOP24で、ポーランド大統領が国際代表団に対し、二百年前から確保されている石炭資源を今後も利用し続けるつもりだと述べたことを引き、旧ソ連とその衛星国に残るイデオロギーが環境意識の地域的偏差を招いたことを示唆している[2]。

ソ連傘下のポーランドでは、「国は石炭の上に立っている」とのスローガンさえ流行した。鉱業開発がソヴィエト・ロシアのみならず、自らの国家社会に莫大な利益をもたらすとする確信はあまりに素朴なものだ。しかし、東欧革命とソ連崩壊を経てなお、鉱業はこの地域共通の利益、かつポスト社会主義国家の貴重な宝物であり、守られなければならない伝統であるという信念が、いまなお残り続けている。褐炭生産の多くが、ポーランドのシロンスクを中心とする旧共産圏東部地域に集中しているため、鉱業に関するこんにちの議論はポーランド国内にとどまるものではなく、国境を跨いだ地域的なものでもあるという[3]。

ポーランドの炭鉱とは、このように、それ自体が「地域的特性」であると同時に、イデオロギー的なトポスでもある。本稿では、ポーランド映画の「炭鉱」や「炭鉱労働者」にまつわる描写と、社会変容とのかかわりに関して論じる。映画とイデオロギーの問題を扱うにあたり、「政治経済」、「社会階級」、「日常の表象」という観点からポーランド映画を分析しているエヴァ・マジェルスカの著作が参考になる（『ポーランド・デイリー――ポーランド映画における労働、消費、社会階級』[4]）。マジェルスカは、ポーランド社会が様々な意味で影響下に置かれていたとするマルクスの著作（『経済学・哲学草稿』、『ドイツ・イデオロギー』、『共産党宣言』）を参照しつつ、ポーランド経済の状態、とりわけその変容が芸術表現にどう関係するか、映画の登場人物の社会階級の変化が他の階級構造にどう影響するか、「理想と現実の乖離」が映画にどのように投影されているかを分析している。

本稿で扱うのも「理想と現実」やその表象をめぐる問題であるが、本稿にとって興味深いのは、ポーランドに導入された「粗野な社会主義」体制についての、マジェルスカの言及だ。マルクスは、資本主義とは異なる二つのシステム、「真の共産主義」と「粗野な共産主義」を構想した。真の共産主義においては、資本主義の進化した状態として、だれもが豊かさを享受できる。分業は廃止され、疎外は解消し、人は多かれ少なかれ、自分にとっての充実感をもたらす活動に従事することができる。こうしたユートピア的ビジョンは魅力的であるものの、第二次世界大戦後、荒廃し、社会構造においては事実上の封建制だったポーランドに導入されたのは、「粗野な共産主義」だった。(5)

本稿ではさらに、マルクス思想に関するある解釈も参考にする。社会学者、ジョン・ベラミー・フォスターは、「エコロジー的危機の唯物論的理解を明らかにする」という課題の追及のもと、その理論的基礎をマルクスの中に思想史的に求めた。フォスターは『経済学・哲学草稿』(一八四四)でマルクスが述べた自然と人間の関係に注目し、マルクスを(のちの様々な解釈に反して)きわめてエコロジー的な世界観の持ち主と定義している。マルクスによれば、人間は自然の一部であり、自然の制約を受ける存在であるが、他方で、みずからの労働を通じて自然を変化させるという、二重の関係を持っている。ところが、資本主義下では、本来は自己実現であるはずの労働が労働者にとって「敵対的」なものとなっており、マルクスはこれを「疎外」概念を用いて分析した。マルクスを「エコロジカル」な思想家であるとする興味深い解釈をここで掘り下げることはできないが、労働者の労働からの「疎外」を自然との有機的繋がりから分析する見方は本章の参考になる。(6)

本稿では、「プロパガンダ」のイメージを利用して社会の現実を描写しようとするポーランド映画の試み、換言すれば、「真の共産主義」の理想の喧伝を通して、「粗野な共産主義」下のポーランドの現実を描こうとする映画について、「炭鉱」を手がかりにして考える。

一　プロパガンダの舞台としての炭鉱

戦後、ポーランドには大きな課題が二つあった。破壊された国の復興と、経済体制の転換である。三カ年計画（一九四七―四九）に続き、六カ年計画（一九五〇―五五）が実施された。社会主義の旗印の下、目指すは産業化、中央化、市場経済の完全な撲滅であり、農村から工業地帯へ、工業労働者を中心に人的大移動が起こった。戦後の領土変更において石炭の一大産出地を擁することになったポーランドでは、炭鉱や鉱山がまさに国家建設の、ただし、「新しい」国家建設の最前線だった。

このような新しい国家建設の舞台で、イデオロギーを喧伝するプロパガンダ的映像が制作されるようになった。これらの映像はおもに短編のドキュメンタリーフィルムで、製作費が安く短時間で製作できる、政治や経済の変化に素早く対応可能な、理想的なメディアとして重宝された。戦後ポーランドの映画館では映画本編上映前に、ニュース映像や教育的フィルム、アニメーションなどの短編作品の上映が義務付けられていたが、この結果、短編ドキュメンタリーフィルムは、共産主義イデオロギーの教化に使われる一方で、映画作家の修練の場としても機能することになった。

一方、物語映画も、「表象の世界を作り出す特別な任務[7]」、具体的には、六カ年計画達成を支える役割が求められた。ソ連の社会主義リアリズムを範とするこれら映画で好まれた主題として、都市と地方の平等や、肉体労働と知的労働の平等、男性と女性の平等がある。若者が主役となることが多いのは、彼らが社会主義の利点の体現者であり、資本主義の価値観や労働形態に毒されていない存在とみられたからだ。フォーマットはほぼ決まっている。ポーランド各地から人が結集する。地方（農村）出身者が、建設現場や工場に仕事を見つける。鉱山や工場や大規模農場で、何らかの「生産的」な仕事に励む。主人公は何らかの問題解決や到達に向かって闘争する。

最終的には、勝利、達成、ときには挫折や失敗、すなわち達成できなかった理想が描きだされる。

スターリニズム期に、ポーランド文学に「生産小説」(powieść produkcyjna) という新しいジャンルが出現したことが示すように、国の公的イデオロギーにおいて重視されたのは、「生産的な労働」だった。映画は、国家創造のプロパガンダと結びつき、「労働者階級」を主役に据えて「労働」を讃えた。

とはいえ、こうした社会主義リアリズム映画が文字通り大量に制作されていたかというと、そうでもない。一九五〇年から五四年までの五年間で公開されたポーランドの新作長編映画は、たったの二十三本に過ぎない。映画研究者タデウシュ・ルベルスキによれば「教義の厳しさに耐えられるかどうかの懸念から、製作に向かう脚本はほんの一握りだった[8]」ためだ。

プロパガンダと映画と言えば、アンジェイ・ヴァイダ監督の『大理石の男』(一九七八) が即座に連想される。「モラルの不安の映画」を代表する一本として、またスターリニズムを糾弾した映画としてあまりに有名なこの作品は、実際のプロパガンダ映像を批判的に引用し、メディアによる世論操作のからくりを示そうとする、「映画に関する映画」でもある。本稿では、『大理石の男』の数年前に制作された、炭鉱労働者を主人公にしたプロパガンダに関するドキュメンタリーフィルムを論じ、改めてヴァイダ、および「モラルの不安の映画」潮流との比較分析を行うことにする。

二 「労働英雄」をめぐって

ヴォイチェフ・ヴィシニェフスキ (Wojciech Wiszniewski) は、ポーランドの映画アーカイヴの整備に伴い、近年研究が進む映画作家の一人だ。一九四六年にウッチに生まれ、一九八一年二月、三五歳を目前にしてワルシャワで病に倒れて世を去った。早逝した彼の作品の中でも、研究の中心になるのは、五本の短編映画のみである。

それらはゆるやかには「ドキュメンタリー」と捉えられるが、実際には、ドキュメンタリーとその他の形式を融合させた、独特な形式をもつ。フィクションの技法をドキュメンタリーに導入した彼の映画は、しばしば、「クリエイティヴ・ドキュメンタリー」(dokument kreacyjny)とも称されている。[9]

ヴィシニェフスキは一九七〇年代、「労働競争」と「労働英雄」を題材に三本のドキュメンタリーフィルムを製作、第一作の主人公が炭鉱労働者だった。

ヴィシニェフスキの映画について考察するにあたり、時代背景を押さえておきたい。ポーランドの一九七〇年代は、象徴的には、一九七〇年一二月二〇日、ポーランド統一労働者党第一書記として、ゴムウカに代わりエドヴァルト・ギェレクが選出されたときに始まる。ギェレクの経済政策は、前半こそうまく機能していたが、一九七〇年代後半、様々なひずみが表面化し状況は悪化、物不足が深刻化した。抜本的改革がなされないまま、一九八〇年七月の突然の食肉値上げをきっかけに、労働者の大規模ストライキが全国に波及し、結果、ギェレクは退陣に追い込まれる。その後、独立自主労組「連帯」のポーランド全土を巻き込んだ運動のひろがりから、やがて一九八〇年八月三一日、労働者の要求を大幅に認めた政労合意書署名へと繋がっていく。

こうした流れのなか、映画界においても、ポーランド映画の今後の成功を準備するような変化が起きる。一九七〇年代初頭の映画制作プロダクションの組織改変である。[10]ポーランドの映画プロダクションは、国営企業でありつつもいくつかの基本的自由を有しており、一九五〇年代末のポーランド映画復活の促進に大きな役割を果たした。ギェレク時代に、業績を持つ映画人がこれらの経営のトップに据えられた結果、芸術上の自由度が上がり、検閲の一時的緩和も行われた。こうした自由は束の間のもので、ギェレク政権の破綻と戒厳令の施行とともに終焉するが、この時期、「モラルの不安の映画」と呼ばれる重要な映画潮流が生まれたのは、まさに社会状況への映画の呼応ととらえられる。[11]「モラルの不安の映画」の多くにはイデオロギーに対する疑念や嫌悪が観察されるが、これらは「社会主義」という現実への失望の反映であった。鬱積する疑念や不信が、一九六八年の「三月事件[12]」や、同年の「プラハの春」を経て、ついに顕在化したのだった。

ただし、「モラルの不安の映画」に、本稿で問題にする「炭鉱」や「鉱山」が直接描写されることはない。このことについては後述するが、これらの映画は、炭鉱を映したニュース映像などのフィルムを「引用」するなどの仕方で炭鉱とかかわる。ここに取り上げるヴィシニェフスキの映画は「モラルの不安の映画」とは分類されない。とはいえ、「三月事件」に影響を受けた「三月世代」である彼の作品は、世代特有の世界観、すなわち、目の前の現実への根深い不信を、「モラルの不安の映画」の作家たちと共有していると考えられる。

ヴィシニェフスキが労働英雄と労働競争を扱った第一作が、『**ノルマの五五二パーセントを達成した男の物語 Opowieść o człowieku, który wykonał 552% normy**』**(一九七三)**(以下『ノルマ』)である。

ベルナルド・ブグドウは、弟のルドルフとともに一九四〇年代末、フロバチョフのシロンスク炭鉱で、採掘量のノルマの五五二パーセントに達した労働英雄である。現場責任者を歴任し、一九七〇年代初頭の現在は安全衛生検査官の重職にある。映画『ノルマ』は、一九四〇年代末から五〇年代のプロパガンダ的ニュース映像、ブグドウ自身や、同僚や家族の回想等から構成される。

かつてシロンスクの炭鉱には、ヴィンツェンティ・プストロフスキという有名な炭鉱夫がいた。ポーランドで労働競争を始めたとされる、「ポーランドのスタハーノフ」として知られるこの英雄の死後、有能な後継者が求められる。そこで選ばれたのが「シャベルのような手を持つ炭鉱夫」ブグドウだった。彼は見事期待に応え、弟とともに労働競争で大記録を達成、「労働指導者」(przodownik pracy)となる。これは、社会主義国家においてきわめて優秀な働きをした労働者、とくに鉱山労働者や織物工場労働者に与えられる称号だ。ポーランド人民共和国の初期、労働競争は、社会主義プロパガンダの主柱の一つだった。一九五六年の「十月の春」以降、労働指導者たちの名誉や知名度はしだいに低下するものの、なおしばしば高い役職につき、彼らの肖像画やイメージが広場や建物を装飾し続けた。

しかし、「偉業を成し遂げた英雄」というのは、ブグドウの一面でしかない。ブグドウを知る人の、彼に対する様々な見方があかされる。偉業に嫉妬する者、疑いの目を向ける者、ブグドウのせいで各人のノルマが引き上がったことに恨みを感じる者がいる一方、関心のない者や、覚えていないという者もいる。

家族も主人公の生き方に懐疑的だ。ブグドウの妻は家族を顧みない夫に不満を抱え、「英雄の妻」であることを重荷に感じていた。偉業に価値を見出せないどころか、夫の生き方にも疑問を呈する。「弟のルドルフは自分の人生を築いた。ルドルフは私たちが持っているものを持っていない。でもルドルフには友だちがいて、いまだって炭鉱夫として働いている」。だから、カメラの前で勲章の説明をする夫に対して、「見せびらかさないで」と声をあげて制止する。娘も、父が「ノルマを過剰に達成した」ことで、むしろ後ろ指をさされて辛い思いをした。息子は、父とはまったく違う価値観をもらす（「車を買ってくれるなら、もうそれでいいよ」）。そうしたなかで、本人だけは、自分の行いを肯定する。インタビュアーの「労働競争は有益だったと思いますか」という問いに、ブグドウは答える。「もちろん。競争はみんなにやりがいを提供した」。「私たちは、自発的にやったのだ。自らのイニシアティヴで」。

「労働競争」とは「闘い」にほかならない。戦後、とくにスターリン期のポーランドでは、新しい日常語彙として多くの軍事用語が採用され、文学や映画もこぞって「闘争」のメタファーを用いた。階級闘争のさなか、仕事の困難との闘い、悪天候との闘い、時間との闘い等々、計画を達成するために、他のだれかのサボタージュによってこうした努力を無駄にしないために、ポーランド人は常に闘争していなくてはならなかった。[13] 労働競争の正当化とは、スターリニズムの正当化にほかならない。しかしカメラは、ブグドウが言葉を発する際の一瞬の「間」や、表情をとらえている。映像からは、ブグドウの懸念や不安と、それらを振り払おうとする頑なさとが同時に見て取れる。

『ノルマ』は、主人公自身や主人公の周囲の人物の証言と、その証言を補足説明するような素材の断片（過去のニュース映像や現況の映像等）とで構成される。したがって、これはドキュメンタリーフィルムの題材として典型的な、人物のポートレートであるともいえる。だが、この映画によってブグドウの人物像は鮮明になっただろうか。答えは否だ。むしろ主人公は、その多面性、複雑性が強調されている。

ミロスワフ・プシリピャクはヴィシニェフスキの映画を評して、「認知的受動性と形式のミニマリズムを放棄した」という[14]。従来、ドキュメンタリーの映画作家がすべきこととは、「物語映画にのみ許されるとされる手段」のすべてを放棄し、「現実を観察し記録する」ことだけと考えられていた。しかし、クリエイティヴ・ドキュメンタリーの作家たちはその反対に、フレーミング、撮影、音の歪曲といった大胆なテクニックを駆使し、カメラの前の現実をただ「描写」するのではなく、「創造」しようとした。だからヴィシニェフスキのドキュメンタリーフィルムは、現実を、誇張し、デフォルメし、ときに「曲解」しているとさえ言われる[15]。

たしかに、この映画のブグドウは、撮られ方に特徴がある。映画冒頭、後ろを振り返ったブグドウの後頭部が、文化科学宮殿を飾る労働者の石像の後頭部に置き換わる。その後も、カメラはブグドウを見上げたり、ブグドウの周囲を周回するように撮ったりする。まるでカメラがブグドウを、人間ではなく、不動の物体として扱っているように見えるのだ。ブグドウの厳めしい顔に強い照明によって濃い影が落ち、物体としての顔の質量が強調される。労働英雄プストロフスキを称える歌「ノルマ超過」の詞を子どもの声が読み上げるなか、アップになる無表情のブグドウの顔は、ごつごつした石を思わせる。

映画のブグドウは、人間というよりは「像」に見える。本来、像がブグドウ（という労働英雄）を象るはずだから、この関係は逆転的で、暗示的だ。映画のテーマがイデオロギーやプロパガンダであることは間違いないが、ヴィシニェフスキの関心は、イデオロギーやプロパガンダそのものにあるのではない。重要なのは、それらと人の関係、それらが人を「労働英雄」にする過程である。映画の最後、テレビ局で、ブグドウの顔を何枚ものテレビモニターが同時に映し出す。テレビは虚像を作り出す最新装置だ。労働英雄の神話とともに、マスメディアの虚偽性も暴かれる。

現実の記録的側面と映像の虚構性とを交錯させる手法は、ヴィシニェフスキの次作にも取り入れられている。ウッチの女性労働者を主人公に、労働競争を描いた**『ワンダ・ゴシチミンスカ 織工 Wanda Gościmińska. Włókniarka』（一九七五）**（以下『ゴシチミンスカ』）だ。

映画は、主人公のゴシチミンスカ自身による自分語りの形で始まる（「私の姓はゴシチミンスカ、名前はワンダ、いつ、どこで生まれた……」）。だが、これは彼女の自発的な語りではなく、すべてセリフである。ほかの登場人物たちも同様に、監督の創作したテクストを読んでいる。戦前と戦後の共産主義ポーランドの社会政治状況を背景に、労働指導者ゴシチミンスカの人生が描かれる。前作同様、主人公とプロパガンダを体現する「像」のイメージが重ねられるが、『ノルマ』と比べて多くの場所で撮影され、エキストラの俳優も多い。凝った演出により、前作よりも全体的に洗練された印象を受ける。

ゴシチミンスカにとっての人生最良の日は、憲章授与が決定したときだった。回想で再現される授与式では、聖堂のように見える（が、実際は社会主義建築）ホールで、ステンドガラスを思わせる縦に長い窓の前に、ゴシチミンスカが正面を向いて立っている。社会主義リアリズムの図像学に従って、主人公を聖人化したものだ。

この映画でも、イデオロギーと人の関係が問題になる。少年少女たち（ピオネールだが、聖歌隊のように見える）が整列し、ゴシチミンスカに質問する。「あなたにとってほんとうに、仕事は人生で最も大事なものでしたか」。この問いに対する主人公の答えは、ごく常識的なものだ。「いつも私にとって大事なことはありました。でもとくに戦後、壊滅的被害を受けたこの国では、労働が最重要なことになったのです。私にとっても、同時代人にとっても。労働が我々同時代人を一つにしました」。だがじつは、続く独白にこそ主人公の本音が見える。ゴシチミンスカは言う。「若者が私に尋ねる。でも私には疑念を抱く時間はなかった。当時のことをいま、語るのは難しい。そんなこと、だれができるだろう」。当時尋ねもしなかった。

イデオロギーと人の関係が、ゴシチミンスカと「ポスター」の描写に象徴的に投影されている。繊維工場の中庭の壁に、ゴシチミンスカの顔を描いた社会主義リアリズム様式の巨大ポスターが掲げられ、ポスターを背景に本人が横向きに佇んでいる。ポスターには（「三〇年代の人民――ワンダ・ゴシチミンスカ」Ludzie trzydziestolecia-Wanda Gościmińska）と記されている。社会主義リアリズム風のこのポスターは、撮影のために作られた模造品だ。カメラが後退し、ゴシチミンスカ本人の全身はみるみる小さくなり、やがて見えなくなってしまう。画面にはただ工場の庭と、壁に貼られたポスターが残る。ゴシチミンスカは、壁のポスターの背景に吸収されてしまった。あるいはポスターが、生きた彼女を飲み込んでしまったようだ。現実と虚構のイメージが、真っ向から向き合うことで、プロパガンダの本質や、そこから生まれる虚像の存在がむきだしになる。

ヴィシニェフスキの映画には、労働英雄たちの家族や日常も記録されている。プロパガンダのアイコンとして、彼らはともに私生活をさらけ出し、イデオロギーの伝達者として消費されている。だがじつは、ヴィシニェフスキの映画が見せているのは、彼らの「私生活」ではない。描いているのは、生活がすべて管理され、すべてが政治的であるという、全体主義的社会の「現実」だ。

『ゴシチミンスカ』の後、ヴィシニェフスキは、『ノルマ』以来ふたたび炭鉱夫を主人公に、ただし前二作にもまして謎めいた短編映画を発表した。

『農場の現場監督 Sztygar na zagrodzie...**』（一九七八）**の主人公、炭鉱夫のスタニスワフ・マズルは、かつて自分が去った不況の農村を助けるため、当局からの要請を受けて帰郷する。マズルがある程度成功した炭鉱夫であることは、羽飾り付き帽子をかぶった炭鉱夫の正装という服装からわかる。彼は正規の仕事（炭鉱）で一層昇進するために、村での仕事を引き受けた。

物語は、マズルと家族がポーランド南部のリドゥウティ・ノヴェ村にやって来た一九七六年五月七日に始まり、そこを去った一九七七年一一月一日に終わる(日付が字幕で示される)。映画に語り手の語りはなく、民衆歌謡のような歌が流れて、その歌詞が象徴的な説明を付与する。「天国の鳥が自分の巣に帰るように、人も帰る、雪の中を、吹雪の中を」。かつての自宅が廃墟と化しているのを見たマズルは、一家でソーセージを生産することで、村に繁栄を取り戻そうとする。試みは成功し、褒賞としてマズルに自動車が与えられる。しかしブグドウと同様、マズルの努力がコミュニティ全体から評価されることはない。それどころか、新参者を憎み、敵対視する者がいる。マズルの家の窓ガラスを割る者や、ついには、車に放火する者さえ現れる。村人は彼の成功に、嫉妬や恨み(彼のせいでたくさん働かなくてはならなくなった)を抱いていた。マズルと家族は、怒りながら村を去る。

さて、零落した村の復興を任されたこの主人公は、そもそもなぜ「炭鉱夫」なのだろうか。

プシリピャクは留保を付けつつも、『農場の現場監督』が、エドヴァルド・ギェレクの経歴と重ねられた政治的寓話である可能性を示唆する。[16] たしかにギェレクは若い頃、フランスとベルギーで炭鉱夫として働き、そこで共産主義運動にも積極的に参加していた。国を近代化できる新しい人物を必要としていた党執行部の招きに応えて新書記官に就任したものの、社会主義体制の崩壊を経て、いま、「ギェレクの近代化は失敗だった」という意見が一般的だ。

一方、マジェルスカはこの見方に懐疑を示す。ポーランドでもかなりの割合の人が、じつはギェレクの十年間を懐かしみ、ギェレクこそ社会主義を内部から改善する最後の試みだったと信じている。一九七〇年代半ばの石油危機などといった不利な外部環境や、ギェレクに対する同胞の協力拒否がなければ、ギェレクの政策は成功し、ポーランド国民も経済的繁栄を享受できていたかもしれないと考えているというのだ。したがって、この映画をギエレクの寓話と見るならば、ヴィシニェフスキはギエレクのまだ起こっていない失脚を予期していたことになるし、失脚がギエレクの無能によるものではなく、むしろ一般の人々（映画では村人たち）が彼に救いの手を差し伸べないことによるものだと示唆したことにもなる。[17]

『農場の現場監督』は、各エピソードの繋がりが明瞭ではない。台詞のない人物たちの静止シーンや、舞踊的・様式的な動作などから、映画の作為性を際立たせるねらいが窺える。物語はなんらかの実話に基づくようにも見えるが、リアリズムからは程遠い。したがって、ギエレクの寓話とするのは、映画の意味をやはり限定しすぎるようだ。だが、謎めいた映画とはいえ、これが「ポーランド社会の寓話」であることは間違いない。農村では一般的だった前近代的な仕事（ソーセージ作り）をする炭鉱夫が村から去る、つまり「農場」からの「現場監督」の「退場」を、政治や経済の「失敗」に重ねられるかもしれない。あるいは、ポーランドの「近代化」が「重工業化」とほぼ同義語だったゆえに、「近代化」の終焉の風刺的表現であるという解釈も可能だ。いずれにしてもヴィシニェフスキの炭鉱夫とは、社会主義ポーランドの近代化にむけられたまなざしを具現化しているのであり、それは賞賛と失望が併存する、アンビヴァレントなものにならざるをえないだろう。

三 「モラルの不安の映画」と労働者──『大理石の男』『孤独な女』『炭鉱の女』

ヴィシニェフスキの映画とプロパガンダのテーマは、先述のようにアンジェイ・ヴァイダ（Andrzej Wajda, 一九二六─二〇一六）の『**大理石の男 Czlowiek z marmuru**』（**一九七七**）を容易に思い起こさせる。[18] では、ヴァイダはヴィシニェフスキを参照しただろうか。少なくともヴァイダ本人は、自分の映画のオリジナル性を主張している。[19] しかしヴィシニェフスキ映画が内包する「過去」と「現在」のパラレルは、『大理石の男』と、続編の『**鉄の男**』で物語の核をなす。

ビルクトは、一九五〇年代のノヴァ・フタの製鉄所建設現場で煉瓦を積む労働者だが、プロパガンダによって国の英雄に祭り上げられる。スターリン期の労働英雄が急に表舞台から消えたことに疑問を抱いた一九七〇年代の映画大学の学生アグニェシュカが、これを題材に映画を製作しようとする。

アグニェシュカはインタビューを敢行し、スターリニズムのタブーに踏み込んでいくが、機材を取り上げられ、最終的には自分の映画（『ある季節のスター』）を完成させることはできない。一方のヴァイダは、スターリニズムの労働者の神話化の実態を、「現在」と「過去」をリンクさせる巧みな構成によって観客の前に暴き出す。そしてたしかにこの作品は、終わった過去の物語ではなかった。その政治的内容ゆえに長い撮影中断をはさみ、ゴムウカ退陣を経て一九七六年に撮影再開、一九七七年三月に一般公開された映画が、結果的には、現実に不満を抱く人々の同時代的メンタリティを反映することになったからだ。『大理石の男』が「モラルの不安の映画」を代表する一本と呼ばれるゆえんである。

映画には、劇中劇として二本の映画が挿入されている。ドキュメンタリーフィルム『町の芽生え』とプロパガンダ映画『幸福の建設者』だ。架空の有名監督ブルスキ（ヴァイダとも重なる）によるこの二作は、彼のキャリアの初期に、ともにノヴァ・フタのコンビナート建設を、ただしそれぞれ違った方法で描いている。前者は、冷遇される労働者をリアリズム風に撮影している。建設現場にブルドーザーが入り、木をなぎ倒して、乱暴に土地を開墾する様子が映る。一方、後者は、ユートピアとしてのノヴァ・フタの建設現場と、そこで協力しあって楽しそうに働く労働者が描かれる。ドキュメンタリーフィルムとプロパガンダ映像、それぞれのパロディの差によって、「真実」が、つまり労働および労働英雄が神話化されるプロセスが描かれている。

しかし、プロパガンダによる神話化というこの映画の主題についていうならば、ヴァイダの作品自体がじつは

「社会主義リアリズム風」だとの指摘を受けてきた点は無視できない。たとえばファウコフスカは、ビルクトに対する後光がさすような撮影方法が、人物を「神格化」していると指摘している。[20] ビルクトは友人をかばったために自ら苦境に陥るが、信念を曲げることはない。誠実な主人公が困難を乗り越えていこうとする、その人生の描かれ方は、たしかに社会主義リアリズムの物語の定型に当てはまる。

ビルクトの足跡を追っていたアグニェシュカは、映画最後でビルクトの息子に辿り着き、ビルクト本人がすでに死んでいたことを知る。ビルクトの死の真相は『大理石の男』には描かれない。回想でヴァイダは、ビルクトの物語をどのように終えればよいか迷ったことを告白している。「ドラマの古典的規範に忠実であろうとするなら、主人公は無事に生涯を閉じ、その後には普及の業績が残る、という結末が要求された。この原則に従った場合、マテウシュ・ビルクトが労働者の権利を守る闘いに加わって死んだとすれば、どの時点を結末にすればよいのか」。そして、一九七〇年の「十二月事件」[21] に関する記録映像の存在を思いだし、これを資料として用いることで、ビルクトの死を説明しようと決める。[22]

こうして、続編**『鉄の男 Człowiek z żelaza』（一九八一）**では、ビルクトの息子マチェイ・トムチクを主人公に、ポーランドの民主主義を勝ち取ろうとする労働者たちの闘いが描かれた。[23] 独立自主管理労組「連帯」の勝利を、同時進行的に、記録映画風に、そしてロマン主義的に撮ったこの映画が、またも社会主義リアリズム的物語として、今度はトムチクを神話化している、との批判はここでは措く。本稿で問題にしたいのは、スターリニズムとポーランド近代化の神話を解体しようとするヴァイダの映画が、べつの神話を発動している、というそのことだ。

国が連帯運動に盛り上がるさなか、『鉄の男』は、ポーランドの未来への希望を感傷的に描いている。その一方で、この映画の楽観性に潜む残酷さを、強烈な仕方であきらかにしてみせたのが、アグニェシュカ・ホラント（Agnieszka Holland 一九四八―）の監督作品**『孤独な女 Kobieta samotna』（一九八一／一九八七）**である。『鉄の男』とほぼ同時期の戒厳令導入直前に制作されたが、戒厳令下で配給を許可されず、縮小版がようやく一九八七年に公開された[24]。

主人公イレナは、私生児を育てる貧しいシングルマザーだ。ヴロツワフ郊外で郵便配達をしながら、日々逆境と闘っている。悲惨な住居。その住居をさえ奪おうとする意地悪で大酒飲みの隣人。毎日の破滅的な通勤。職場のいじめ。幼い息子を一日中家において働いても、暮らしは一向によくならない。そしてなによりも辛いのは、頼るべき人のまるでいない、いまの孤独な状態。そんなある日、彼女の人生に、障碍を負った若い男性ヤツェクが現れる。

イレナの住居は線路沿いの貧困地区にある。線路とは、この映画では不幸な人生の象徴だ。線路を走る列車に一度乗ってしまったら、そこからはけっして降りられない。冒頭のワンシーンに囚人たちが登場し、黙々と線路の礫石を片付けている。囚人はイレナのメタファーであり、彼女の人生が、礫石の片付けのような非生産的な「労役」であることを示唆している。とはいえそうした人生は、運命論的なものを指すのではない。ホラントの意図は、人を幸せにしないポーランドの社会システムを弾劾することにあり、社会の閉塞感を、ドキュメンタリーフィルムに近い技法、社会主義リアリズムとは真逆のスタイルで活写する。

国から与えられた最小の住居さえ奪われそうになっても、イレナには「住宅組合」に入る伝手がない。「連帯に入るべき」との助言に、イレナは答える。「連帯は住居をくれないでしょ」。「不満があるなら党に言え」との助言に従い党に直訴に行ったところで、追い返される。「いつまでこんな犬のような暮らしをしなくてはならないの？　だれかが助けてくれるべきよ」との叫びもむなしく、だれも助けには来ない。

ついにイレナは、配達するはずの年金を盗み、ヤツェクと二人でベルリンへ逃れようとする。子どもを置き去りにするため、孤児院に向かうイレナ。おりしも世間は連帯運動に沸いており、イレナと息子はデモ行進する人々に行き会う。「政治的囚人に自由を」とのプラカードを手に行進する群衆。その流れを断ち切るようにして道を横切るイレナと息子に、だれひとり目もくれない。

国民が団結しているかに見えても、その団結の輪に入れない人が存在する。映画を完成できなかった『大理石の男』のアグニェシュカには、頼れる夫として、マチェイ・トムチクが現れた。『鉄の男』で夫が逮捕された時には、妊娠中の彼女を心配する「連帯」の仲間が、カンパをもって訪ねて来てくれた。しかしそんな「連帯」は「神話」であることを、ホラントの映画が浮き彫りにする。

本稿にとってなかでも興味深いのは、イレナの恋人、元炭鉱夫のヤツェクの存在だ。ヤツェクは炭鉱事故の後、親戚の家に厄介になりながら障碍者年金で暮らしている。足を大きく引きずる歩き方と、背中の火傷の跡が、事故を生々しく物語る。ヤツェクがイレナを殺害し、自身も精神を病んだテロリストを装い、警察に連行されるところで映画は終わる。

社会主義リアリズムの映画が通常、炭鉱や工場や建設現場、つまり「生産的現場」を舞台とするのに対し、「モラルの不安の映画」では、劇場や事務所やテレビ局など、「非物質的生産」の現場が好まれる。マジェルスカはこれを「ポーランドの近代化への終わりなき旅の反映として、ポスト産業化社会への欲望の現れ」との見方を提示する。(25) また、華やかな都会よりも、通常注目されない地方、田舎が舞台になりやすい。『孤独な女』もこの例にもれず、周縁化されてきた地方のうら寂しい場所、家や店や路地裏など、きわめて日常的で、あまり魅力的でない場所が舞台だ。「炭鉱夫」は、かつて国の重工業化を支えてプロパガンダの中心にいたが、『孤独な女』では、ヤツェクの形象を介して近代化の負の側面を象徴する。「元炭鉱夫」はもはやなにも生産しない。生産しないという点では郵便配達人も同様で、こうした「非生産的」な人間たちは、社会から何重にも疎外された末に命まで奪われる。徹底したリアリズムによって、あらゆる景色は陰鬱で殺伐としたものに映る。『孤独な女』の絶望的な雰囲気は、『鉄の男』でヴァウェンサ（ワレサ）が、労働者の大群衆に勝利を報告して大喝采を受ける光景の高揚感とは真逆のものだ。

最後に、本稿で紹介したうちで最も若い世代に属し、ジャーナリストでもあるワンダ・ルジッカ（Wanda Różycka　一九五三―）のドキュメンタリーフィルム『**炭鉱の女** Kobieta z węgla』（**一九八二**）をみてみよう。戒厳令後のこの映画でも、プロパガンダのイメージが引用されているが、ジェンダーへの視点が特徴的である。

主人公はスターリン期に仕事を始めた現役の女性炭鉱労働者で、「男性の職場」での自分の成功を誇りに思っている。彼女は、日に一五トンもの石炭を地上に上げること、妊娠六か月まで働いていたこと、男性に引けを取らず、むしろ男性よりも「効率的に」働いてきたこと、この仕事が好きで、現場責任者でもあることを誇らしげに語る。こうした彼女の語りが、彼女の夫の語りと交錯する。同じ炭鉱で働く夫は、妻の居場所はあくまで家であるが、一方の妻は、家事や育児を一人でこなし、家庭の第二の収入源として、妻が地下に潜って働くことを許すという。なお炭鉱においても男性に負けなかったことを回想する。

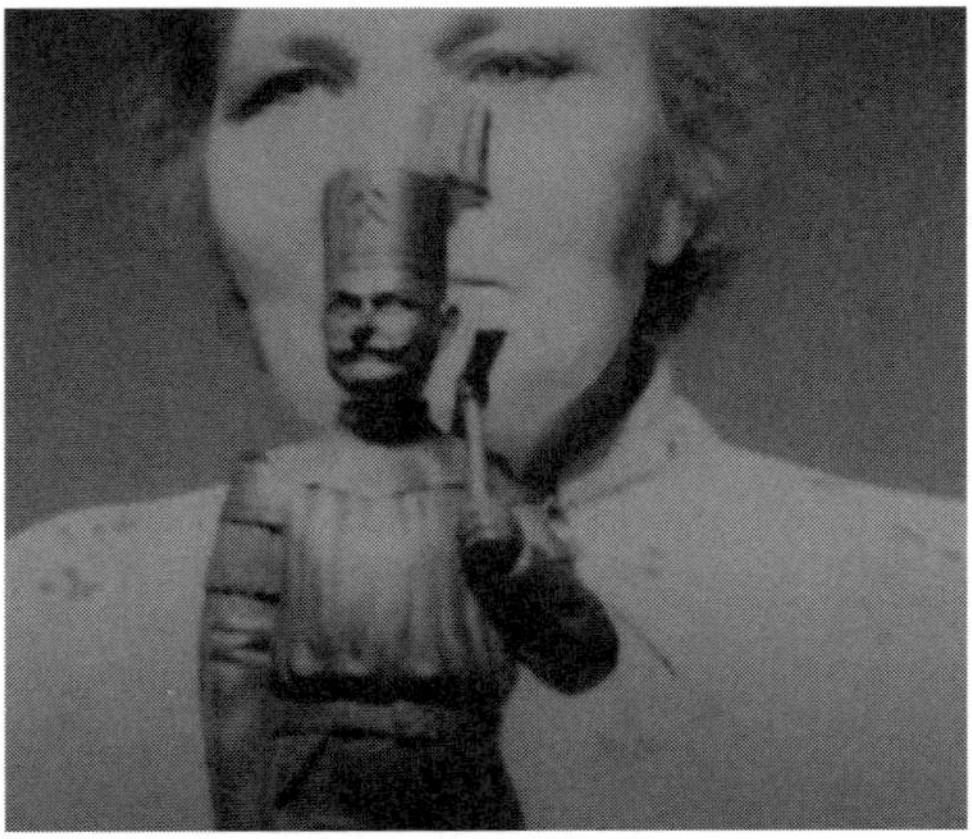

図1　『炭鉱の女』。

主人公はこれまでの働きを認められ、当局から表彰される。炭鉱夫を象った小さな記念像が与えられ、主人公は満足そうな笑みを浮かべる。この主人公の名は最後まで明かされることはない。表彰される彼女の顔の一部を、腕に抱えた炭鉱夫の記念像が隠す。カメラは、「私」をなくして「公」に仕えてきた彼女の人生をこのショットに象徴させている（**図1**）。彼女は女性ゆえ、表彰式であっても一人だけ「炭鉱夫」の正装を与えられない。

この主人公の誇りの根拠は、共産主義的な男女平等の精神のもと、女性である自分が、男性的な職場で、男性よりさらに大きな働きで、国家建設に尽力してきたことにある。こうした「女性の労働」へのまなざしについては、スターリニズム期に人気を博した有名な映画**『マリエンシュタットの冒険** Przygoda na Mariensztacie**』（**Leonard Buczkowski **監督、一九五四）**と比較できるかもしれない。

図2　『炭鉱の女』。

地方出身の若い女性がワルシャワで煉瓦積み工として働くこの映画は、共産主義の男女平等の思想を反映する。しかし、マルクスの精神に基づく男女平等とは、もともと、機械的に女性と男性に同じ仕事を割り当てることではなく、むしろ女性が功績をつむ機会を最大化し、女性も共同体の福祉に平等に与ることを認めることを意味する。したがって、女性がただ働くだけでなく、男性と同じ仕事をこなし、同じ結果を出し、同じ「生産性」を目指すべきだという思想を喧伝した『マリエンシュタットの冒険』の「男女平等」とは、マジェルスカの指摘のように、マルクスの思想から見れば単なる茶番としか映らないだろう[26]。

とはいえ、八〇年代初期、確実に時代は変わっていた。『炭鉱の女』の主人公は、自分の仕事やポジションを次世代の女性が引き継ぐことを当然だと考えるが、若い女性労働者にそうした期待を拒絶される。辛い仕事なのに男性よりも賃金が低いというのがその理由だ。

戦後の復興期、社会主義政権下の男女平等の旗印のもと労働力として駆り出された女性たちは、男性より低い賃金で男性のように働くように求められ、「プロパガンダのヒロインであることを強いられ続けた」[27]。『炭鉱の女』では、冒頭と最後に、明るい音楽に乗って、女性のトラクター運転手や煉瓦積み職人、旋盤工たちの活躍を報じるニュース映画が挿入される。「プロパガンダのヒロインたち」が、炭鉱で働き続ける無名の主人公の人生と、彼女が被ってきた搾取についての考察を促す。

主人公が、炭鉱で、文字通り石炭のまんなかで、ブラウス、スカート、革靴を身に着け、椅子に座っている姿はとりわけ印象的だ（**図2**）。正面を向いて座る構図は、社会主義リアリズム絵画の肖像画を思わせる。炭鉱はここでは、プロパガンダ的背景を演出しながら、「個」が埋没させられてきた現場を表象する。黒々した石炭はグロテスクに人間を取りかこみ、見る者は、労働英雄への称賛ではなく、不穏な空気を感じとる。この主人公は祝福されていない。「労働」することで、「労働」が彼女に敵対し、むしろ「労働」から疎外されている。積まれた石炭の山とは、みずからの労働を通じて変化させた「自然」にほかならないが、プロパガンダを連想させる作為性は自然との調和や有機性、一体感とは真逆の印象をもたらし、主人公、あるいは労働者の孤絶を強調するのである。

おわりに

以上、「炭鉱」を手がかりとして、一九七〇年代から八〇年代のポーランド映画におけるプロパガンダの利用を、ドキュメンタリーフィルムや物語映画に探ってきた。「炭鉱」は、地域的特性を表象し、かつイデオロギーを担う場であるゆえに、ポーランド映画に特権的地位を与えられている。「粗野な共産主義」の労働者たちは労働に押しつぶされ、「自己実現」などというものからじつは程遠い。そうした状況下で、炭鉱は「理想」と「現実」とを同時的に体現し、そこで働く労働者の表象とともに、真偽の問題を扱う映画にとって、きわめて象徴的なトポスであった。一九七〇年代から八〇年代のポーランド映画がこうした問題を扱いたがったのは、国家の統制するテレビ番組や、党の機関紙が発するプロパガンダや嘘への反動とみなすことができる。政治的欺瞞に飽き飽きしていた表現者たちは、真実を語りたがっていた。「モラルの不安の映画」の作家たちは、そもそもドキュメンタリーから出発した者が多く、またドキュメンタリーフィルムの技法を用いたがる。これはドキュメンタリーのイメージや音が、人工的な操作にさらされていない、非人為的なものだという確信に拠るものだ。

「真実を語る」ことには、必然的に、公的な「プロパガンダ」を喧伝するときとは逆のテクニックが取られることになる。ドキュメンタリーフィルムとプロパガンダ映像は映像への操作という点でも対照的であり、「公的表象」が装飾的な表現や華麗・豪華なイメージを好むとすれば、真実を語りたい「モラルの不安の映画」の作り手たち、また彼らと世界観を共有する作家たちは、彼らにとっての現実に近い、つまりは「魅力的でない」イメージに向かうことになる。ポーランド映画における炭鉱や炭鉱夫の表象は、そうした真逆のイメージの交錯点にあり、政治的なこの時代の描出に大きな役割を担っていると考えられる。

【注】

（1）Anna Barcz, *Environmental Cultures in Soviet East Europe. Literature, History and Memory* (London: Bloomsbury, 2021), pp. 91-124.

（2）*Ibid.*, p.93.

（3）*Ibid.*

（4）Ewa Marzierska, *Poland daily: Economy, Work, Consumption and Social Class in Polish Cinema* (New York, Oxford: Berghahn, 2017).

（5）*Ibid.*, pp. 7-8.

（6）マルクス思想とエコロジーについて以下、および同書の「訳者あとがき」が詳しい。ジョン・ベラミー・フォスター（渡辺景子訳）『マルクスのエコロジー』こぶし書房、二〇〇四年。フォスターは、日本の研究者を中心にマルクスのエコロジー的意義を現代の環境危機に即して分析する以下の論集にも寄稿している（「マルクスと自然の普遍的な物質代謝の亀裂」）。岩佐茂・佐々木隆治編著『マルクスとエコロジー——資本主義批判としての物質代謝論』堀之内出版、二〇一六年。

（７）　Tadeusz Lubelski, *Historia kina polskiego: Twórcy, filmy, konteksty* (Katowice: Videograf II, 2009), p. 145.

（８）　*Ibid*.

（９）　Marek Haltof, *Historical Dictionary of Polish Cinema*, second ed. (Lanham: Rowman & Littlefield, 2015), p. 54.

（10）　マレク・ハルトフ（西野常夫・渡辺克義訳）『ポーランド映画史』凱風社、二〇〇六年、一六一頁。ポーランドは一九五五年以降、映画製作を管理する方法として芸術監督、音声係、カメラマンなどから構成されたユニットで映画製作を行う、プロダクション制度を採用していた。

（11）　「モラルの不安の映画」という名称は、一九七九年九月に開催されたポーランド映画祭における国際批評セミナーでのヤヌシュ・キヨフスキの提案に由来する。後にキヨフスキは自身が提示したこの語について以下のように述べている。「モラルとは、「社会主義的」という形容詞なしにはまったく機能しない何物かだった。「不安」もまた非常に疑わしいものであった。なぜなら、不安は、大学や造船所で勃発し、常に、当局の信用を失墜させる、というおなじ結末を迎えるからである」。Tadeusz Lubelski, *Historia kina polskiego 1895-2014*, Kraków: Universitas, 2015. p. 425.「モラルの不安の映画」に共通の綱領等はないが、この潮流に属する映画監督としては、クシシュトフ・キェシロフスキ、クシシュトフ・ザヌーシ、フェリクス・ファルク、アグニェシュカ・ホラント、ヤヌシュ・キヨフスキ、バルバラ・サス、そしてアンジェイ・ヴァイダ等が挙げられる。

（12）　反露感情を刺激するとの理由で、政府がミツキェヴィチの詩劇『父祖の祭』の上演を禁止したことに対し、ワルシャワ大学の学生が小さな抗議集会を開いた。これに警察が暴力的に介入し、逮捕者約二七〇〇名を出し、教員の多くが大学を追われた。

（13）　Carl Tighe, *The Politics of Literature. Poland 1945-1989* (Cardiff: University of Waled Press, 1999), p. 279.

（14）　Mirosław Przylipiak, “Między posągami”, in T. Sobolewski ed., *Polska Szkoła Dokumentu – Wojciech Wiszniewski* (Booklet addede to a DVD box) (Polskie Wydawnictwo Audiowizualne, 2008), pp. 4-5.

（15）　*Ibid*.

（16）　Mirosław Przylipiak, “...Sztygar na zagrodzie...”, in *Wojciech Wiszniewski*, pp. 32-33.

（17）　Marzierska, *Poland Daily*, p. 217.

（18）　ポーランドにおける社会主義のユートピア的プロジェクトについて、おもに映像文化を対象に、「記憶」を鍵概念として社会学的に考察した以下の著書で、『大理石の男』が複数章にわたって扱われている。菅原祥『ユートピアの記憶と今——映画・都市・ポスト社会主義』京都大学学術出版会、二〇一八年。主人公ビルクトの実在のモデルとしてピョートル・オジャンスキの存在も指摘されている。同書、七頁。

（19） ヴァイダの自伝によれば、プロダクション社長で自身も映画監督のイェジ・ボサクが新聞で読んだエピソード（かつてスター扱いされていた労働英雄が、職業斡旋所でそれとはわからず、職業も紹介されずに追い返されていた）がヒントとなり、アレクサンデル・シチボル＝リルスキが「労働英雄」を題材に脚本を執筆したという。ヴァイダの映画で複数の脚本を担当しているシチボル＝リルスキは作家でもあり、一九五〇年に長編小説『石炭』を発表、また、著名な煉瓦工のルポルタージュを書いている。アンジェイ・ワイダ（久山宏一・西野常夫・渡辺克義訳）『映画と祖国と人生と……』凱風社、二二三頁。

（20） Janina Falkowska, *Andrzej Wajda: History, Politics, and Nostalgia in Polish Cinema* (New York – Oxford: Berghahn Books, 2007), p. 165.

（21） バルト海沿岸の都市グディニャで起きた労働者の抗議行動と、それに対する当局の弾圧事件。

（22） ワイダ『映画と祖国と人生と……』、二三〇頁。

（23） 映画は一九八一年一月に撮影を開始し、戒厳令導入直前に完成、公開された。

（24） 一九九九年、テレビ・ポロニアで、検閲によって削除された部分を含む完全版が放送された。二〇〇八年、「ポーランド映画の傑作」（Arcydzieła Polskiego Kina）シリーズの一つとしてＤＶＤが発売された。

（25） Mazierska, *Poland Daily*, p. 195.

（26） Mazierska, *Poland Daily*, p. 117.

（27） Natalia Jarska, "Praca zawodowa kobiet w Polsce w latach 1945-1970 na tle porównawczym", *Annales Universitatis Paedagogicae Cracoviensis. Studia Politologica* 5, 2000, p. 115.

ワシーリー・グロスマンの短編『生』に見る労働者―炭鉱―自然の連帯の神話

中村唯史

一　はじめに

ワシーリー・グロスマン（Василий Гроссман 一九〇五―一九六四）は今日、『人生と運命 Жизнь и судьба』（定本一九八九刊）、『万物は流転する…… Все течет...』（一九六〇頃脱稿）などの作品によってソ連体制を痛切に批判した異論派の文学者として記憶されているが、第二次世界大戦が終了する一九四五年前後までは、一九三四年のソ連作家同盟第一回大会で今後の文学がめざすべき規範と定められた〈社会主義リアリズム〉に合致した作風を示していたのである。彼が明確に体制批判に転じたのは、第二次世界大戦中のソ連のナチ・ドイツ軍占領地域において、ときに現地住民の協力のもとに行われたホロコーストの実態を明らかにする文章を戦後に発表しようと試みたが、諸民族の融和を重視した当局によって封じられた頃からのことだ。

グロスマンは、ロシア革命を一二歳で迎えている。社会主義者だった父や革命戦士支援国際協会のメンバーだった従姉などの影響もあって新しい時代を肯定的に受け入れ、一九二三年にモスクワ大学理数学部化学科に入学。卒業後は、一九二九年から一九三三年まで、ドンバス地方で鉱山化学研究室の責任者を務めている[1]。革命の理想を信じ、技術者として社会主義建設に真摯に従事しながら、遅くとも一九二〇年代後半には文学を志していたグロスマン青年が、〈社会主義リアリズム〉に違和感を覚える余地は少なかったことだろう。

〈社会主義リアリズム〉の物語は、革命や社会主義建設に従事する肯定的主人公が、その中途で階級敵による抵抗や妨害に遭うが、仲間たちとともに闘争して障害を克服し、敵を打倒するという話型を基本としていた。ただし、もちろん実作においては、たとえば肯定的主人公が闘争の中途で死んでしまう(彼の企図はその遺志を継いだ同志や仲間に引き継がれる)、あるいは障害が階級敵の抵抗ではなく、社会主義建設を妨げる自然の脅威である等々、さまざまな変種が考えられた。

これらの変種の盛衰には、時代や状況も影響した。ソ連で社会主義建設が成功裏に進行しているとされたスターリニズム体制の末期には、文学や芸術は社会の階級的矛盾がほぼ克服されつつある「現状」を反映すべきであるという〈無葛藤理論〉が提唱されたため、肯定的主人公と階級敵との闘争はときに仲間内のささいな行き違いにまで矮小化し、しかも道に迷った仲間は批判されるとただちに心と行いを改めるというような、いわば雨降って地固まる作品も少なからず現れた。

だが、それは主に第二次世界大戦後のことだ。統計にもよるが全人口の一〇〜二〇パーセントという甚大な喪失を伴いながらソ連がナチ・ドイツと戦った、いわゆる大祖国戦争時には、苛酷な現実を反映して、「敵」との文字通り殺すか殺されるかの壮絶な闘争を描き、抵抗を鼓舞する作品が数多く書かれている。それらも基本的には〈社会主義リアリズム〉の話型を踏襲しているが、ただし闘争は実際の戦闘にまで尖鋭化し、「敵」はしばしば階級的なそれと言うよりナチの軍人たち、ときには端的に「ドイツ人」だった。グロスマンが作家として広く認知されたのは、この時期に独ソ戦の従軍記者として書いたルポルタージュや、戦争中の実話に基づく諸篇によってである。

当時のグロスマンは、ドイツ人をおしなべて「占領者」、したがって「地面に這いつくばらせ、大地に埋めてしまう」べき敵と見なし、彼らを駆逐対象として「数」に還元することを最終的には「大祖国戦争の聖なる鉄の論理」として肯定した『チェーホフの眼で[2] Глазами Чехова』（一九四二）のような作品も書いている。そこでは、「きわめて牧歌的な風景」も「標定物の総和」にほかならない。「白樺や野ばらの茂み、風車といったもの」も「敵が出現する可能性のある場所や、ノブを遠距離用に切り換えるのに好適な場所」と化している。[3] 生身の人間を数値化し、自然を座標化するこのような世界観は、戦争という極限状況がもたらしたものだろう。

だが、グロスマンはその一方で、ほぼ同じ時期に『生[4] Жизнь』（一九四三）のような作品も書いている。この作品では、ときに独ソ戦の敵味方すなわち民族／国民の別をも超える労働者同士の連帯にとどまらず、労働する者とその環境（この作品では「炭鉱」）との照応、そしてさらに有機物と無機物の別なく、天体をも含む世界／自然と人間との一体感までもが美しく描きあげられている。本稿の目的は、『生』という作品に表象されている、この多層的な連帯と照応の神話の元型と背景を考察することである。

二　老坑夫の経歴と労働者の連帯の神話

まず、『生』の概要を確認しておこう。この作品は、ドン川流域の平原でナチ軍に包囲された赤軍の一部隊が降伏することなく抵抗を続け、しまいにはドンバスの破壊された炭鉱の坑道奥深くに潜伏したという実話が基となっている。ただし、その後の展開と描写には作者の創意による面が大きいと思われる。赤軍部隊の抵抗に手を焼いたナチ軍は、部隊が潜伏した炭鉱の労働者とその家族の住む集落に目をつけ、そこの女性数名が地下に入って赤軍兵士に降伏を勧告するように命じる。拒否すれば集落の女子供全員を銃殺すると言うのだから、否も応もない。経験の浅い者にとっては迷宮に等しい坑内を熟知している老坑夫のコズロフが案内役となることを申し出、女たちに同行することになる。

『生』の語りは文法的にはほぼ三人称だが、コズロフが不在の導入部と末尾を除くほとんどの場面において、この老坑夫の視点と内面に焦点化した記述が過半を占めている。まず主要人物のコズロフがこれまでどのような人生を歩んできたのかを見ておくことにしよう。

彼の経歴は、作中に散りばめられている本人の回想や述懐によって、ある程度まで推定できる。

こんなふうに四五年も働いてきたわけだ、悪い冗談か何かのような気がする！(5)

「みんな、俺はこの炭鉱で四〇年間働いてきた。そのあいだ、仕事を中断したのは三回だけだ。最初は一九〇五年、ツァーリに抗して蜂起した罪で一四カ月間監獄にいた。それから一一年にも、ツァーリに抗して扇動を行った罪で半年。最後は一六年に前線に送られてな、ドイツ人の捕虜になったんじゃ〔……〕俺は捕虜の身から三度逃亡した(6)」。

「帰ってからは、志願して二一年まで国内戦に参加していた。古い体制が大嫌いでな、まだ若い時からビラを、その当時の言い方で言えばチラシを撒いていたんだ〔……〕国内戦が終わって、復員した(7)」。

遠い昔の、長いこと忘れていた情景が頭に浮かんでは消えた。黒いひげを生やした父親が、木靴で柔らかに土を踏みながら、彼を竪坑櫓に連れていく。英国人の鉱山技師が、まだ小さな、一一歳の人間が炭鉱に働きに来たのを、首を振り、笑いながら見ている……。今度は赤い色が視野いっぱいに広がった。それはドンバスの大地の黄昏に浮かんだ、塵埃にまみれた夕日だろうか。血だろうか。それともあの日、地上に出てきたばかりでボロ服を着たままの鉱夫の集団の先頭に立ち、役所から駆け出してきたコサックや騎馬警官に向かって革靴の音を響かせながら、ジャケットの下から取り出して高く大胆に掲げたあの深紅の布だろうか[8]……。

これらの作中の記述に基づき、コズロフ老人の人生を、彼が一生働き続けたドンバス炭田の推移と考え合わせつつ、復元してみよう。最初の引用と第二の引用とで、彼が炭鉱で働いてきた年数が五年違っているが、前者はコズロフの内言、後者は赤軍兵士への外言なので、前者に基づいて整理することにする。

炭鉱で四五年働き、働きだしたのは一一歳の時との記述が第四の引用にあるから、コズロフは『生』が書かれた一九四三年の時点で五六歳、おそらく一八八七年生まれということになる。一八九八年、一一歳で炭鉱夫として働きだす。第四の引用に、英国人の鉱山技師がコズロフの若年労働を冷笑的に見る記述があるが、これはドンバスの発展が外資導入によるものであり、ロシア革命以前には炭鉱の大部分をほぼ外資が独占していた状況を反映しているだろう[9]。当時は労働力が安かったこともあって裁炭機の導入が遅れ、一九一三年の段階でも、機械化率はドンバス炭田全体で一・五パーセントに過ぎなかった[10]。したがって石炭の採掘はほとんどが手掘りであり、コズロフもその例外ではなかった可能性が高い。

一九〇五年、一八歳のときにロシア第一次革命が起き、帝政時代から労働運動・革命運動が活発だったこの地域の労働者としてコズロフも蜂起に参加した結果、一四カ月を獄中で過ごしている。一九一一年、二四歳のときにも扇動罪で半年間入獄しているから、労働運動の積極的な活動家の一人だったと考えられる。一九一六年、二九歳の時に徴兵されて第一次世界大戦の前線に送り込まれ、ドイツ軍の捕虜となる。一九一七年のロシア革命の報を聞いて脱走、同年ないし翌年ロシアに帰還し、一九二一年、三四歳まで赤軍兵士として国内戦に参加。復員してドンバスに戻ってからは、熟練の炭鉱労働者として、採掘した石炭を運搬する後山ではなく、直接石炭の採掘に従事する先山を務めた（コズロフが先山だったことは、作中で何度も明記されている）。

ただし革命後のドンバスでは、採炭の機械化が急速に進んでいる。コズロフが復員した翌年の一九二二年に三・三パーセントだったこの地域の機械化率は二八年に一九・四パーセント、三〇年に四一・一パーセント、三二年に七〇・四パーセント、三五年に八〇・二パーセント、独ソ戦開始直前の四〇年には九三・五パーセントに上っている。(11) しかも機械化が遅れたのは後山の仕事に相当する積込作業の方だったから、(12) 炭層の状態や石炭の質を自分で判断でき、手掘りの技術に熟達したコズロフのような先山の役割は、ドイツ軍が侵入してドンバスの炭田を破壊する以前に、事実上ほぼ終わっていただろう。職人的な坑夫の存在意義は、機械化の進行により、『生』というこの作品が書かれた時点ですでに過去のものとなりつつあったのである。既述のように、一九二九年から一九三三年まで、ドンバス地方で鉱山化学研究室に勤務していたグロスマンは、こうした推移をかなりの程度、身近に知っていたと見て良いだろう。

では、そのようなコズロフ老人の人間観はいかなるものか。一言でいうなら、それは「労働者至上主義」と呼ぶことができる。

そうした彼らの顔を、コズロフ老人は、心に大きな感動を覚えながら、見つめていた。これがドンバス中に鉄の名声を轟かせている戦士たちなのだ。老人はこれまでずっと、戦士たちは皆、クバン帽をかぶり、赤い乗馬服に、腰には銀のサーベルを下げているか、円筒帽かニス塗りのひさしのついた軍帽の下から昔風の前髪を勢いよくのぞかせているかのような気がしていたのである。だが今こちらを見ているのは、石炭の粉で真っ黒になった労働者の顔だった。血縁よりも固く結ばれている仲間たち――先山や鉱道補強夫、トロッコ係たちと同じたぐいだ。見ているうちに、この先山の老人は、彼らが捕虜となることを拒否して、恐ろしくつらい運命を選択した理由を心の底から理解した。それはもはや彼自身の運命でもあった[13]。

これは、女たちとともに坑内に入り、そこに潜伏していた赤軍兵士たちを目にしたときのコズロフの感懐である。直接会うまで彼が思い浮かべていた英雄的な戦士とは、第三文を読むかぎり、帝国陸軍のコサック騎兵のイメージに近かったようだ。だが実際に出会ってみると、赤軍兵士は、炭塵で真っ黒になっていたこともあって、自分たち炭鉱労働者と何も変わりないように見える。その瞬間から、コズロフにとってこの「英雄」たちもまた「血縁よりも固く結ばれている仲間」になる。運命を共にする共同体となったのである。

赤軍兵士に対するコズロフのこのような連帯感は、他の場面でも、「話に耳を傾けている兵士たちに向かって、あたかも一人の人間に呼びかけるような調子で語りかけた。彼らが自分のよく知っている、古くからの友人であるような気がした。嫌な日々の後で運命が出会わせてくれた労働者が、一緒に急ごしらえの炉に並んで腰かけ、自分の話を注意深く、愛情を持って聞いてくれているような気がしたのである[14]」というふうに、徹底して「労働者」の名のもとに語られる。コズロフはそれを実際に口にしてもいる（「だから、同志のみんな、信じてくれんか。聞けば、あんた方も労働者のようだから、率直に言おう[15]」）。

労働者でない者には率直になれないと言わんばかりのコズロフのこのような感覚は、同じ炭鉱集落の女たちにも共通しているが、彼女たちの場合、それは一貫して家族的な紐帯として語られている。女たちは、すでに述べたようにナチの狡猾な戦略によって赤軍兵士との生死の背反を強いられていたわけだが、これを次のような感情であっさりと克服する。

それ［赤軍兵士たち］は彼女たちの兄弟、あるいは彼女たちの夫の兄弟にほかならなかった。自分たちの夫も、昼番や夜番の後、このような姿で――石炭にまみれ、疲れ果ててはいるが穏やかな顔をして、日光に目を細めて坑内から出てきたものだ。[16]

やがて赤軍兵士とコズロフを坑内に残して去るときの彼女たちの気持ちも、「そして女たちは泣きながら立ち去った――まるで死を運命づけられている夫や兄弟を坑内に残していくみたいに」[17]と、家族のそれに擬えられている。

労働者のこのような階級的連帯感は、独ソ戦の一齣を描いた『生』において、ときには民族／国民をすら超えるものとして表出されている。たとえばドイツ兵の多くは、自分たちがさんざんに破壊した炭鉱の情景を「たがいに何か話し合ったり、煙草を吸ったり、つばを吐いたりして、まるでこの殲滅がひとりでに進行しているみたいな顔をして」、無関心に見ている。ただし、そのなかに「ただひとり、顔中そばかすだらけで、百姓のように大きな手をした健康そうな若者だけが、眉をひそめ、陰鬱に竪坑の廃墟を眺めている」。コズロフ老人は、それに気づくと、『まるで同情しているみたいだ……。ひょっとしたら、先山か坑道係として、地下で働いていたのかもしれん』[18]と思うのである。

彼はまた、第一次世界大戦中ドイツで捕虜になっていた自分が、ロシアで革命が起きたと聞いて脱走した際、自分が信頼し、また実際助けてくれたのは労働者だけだったとも述べている。

「ロシアで革命が起きたとき、また逃げて、ほとんど全ドイツを横断したよ。そのときには、ドイツの労働者が助けてくれたし、俺も奴らの言葉が話せるようになっていた。農村に泊まるのは避けて、できるだけ労働者の集落にいるようにした」[19]。

コズロフや女たちが持つ、このような労働者としての連帯感は、すでに述べたように、あくまでも三人称の語りが作中人物の内面や知覚に焦点化するかたちで記述されているが、彼らの他に焦点化される作中人物は、軍隊への招集まで植物学者だった部隊長を除けば、やはり全員労働者出身である赤軍部隊の兵士だけなので、作品のほぼ全体を覆っていると言うことができる。だが、そのような彼らの連帯感が、苛酷な状況にもかかわらず、ほとんど多幸感をすら醸し出しているのは、そのためばかりではない。

労働者の階級的連帯感は、近代の労働者文学・プロレタリア文学がしばしば美しく歌い上げてきたものであり、池田浩士が『石炭の文学史』で言及している多くの作品に見るように[20]、炭鉱労働者の表象もその例外ではなかった。ただし、そうした作品では、階級的連帯は抑圧や搾取、支配階級からの弾圧との関連において語られ、それらへの抵抗の帰結あるいは拠点と位置づけられる場合がほとんどだったのである。

ところが『生』においては、階級間の齟齬や軋轢に対して最小限の言及しかない。たしかに、先のコズロフの言には、彼の連帯意識があくまでも労働者に限られ、農民などには及ばない、ある種の排他性を伴っていることが表れている。また、彼の回想に登場している英国人技師の冷笑的な態度は、外国資本によるロシアの労働者の搾取を示唆している。だが、これらのディテールは、あくまでもコズロフの記憶ないし言葉として間接的に、しかも短く述べられているだけなので、齟齬や抑圧としてのリアリティを作中で十分に持ち合わせているとは言えない。その結果、労働者の連帯は、外部からの限定をほとんど受けることなく、作中に横溢している。『生』における労働者連帯の言葉は、近代社会に不可避的に存在していた抑圧や搾取や排除にごく希薄にしか関わることなく、軋轢を知らぬそれ自体への讃歌と化して、何か祝祭的・神話的な基調を帯びて響いているのである。

三　坑夫と炭鉱の照応の神話

もっとも、このように労働者の連帯をくり返し語るコズロフだが、彼には他の作中人物と異なる点がある。この作品において、炭鉱の坑内という環境と呼応しているのは、彼だけなのだ。

赤軍兵士の説得のためにコズロフと共に地下に下りた女たちにとって、地下の暗黒は恐怖の対象でしかない。炭鉱夫の家族ではあるけれども、自分たちがふだん坑内で働いているわけではないからだ。

赤軍兵士たちにとっても、それは同様だ。ドイツ軍の攻撃を逃れて地下に潜った彼らにとって、坑内は一時的な避難所ではあっても、文字通り右も左もわからない闇である。その中で飢え、仲間の死を次々と体験し、みずからもその恐怖と戦っている。いつかは脱出すべき場所なのだ。ところがコズロフは、「戦って、ここから脱出する。われわれから空や生や草を奪うことはできない。必ず脱出してみせるとも！」と言う部隊長に向かって、「何だって坑内から出なきゃならんのかね。ここは、言ってみれば、家のようなもんだ」と心から問いかけているのである。[21]

「どうせそうなるなら、仲間と死にたいのさ。一生働いてきた、この坑内で」[22]、「この炭鉱で一生働き、この炭鉱で死ぬことが、長年の夢だったんだ」[23]のような言明をくり返すコズロフにとって、炭鉱は単なる労働の場というより、自分の人生と分かちがたく結びついた世界そのものであるかのようだ。坑内に下りていくとき、彼には「荘厳な気分」が「いつも訪れる」[24]。国内戦から復員して、炭鉱を目にしたときの彼の感懐は「戻ってきた、戻ってきたんだ……。実を言うと、俺は炭鉱住宅には寄らずに、まっすぐ竪坑櫓を見に行った。櫓の前に立つと、涙が出て、本当の話、少しも酔っていないのに泣けてきた。炭鉱を眺め、粘土質の山を見つめて、泣いていた」[25]というものである。

そのような炭坑との紐帯を、コズロフは、「なあみんな、俺はこの炭鉱をよく知っている。それは夫が女房を、母親が生みの息子を知っているよりも、もっと知っているんだ」[26]というふうに、やはりしばしば家族的な比喩で語る。女たちが赤軍兵士に感じたのと同様の感情を、コズロフは坑内という環境に抱いていると言っても良いだろう。地下に潜伏している赤軍兵士への攻撃としてドイツ軍が竪坑を爆破したときには、「これは罰当たりというもんだ〔……〕まるで赤ん坊の背中を棍棒でぶちのめすようなもんじゃないか[27]」とつぶやいている。

コズロフは、説得に来た女たちを地上に帰らせるが、自分は赤軍兵士たちとともに坑内に残る。そして、わずかな空気の流れから脱出経路を見いだし、兵士たちを指示して、地上への道を切り開いていくが、やがて準備ができて、兵士たちを脱出させ、最後の一人として地上への岩壁を上る途中で体に不調を覚え、落下して死ぬことになる。その際にも、彼は最後の瞬間まで炭鉱の環境を家族的なもの、自分に呼びかけてくれるものと感じている。


老人は冷たく滑る石に顔を寄せ、指でホーケンにしがみついた。湿った黴が優しく顔に触れ、水が額を流れ落ちた。コズロフにはそれは母親が頭上で泣いていて、自分の顔に涙をこぼしているのだという気がした。「どこへ、どこへ行っちまうんだ。え、主さんよ?」と水が聞いた。

彼はもう一度叫び、コスチツィンに呼びかけようとしたが、力が抜けて落下していった[28]。


たしかにこれらの引用は、最後のものも含めてコズロフ自身の発言や知覚の記述だから、炭鉱との有機的・家族的な紐帯は、あくまでも彼の主観的な認識である。だが、すでに言及したように、『生』の語りはかなりの部分がコズロフに焦点化されているため、彼の認識はあたかも客観的な事実であるかのように読者に印象づけられる。

炭鉱という環境とのコズロフのこの紐帯の感覚は、作中では、すでに言及したように彼が機械化以前の手掘りの炭鉱夫だったことによって動機づけられている。その回想中の「もうすぐ湿気が顔に触れたら〔……〕、静かに、垂直に採掘現場へ下降するんだ」、「換気装置から流れてくるやわらかな空気が、汗で光る真っ黒な俺の身体に吹きつける」、「つるはしを手に取り、力を込めて掘り始める。細かな石炭が流れるように落ちる[29]」等の記述からも明らかなように、コズロフは、自分の身体と感覚で地下の坑内と炭層にじかに接してきた、職人的な労働者だったのである。

だが、たとえばコズロフへの焦点化が内的ではなく、外的なものになっている次の記述などは、彼の主観というだけでは説明がつかないものだろう。

老人は地下鉱の暗闇の中を軽やかに、自由自在に動き回っていた。作業に必要なものを手探りで探し出してくるのは彼だった。ハンマーと鑿を見つけたのも、竪坑の遠くまで行って、錆びた刃物を三本運んで来たのも彼だった。〔……〕一番上層まで最初に行き着き、水平坑道への入り口を塞いでいた石を闇の中で破砕したのも彼だった。老人は疲れも飢えも感じないようだった。それほど軽やかに、敏捷に移動し、竪坑を上り下りしていたのである。(30)

コズロフは、いくら子供の時から熟知している場所とは言え、広大で真っ暗闇の坑内で、自分たちが必要とする器具や道具を次々と手に入れていく——あたかも炭鉱という存在が彼のために準備してくれるかのように。この作品において、炭鉱という環境と労働者との相互的な呼応は、ほとんど魔法民話のように、人間の主観・認識を超えた事実としても提示されているのである。

近代文学における鉱山労働者の表象は、ドイツ・ロマン主義の詩人・作家で鉱山技師でもあったノヴァーリス(Novalis 一七七二—一八〇一)の未完の小説『青い花』(原題 Heinrich von Ofterdingen)第一部「期待」第五章をその元型としているというのが定説だ。これは、炭鉱夫ではなく「宝掘り」と呼ばれる老人の話で、彼は若いころ、地下に何が秘められているかを知り、自然の精華に触れたいという欲求から坑夫となったのだった。彼にとって、鉱石とは「貴重な金属で、最も精巧に造られたもの」であり、坑内は「銀の細い捲髪や枝のようなものに、光ったルビーのように紅い透明の果実が生っていて、重げな灌木が、真似ようもないくらいみごとにつくられた水晶の地面に立って」いる「魔法の園」である。[31]

坑夫という存在は、彼にはかつて「大地の底の英雄のように見え、数知れぬ危険を克服しなければならないと同時に、ふしぎな知識をもつ羨ましい幸福を身に受け、また自然の息子である太古の巌石と、その暗いふしぎな室で厳粛な無言の交際をしているうちに、天の賜物を身に授かる力と、世間とその困苦とを快活に超越する力とをそなえつけられた人々[32]」のように思われたが、今では「宝掘り」の老人自身、その一人である。手掘りの業に熟練するにつれ、彼の中の「自然の感情はいっそう感受性を増して鋭敏になり、その想像力はいっそう複雑になり、象徴的となり、その手は軽捷に器用になってきた。自然は人間に近づき、以前は荒っぽく生産する岩石のようなものであったものが、いまはもの静かに芽を出す植物で、物いわぬ人間らしい芸術家[33]」である。

「宝堀り」の老人は、このように自然と照応し、その神秘に触れる「鉱山の仕事は、神の祝福を受けているに相違」ないと言う[34]。地下に下りるとき、「はげしい熱情をもって祈祷し」、「宗教の儀式のふかい意義をつよく感じ」る老人にとって[35]、坑内とはほとんど聖なる空間である。

荘厳な聖なる場所としての坑内。機械を介さず、じかに自然を熟知している労働者と鉱物との交感。こればかりの引用からだけでも、グロスマンが一九四三年に書いた『生』の主要人物である炭鉱夫のコズロフが、一八世紀末にノヴァーリスが創出した「宝堀り」の老人の、場所を違え、時を遠く隔てた、しかし確かな谺であることは明らかだろう。グロスマンがノヴァーリスを直接に念頭に置いてコズロフを創造したのかどうかは、重要ではない。むしろ、ノヴァーリスが表象したような鉱山労働者のイメージが、文学的にも社会的にも広く共有され、やがて炭坑夫たち自身にも内面化されて、二〇世紀前半のソ連の石炭労働者のイメージにまで流れ込んでいった、その反映がコズロフであると言いたいのである。

ただし、両者のあいだには、ひとつ大きな違いがある。ノヴァーリスの「宝堀り」の老人は、次のように述べている。

坑夫は貧に死ぬものですが、金属を発見する場所を知って、それを明るいところへ運び出せばそれで満足して、眼のくらむ金属の輝きもその純潔な心を左右することはできないのです。物騒な妄想に心を燃やすこともなく、万能の力を予約する黄金を所有するより、むしろ黄金のふしぎな形や、その出所や、所在の珍しさに心を喜ばせるのです。金属が商品となってしまえばもう坑夫には魅力がありません。黄金の招きに応じて世間に出たり、地上で人をたぶらかしたり、陰険な技巧を弄してそれを獲ようとつとめたりすることよりは、むしろ無数の危険や困難を冒して、それを地中の堅い層の中に探し求める方が好きなのです。[36]

池田浩士が的確に指摘しているように、「宝掘り」の老人にとって、鉱物の玄妙な美それ自体や、それを作り出す自然との交感は、鉱物が「商品となり資本と化すことで〔……〕、流通し蓄積し運用される」[37]市場経済とは対照的な関係にある。いうまでもなく、「宝掘り」は後者を人間にとって無意味という以上に有害な営みと考え、前者に至高の意義を見いだしているのである。一方、グロスマンが描くコズロフ老人には、炭鉱に対する自分の想いと商品経済との背反に対する意識は認められない。これまでの考察で指摘したように、概して『生』では、労働者の連帯、働く者とその環境との照応が前景化される一方で、抑圧や搾取、産業構造のなかでの石炭の流通などへの言及は、ごく簡潔で希薄な示唆に留められている。なるほどコズロフは、第一次世界大戦で捕虜となって、ドイツの炭鉱で働かされていた当時のことを、「たしかに仕事の中身は同じ、炭鉱は炭鉱だが、どうにも耐えられなくなった。このままじゃ働けなくなり、そのうち首を吊っちまうと感じた[38]」と回想している。自分の労働の産物が世界情勢のもとで何に帰結するかまでもが視野に入っているコズロフは、意識的なプロレタリアートとして、単純に労働それ自体を至上と見なすような価値観とは一線を画しているのかもしれない。だが、このような言及は、全篇でこの一度だけなのである。

両者の相違は、宝石と石炭という、「宝堀り」とコズロフがそれぞれ掘り出す鉱物の違いに起因するものではない。たしかに石炭はしばしば「黒いダイヤモンド」と呼ばれてきたが、それは一九世紀後半から二〇世紀前半の産業構造の中で、エネルギー源としての石炭がその仕組みの土台を下支えするものとして、大きな商品価値を有していたことを指す別言である。むしろ市場原理を反映した比喩なのである。

「宝堀り」とコズロフの相違はまたロシアの何か特殊な事情によるものでもない。たとえば一八八〇年代にロシアにおける市場経済の浸透を視野に入れつつ、その超克をめざす創作を独自に展開した作家ニコライ・レスコフ(Николай Лесков 一八三一—九五)は、[39]宝石それ自体の美しさよりも、その市場価値が重視されている当時のロシアの状況について、一八八五年の短篇『アレクサンドライト Александрит』の語り手に「驚くべき色彩の石のもつシンボル性も美しさも謎めいたさまも今のわが国では尊重されず、《金の匂い》を隠そうともしない。逆にわが国で評価されるのは《質草になる》ものだけである[40]」と語らせている。

この短篇において、鉱物をめぐる市場原理への反定立という、ノヴァーリスの「宝堀り」に相当する役割を担っているのは坑夫ではなく、宝石細工師のヴェンツェリ爺さんである。

「ヴェンツェリ爺さんにとって石は魂をもたない物体ではなく魂をもつ生きものなんです。爺さんは石の中に山の魂の秘かな生命の照り返しを感じ取る。そして〔……〕山の魂を携えて、石をとおして何か神秘的な交わりに入り込む。自分が受けた啓示の話をしてくれることがある[41]〔……〕」

爺さんに「アレクサンドライト」と呼ばれる鉱石の細工を依頼した語り手は、なかなか仕事を進めようとしないヴェンツェリに腹を立て、彼は「今ではもう季節おくれの鳥、時機を逸した切り札だ[42]」と思うこともあった。

市場価値を理解しない、昔気質の職人というほどの意味であろう。だが、ついにヴェンツェリの細工が完成し、彼の手によって加工されたアレクサンドライトを目にしたとき、市場経済に片足を突っ込みかけていた語り手たちは、石が秘めていたそれ自体の美に圧倒される。

彼の息子たちは黙って立っていた。彼らだけでなく、自分の手にある《アレクサンドル二世石》を以前から見てきた私にとっても、この石が突然、事物の深い秘密に満たされたように思われ、心が愁いに締めつけられた。

何と言われようと老人は石の中に、ずっと存在していたようだが彼以前には誰の目にも見えなかった何かに気づき、それを読み取ったのである。[43]

「宝堀り」と宝石細工師ヴェンツェリは、職業こそ微妙に違うものの、ともに市場原理に背を向け、自然が作り出す石の深遠な美に向き合い、これと交感することができる。一八八〇年代のロシアで書かれた『アレクサンドライト』は、作品の基底となっている世界認識において、同じロシアで約六〇年後に書かれた『生』よりも、一八世紀末ドイツの『青い花』の方に近いのである。

グロスマンの『生』が、主要人物が自然の精華である鉱物と交感できるという共通点を持つ一方で、『青い花』や『アレクサンドライト』と決定的に違っているのは、鉱物それ自体の価値が、その市場価値との背反において語られているかどうかである。『生』という作品において、後者への言及が希薄であることはすでに述べたとおりだ。

それは、社会主義体制のもとでは、物自体の価値が市場価値と背反することがないからである。鉱物自体の価値とその市場価値の乖離は、『生』という作品世界の外で――コズロフ老人が若い時に挺身した労働運動と革命の結果生まれたソ連社会において、すでにあらかじめ揚棄されている。コズロフは、そのような社会のもとで、石炭に、そしてそれを生み出した坑内という「自然」と心ゆくまで向き合い、呼応し合っているのだ。彼が革命前に経験した石炭をめぐる一切の疎外（英国人技師の冷笑、ドイツの捕虜だった時代の炭鉱労働の苦痛等）が、この作品においてすべて回想として語られているのは、それらの疎外がソ連社会ではすでに克服されているからである。――いや、正確を期して言うなら、コズロフと、彼を描いた作者グロスマンが当時、そう信じていたからである。

スターリニズム体制下のソ連社会に市場経済とはまた別の疎外と抑圧があった以上、もちろん、これは現実の反映というよりも神話である。だが、このような神話はソ連市民、そしてほかならぬ炭鉱労働者にもある程度、内面化されていた。時代は少し下るが、スターリンの死後、「雪解け」期の始まりを告げる一九五六年頃に、ドンバス炭田でめざましい成果を上げた炭鉱夫ニコライ・ママイ（Николай Мамай 一九二六―一九八九）の手記の一節を読んでみよう。

地下深くで炭層を掘っている時、私は切羽の採掘段だけを見ているのではない。目の前にあるのはわが祖国のすべてなのだ。近いと遠いとを問わず、私の石炭を必要としている大小の工場や発電所が目に浮かぶ。ひょっとしたら私自身が掘った石炭が届くのではないかもしれないが、ソヴィエトの炭鉱夫たちによって採掘された燃料を使って製造された金属や機械や自動車を受け取るだろう街々が目に見える。このような意識が、鉱山労働者一人一人に励ましを与え、新しい力を付与しているのである。(44)

これは、有機物と無機物の別を超えて石炭と金属と機械と炭鉱夫と市民とが矛盾も搾取もなく調和的に整合して動いている社会に自分が生きていることの確信、ほとんど信仰告白《クレド》である。ここまで見てきたような労働者の連帯の神話、労働者と炭鉱の照応の神話は、疎外なきソ連社会という幻想に裏打ちされて、グロスマンやソ連市民のみならず、日本を含む他国の勤労者の意識をも何ほどか規定していた時代もあったように思われる。

四　世界の全一性の神話

すでに述べたように、コズロフ老人は死に、鉱物と照応し得た最後の世代、「宝堀り」の末裔として、聖なる坑内に永遠に留まることになる。だが赤軍部隊は、コズロフを含む多大な犠牲を払いながらも、ついに地上に生還する。彼らはなおロシアの広大な大地の上でナチの軍隊と戦わなければならないからだ。『生』という作品には、これまで見てきたように、労働者の連帯の神話（そこでは労働者階級の内部は「無葛藤」である）、鉱夫とその環境の照応の神話（そこでは自然の精華である鉱物をそれ自体の価値から疎外する市場原理が最小限に抑制されている）が語られているが、作中人物（生き残った赤軍兵士たち）が地上に復帰し、その上に広がる空を目にした後の末尾では、これら二つの神話をさらに包摂するかのように、宇宙と地球と人間の整合した調和のイメージ――世界の全一性の神話が立ち現れている。

地上に生還した後、みずから歩哨に立った「部隊長のコスチッィンは横になっている兵士たちを見た」。

彼らは身動き一つせず、ゆっくりと滑らかに息をしながら、静かに眠っていた。机の上の鏡の破片に日光が反射し、クージンのくぼんだこめかみに、小さな光の点を宿らせていた。コスチッィンはふいに、すべてを耐え忍んだ彼らへの優しい気持ちで、自分のすべてが満たされるのを感じた。このような強い感情、このような愛、このような優しい気持ちを、今までの人生でただの一度も経験したことがないような気がした。(45)

『生』の物語部分は、空からの太陽の光が、鏡という人工物を介して、生き抜いた兵士の顔に、称えるように、あるいは祝福するかのように射し、それを目にした部隊長が限りない連帯と友愛の感情に満たされるという、この記述をもって終わっている。自他、有機物と無機物、人間と自然等々の別なく、すべてが調和的に連鎖する全一的な世界表象の、これは一例である。このような想像力が、文学や芸術の枠を超えて、ソ連の人々にかなりの程度共有されていたことは、前述の模範的炭鉱夫ママイの手記からもうかがわれるのだが、『生』という作品において全一性の神話が最も明確に表れているのは、この後に続く叙事詩的とでも言うべき最後の記述である。かなり長いが、全文を引用しよう。

死に絶えたドネックの平原は悲しげだが、壮麗に見える。霧の中に、爆破された竪坑櫓の建物が立ち、小高い粘土質の丘がほの暗い。燃えている硫化鉄鉱から上がる青みを帯びた煙が黒いボタ山の傾斜に沿って漂っているが、風が吹くと、硫黄の鋭い匂いだけを残して跡もなく消えうせる。平原から吹いてくる風は、破壊された炭鉱住宅の間や、焼け落ちた事務所の建物の上を駆け抜けていく。半ば引きちぎれたドアや鎧戸がきしみ、狭軌鉄道の錆びたレールが赤い。爆破された跨線橋の下に、もう動かない蒸気機関車が放置されている。がっちりとした昇降機が、爆発の力でひっくり返っている。巻上ドラムからずれ落ちた五〇〇メートルの鋼鉄ロープが、大地にうねって伸びている。外気を吸いこむ送風装置の周りを固めている半球形のコンクリート壁が、無残に露出している。巨大な発電機の中身が飛び散り、コイルが赤銅色に輝いている。機器工場の石床の上で、重いコールカッターの刃が錆びて赤くなっている。真夜中に、月の光を頼りに、ここにいるのは恐ろしいことだ。この死滅した王国には、しかし静寂はない。だらりと垂れている電線の束を風が鳴らし、ちぎれた屋根の鉄板の端が鐘のような音色を奏でている。炎でしわくちゃになったブリキ板が、まっすぐになりながら、銃声のような鋭い音を立てる。煉瓦が音を立てて壁から落ちる。鉱夫風呂のドアが軋んでいる。影と月の光が地面を這い、壁に跳ね、うず高く積もったくず鉄や、焼けて黒くなった小屋組みの表面を撫でていく。

平原のいたるところで緑や赤のハエが飛び回っては、灰色の霧の中に消えていく。ときどき、どこかでドイツ軍の歩哨が、自分たちが抹殺した石炭と鉄の国に恐れをなして、宙に発砲する。影を追い払おうとしているのだ。だが巨大な空間の広がりは、自動小銃の弱々しい射撃音を呑み込んでしまう。光った弾丸も冷たい空に消えていく。そして打ち負かされ、死んだはずのドンバスが、再び征服者を脅かし、恐怖に陥れる。だからこそまた自動小銃の射撃音が次々と響き、空に赤や緑の火花が舞う。

この地ではいつも非情で恐ろしい噂が語られている。ドイツ人に奉仕するのを嫌った溶鉱炉が鉄でできた自分の腹を爆裂させ、溶鉱炉の鋳鉄は地下に立ち去り、石炭は巨大な岩盤層の下に自らを葬っている。発電所の強大な電力は、自分を生んだモーターを焼き切った。だが、だからこそ、死せるドンバスを目にすると き、私たちの心は悲しみだけではなく、大きな誇りによっても満たされるのだ。この破壊された恐ろしい光景は死を意味してはいない。それはむしろ生が勝利するだろうことの証である。生は死を蔑み、死に勝利しつつあるのだ(46)。

もはや作中人物の誰にも焦点化せず、俯瞰的な視点から語られているこの記述は、ナチの攻撃によって荒廃したドンバスは一見「死に絶え」、「死滅した」ようだが、それは見かけに過ぎないと言う。なお風が吹き、破壊された人工物を音を立てて揺らしているからだ。月の光が射し、それは時とともに動き、廃墟の「表面を撫でていく」からだ。天体や風などを含めた自然と世界は、なおも動き続けている。そこには、この引用箇所の直前まで詳細に描かれていた赤軍兵士たち、そしてソ連の人々すべても含まれている。ことのない動性をこそ、グロスマンは「生」と呼んでいるのである。ナチは怯え、攻撃するが、「巨大な空間の広がり」はそれを「呑み込んでしまう」」。「死んだはずのドンバスが、再び征服者を脅かし、恐怖に陥れる。だからこそまた自動小銃の射撃音が次々と響き、空に赤や緑の火花が舞う」。しかしそれもまた広大で、しかし動的な空間に呑み込まれてしまう。

この引用は、ロシア語原文のほぼ直訳である。すなわち、最終段落では、溶鉱炉や鋳鉄や石炭や電力それ自体がナチへの協力を拒み、次々と自裁していると述べられていることになる。したがって、引用末尾に出てくる「死を蔑み、死に勝利しつつある生」とは、個々の生命や現象や事物を超えて、宇宙も自然も人間も機械も建物も——一切を含めて動き続ける全一的な世界そのものだと考えなければならない。事実、この作品の題名ともなっている「ジーズニ」というロシア語は、日本語の「生命」「人生」「生活」、さらには「活動、動き」「社会」「現実」等をも包含して、意味する範囲の極めて広い言葉だ。そのような語を題に冠するこの作品は、蹂躙されたソ連の人々と破壊された建物や機器とロシアの大地とがなお「生」きていて、ナチという「死」の原理への反攻を始めていることを歌い上げて終わっているのである。

五　おわりに

本稿ではここまで、グロスマンの短篇『生』における労働者間の連帯、労働する者とその環境の照応、そしてそれら一切を包摂する世界の全一性という神話の表出をたどってきた。階級闘争や自然との葛藤の中での労働者の苦闘とその勝利を基本的な話型とする〈社会主義リアリズム〉が独ソ戦という苛酷な戦争の中で尖鋭化したことは、『チェーホフの眼で』のようなグロスマンの同時期の作品にも認められるのだが、『生』ではむしろそれとは逆に、一切が整合し、調和しているかのような全一的な世界観が打ち出されている。

このような世界観・自然観が一九世紀を通じて、文学や絵画を通して確立された過程については、別稿で概観したことがあるので、ここではくり返さないが[47]、一点強調しておきたいのは、アヴァンギャルド主導だった一九二〇年代を経て、一九三〇年代に規範化された〈社会主義リアリズム〉がそれ以前の伝統への回帰の傾向を有しており、ときに非唯物論的で神秘主義的な傾向を持つ自然観・世界観をも受け継いでいたということである。たとえば「プロレタリア文学の父」と呼ばれることの多い作家マクシム・ゴーリキー（Максим Горький 一八六八—一九三六）には、ボリシェヴィキとの関係が強かった一九一〇年代の作品にも、しばしば全一的な世界観・自然観に基づく描写が認められる。

剣のかたちをした最初の光線が扇のように開き、その先端は目も眩むばかりに白かった。銀の鐘の落ち着いた響き、荘厳な響きが無限の高みから地上に降り、まもなく現れる太陽を出迎えるようだった。実際、森の上には、もう太陽の赤い縁が顔をのぞかせていた。生命の液体で満たされていた盃が上空でひっくり返り、その創造の力を惜しみなく地上にそそいでいる。草原からは空に向けて、赤みを帯びた蒸気が香炉の煙のように立ち昇っている。岸辺の木々が、丘の裾から川にかけて、やわらかな緑の影を投げかけている。草の上には露が水銀のように光り、鳥たちが目覚め、白いカモメが川の上を飛びまわっている。その白い影が、さまざまな色を映しだしている水面を滑る。太陽が少しずつ姿を現し、緑がかって青みを帯びた空へと昇っていく。それはまるで火の鳥のようで、上空で姿を消しつつある銀色の金星もまた鳥のように見えた[48]。

この引用は、短篇『汽船にて На пароходе』（一九一三）における、野宿していた語り手が早朝に目にする光景の描写である。宗教的・伝統的コノテーション（「目も眩むばかりに」「銀の鐘の響き」「香炉の煙のように」「火の鳥のよう」）はグロスマンには見られないものだが、ここに見られる「太陽—光—生」が空から浸透して地上全体に満ちていくイメージ（空からの光による世界の活性化）と、それに対する大地の側からの照応（「太陽を出迎えるようだった」「赤みを帯びた蒸気が〔……〕立ち昇っている」）、また全体を貫く動性などは、明らかに『生』末尾の叙事詩的記述と符号する特徴である。本稿の冒頭で触れた第一回ソ連作家同盟大会の議長を務めたゴーリキーは、〈社会主義リアリズム〉の提唱者の役割を演ずるとともに、革命前に形成された全一的世界観をこれに橋渡しする結節点の一つでもあったのであり(49)、一方グロスマンは、意識するとしないとにかかわらず、その継承者の一人だったのである。

もっとも私たちは、『生』に表れている連帯・照応・全一性が、さまざまな抑制や隠蔽によってはじめて成立し得ていることを、忘れるべきではない。それらは労働者像の図式化・類型化や、市場原理やソ連社会における別種の収奪・疎外の隠蔽、自然の連鎖を離れてしまった人間存在による自然収奪という根源的な事実の忘却などを代償としている。そして、これら忘却されている暗部のすべてが「死」と同一視されているナチ・ドイツに託されたうえで、翻って、これと戦う「生」＝ソ連の正当化へと結果しているのである。

人間と自然の照応、機械や技術などの人工物も含む世界の全一性は美しい表象だが、やはり神話であると言わなければならないだろう。グロスマンは後に、原爆を投下した兵士の苦悶を描いた短篇『アヴェル（八月六日）Авель (Шестое августа)』（一九五三）において、十年前に歌い上げたこの全一性の神話を、明らかに意識的に崩壊させていくことになる(50)。

【注】

（1）　グロスマンの生涯については、M・スミルノーワ「解説《人間からはじめよう……》——ワシーリー・グロスマンの長編小説『人生と運命』」、ワシーリー・グロスマン『人生と運命 1』（齋藤紘一訳、みすず書房、二〇一二年）四九七—五二九頁を参照されたい。

(2) *Гроссман, Василий.* Все течет... M.: Эксмо, 2010. C. 194-202. 日本語は「チェーホフの眼で」中村唯史訳、『トレブリンカの地獄――ワシーリー・グロスマン前期作品集』（赤尾光春・中村唯史訳、みすず書房、二〇一七年）一五〇―一六一頁。
(3) Там же. С. 196. 日本語訳は前掲書、一五二頁。
(4) *Гроссман,* Все течет... С. 202-228. 日本語訳は「生」中村唯史訳、『トレブリンカの地獄』一六二―二〇一頁。
(5) Там же. С. 206. 日本語訳は前掲書、一六七頁。
(6) Там же. С. 216. 日本語訳は前掲書、一八三頁。
(7) Там же. С. 217. 日本語訳は前掲書、一八四―一八五頁。
(8) Там же. С. 225-226. 日本語訳は前掲書、一九七頁。
(9) 藤森信吉「ドンバス地域――政治・経済変動の震源地」、服部倫卓・原田義也編著『ウクライナを知るための65章』（明石書店、二〇一八年）五七―五八頁。
(10) 小西善次「ソ同盟の石炭鉱業について（一）」、『石炭評論』（日本石炭協会）第六巻第三号（一九五五年）五頁。
(11) 同前。
(12) 同前、八頁。
(13) *Гроссман,* Все течет... С. 212. 日本語訳は『トレブリンカの地獄』一七六頁。
(14) Там же. С. 218. 日本語訳は前掲書、一八五頁。
(15) Там же. С. 218. 日本語訳は前掲書、一八五頁。
(16) Там же. С. 212. 日本語訳は前掲書、一七七頁。
(17) Там же. С. 214. 日本語訳は前掲書、一八〇頁。
(18) Там же. С. 206. 日本語訳は前掲書、一六七頁。
(19) Там же. С. 217. 日本語訳は前掲書、一八四頁。
(20) 池田浩士『石炭の文学史』（インパクト出版会、二〇一二年）。
(21) *Гроссман,* Все течет... С. 219. 日本語訳は『トレブリンカの地獄』一八六―一八七頁。
(22) Там же. С. 214. 日本語訳は前掲書、一七九頁。
(23) Там же. С. 218. 日本語訳は前掲書、一八五頁。
(24) Там же. С. 205. 日本語訳は前掲書、一六六頁。

(25) Там же. С. 217-218. 日本語訳は前掲書、一八五頁。
(26) Там же. С. 216. 日本語訳は前掲書、一八三頁。
(27) Там же. С. 220. 日本語訳は前掲書、一八八頁。
(28) Там же. С. 226. 日本語訳は前掲書、一九七—一九八頁。
(29) Там же. С. 205-206. 日本語訳は前掲書、一六六頁。
(30) Там же. С. 224-225. 日本語訳は前掲書、一九五—一九六頁。
(31) ノヴァーリス『青い花』(小牧健夫訳、岩波文庫、一九三九年)一一二頁。ただし、本稿の引用は、旧仮名遣いを新仮名遣いに改めている。
(32) 同前、八〇頁。
(33) 同前、一一一頁。
(34) 同前、八四頁。
(35) 同前、八〇頁。
(36) 同前、八四頁。
(37) 池田、前掲書、五三頁。
(38) *Гроссман*, Все течет... С. 216-217. 日本語訳は『トレブリンカの地獄』一八三頁。
(39) レスコフはこれまで「民衆的」「伝統的」「ロシア的」な作家と見なされてきたが、特にその一八八〇年代の創作が、当時ロシア社会に浸透しつつあった市場経済原理に対する応答であったことが、近年明らかにされつつある。詳しくは深瀧雄太「レスコフ『不死身のゴロヴァン』試論」、『Slavica Kiotoensia』(京都大学大学院文学研究科スラブ語学スラブ文学専修年報)一号(二〇二一年)、一八五—二〇五頁/同「レスコフの「クリスマス物語」における「義人」と「贈与」のモチーフ——『怪物』と『けもの』の分析」、『ロシア語ロシア文学研究』(日本ロシア文学会)第五四号(二〇二二年)、二一—四四頁等を参照されたい。
(40) Полное собранiе сочиненiй Н.С. Лѣскова. Изданiе третье. Т. 20. С-Петербургъ: Изданiе А.Ф. Маркса, 1903. С. 95. 日本語は「アレクサンドライト」岩浅武久訳、『レスコフ作品集2——髪結いの芸術家』(中村喜和・岩浅武久訳、群像社、二〇二〇年)一五頁。
(41) Там же. С. 96. 日本語訳は前掲書、一七頁。
(42) Там же. С. 99-100. 日本語訳は前掲書、二三頁。
(43) Там же. С. 104. 日本語訳は前掲書、三一頁。

（44）　*Ф. Щербак.* Когда рядом локоть товарища // Коммунистическая нравственность: Сборник статей в помощь пропагандистам и слушателям комсомольских политкружков «Моральный кодекс строителя коммунизма». М.: Издательство ЦК ВЛКСМ. Молодая Гвардия, 1963. С. 126-127 に拠る。日本語訳は中村。ママイの手記の存在と出典については、後藤智氏の教示を受けた。記して謝意を表する。

（45）　*Гроссман,* Все течет.... С. 227. 日本語訳は『トレブリンカの地獄』二〇〇頁。

（46）　Там же. С. 227-228. 日本語訳は前掲書、二〇〇―二〇一頁。

（47）　中村唯史「「ロシア的自然」の成立過程について、およびその波及の素描」、『ロシア・東欧研究』（ロシア・東欧学会）第五二号（二〇二三年）、一九―三八頁。[https://www.jstage.jst.go.jp/article/jarees/2023/52/2023_19/_article/-char/ja/]

（48）　*Горький М.* Собрание сочинений в 30 томах. Том 14: Повесть. Рассказы 1912-1917. М.: Наука, 1972. С. 255. 日本語は著者訳。

（49）　ゴーリキーのこのような「橋渡し」の詳細については、中村唯史「一九一〇―二〇年代のゴーリキーにおける世界－宇宙像」、『SLAVISTIKA』（東京大学大学院人文社会系研究科スラヴ語スラヴ文学研究室年報）vol. XXXV（二〇二〇年）、三四三―三五八頁［https://repository.dl.itc.u-tokyo.ac.jp/records/54908］を参照されたい。

（50）　この短篇の日本語訳は「アベル（八月六日）」、『システィーナの聖母――ワシーリー・グロスマン後期作品集』（齋藤紘一訳、みすず書房、二〇一五年）、三一―六一頁。分析については、中村唯史「ワシーリー・グロスマン小論（後）　全一的な世界の終わりとその後――『アヴェル』を読む」、『みすず』六六一号（二〇一七年七月号）、八―一九頁を参照されたい。

第二部　スラヴの森

序

小椋彩

古代スラヴ人の居住地は、ヴィスワ川を中心として西はエルベ川から東はドニエストル川流域に至る、ヨーロッパの東部領域といわれる。その原住地は諸説あるが、おおまかにはカルパチアの北、ヴィスワ川中流域からドニエプル川中流域にまたがる森林と沼沢に覆われた地域で、現代ではこれはポーランド、ベラルーシ、北西ウクライナの一部にあたる。このスラヴ圏の森林地帯は、北からロシア北部のタイガ、針葉樹林へと変化し、植生の中心を占めるのは、常緑針葉樹と落葉広葉樹の混合林だ。ロシア、ベラルーシ、ポーランド東部ではカシやナラ（スラヴ語で dub）が、そのほかの地域ではブナ（スラヴ語で buk）が優勢となる。伊東一郎は、こうした植生の地域差がフォークロアにも反映することを、「ロシア民謡で頻繁に歌われる白樺はブルガリア歌謡などでは歌われず、そのかわりにポプラがしばしば登場する(1)」と指摘する。

森はスラヴ語圏の文化と密接な関係を持つ。しかしそれは、森が人間と「近しい」ことを意味しない。狩猟や養蜂、農耕を生業としていた初期のスラヴ人にとって、むしろ森とは未開の空間、人間社会や居住空間と隔絶する別世界だった。スラヴ神話やフォークロアは、森の他者性を示す記号に満ちている。森は遠くて、近づきがたくて、限りが見えないものであり、そういう意味では「あの世」に近い。森は神話的形象の住み処であり、海や山とおなじく、「非在の空間」として認識される。森は、「家」や「庭」とは対極に位置する、「身内（свой）」には属さない、あくまで「他者的（чужой）」場なのである。(2)

ジェームズ・ビリントンは、古代ロシアの農家の壁の聖なる場所にかかる二つのもの、「斧」と「イコン」に、「物質世界での闘い」と「精神世界での喜び」とを象徴させた。斧は人が森を征服するのに欠かせない。農民の基本的道具として、ときには森の木を、ときには敵を倒すのに使われた。(3)ロシアの中心がステップから森林地帯に移ることになったのはモンゴル侵攻以後だが、一四世紀以降、北方ロシアの森林を切り開いてつくられた修道院は、世俗化した空間を捨て、さらに人里離れた森へ入るという過程を繰り返すことで、森林の開拓に大きく貢献した。ロシアの画家レヴィタン（Исаак Ильич Левитан 一八六〇—一九〇〇）が好んで描いた主題の一つが、教会や修道院だった。そのうちの一枚、ヴォルガ川のほとりに、森を切り開いて修道院が建っている（「静かな住処（Тихая обитель）」、一八九〇）。人知を超えた霊的な存在が、森に護られているようにも見える。

第二部は、二〇二三年九月三〇日に開催したシンポジウム「スラヴの森」（於・北海道大学文学部）と、同二九日開催のティンティ・クラプリ氏講演会（"Russia's Arctic Indigenous Literatures in Ecocritical and Postcolonial Perspective"、於・北海道大学スラブ・ユーラシア研究センター）に基づく。欧州やロシア北極圏の森や自然の表現への考察を通して、各論考は読者に「他者」や「境界」の存在への考察を促す。

阿部の論考「「ボヘミアの森」の表象」は、一九世紀の二人の作家の作品を通して、「森」の描かれ方の変容を検討している。チェコ、ドイツ、オーストリアの三国に跨るこの森は、多様な言語文化の場であった。同じ一つの森であっても、異なる言語話者によって表象は変わる。「ボヘミアの森」を文学的主題として高め、その作品が「郷土文学」と呼ばれるドイツ語作家シュティフター。一方、クロステルマンは、オーストリア北東部のドイツ系の家庭に生まれ育ったが、チェコ人としての民族意識を抱き、ドイツ語に加え、チェコ語で執筆を行った。彼がドイツ語で執筆した『ボヘミア森のスケッチ』の背景には「植民化によって変化を遂げる森に対する危機感」があったという。この作品が契機となり、チェコ語で代表作『森の孤独の世界より』が生まれたが、描かれている森は、シュティフターのような牧歌的世界ではなく、過酷な生存競争が行われる場所として、人にしばしば無力感をすら抱かせる。経歴や詩の本質的特徴に多数の共通点があるにもかかわらず、二人の作家の一つの森をめぐる表象は対極的だ。しかし作家たちが「自然のなかでの多様な差異への関心」をこそ共有するとの阿部の指摘は、一九世紀のチェコとドイツに民族対立ばかりを見てしまう、単純で一面的な読みを退けている。

一つの「森」をめぐるイメージの多様性は、越野論考でも考察されるテーマだ。「ソ連時代のベラルーシの原生林とバイソンのイメージ」は、ビャウォヴィエジャの原生林に棲む野生動物バイソンのイメージがベラルーシの文化においてどう位置づけられてきたか、とくにラテン語で書かれたニコラウス・フッソヴィアヌスの『バイソンの歌』(一五二三年)を中心に考察する。ベラルーシの自然は北部ヨーロッパと連続し、主要な風景は「森と湖」だ。そんな「森の国」であるベラルーシの文学は、野生のヨーロッパバイソンの表象に特別な地位を与えてきた。ほぼ『バイソンの歌』の作者としてのみその名を知られるフッソヴィアヌスは、ポーランド文学の詩人として紹介されることが多いが、ポーランド文学史におけるその扱いは「異端的」だ。一方、ベラルーシにおいては、ルネサンス期を代表する、ベラルーシ文学史上の大詩人という位置づけがされる。国境線がたびたび引き直されてきた、この中東欧地域で、ルネサンスやバロックの時期にラテン語で書かれた作品(ネオラテン文学)がどこの文学史に帰属するか、確定が困難であることが指摘される。論考はベラルーシとポーランド(かつてのポーランド・リトアニア共和国)に広がるビャウォヴィエジャの森を通じて、言語文化と政治的境界線の不一致を示唆する。

「森で死者の声を聴く——現代ポーランド文学の事例から」で、菅原が注目するのはポーランド史、ポーランドの記憶文化に根差した森の在り方である。自然の森は本来、時間経過による変化を免れないから、記憶の保存には適さない。それゆえに、ポーランド国家受難の記憶と容易に結びつく虐殺や戦争犯罪の現場となりえたのだが、その一方で、昨今、ポーランドが伝統的に他者とみなして排除してきた人々の記憶を永続化する場ともなっている。社会主義体制崩壊後、ポーランド史の新たな側面にますます注目が集まるにつれ、これまでは無視されてきた「森の中の遺物」が、文化遺産や観光名所として保管され、それが「国民の記憶」の再創造に寄与しているという。森のこうした異なるあり方は、その対照がきわだつものだが、これに加えて、記憶の実践の第三の形として菅原が指摘するのが、より積極的な「記憶実践」である。森は、虐殺され、埋められて隠蔽された死者の遺体を養分にして育つ。だから、「森を通じて、森とそこに生えた樹木という存在を通して、その下に埋められた死者の記憶を呼び覚まし、死者の「声」に耳を傾けること」が可能になる。「森」の存在を通したそうした記憶実践の可能性を、菅原は現代ポーランド文学（モニカ・シュナイデルマン『からっぽの森』、オルガ・トカルチュク『昼の家、夜の家』、『死者の骨に汝の犂を通せ』）に指摘している。なかでもトカルチュクの『死者の骨に汝の犂を通せ』は、エコフェミニズム、エコスリラーとして発表当初から話題を呼んだが、これを「大量虐殺の過去」と結びつけるという視点は、記憶の表象に長年関心を寄せてきた筆者ならではのもので、斬新かつ説得力がある。

近年の人類学においては、「自然と文化」という単純な二項対立が主題となっているという。自然と文化の二元論を問い直す人類学的研究で、文学研究にも用いられているのがエドゥアルド・コーンの『森は考える——人間的なるものを越えた人類学』である。(4) コーンによればアマゾンの熱帯雨林の複雑な網の目状の生態系は、人間や動物ばかりでなく、精霊や自然もその構成要員である。「考える」のはヒトだけでなく、「森」もまた考えるのである。パースの記号論を介したこのコーンの議論から導かれるのは、異種間のパースペクティヴ（視点）の交換、すなわちパースペクティヴィズムへのまなざしであり、これは「非人間中心主義的ナラティヴ」の分析的枠組みとして発展的に用いられている。

松前論文「森で目に見えない存在を聞く――ブルガリアの森をめぐる語りに関する試論」は、フォークロアに注目し、ブルガリアの森を文化人類学的視点から論じている。松前の考察のきっかけは、森や平原に住むというブルガリアの神話的存在「サモディヴァ」だ。人が住む共同体とは一線を画する場所、いわば人にとっての「異界」の住人であるサモディヴァの外見のイメージは様々だ。しかし本論文の眼目は、神話的形象のイメージ分析にあるのではない。筆者は、ある語り手が口にしたサモディヴァの経験への違和感から、自らが「視覚中心主義」を暗黙の大前提としていなかったかと省みる。一九九〇年代以降の「存在論的転回」と言われる潮流の中で、「自然と文化」「自然と社会」といった文化人類学における二項対立的区分は根本的に見直されるようになった。こうした存在論的人類学は、他者の現実をいかにとらえるかという、人類学にとっての普遍的問題と結びついている。複雑な論理や価値、システムが存在する中で、人々はそれらを、それぞれの形で「調整」しているのであり、安易な「存在論設定」では整理できない。本論の「森」は、そうした存在論的前提の多様性を自覚させるトポスとしてたちあらわれる。

ティンティ・クラプリの論考では文学史の書き換えをめぐる議論が展開される。「北の隣人たち――エコクリティシズムおよびポストコロニアリズムの視点から見たロシア北極圏先住民文学」は、ソヴィエト後期からポスト・ソヴィエト期の、ロシア北極圏の少数民族文学を扱う。北方ロシアにはウラル系先住民族が多く居住する。彼らの文学、たとえば、ロシア北部のムルマンスク州に位置するコラ半島のサーミ文学は、「ロシア」と「サーミ」、両方の文化やフォークロアに依拠した複合的なもので、「ロシア」文学や「サーミ」文学のような排他的分類は必ずしもそぐわない。マイノリティのアイデンティティ問題や、周縁化の経験が頻出するのも特徴だ。（ほかの多くの先住民文学と同様）自然中心主義を特徴とするこうした文学は、いかにもエコクリティシズムの分析対象に相応しく見える。しかしクラプリは先住民文学者のアン・ハイスの主張を引き、先住民の世界観は必ずしも「自然と人間との対立」という、西洋的・近代的二項対立と一致しないため、エコクリティシズムが先住民文学の「自然」という概念を扱うにも注意が必要であるという。北方の先住民文学は、長らく、北方民族の言語・文学の一部として研究されてきた。本論の「隣人性」とは、北極圏の人間と人間以外の関係を指すと同時に、北極圏文学とロシア・ソヴィエト文学との関係も意味している。先住民文学にエコクリティシズム的観点から注目が集まるいま、これらの文学がロシアによる脱植民地化のプロセスに直接関与しているという指摘は示唆的だ。本論中のテクスト分析は、先住民の搾取の歴史を先住民自らが語る契機として、興味深い例を提示している。

［注］

（1）スラヴ圏の植生とフォークロアについて、伊東一郎による自然環境に関する記述を参照。森安達也編『スラヴ民族と東欧ロシア』山川出版社、一九八六年、六二―六三頁。

（2）Славянские древности: Этнолингвистический словарь в 5-ти тт. / Под общей ред. Н. И. Толстого. М., 2012. Т. 3. С. 3763.

（3）ジェームズ・ビリントン（藤野幸雄訳）『聖像画と手斧――ロシア文化史試論』勉誠社、二〇〇〇年、二七頁。

（4）エドゥアルド・コーン（奥野克己・近藤宏監訳、近藤紙祉秋・二文字屋脩共訳）『森は考える――人間的なるものを越えた人類学』亜紀書房、二〇一三年。

「ボヘミアの森」の表象

阿部賢一

「民俗知」(folk knowledge)としての「森」

グリム童話の例を出すまでもなく、おとぎ話や民話において、森はしばしば物語の場となっている。植生が鬱蒼とした森は、人間の知性では測り知れない場であり、合理的な価値基準で分節されることを拒絶する。不可知な点があるため「誰も森を支配することはできないが、森はひとの人生を変え、運命を変える力をもっている[1]」と考えられ、「異界」でもあり、「アジール」でもあった森は、人びとの想像力を刺激し続けて、文学や芸術において様々な題材を提供してきた[2]。現代文学においても、大江健三郎が『万延元年のフットボール』(一九六七年)、『同時代ゲーム』(一九七九年)、『M/Tと森のフシギの物語』(一九八六年)などを通して記憶と歴史が交錯する場として「森」を描いてきたことは知られている。

これまで、文学者や芸術家の森への関心はそれぞれの領域で限定的に論じられてきたが、近年、「民俗知(folk

knowledge)」あるいは「在来知」といった観点から、森林を多面的に捉えようとする動きが見られる。「単に情報としての知識」あるいは有益な価値としてだけではなく、「信仰体系や世界観などと一体を成す統合的な概念」[3]として、森を捉えようとする試みである。民話や風習といったものを「暗黙知」として捉え直すことは「森」という場を考える機会になるだけではなく、人文学という営みの意義を問い直す機会にもなるだろう。

さて、本稿では、一九世紀の二人の作家の作品を題材にして、中欧の森、具体的に「ボヘミアの森」の表象を検討してみたい。「森」はしばしば文明社会と対置される一方で、森自体は不分明な場として論じられることが多い。だが「ボヘミアの森」は三つの国に跨り、その地に暮らす人々の言語文化も異なっている。同じ一つの森が、異なる言語話者によって、どのように捉えられているか比較してみることは、森の文化史もしくは比較文学の観点からも興味深い論点を提供するものとなるだろう。

一つの森、二つの名前、三つの国

まずは「ボヘミアの森」の概略を素描してみよう。今日のチェコ共和国南部、ドイツ・バイエルン東部、そしてオーストリア・オーバーエスターライヒ州の北西に位置するミュール地方に跨るこの森は、ドイツ語では「ボヘミアの森（Böhmerwald）」と呼ばれ、チェコ語では「シュマヴァ（Šumava）」と呼ばれている。チェコ語で「ヴルタヴァ」、ドイツ語で「モルダウ」と呼ばれる川の水源があるこの地は、チェコ語ではかつて単に「森」（les）と呼ばれていたが、一七世紀、古代スラヴ語の šuma「森」に由来する Šumava「シュマヴァ」という名称が使われ始め、一九世紀の地図で同表現が採用されたとされる。標高は八〇〇メートルから一四〇〇メートル級であり、この地域で最も高いのはバイエルンに位置するグローサー・アーバー山（一四五六メートル）である。

中世、ゲルマンの大半の地が森であったが、バイエルン地方からドイツ語話者がこの地に入植したのは、一二世紀から一四世紀にかけてのこととされ、以降、バイエルンとボヘミアを結ぶ交易路となる。林業はもちろんだが、高熱加工に必要な木材が豊富にあったことからガラス産業が反映し、マリア・テレジアの時代には四〇もの工房がこの地域にあったとされる。

ボヘミアの森は、今日、ドイツ、チェコ、オーストリアという三つの国境が跨っているが、このような国境が画定されたのは近代に入ってからではない。古くから、バイエルン（ドイツ）、ボヘミア（チェコ）、オーストリアという三つの国が境界を接してきたからだ。そのような歴史的背景を如実に示しているのが「三つの安楽椅子（ドイツ語 Dreisesselberg、チェコ語 Třístoličník）」と呼ばれる山である。今日ではバイエルン州に位置するこの山については「その昔、太古の異教の時代には山の上に三人の王様が座っていて、ボヘミア、バイエルン、オーストリアの三国の国境を決めていた(4)」という逸話も残っている。

この地ではドイツ語が広く話されていたが、一九世紀のいわゆる民族再生運動の流れの中、チェコ語話者も入植し、徐々にチェコ語による文筆活動も行なわれていく。一八八四年には「ボヘミアの森協会（Böhmerwaldbund）」、「シュマヴァ民族協会（Národní jednota pošumavská）」がそれぞれ設立され、前者はドイツ語で、後者はチェコ語での文化、経済活動の啓蒙を各地で行ない、図書室を開設したり、アマチュア演劇の公演などを企画したりした。「ボヘミアの森」を初めて体系的に文学作品のなかで取り上げたのは、ドイツ語作家のアーダルベルト・シュティフターであり、チェコ語の領域で同様な活躍を見せたのがカレル・クロステルマンである。活動の時期は数十年の差があるが、ともに、この土地と深い関係がある。だがドイツ語とチェコ語でそれぞれ執筆したため、前者は「オーストリア文学」、後者は「チェコ文学」という異なる「文学史」の文脈で個別に論じられることが多い。ここでは、シュティフターとクロステルマンが描いた「ボヘミアの森」の同一性と差異はどのようなものなのか、考察を行なってみたい。

アーダルベルト・シュティフター――「森のように考える」作家

「ボヘミアの森」を文学的な主題として高めたのは、オーストリアのドイツ語作家アーダルベルト・シュティフター（Adalbert Stifter 一八〇五―一八六八）である。彼の名は、しばしば「郷土文学」という名称と結び付けられることがある。ウィーンを中心に都市化、産業化が進む一九世紀のオーストリアにおいて、都市文化が「堕落」という価値付けがなされたのに対して、農村の生活を賛美する求心力が生じる。そこで描かれるのは、「畑地と教会と村の居酒屋との間で営まれる生活、村を囲む雪に覆われた山をけっして越えることのない生活の賛美[5]」であった。次々と新たな展開や葛藤が生じる都市ではなく、豊かな自然の恵みを享受する慎み深い人々の生を描いたのは、ほかならぬシュティフターであった。「緑の牧草地、人の声よりも賢明に風が語る、暗いざわめく喬木林。さびしい、しかし勤勉な人々の住む村。好もしい質素な家屋。不変の四季の移り変わり。人々の変わらぬ身振りと感情に支えられた宗教的儀式[6]」こそが彼の世界だという指摘にあるように、自然、とりわけボヘミアの森が、しばしば彼の作品の舞台となっている。

シュティフターがボヘミアの森を題材として取上げたのは、南ボヘミアのオーバープラーン（現、チェコ共和国のホルニー・プラナー）（**別図1**）で生まれ、幼少期を過ごしているからである。一二歳の時に父を失い、クレムスミュンスターの修道院付属学校で学んだのち、ウィーン大学で法律、哲学、数学などを学ぶ。当初は画家を志すが、文筆で才覚を表し、その後文筆業に専念するが、一八四八年の三月革命に衝撃を受け、リンツへ移住する。小学校視学官を務めながら、『石さまざま』（一八五三）、『晩夏』（一八五七）など、代表作を次々と発表した。

作家とボヘミアのつながりはその作品でもしばしば見られる。なかでも、代表的なものが、一二世紀のボヘミアを舞台にした歴史小説『ヴィティコー』(一八六五—一八六七)である。歴史家フランチシェク・パラツキーの『ボヘミアの歴史』、W・トメク『プラハの歴史』などを参照しながら、シュティフターが物語の中心に置いたのは、プシェミスル王朝の騎士ヴィティコー(チェコ名ヴィーテク)である。物語は、一一三八年、パッサウから南ボヘミアを経て、プラハへと向かう光景から始まり、オーバープラーンがしばしば重要な土地として描かれている。前書きで記されているように、この地に残された居城の廃墟で作家が過ごした日々がこの一族の来歴を記す契機となっている。それは、バイエルンにハインリヒ尊大公、オーストリアにはレオポルト辺境伯、ボヘミアにソビェスラフ一世が君臨している時代のことであった。だが、シュティフターの関心は、近代的な民族対立には向かうことはない。ドイツかスラヴかという選択を迫ることはなく、「主人公にドイツの髪形をさせ、ボヘミアのかぶり物をかぶらせることで、その形姿をどっちともつかぬものにしている」[7]からだ。また高貴な生まれのヴィティコーはボヘミアの森で農夫のような生活をしており、貴族と農民という階層の差異もここでは曖昧になっている。

そして何よりも、本稿との関係で着目すべきは、ヴィティコーが少女ベルタと言葉を交わした際に発する一文である。ヴィティコーは、ブレッケンシュタイン、オーバープラーンに到着し、黒い湖を眼下に収めながら道を下り、ハインリヒの館を訪れる。美しい歌声の持主の少女ベルタが道中の幸運を祈って言葉を掛けると、彼はこう返答する。

わたしには歌うことは出来ません、しかし森のように考えることは出来ます。[8]

「森のように考える」という表現は森の擬人化であり、「永遠性」と「凡庸性」[9]という属性からも論じられることもあるが、シュティフターが主要な作品を通して「森」という場に並々ならぬ意味を付与していることは事実であろう。また「歌う」ことと「考える」ことの対比も示唆深い。森は「歌う」こと、つまり、表現することはできないが、言葉を発しない森に共感を抱くことで、森の思考を疑似的に体験しうる可能性を暗示しているからだ。もちろん、自然との共生をめぐっては他の作品でも見受けられるが、ここではボヘミアの森を舞台とする作品を通して、その表象について検討を試みたい。

ボヘミアの森が地詩学的に明示されている作品は数多くあるが、その代表的なものが、ロマン派文学の息吹が感じられる『高い森（Der Hochwald)』（一八四一）である。三十年戦争を題材にし、「アジール」としての森という要素を組み込みながら、ボヘミアの森の普遍性と可変性を扱った作品である。その際、書き手が意識するのは「この森の谷間の陰鬱ながらも美しい姿を、せめて千分の一でもうまく再現できたらいいのだが[10]」という一節からもわかるように、森という自然の対象を描くことの不可能性である。だが、その困難を感じながらも、語り手である「私」は城壁に腰かけながら、二百年前、この森で起きたであろう出来事を語り出す。森を描く際、シュティフターはしばしば過去へと視線を向ける。

以下では、二つの作品を手がかりにして、シュティフターにおけるボヘミアの森の表象を考えてみよう。

『書き込みのある樅の木』

『書き込みのある樅の木（Der beschriebene Tännling)』（一八四六）における冒頭は、シュティフターの森の描出方法を考える上で興味深い視点を提供してくれる。いくつか例を挙げよう。

まず、書き出しは次のように始まっている。

ボヘミア南部に位置するクルムアウ公国の地図をよく眺めると、ボヘミアとバイエルンのあいだの大森林地帯を表す仄暗い場所に、奇妙で不思議な名前がいろいろと書き込まれているのが見つかる。[11]

「地図」は言うまでもなく記号と文字を用いた空間表象である。実際に移動する際の目印として機能することもあれば、あるいは、空間を全体的に補足するための俯瞰的な視点をも提供する。だが、ここで描出されるのは、メルクマールに富む都市や農村といった場ではなく、人びとの痕跡が乏しい森林地帯であるため、「仄暗い場所」として形容される。道もなければ、目印もなく、歩行者の空間認識を手助ける記号が欠落しているからだ。だが、道標がないそのような場所であっても、完全な未開の地というわけではない。「高い唐檜」、「黒い切り株」といった「奇妙で不思議な名前」が書き込まれているからである。ここで言及される名前は都市や農村の名称といった公的なものでも、教会などの建造物でもなく、狩人や密輸人が名づけた私的な名称である。それは、地形の捕捉という俯瞰的な表象のなかに、歩行者の体験にもとづく個別の視点が刻まれていること、広大な森という巨視的な視点のなかに点のような微視的な視点が介在していることを、しかもその両者が有機的な関係のうえに成り立っていることを示している。そして、多くの人の目に留まらない、地図上の一点には、森に囲まれた環境で暮らす人々の生と物語があることを想起させていくのである。

続く第二段落では、「ボヘミア側の土地」にある「書き込みのある樅の木」という空間における一点が定められ、語りの視点の焦点化が行われる。数多くある植生のなかから、まず「若い樅の木（Tännling）」が選び出され、さらに幹にハートや名前などが刻み込まれた樅の木に焦点があてられていく。その際、特徴的であるのが、「現在、旅人が「書き込みのある樅の木」と呼ばれる場所に行くと、確かにそこに樅が立っているのを目にするが、この木はもはや若木ではない。〔……〕高齢の巨木である」[12]とあるように、時間の経過という要素が加味されている点である。つまり、旅人が目にする木は地図で言及されたあの木と同じでありながらも別のもの、木そのものは同一だが若木から老木へと変容していることが示され、つねに変化し続ける森の様相が浮かび上がる。言うまでもなく、成長を続けるのは焦点化された木だけではなく、その周囲には「千倍もの、数え切れないほどの樅」が立っていることにも触れられ、個々人に様々な物語があるように、森の無数の木の一本一本にそれぞれの来歴があることが示唆され、再度、森の広大さが強調される。そして「森林は、ボヘミアとバイエルンとの間に延びる隆起した地域全体に広がっている(13)」とあるように、人為的な境界線である国境とは関係なく広がる森林のあり様が指摘される。

第二段落の叙述を整理すると、時間の経過に伴う変化、個体毎の差異、国境をまたがる植生の様相といった点に触れながら、広大な森の中の一本の木という焦点化が行われている。焦点化がなされた樅の木は人間の痕跡が刻印されたものであることから、自然と人間を同じ位相で語ろうとする作家の意図も垣間見えるものとなっている。森はけっして背景ではなく、ボヘミアの森に暮らす人の営みを語るうえで不可欠な要素として描かれているのである。

このような前提をもとにして、物語の主たる舞台が第三段落において語られる。オーストリア側にひらけ、伐木された谷間が描写されるが、それは物語の出来事の大部分が「この谷間」で起こるからである。ここにおいて、物語の視点が明確に措定されるだけではなく、谷間の中心に位置する町オーバープラーン、蛇行するモルダウ川(ヴルタヴァ川)、十字架山《クロイツベルク》といった固有名詞も列挙され、空間的な認識軸が定まっていく。さらに、地図には載っていないが、土地の人であれば知っている岩、小屋、教会、古い道についての説明がなされ、単なる地形に加え、歴史のある生活空間の描写がなされる。ここにおいて、森の描写から、森に暮らす人々の営みの描写へと視点が移行し、本格的に物語が始まる。最初の告解の日に聖母に正直にねがったことは必ず叶うという民間伝承を下敷きにして、その祈りをささげたハンナと、信心深いハンスの関係の行方が描かれていく。

三人称で語られる本作の特徴として、「オーバープラーン」という土地およびその住民の視点が前景化している点が挙げられる。「オーバープラーンで信じられているところによれば(14)」といった表現が随時挿入される形で物語が進行し、その土地の風習や民間信仰が強調され、物語の地誌的な要素を高めている。それに加えて地誌的な要素となっているのが伐採地の描写である。この地は林業が盛んであることでも知られ、「多彩な伐採地」と題された第二章では伐採された森林についての描写もある。その際、興味深いのが自然を主語とする表現が見られることである。[15] 例えば、伐採され、切り株が立ち並ぶ箇所については「青空が、雲が、長い年月覗かれることなどなかった地面、いまや露わになった地面を、覗き込むのだ[16]」と表現され、空や雲の視点から伐採地が描かれている。また伐採されたあとの自然の植生の逞しさも並行して描かれ、壮麗な森が復活する生命の循環が強調される。人間の利益のためになされる伐採は、ここでは植物、森の復活として捉えられている。

このように、本作では、人間の生と植物の生の有機的な交流と共鳴が巧みに描写され、都会には見られない自然と人間の調和が具体的な地誌的要素とともに書き込まれている。

『森ゆく人』

一八四七年に発表された『森ゆく人 (Der Waldgänger)』もまたオーバープラーンが物語の舞台となっている。『書き込みのある樅の木』同様、本作においても、ボヘミアの森、オーバープラーンの描写から始まり、その後、この地に暮らす人々の物語、今回は、北ドイツから移住し、森に住み着き、「森ゆく人」と呼ばれる人物の物語が、作品の中核で展開される。

本作における「ボヘミアの森」は二重の境界のトポスとして描かれている。冒頭、オプ・デア・エンスと呼ばれる上部オーストリアとボヘミアの森のある地方という南北の対比がなされる。前者は「宝石」「明るく華やかな山岳地帯」「美しいわたしたちの祖国」といった語彙で形容されるのに対し、後者は、「目立たない」「辺鄙な」「質素で人目につかない」という語彙が用いられる。前者を訪れた者は楽しげに回想するのに対して、後者は旅人さえ訪れない。だが語り手は後者の地を擬人化して、こう語る。「ひとたびこの地方を知り愛したことのある者は、一度だって強く求めたり無理強いしたこともなく、彼にすべてを与えてくれた、今は亡き慎ましく優しかった女性の俤を追い求めるように、甘美な悲しみを抱いてこの地方を思い起こすだろう[17]」と。このようにして、その土地は、女性という愛すべき対象に喩えられると同時に、現在や未来ではなく、回想すべき過去として描かれ、この土地に関連した女性との叶わぬ恋が物語早々暗示されるのである。つまり、ここでのボヘミアの森は上部オーストリアの山岳地帯との地理的な境界であり、語り手の現在と過去を分かつ時間的な境界となっている。

それゆえ、境界の描写はつねに時間表現を伴ってなされる。恋愛を体験する前の若かりし頃には「およそ境界などというものが全くなかった」と発するのに対し、彼女との出会い以降、「彼は境界線上に立って、目立たないほうの地方を振り返って見た[18]」と境界を意識したうえで叙述がなされる。様々な人生体験を経て、目にする景色の様相が一変したため、かつては意識していなかった空間的かつ時間的な境界が浮かび上がってくるのである。だが、境界という意識を抱くのはあくまでも人間という主体であり、森という自然にとって境界は無縁な存在である。秋の草原に立った語り手は、眼下に広がる光景を次のように描写する。

小さな森があちらこちらと帯状に拡がり、その間に連なる幾多の畑がすでに鋤き返され、好天続きで土塊は色褪せていた。一段と秋色を深めたボヘミアの丘陵までこのような景色が続くミュール地方全体に、暗褐色の雲の笠が懸かっていた。そして雲の各部分は上層部に鉛色を見せながら、下層部ではもっと淡い青色をなし、点在する様々な形の小さい森の上に影を落していた。そのために、渇いて灰色になった畑の中に、森は濃紺の帯となって連なっていた。やがてボヘミアの森のさらに濃紺の緑が灰色の雲と混ざり合い、境界線も判然としないまま雲に溶け込んでいた[19]。

グリザイユのような色彩表現が用いられているのは偶然ではない。それはまさに緩やかなグラデーションのある曖昧な色調、つまり明確な境界線の対極にある表現であるからだ。このようにして、人為的な境界は自然のなかでは無化されていく。

だが、シュティフターがこの物語を執筆した一九世紀中葉は民族間の差異が意識されはじめた時代でもあり、その一端は、次の一節から窺い知ることができる。

さらに北に進むと、この地方の丘陵の姿が消える。それとともにドイツの風俗習慣、言語と服装もとだえ、平地が始まるにつれてスラヴの言語と服装が見られるようになる。かつてゲルマン諸族の波が西に向って流れ、その背後にいた民族が見捨てられていた居住地に徐々に移った大昔の時代に、ゲルマン民族の残りのものが森に留まることになったのだろう。彼らは森をこよなく愛し、狩猟をしながら孤立して暮らした。後続の民族はそうする必要がなかったために、先住民族のあとを追って森に入ろうとはしなかった。その結果、先住民族は今日なお森に留まっている。[20]

ドイツとスラヴ（あるいはチェコ）という民族間の境界線がここでは明らかに引かれている。しかしながら、同時代の多くの作家とは異なり、シュティフターは民族対立の構図を作中で展開することはない。この作品で描かれる境界は、民族的なものではなく、あくまでも個人の内部で感じられるものでしかない。いや、人間が感じるそのような境界でさえも、自然の尺度によって無化されてしまう。人間と自然の調和はモティーフとして現れるだけではなく、比喩表現でも見受けられる。例えば、「愛はひたすら前進し、後戻りすることがない。そのことはいろんな植物を見ればよく分る[21]」とあるように、人間の営みが描かれる際、植生の振る舞いがしばしば参照されるのである。

これまで見てきたように、シュティフターにとっての森は、人間に対置される脅威ではなく、時に人間の尺度を無化させる高次なる存在であり、それゆえ、しばしば宗教的な語彙が用いられている。だが、同時に、そのように森を意識するには、自分とは異なるものという意識が必要である。それゆえ、彼の作品で森を語るのは往々にして「森からいったん出て、戻ってきた人」、つまり「移動者」なのである。「この地方の住民は、どこへ行っても周囲の森を眺めることに慣れていたので、〔……〕森の美しさに心を奪われることもなったので、〔……〕決して森に入ることはない[22]」とあるが、シュティフターがオーバープラーンを離れてリンツに渡ってからこの地の文学を描いたように、森を森として意識するには距離が必要であった。ボヘミアの森を描くにはボヘミアの森を離れなければならなかったのである。

シュマヴァの作家――カレル・クロステルマン

一九世紀中葉、シュティフターはドイツ語でボヘミアの森を舞台にした作品を次々と発表したが、その頃はまだ同地を描くチェコ語作品は数少なかった。ボヘミアの内地から植民は一九世紀になってようやく本格化したということに加え、民族再生運動に伴うチェコ語による文筆活動の波の到来が遅かったためである。チェコ文学における「シュマヴァ」（以降ではチェコ語の観点から論じるため、ボヘミアの森はシュマヴァと表記する）のイメージが明確に打ち出されたのは、出版者ヤン・オットーが手掛けた『チェコ』（一八八三―一九〇八）だろう。全一四巻におよぶこの連作は、副題に「チェコの作家と芸術家の共同作業による」とあるように、チェコの様々な土地をめぐる文学作品と絵画作品を収録したガイドブック兼アンソロジーであり、その第一巻が「シュマヴァ」（一八八三）であった。シュマヴァについては「原生林」といった言葉が同書でよく使われているように、プラハなどの都会の人々の異国情緒を刺激する未開の土地という位置づけが強かった。
それに対し、この土地を熟知した人物としてシュマヴァを描いたのが、カレル・クロステルマン（Karel Klostermann 一八四八―一九二三）である。一八四八年、オーストリア北東部のハークに生まれた彼は名前の綴りからもわかるようにドイツ系の家庭に生まれ育ったが、チェコ人としての民族意識を抱き、ドイツ語に加え、チェコ語で執筆を行なった。一八四九年にシュマヴァのスシツェに移住したのち、ピーセク、クラトヴィでギムナジウムを卒業、その後ウィーン大学で医学を学ぶ。家庭教師を経て、一八七三年、プルゼン実科ギムナジウムの教員となる。以降、多くの時間をシュマヴァで過ごし、雑誌や新聞にエッセイを寄稿しはじめ、一八九〇年、ドイツ語の著作『ボヘミアの森のスケッチ』を自費で出版する。次の引用からもわかるように、同書執筆の背景には植民化によって変化を遂げる森に対する危機感があった。

『チェコ』第一巻「シュマヴァ」（1883年）の挿絵。

わかっていただきたい。ここは美しい、他の場所と比べられないほど美しい。人間は自然からその永遠の魅力を奪うことはできなかった。だが、ボヘミアの森の典型をなす特徴、崇高かつ神聖な静けさ、そよめくトウヒの森の詩情は、ああ、永遠に消えてしまったのだ![23]

同書を読んだチェコの愛郷的雑誌『啓蒙』の編集主幹ヴァーツラフ・ヴルチェクはクロステルマンに手紙を送り、シュマヴァを題材にしたより長い作品の執筆を打診する。クロステルマンは申し出を快諾し、以降、チェコ語での執筆が本格化し、一八九一年には代表作である長編小説『森の孤独の世界より』が刊行される。その後も、『シュマヴァの楽園で』『シュマヴァの森の中心で』『ポシュマヴァ地方のラプソディー』など、シュマヴァを舞台にした作品を次々と発表し、文字通り「シュマヴァの作家」として自他ともに認められる存在になったのである。

『森の孤独の世界から』

作家クロステルマンの名前を知らしめる契機となったのが、小説『森の孤独の世界より』(一八九一年に雑誌に掲載され、一八九四年に単行本として刊行)である。

ここでの森は、シュティフターの牧歌的な世界ではなく、過酷な生存競争が行なわれる場である。それゆえ、ここで描かれるのは、「民衆の生活、風俗、道徳を描き、農村の人間の厳しい自然との闘い、一切れのパンを得るための闘い、貧窮化が集団移住につながる様子[24]」である。

具体的に、冒頭のシーンを読んでみよう。

バイエルン国境から半時間ほどの場所に位置し、森と沼地に囲まれ、三〇年前であれば人間の足跡すらなかったピュルストリンクにいる森の住人コジャーンの身に、一八六X年、どういう運命が襲いかかったか、知る者はいない。上まで生い茂った平地。緑の牧草地、繁茂した灰色の苔に囲まれて、柘榴石のような赤色の小川が曲がりくねっている。若いオタヴァ川が湧き出ているのは、ルズニー山の内部で、そこにはまだ金鉱があるとされ、はるか昔には、高価な金属の余りを「曲がりくねった」川に差し出していたという。だが、もはや金の余剰はない。森番の扉から出ると、ルズニーの山が目の前に聳え、南方の平野を閉じている。凹凸のある白い頭は、白い霧、黒い雲に覆われて、そこに立っている。この数十年の変化を嘆くように、永遠に沈黙し、微動だにせず立っている。右手の西側では、プラッテンハウゼンの平原、大小のスピッツベルクと接し、左手の東側では、モールコップフ、マルベルクと接しているが、どこも頂まで森が生い茂っている。深い峡谷もなければ、山のあいだの裂け目もなく、穏やかな斜面の麓に狭い谷があるばかり。沼地の砂漠は醜く、動かず、絶望的なまでに形に変化がない。寒さと湿気のために貧しい森は生育することがない。繁茂しているのは這松ばかりで、そのせいで道はどこにも連なっていない。無数の幹が黴びて朽ちている。その下を黒い水がゆっくり流れ、あちこちの深い水溜りで足を止めている。音もなければ、生命もなく、鳥もいなければ、おそらく一匹の虫さえない。下界では迷惑な、しつこい蚊がいるかと探しても見つけることはできない。

これは、森の住人コジャーンが支配する帝国だった。何者も止めることのできない主であり、家臣たちが秩序を形作る労力を厭わない支配者だった。[25]

まずここでは物語の舞台となる時代と場所の説明がなされている。舞台となるのは、一八六〇年代のピュルストリンクである。バイエルンとの国境のジェレズナー・ルーダの南東に位置し、現在のチェコ共和国のブジェズニークである。海抜一四〇〇メートルの高さがあり、山に囲まれた地形のため冷たい風が流れ込み、一年のうち一五〇日は積雪状態あるシュマヴァで最も低温の地帯である。[26]そのため、引用にある通り、一九世紀以前はまったく人の住んでいない未開の地であった。一七九八年、シュヴァルツェンベルク家の領地となり、一八〇三年には同地に森番の木造施設が建設され、以降、徐々に植民が始まるが、入植者数は限られていた。そのような過酷な状況のなかで森番コジャーンが生活を営んでいるが、「沼地の砂漠は醜く、動かず、絶望的なまでに形に変化がない」とあるように、その自然は醜さ、変化のなさ、絶望といった語彙に特徴づけられている。それゆえ、過酷な自然という「帝国」に立ち向かう人間は「主」として君臨し、四〇歳を過ぎたばかりのコジャーンは「ヘラクレス」に喩えられる。

一〇月から五月にかけて外の世界との往来が遮断されるため、地元の人々との数少ない交流そのものが日常生活となっていく。コジャーンの近くに住む猟場番のヴァヴルフは、ある時、数名の樵の訪問を受ける。伐採する木を巡って議論をしていると、ある男が言葉を挟む。

「お前らは、いったい何を知っているんだ！ 下に行ったことないだろ！ ブジェヨヴィツェに行ったことのない奴は、何も見ていないのと同じ。ここにあるのが世界だって？ ここにあるのは森で、世界ではない。世界には畑がある、素晴らしい畑が！ 世界には美しいものがあり、すべてがこのテーブルみたいにまっすぐなんだ[27]」

チェスケー・ブジェヨヴィツェは南ボヘミアの中心都市であり、シュマヴァとは別世界である。この人物が「ここにあるのは森で、世界ではない」と述べるように、畑や美しいものであふれる「世界」はここにはない。「森」は、人が住むべき「世界」として見なされていないのである。では、この地を離れることができるかというと、それもできない。樵や猟師のそれぞれの仕事は森と結びついており、また交通も遮断され、外の世界との往来や交流もほとんどない。それゆえ、森は「揺りかごであり、棺[28]」でもあるという言葉すら発せられるのだ。

もちろん、この地を訪れる若者カレルは物語の展開を促す役回りを担い、様々な常識のずれを明るみにする。明かりはないかと若者にたずねられたヴァヴルフは、ランプはあるが油はない、光は天から注いでいるだろうと答え、森番の世話をする老婆はボヘミアには楽園があるけど、ここには醜い風景しかないでしょうと声をかける。カレルと唯一対等に話すのはヴァヴルフの娘カティで、その美しさにカレルは魅了される。学校に通っていないカティは文字を読めないが、そのことに何の恥じらいもおぼえていない。カティは森を体現する存在で、カレルが彼女とどのように付き合っていくかが物語の一つの軸となっており、それは人間と人間、人間と自然の関係の考察を促す二重の役割を担っている。

いずれにしても、本作における森は、牧歌的なものではなく、しばしば人間に無力を感じさせる超越的な振舞いをすることがある。その一つが、当時実際にあった暴風雨の出来事である。ギリシア神話を参照し、タルタロスの内部に幽閉されていた巨人たちが鎖を外して外に出て、地上を支配する者たちと新たな争いを繰り広げている挿話を引きながら、猛威を振るう嵐が描写される。小屋に隠れている老人と少年は聖人の名前を読み上げながら、祈りを捧げるが、嵐は手を緩めることはない。

突然、老人が声を張り上げた。「外に出ろ！　外だ！　おい！　――だめだ！　周りの木は耐えきれず、風にこの小屋も吹き飛ばされてしまう！」

二人は、晴れ渡り、恐ろしい夜の中に飛び出した。折れた枝、はがれた樹皮がかれらの顔に吹き付け、あまりの勢いで若者の口と鼻から血が噴き出した。濡れた苔に足をとられ、根や石に躓き、どこに行けばよいかもわからず、二人はその場に突っ伏した。左右前後で木が倒れ、騒音が依然として続き、地鳴りも響き、近くの斜面では木の幹や岩が崩落していた。

高い森から逃げ出すどころか、むしろ深い森の中にますます入りこんでいた。二人はたがいに体を引き寄せていた。

「この世の終わりだ！」年老いた樵は大声を上げた。――「ここで、いっしょに死のう……」だが少年は恐怖のあまり感覚を失い、その声が耳に入っていなかった。[29]

過酷な自然環境だけではなく、猛威を振るう暴風雨もまた、森の生活の一部である。それは甚大な災禍をもたらし、築き上げた家屋や畑さえも無に帰してしまう。一夜明けて、嵐が痕跡を残した木々を目にして、森番は「私の森が、私の美しい森が！」[30]と絶対的な無力感に打ちひしがれながらも、森の「美しさ」を口にし、森の脅威と美しさが表裏一体になっていることを想起させるのだ。

かたや、森に住む人々にも様々な困難が押し寄せる。森番コジャーンは密猟者との諍いに巻き込まれ、身を守ろうとしたカレルは密猟者の一人を射殺する。裁判で正当防衛が認められたものの、密猟者からの復讐を受ける怖れがあることから、別の土地への移住を余儀なくされる。数年後、カレルは、結婚を約束したカティのいるピュルストリンクに戻るが、コジャーンはこの地を去り、カティはバイエルンの男性と結婚をし、二人の子供を設けていることを聞かされ、物語は終わる。

あらためて強調するまでもなく、本作におけるカレルの人生は森の生活と重ね合わされている。嵐によって樹木がなぎ倒され、壊滅的な被害を受けた森には、時間の経過とともに、荒廃若芽が出て、新しい生命が息吹く。一方、カレルは森の生活に憧れ、森の世界しか知らないカティに惹かれるが、森を離れているあいだに愛する人を失い、「孤独」を感じる。つまり、森と人が変容し続ける様相が並行的に描かれているのである。

結びに

シュティフターと、クロステルマンの間には、ボヘミアの森／シュマヴァで過ごした幼少期、ウィーンでの学業、家庭教師の経歴、子供のいない夫婦生活、比較的遅く文学の世界に参入したことなど、経歴上の共通点が見受けられる。より本質的な共通点として、「楽園の魂としての自然礼賛、リアリズム的な観察と造形の正確さ、ロマン主義的な構成のいくつかの要素、ゲーテ的な博愛主義、教育への関心、生に対する敬虔的態度、誤解・義務の放棄・慎ましい受け身といったモティーフ、ホメロス的叙事詩の紋切り型の表現を使いたがる傾向[31]」が指摘されている。

だが両者の作品を概観してわかるように、同じ場所を描きながら、二人の叙述は正反対とも言える。シュティフターが「ボヘミアの森」を牧歌的な場、ノスタルジアの対象として描いているのに対し、クロステルマンは「シュマヴァ」を、厳しい自然のなか、過酷な生が営まれる場として捉えている。文学史からみれば、前者をロマン主義、後者をリアリズムと位置づけることもできるだろう。その差異の背景として、言語的な背景よりも、数十年という世代の差、あるいは個人の詩学の差とも言えるだろうし、二人が描いた土地の地理的な差異も看過できない。シュティフターの故郷オーバープラーンは標高七七六メートルにあり、穏やかな丘陵帯の湖に面し、牧歌的な風景を鑑賞できるが、その北に位置するピュルストリンクは同じボヘミアの森でありながら気候は異なり、それゆえ、この土地がもっている世界観もより閉鎖的なものとなっている。

何よりも、ボヘミアの森と呼ばれる同じ空間であっても、時間と空間が異なれば、異なる表情を見せるという ある意味で自明な事実を二人の作品は突きつけている。一九世紀のチェコ語とドイツ語の作家の関係については、どうしても、民族的対立ばかりに目が向いてしまうが、この両者においてそのような対立はほとんど描かれない。「誰もが皆、民族性に関係なくシュマヴァの住民であり、読者は姓か名からかろうじて民族性を知るに過ぎない。彼らを結び付けているのは、自分たちが暮らしている土地だけではなく、過酷な土地での人間の結束を強める共通の運命なのである[32]」という指摘にあるように、クロステルマンもまた、チェコ人やドイツ人とレッテルを貼ることなく、互いに助けあいながら、困難な生活状況に立ち向かう集団として描いている。人間と人間の差異よりも、自然のなかでの多様な差異こそが、二人の作家の共通の関心であったと言えるだろう。

【注】

（1）ジャック・ザイプス『グリム兄弟——魔法の森から現代の世界へ』鈴木晶訳、筑摩書房、一九九一年、六九頁。

（2）例えば、巌谷國士監修・著『森と芸術』平凡社、二〇一一年などを参照。

（3）蛯原一平・齋藤暖生・生方史数「森とともに生きる人々の文化と民俗知」、蛯原一平・齋藤暖生・生方史数編『森林と文化——森とともに生きる民俗知のゆくえ』共立出版、二〇一九年、二頁。

（4）アーダルベルト・シュティフター「高い森」、『シュティフター・コレクション4　書き込みのある樅の木』磯崎康太郎編訳、松籟社、二〇〇八年、七五頁。森に通暁したグレゴールが語る挿話は、以下のようなものである。「三つの安楽椅子」と呼ばれる山の岩には三つの安楽椅子が刻まれ、三人の王がそれぞれ座っていた。ある時、お供を従え、狩りをしていると、三人の男が湖に入って魚を捕まえようとした。すると、口の周りが赤い鱒が群がってきたので、次々と陸に放り投げ、さらには鍋に入れて火にかけてみた。鍋の水が煮え返るなか、魚は死ぬどころか、ますます元気を増していく。そのとき、木々が轟き、湖底から『家に帰らぬものがいる』という声がし、男たちは恐れのあまり魚を湖に返すと、辺りは静かになる。翌日、王にそのことを報告すると、王は立ち去り、森に呪いをかけたので、森はいつまでも永遠に荒れ野のままになったという。「三つの安楽椅子」については、『ヴィティコー』でも言及されている。

（5）クラウディオ・マグリス『オーストリア文学とハプスブルク神話』鈴木隆雄・藤井忠・村山雅人訳、水声社、一九九〇年、二〇四頁。

（6）同書、二一〇頁。

（7）同書、二一三頁。

（8）アーダルベルト・シュティフター『ヴィティコー　薔薇と剣の物語　1』谷口泰訳、書肆風の薔薇、一九九〇年、六〇頁。

（9）Birgit Ehlbeck, *Denken wie der Wald : Zur poetologischen Funktionalisierung des Empirismus in den Romanen und Erzählungen Adalbert Stifters und Wilhelm Raabes*. Bodenheim: Philo, 1998, S. 156-175.

（10）アーダルベルト・シュティフター「高い森」、九—一〇頁。

（11）アーダルベルト・シュティフター「書き込みのある樅の木」、『シュティフター・コレクション4　書き込みのある樅の木』磯崎康太郎編訳、松籟社、二〇〇八年、一四七頁。Adalbert Stifter, „Der beschriebene Tännling". In: „*Werke und Briefe: Historisch-kritische Gesamtausgabe. Bd. 1, 4-1, 6. Studien: Buchfassungen*" Herausgegeben von Helmut Bergner und Ulrich Dittmann. Stuttgart : Kohlhammer 1982, S. 381.

(12) 同書、一四七—一四八頁。Ebd., S. 381-382.

(13) 同書、一四八頁。Ebd., S. 382.

(14) 同書、一五八頁。Ebd., S. 391.

(15) Walter Hettche, „Der Wald im Text, der Wald als Text: Aspekte der Walddarstellung in Stifters Erzählerwerk“. In: Walter Hettche und Hubert Merkel (Hrsg.): *Waldbilder: Beiträge zum interdisziplinären Kolloquium „Da ist Wald und Wald und Wald“ (Adalbert Stifter) Göttingen, 19. und 20. März 1999*. München: Iudicium, 2000, S. 29.

(16) シュティフター「書き込みのある樅の木」、一六七頁。Adalbert Stifter: „Der beschriebene Tännling“, S. 399.

(17) アーダルベルト・シュティフター『シュティフター・コレクション3　森ゆく人』松村國隆訳、松籟社、二〇〇八年、一一頁。Adalbert Stifter, „Der Waldgänger“. In: „Werke und Briefe: Historisch-kritische Gesamtausgabe. Bd. 3, 1. Erzählungen“ Herausgegeben von Johannes John und Sibylle von Steinsdorff. Stuttgart: Kohlhammer 2002, S. 95.

(18) 同書、一二頁。Ebd., S. 95-96.

(19) 同書、一二—一三頁。Ebd., S. 96-97.

(20) 同書、二一—二二頁。Ebd., S. 104-105.

(21) 同書、五八頁。Ebd., S. 137.

(22) 同書、三三—三四頁。Ebd., S. 116.

(23) Karel Klostermann, *Böhmerwald-Skizzen*. Pilsen: C. Klostermann, 1890, S. 10.

(24) *Slovník českých spisovatelů*. Praha: Československý spisovatel, 1964, s. 229-230.

(25) Karel Klostermann, *Ze světa lesních samot*. Praha: Nakl. Lidové Noviny, 1999, s. 7.

(26) Václav Vaněk, „Komentář“, in: Karel Klostermann, *Ze světa lesních samot*. Praha: Nakl. Lidové Noviny, 1999, s. 267.

(27) Karel Klostermann, *Ze světa lesních samot*, s. 17.

(28) Ibid., s. 43.

(29) Ibid., s. 241-242.

(30) Ibid., s. 244.

(31) Miloslav Šváb, „Na okraj Klostermannova románu Ze světa lesních samot“, in: Karel Klostermann, *Ze světa lesních samot*. Vimperk: Západočeské nakladatelství, 1969, s. 211.

（32）　Josef Peřina, „Reflexe šumavské multietnicity v prózách Karla Klostermanna“, in: „*V ráji realistickém: Sborník příspěvků ze sympozia věnovaného Karlu Klostermannovi a realismu v české literatuře.*“ Klatovy: Městská knihovna Klatovy, 2009, s. 67.

【参考文献】

Birgit Ehlbeck, *Denken wie der Wald : Zur poetologischen Funktionalisierung des Empirismus in den Romanen und Erzählungen Adalbert Stifters und Wilhelm Raabes*. Bodenheim: Philo, 1998.

Stefan Gradmann, *Topographie/Text: Zur Funktion räumlicher Modellbildung in den Werken von Adalbert Stifter und Franz Kafka*. Frankfurt am Main : Anton Hain, 1990.

Walter Hettche und Hubert Merkel (Hrsg.): *Waldbilder: Beiträge zum interdisziplinären Kolloquium „Da ist Wald und Wald und Wald“ (Adalbert Stifter) Göttingen, 19. und 20. März 1999*. München: Iudicium, 2000.

Karel Klostermann, *Böhmerwald-Skizzen*. Pilsen: C. Klostermann, 1890.

Karel Klostermann, *Ze světa lesních samot*. Praha: Nakl. Lidové Noviny, 1999.

Slovník českých spisovatelů. Praha: Československý spisovatel, 1964.

Adalbert Stifter, *Werke und Briefe: Historisch-kritische Gesamtausgabe. Bd. 1, 4-1, 6. Studien: Buchfassungen*. Herausgegeben von Helmut Bergner und Ulrich Dittmann. Stuttgart: Kohlhammer 1982.

Adalbert Stifter, *Werke und Briefe: Historisch-kritische Gesamtausgabe. Bd. 3, 1. Erzählungen*. Herausgegeben von Johannes John und Sibylle von Steinsdorff. Stuttgart: Kohlhammer 2002.

Miloslav Šváb, „Na okraj Klostermannova románu Ze světa lesních samot“, in: Karel Klostermann, *Ze světa lesních samot*. Vimperk: Západočeské nakladatelství, 1969, s. 209-226.

Viktor Viktora – Milena Hálková – Pavlína Doležalová(eds.), *V ráji realistickém: Sborník příspěvků ze sympozia věnovaného Karlu Klostermannovi a realismu v české literatuře*. Klatovy: Městská knihovna Klatovy, 2009.

蛯原一平・齋藤暖生・生方史数編『森林と文化――森とともに生きる民俗知のゆくえ』共立出版、二〇一九年。

アーダルベルト・シュティフター『シュティフター・コレクション３　森ゆく人』松村國隆訳、松籟社、二〇〇八年。

アーダルベルト・シュティフター『シュティフター・コレクション４　書き込みのある樅の木』磯崎康太郎編訳、松籟社、二〇〇八年。

アーダルベルト・シュティフター『ヴィティコー　薔薇と剣の物語　1』谷口泰訳、書肆風の薔薇、一九九〇年。
クラウディオ・マグリス『オーストリア文学とハプスブルク神話』鈴木隆雄・藤井忠・村山雅人訳、水声社、一九九〇年。

［図版出典］

一三七頁　„*Čechy. Díl I. Šumava*“ Praha: J. Otto, 1883, s. 11.
別図1　https://de.m.wikipedia.org/wiki/Datei:Adalbert_Stifter_-_Ansicht_von_Oberplan.jpg

ソ連時代のベラルーシの原生林とバイソンのイメージ

越野 剛

ある日を境に人間が一人残らずいなくなったとしたら、地球の環境はどうなるだろうか。都市も建物もあらゆる人工物が侵食する森や微生物に飲み込まれ、太古の自然に戻っていくだろう。米国のジャーナリスト、アラン・ワイズマンはそのモデルとなる場所をベラルーシとポーランドにまたがるビャウォヴィエジャの原生林に見出した(1)。人の手の入っていない原生林をポーランド語やベラルーシ語ではプシチャと呼ぶ。そこには樹齢数百年におよぶ古木がそびえ、腐葉土が幾層もつみ重なり、クマやオオカミ、オオヤマネコなどの猛獣から珍しい鳥や昆虫類まで驚くほど多様な動植物が生息している。その中でも希少種であるヨーロッパ・バイソンはビャウォヴィエジャの森のシンボルといってよい(2)。かつてはヨーロッパの全域をこのようなプシチャが覆い、フランスのラスコー洞窟の壁画に描かれているようにバイソンが闊歩していたと考えられている。

現ベラルーシの町ノヴォグルーダクに生まれ、リトアニアの都ヴィリニュスに学び、ポーランド語で創作した一九世紀の詩人アダム・ミツキェーヴィチは『パン・タデウシュ』の中で、このような原生林の奥深くにバイソンや絶滅した種がそろって暮らす動物の楽園を想像している。本章ではバイソンという魅力的な野生動物のイメージがベラルーシの文化においてどのように位置づけられてきたかを考察する。とりわけラテン語で書かれたニコラウス・フッソヴィアヌスの『バイソンの歌』（一五二三年）に着目する。ヨーロッパの主要な国民文学の歴史の多くはラテン語の作品が出発点になっている。しかし言語文化と政治的な境界線が必ずしも一致せず、国境線が何度も引かれ直されてきた中東欧地域では、ルネサンスやバロックの時期にラテン語で書かれた作品（いわゆるネオラテン文学）が果たしてどこの文学史に帰属するものなのか確定できないケースが多い。それは森林や河川などの自然の境界が人為的な国境線をはみ出してしまうのに似ている。

環境アイコンとエコナショナリズム

動植物の生態系は、文化や政治の人為的な境界線と必ずしも一致しないが、それでも、国家、都市、地域のシンボルとして特定の生物が選ばれることは珍しくない。本章で取り上げるヨーロッパ・バイソン、中国のジャイアントパンダ、佐渡のトキ、北海道のシマフクロウなど、希少な種や絶滅危惧種にはしばしば特別な地位が与えられる。自然の種の絶滅の可能性は地域の伝統文化の危機と結びつけられ、その保護と再生が地域の復興に重ねられて人々の関心を引き起こす。地域環境学者の佐藤哲は、兵庫県豊岡市のコウノトリ、沖縄県石垣市のサンゴ礁など、当該地域の特徴的な生物種や生態系を「環境アイコン environmental icon」と呼び、それらが保全されるべき自然環境を単に象徴するだけでなく、現地の多様な利害集団がその価値を共有することにより、観光や教育、地域社会の活性化といった人間の活動を生み出す点に着目している。(3)

自然環境への関心は郷土愛を通じて容易にナショナリズムに結びつく。一九八六年のチェルノブイリ原発事故はソ連各地で反原発運動を引き起こす要因になったが、それはソ連解体期に顕在化した各地の民族共和国の独立運動と並行していた。ジェーン・ドーソンの『エコナショナリズム』の議論によれば、ウクライナやリトアニアなどにおける原発建設への反対や環境保護の意識の高まりは、社会主義体制下で抑圧されていたナショナリズムが活性化するための触媒、あるいは代替物の役割を果たしたことになる。[4]ドーソンが取り上げていないベラルーシでも同じような状況が見られる。チェルノブイリ事故が起きた時期のベラルーシには原発は存在しなかったにも関わらず、[5]放射能汚染の深刻な影響にさらされたことが知られている。一九八〇年代後半から九〇年代にかけて民族主義の受け皿となった政治組織「ベラルーシ人民戦線」が挙げていた三本柱の政策は、危機に瀕していたベラルーシ語使用の促進、スターリン期の政治テロルの解明（クロパティ虐殺）と並んで、環境問題（チェルノブイリ原発事故）だった。[6]

森の文学

ベラルーシの自然地理は北部ヨーロッパと連続しており、典型的な風景は森と湖（あるいは沼地）によって構成される。ベラルーシの文学作品も森が舞台になったり、猟師や森番が登場したりするものが多い。[7]例えば、国民詩人ヤクブ・コラスの叙事詩『新しい大地』（一九二三年）はベラルーシの農村生活の百科事典とも言われ、学校の文学の授業で必ず教わるような重要作品だが、主人公ミハルの職業は森番に設定されている（コラスの父親がモデルとされる）。戦争が始まると森は民間人の避難所となり、また侵略者に抵抗するパルチザンの拠点ともなった。後にロシア語作家となるファデイ・ブルガーリンはコシチュシュコのポーランド蜂起（一七九四年）を、ポーランド語作家になるヤン・バルシュチェフスキはナポレオンのロシア遠征（一八一二年）を、それぞれ幼少期に故郷のベラルーシで体験したが、どちらも家族に連れられて森の中に避難している。[8]少年兵としてナチ・ドイツ軍と戦った経験のある作家アレシ・アダモーヴィチの小説『屋根の下の戦争』（一九六〇年）では、占領下の町の住民がひそかにパルチザンと合流する行為が「森に行く」と表現されている。映画『ディファイアンス』（二〇〇八年）で有名になったユダヤ人のベーリスキー兄弟のパルチザン部隊の活動は、ビャウォヴィエジャに次いで有名な原生林であるベラルーシ中西部のナリボキの森と結びついていた。

森とバイソンの歴史

ビャウォヴィエジャは太古の自然の景観を残した場とされるが、実際にはその環境は常に人間の活動によって影響されてきた。原生林の豊かな獲物を狙い、キエフ・ルーシのウラジーミル・モノマフ公、リトアニア大公国のゲディミナスやヴィタウタス、ポーランド王のヴワディスワフ二世ヤギェウォやジグムント一世、ロシア皇帝アレクサンドル二世やニコライ二世など、この地を支配する権力者は大規模な狩猟を行ってきた。正確な記録が残っているものを例に挙げると、一七五二年にポーランド王アウグスト三世の一行は四二頭のバイソンを含む大量の野生動物を仕留め、記念としてオベリスクを建てた。一八六〇年にはロシア皇帝アレクサンドル二世がオーストリアやプロイセンの王族を招いた外交儀礼として狩猟を実施している。記念碑として建てられた巨大な野牛の銅像には、二八頭のバイソンを倒したことが記されている(9)。一八世紀末から一九世紀にかけてビャウォヴィエジャの森以外には野生のバイソンは見られなくなり、生息数も数百頭の規模にまで減少した。

権力者による狩猟は自然環境の保護と裏表の関係にあったとも言える。ヤギェウォ朝の創始者ウワディスワフ二世はビャウォヴィエジャの森で大規模な狩猟を行う一方で、君主以外の人間が大型獣を獲ることを制限した。ジグムント一世によって初めて制定された森林保護法（一五三八年）によると、ビャウォヴィエジャの森は地区ごとに森番が任命されて保護と監視にあたり、勝手に動物を殺した者は死罪に処された。一方で君主の保護の下で原生林の資源を生かした工業も発展する。良質な木材、タール、樹脂が商品となって富をもたらしたが、過剰な伐採によって森の規模は縮小していく。一八世紀末のポーランド分割で森がロシア領になると、歴代の皇帝は冬季間にバイソンが餓死しないよう周辺の農民に餌を用意する義務を課した[10]。純粋な自然の条件だけでは大型の野獣が生存できないほど森の生産力は衰えていたのだ。戦争や内乱によって管理が疎かになるたびにバイソンの生態は危機にさらされた。ロシア革命によって権力の空白が生じると、保護下にあったはずの森に密猟者が跋扈するようになり、一九一九年には最後の一頭が狩られてしまう[11]。

一九二三年にはポーランドの動物学者ヤン・シュトルツマンの主導により国際バイソン保護協会が設立され、動物園で飼育されていたバイソンをビャウォヴィエジャの森に戻すプロジェクトが始まった。第二次世界大戦中はナチ・ドイツの占領によって計画は中断されるが[12]、戦後の一九五二年にポーランド側で、翌五三年にベラルーシ側でバイソンの群れが森に放たれた。ベラルーシでは研究者のリュドミラ・コロチキナが主導的な役割を果たしている。その後、バイソンの数は順調に増加し、二〇二二年の統計ではベラルーシ側に七三〇頭、ポーランド側には八二九頭が生息している。バイソンはヨーロッパや世界のその他の地域にも移入され、とりわけロシア、ウクライナ、ドイツ、リトアニアでの個体数の増加が目立つ。現在では野生に近い環境で八二二五頭、全体では一〇五三六頭のバイソンが世界に存在している[13]。

ベラルーシ文化におけるバイソン

ビャウォヴィエジャの森、かつてはもっと広い範囲に生息していたヨーロッパバイソンは、ポーランドやリトアニアでも重要な文化的シンボルだが、とりわけベラルーシにおいては歴史文化と自然環境を重ね合わせる重要なアイコンの役割を果たしている。その大きさや力強さが民族や国家の力のシンボルとなる一方で、限定された地域にしかいない希少種となってしまったという現実が、ベラルーシ人の過去へのノスタルジーや国民文化復興の願望に重ねられる傾向もある。

国立オペラ・バレエ劇場の新作バレエとして話題になった『ヴィタウト』（二〇一三年）は、一五世紀初めのリトアニア大公ヴィタウタス（ヴィタウトはベラルーシ語）を主人公にしている。第一幕では舞台を見おろすかたちで巨大なバイソンの模型が設置され、権力闘争の物語を象徴するかのように二頭の野牛による格闘の踊りが披露される。二頭のバイソンは物語の中で争うことになる二人のリトアニア貴族、ヴィタウタスとその従弟ヤゲローを象徴している。ヤゲローは後にポーランドの王女と結婚して、ヤギェウォ朝の始祖ヴワディスワフ二世となる。一方でポーランド化されてしまう前のリトアニア最盛期の君主であるヴィタウタスは、ベラルーシとリトアニアの双方で歴史的な偉人とされている。[14] その過去の栄光と武勲がバイソンのイメージに重ねられるのは、後で取り上げる『バイソンの歌』にも共通するモチーフだ。

現代詩人のドラニコ＝マイシュークの連作詩『おもちゃ屋』（二〇〇一年）には、「臆病なアナグマ」「おろかな羊」「頭のいいカラス」など、様々な性格に擬人化されて現代に生きるベラルーシ人を風刺する動物が登場する。[15] その中でも伝統的にベラルーシ人の美徳とされるパミャルコーウヌイ（おとなしい、従順）という形容を与えられたクマは、スプーン一杯の蜂蜜でサーカスに身売りして、自分の巣穴を明け渡してしまうほどに騙されやすい。それに対して「私が駆けると天地が響き／立ち止まればこだまが歌う」というバイソンには、ニェザレージヌイ（独立独歩の）という性格付けがなされている。何者にも依存しないし、干渉もしない。「我の歩くところに道もできる／奪われたこの土地で／だれにもさわりはしないから／おまえたちも私にはかまわないでくれ」。[16] ニェザレージヌイは国家の独立を示すのに用いられる形容詞であることも示唆的だ。現在のベラルーシはロシアとの連合国家を志向し、実質的な独立が危うくなりつつある。おとなしいクマがベラルーシの社会政治的な実情を風刺しているとすれば、独立独歩のバイソンは現実から離れた理想を映し出している。

シャーマのリトアニアの旅

ヨーロッパとアメリカをまたぐ風景の文化的記憶の地層を探求するサイモン・シャーマの大著『風景と記憶』(一九九五年)は、ポーランド東北部の森を訪れるところから始まる。アウグストゥフ原生林のそばにあるギーヴィ村(邦訳ではギビー)には、一九四五年のアウグストゥフ弾圧事件でソ連とポーランドの秘密警察によって逮捕されて行方不明となった五〇〇余名の犠牲者を追悼する墓地がある。「不安定なアイデンティティは歴史にささげられた生贄である。カシとモミの深い林間地の新緑と墓の下に血が流れていることを私は知っていた。野も森も川も、戦乱と恐怖を、高揚と絶望を、そして死と再生、リトアニアの王たちとドイツ騎士団の騎士たちを、パルティザンとユダヤ人を、ナチのゲシュタポそしてスターリンのNKVD〔内部人民委員部〕を見て来た。そこは斃れた兵士たち六世代分の外套のボタンが森のシダの下に見つかる、憑かれた土地なのだ[17]」。

ポーランドの東部からリトアニアとベラルーシにいたる森に覆われた地域は歴史的に「リトアニア」と呼ばれた。ポーランドの国民詩人ミツキェーヴィチが『パン・タデウシュ』で故郷と呼ぶリトアニアも同じ空間を指している。シャーマが掘り起こそうとする森の風景の記憶は、例えばゲルマン人のような単一の民族文化に還元されない、多様な文化集団が交差する場となっている。同じ地域の森の中にシャーマは自分の祖先でもある林業を営むユダヤ人が住んでいたことにも言及している。都市の住民というステレオタイプに当てはまらない「森のユダヤ人」というイメージは、前述したベーリスキー兄弟のユダヤ人パルチザン部隊にも重なる。

シャーマはアウグストゥフの森に続いて、同じポドラシェ県にあるポーランド側のビャウォヴィエジャの森を訪れている。野性味あふれる貴重なバイソンの肉をごちそうになりながら彼が思い浮かべるのは、『バイソンの歌』の作者、森の風景の記憶と同様に複数の文化圏をまたぐ重層的なその人物像についてだった。ローマで活躍するラテン語詩人フッソヴィアヌスがポーランド王国の臣民フッソフスキでもあるという二重性だけでなく、リトアニアの森の出身者というアイデンティティも示されている。ただしシャーマの視野にベラルーシという場は入っていなかったようだ。

『バイソンの歌』の成り立ち

作品の正式なタイトルは「バイソンの力強さ、凶暴さ、そして狩猟についての歌 *Carmen de statura feritate ac venatione bisontis*」だが、慣例にしたがって『バイソンの歌』と呼ぶことにする。ニコラウス・フッソヴィアヌス（一四七〇頃〜一五三三頃）の生涯と作品が書かれた経緯については、作品の序に記されていることを除いてほとんどわかっていない。当初、『バイソンの歌』はローマ法王レオ一〇世に献呈されるはずだった。一五一八年にローマを訪れたポーランド使節団は、狩猟好きで知られるレオ一〇世のため、ポーランドと同君連合を結んでいたリトアニア大公国の大貴族ミコワイ・ラジヴィウにバイソンのはく製を送るよう依頼し、フッソヴィアヌスがバイソンについての詩作品を書くことになった。しかし一五二二年のペスト疫で法王も亡くなったため、完成していたテクストはポーランド王ジグムント一世に嫁いだイタリア出身の王妃ボナ・スフォルツァに捧げられることになった。一五二三年にクラクフで刊行されている。『バイソンの歌』はリトアニアのことを知らない異国の人に対して、現地の狩人の息子である語り手が森の王者バイソンについて叙述するという枠組みになっている。バイソンの外見や性質についての具体的な描写から始まり、危険を伴う狩猟の様子が語られ、またリトアニア大公国の最盛期を築いたヴィタウタス公を理想的な君主として讃える箇所があり、さらにはオスマン・トルコ帝国のキリスト教世界への脅威について警告するメッセージが挟み込まれている。[18]

フッソヴィアヌスはポーランド文学の詩人とされることが多い。サイモン・シャーマもリトアニアとの二重のアイデンティティを意識しながらポーランド人として表記しているし、チェスワフ・ミウォシュの『ポーランド文学史』[19]もポーランド・ラテン語詩人のひとり（どちらかというと傍流の奇妙な詩を書いた特異な事例）として紹介する。一方でベラルーシの文学史では、古ベラルーシ語で聖書を出版したフランツィスク・スカリナと並んで、『バイソンの歌』の作者はルネサンス期のベラルーシ文学を代表する大詩人という位置づけがなされている。やや大げさに聞こえるほどだが、フッソヴィアヌスをベラルーシのホメロスと呼んだり、『バイソンの歌』をダンテの『神曲』と比べる意見もあるほどである。[20]

ところで、フッソヴィアヌス Hussovianus（ラテン語）、フッソフスキ Hussowski（ポーランド語）、フソウスキ Гусоўскі（ベラルーシ語）という名字は詩人の出身地を示すと考えられる。研究者はフッソヴィアヌスをどうしても自分の故郷と関連づけようとする傾向がある。ベラルーシでは、候補となりうるウサ Уса あるいはウッサ Усса のような類似した地名がいくつか指摘されている。[21]ポーランドでは、南東部のポトカルパチェ県（旧プシェムィシル県）のフスフ Husów 村を詩人の故郷とする説が有力だ。とりわけプシェムィシル教区の聖職者であり、公証人としても働いていたフッソフスキという人物がいたことが、残された僅かな文書から知られている。それが『バイソンの歌』の作者と同一人物かどうかは分からなかったのだが、近年の新しい史料の発見により同じ人物が、『バイソンの歌』が書かれるちょうど前の時期にリトアニアの大貴族ミコワイ・ラジヴィウに仕えていたことが明らかになった。[22]ローマ法王に献上するためにバイソンのはく製を用意した上述のラジヴィウである。フッソヴィアヌスはそれまで考えられていたようにポーランドのローマ使節団に最初から加わっていたわけではなく、ラジヴィウに命じられてはく製をローマまで運ぶ役目を引き受けたのだと考えられる。ただし作家のアイデンティティを出身地によって決定するのが妥当であれば、ポーランド生まれのフッソヴィアヌスをベラルーシ（あるいはリトアニア）の詩人とするのはいささか分が悪いことになる。

『バイソンの歌』はその存在を広く知られていたとはいいがたい。現存するテクストは現在のところ四冊しか確認されていない。[23] ポーランドでは二〇世紀の初めに多彩な訳業で知られる「若きポーランド」派の詩人ヤン・カスプローヴィチがポーランド語訳に取り組んでいたが、部分的にしか刊行されなかった。全体が出版されたのはやっと一九四四年になってからで、それも刊行の主体となったのはビャウォヴィエジャ国立公園である。フッソヴィアヌスの作品はポーランドでは国民文学というよりは、バイソンの生態や狩猟に関する特異な文献として受容されていたようだ。ロシアでも事情は同様で、ビャウォヴィエジャの森の狩猟の歴史について浩瀚な書物（一九〇三年）を著したゲオルギー・カルツォフが、その中で『バイソンの歌』の部分訳を掲載しているのが最初期のロシア語訳の一例である。[24] 文学作品としての本格的な受容はむしろベラルーシで始まったといってもよい。まず古典学者のヤコフ・ポレッキーと詩人ヤゼプ・セミャジョーンがロシア語訳を刊行し（一九六八年）、これが最初のロシア語による全訳の刊行となった。そのすぐ後にセミャジョーンが単独でベラルーシ語訳に翻訳し、まず文芸誌『焔 Полымя』に掲載（一九六九年）、後に単行本として出版した（一九七三年）。セミャジョーンの翻訳テクストによって『バイソンの歌』はベラルーシの国民文学として認められるようになったのである。[25]

森のテクスト分析

フッソヴィアヌスの作品はヨーロッパではもちろん、ポーランドにおいても辺境に位置づけられるリトアニアの森を舞台としている。その森を表象するのがバイソンだが、その他にヴィタウタス大公の描写と作品の語り手の自己表象も森のイメージと結びつけられている。一方で、セミャジョーンの翻訳テクストは、リトアニアという空間とそれに関連するイメージをできるだけベラルーシに近づけようとする傾向がみられる。こうした点を考慮しながら、原文と翻訳のテクストを比較分析してみよう。[26]

作品の中核を成しているのは危険に満ちたバイソンの狩りの描写である。一頭のバイソンが逆茂木で囲まれた狩場の空間に追い込まれ、狩人たちがとどめの一撃のために狙いを定める。しかし手負いの獣の怒りは増して、恐ろしい形相で人間に襲いかかる。松の木陰に隠れていた若者のひとりは野牛に見つけられたと思い、あまりの恐怖のためその場で倒れて死んでしまう（五五九―五八三行）。逆上したバイソンによる殺戮の場面はセミャジョーンのベラルーシ語訳もそのまま再現されているが、大幅に言葉が追加されて躍動感のある描写になっている。例えば、原文では「捕まえたならば放り投げ、落ちた手足を角で空に突き上げる」（五九一―五九二行）とある部分は、「はずむような走りで追いつかれるとどうなるか。何とかして逃れようとしても、気配で襲われるのが分かる。やられた、尻の下を頭突きされる。両足が空中に持ち上がるのがちらりと見えた」（四四頁）となる。単に文字数が増えたばかりでなく、追われる人間の主観的な視点が描かれることにより、背後からせまる獣への恐怖が掻き立てられる表現になっている。人間ばかりでなく、たまたま出くわした森の動物も見境なく引き裂かれる。狩人の乗る馬も空に突き上げられ、人間も動物も混ぜこぜになって血と肉片の雨が降り注ぐ（五九三―六一四行）。セミャジョーンによる同じ部分の翻訳は以下のようになっている。

憐みはその性ではないがため、騎手も馬も生かしたまま森には残さない。押し倒し、踏みにじり、角で裂く。そのあげく、人と馬の死体の見分けがつかぬほど。思いだすだけで心臓が止まりそうになる。見よ、内臓をぶちまけた馬が後肢で立ち、その騎手は血しぶきを浴びて鞍にぶらさがる。獣が飛びかかり、両者を突き飛ばす。角でねじまげ、めきめきと音を立て、骨は割れて、雪の上に血の泡が吹き出る。（四四頁）

詩人はこうした情景を表現するには言葉が足りないとくり返し打ち明けている。グロテスクでありながら崇高ともいえるような野獣の人知を越えた力が描かれているといえよう。

ヴィタウタス大公のイメージ

『バイソンの歌』は多くの詩行（六五九―八二四行）をリトアニア大公国の最盛期の統治者とされるヴィタウタス大公の描写にも割いている。バイソンの棲む森の描写と重ねることで、ポーランドと同君連合の関係にあるリトアニアの独自性を浮かび上がらせる試みとも考えられる。フッソヴィアヌスの詩のヴィタウタスは有能であると同時に残酷な君主として描かれる。彼はリトアニアの森でバイソンの狩猟を行ったが、それは多くの人命が犠牲になる殺戮の場でもあった。凶暴な野獣との闘いによって兵を鍛えるという目的がなければ、ヴィタウタスの企ては狂気の沙汰とみなされただろう（六六一―六六四行）。クリミア・タタール、モスクワ大公国、オスマン・トルコという強力な敵に囲まれながら、リトアニアが強国として繁栄することができたのは有能な君主と森の厳しい自然のおかげというわけだ（六七一―六八四行）。

ヴィタウタスの罪人に対する厳しい処罰も強調されている。嘘の証言をした者は、動物の毛皮の中に縫い込まれ、どう猛な犬のえさにされる（七五七―七五八行）。賄賂をとる司法官は手足の関節を砕かれ、見せしめのため、さらし台に置かれたという（七五九―七六四行）。ヴィタウタスは軍隊的な秩序とキリスト教の信仰を広めることで未開の地を文明化した君主として描かれる一方で、バイソンの残酷な崇高さに示される自然の力と同一化しているようにも見える。セミャジョーンのベラルーシ語訳は、ヴィタウタスの過酷な刑罰を描写したうえで、よこしまな罪人を「暴君の手法」（五四頁）で懲らしめたのだという原文にはない説明を加えている。翻訳の方が現代人には分かりやすいが、一六世紀の詩人のテクストに二〇世紀の文学者の解釈が上書きされたからこその分かりやすさでもあろう。

空間の変容

フッソヴィアヌスはリトアニアをヨーロッパの北の辺境に位置づけている。ポーランド、リトアニア、今日のロシアやベラルーシが世界地図上で「東ヨーロッパ」に位置づけられるのは近代以降のことであり、それ以前の時代には、文明と野蛮の対比が東西ではなく南北の軸によって計られていた。[27]『バイソンの歌』では南方のイタリアと北方のリトアニアの対比である。たとえば作品の冒頭でフッソヴィアヌスはローマで闘牛を見物し、それとの対比で故郷の森の野牛に話題を移し、「北極の軸の下、その殺戮ぶりで知られる獣」（一七―一八行）と紹介する。北方の未開の地という空間イメージが凶暴な野獣に重ねられている。

ところが同じ個所がセミャジョーンのベラルーシ語訳では、「北極星の下、奇跡によってわれらのところでのみ生き残った獣」（一三頁）と改変されている。バイソンは危険な怪物ではなく、希少な生物種という現代的なイメージに近づけられている。リトアニアを指す「われらのところ у нас」という表現はセミャジョーンに独特のもので、テクスト全体で一六回ほど使用されている。ベラルーシの読者がこれらの箇所を読むとき、「われら」という代名詞は五世紀の時空を超えて彼らとフッソヴィアヌスとをひとつながりの共同体として想像させるだろう。北方の地は単なる辺境ではなく、われらの祖国（ベラルーシ）として読みかえられるのだ。

バイソンに睨まれただけで絶命した哀れな若者はその後、墓に葬られ、冥福を祈る「二行詩が墓に刻まれていた」（五八〇行）とされる。セミャジョーンはここを「白樺の十字架の上なる墓碑銘」（四三頁）と訳している。あるいはこの若者とはちがい、バイソンの突撃で馬上から突き上げられ、森の木の枝にぶらさがった間抜けな狩人（六一一行）についての描写でも、ラテン語では単に枝（ramus）とされているのがベラルーシ語訳ではわざわざ白樺（бяроз）と具体化されている（四五頁）。ここでも一六世紀のテクストに一九世紀ロシアの移動展派の画家たちが創出したようなステレオタイプな風景[28]が上書きされることによって、森のイメージが現代の読者に身近なものにされている。

リトアニアは他のヨーロッパ諸地域と比べると遅く、一四世紀末（一三八七年）にキリスト教国になった。ヴィタウタスが君主となる直前のことである。フッソヴィアヌスが『バイソンの歌』を書いたのはそれからおよそ百年後のことだが、「北方の寒冷な薬草と言葉には強力な力がある」（二九五行）と書かれているように、とりわけ農民の間には異教の伝統が根強く残っていた。黒魔術の使用を疑われた者が川に投げ込まれ、浮かべば有罪、沈めば無罪という典型的な神明裁判が実施されていたという描写がある（三〇五—三一〇行）。語り手自身もその光景を目撃しており、魔女の存在や神判の有効性を主張している。しかし二〇世紀の翻訳者シメジョーンはこのようなテクストから距離を取らざるをえない。黒魔術を行うのは男よりも女の方が多いというフッソヴィアヌスの意見（三二一—三二二行）は訳さず、「話題を変え、もっとよい歌を選んで、恐ろしい話を歌うのはやめにしよう」という一節をわざわざ加えている（二七頁）。

語り手の自己表象

最後にテクストの中にしばしば顔を出す語り手の形象についてみてみよう。作品の冒頭部分でバイソンについて詩を書くよう依頼された語り手は、「ご存じだろうか、読者よ、私が書き慣れているペンがどのようなものか。脇腹に負う矢筒の羽 penna なのだ」（三五—三六行）と打ち明ける。ラテン語の penna は羽ペンと矢羽の二つの意味に解釈できる。自分がペンを持つよりも弓術が得意な北の国の田舎者であるという自己卑下の身ぶりであろう。しかし、リトアニアの森で育ち、父から狩猟の手ほどきをしてもらったという回想部分（一二一—一四六行）は、フッソヴィアヌスが北の国のバイソンについて語る十分な権威があることを保証している。

もちろん、先に記したようにフッソヴィアヌスの出身地がポーランドのプシェムィシル県であり、聖職者と法律家を職業としていたというのが事実であれば、『バイソンの歌』の語り手のイメージとは必ずしも一致しない。重要なのは実際の人物像ではなく、リトアニアの狩人という語り手の真正性がテクストの中で示されていることなのだ。ペンよりも弓のほうが達者な森のリトアニア人という語り手のイメージは、文明国の住民にとっては一種の高貴な野蛮人像でもある。読者として想定されたローマ法王やイタリア出身のポーランド王妃に対して、これがバイソンに関する記述が説得力を持つように脚色された設定だったとしてもおかしくはない。

『バイソンの歌』が書かれた時期のポーランド王はジグムント一世（在位一五〇六―一五四八年）で、リトアニア大公も兼ねていた。一三八五年のクレヴォ合同以降、両国はしばしば同君連合を形成したが、ポーランド・リトアニア共和国として一体化するのは一五六九年のルブリン合同以降である。フッソヴィアヌスはリトアニア人でありながら、ポーランド王の臣民という二重のアイデンティティを持つ語り手として描かれる。この時代のリトアニア人には現代のベラルーシ人にあたる東スラヴ系のルーシ人も含まれる。セミャジョーンの翻訳ではフッソヴィアヌスのポーランド／リトアニアという人物像は、リトアニアの中のベラルーシという二重性に置き換えられる傾向がある。

語り手がリトアニアで狩猟の手ほどきを受けたという回想に入る前の部分には、「ローマの作家にはおよばないかもしれないが、ポーランド人たる私はこの技（狩猟の知識）をもって北方の森に入っていこう」（一一九―一二〇行）という一節があり、フッソヴィアヌスにはポーランド人（Polonus）という自己認識があることがわかるが、それは彼が言語・民族的にリトアニア人であったりルーシ（東スラブ）人であったりする可能性を排除することはない。その一方で、セミャジョーンの翻訳で該当する箇所は「わたしの国（今はもう王国の所領）をかつて隅々まで歩いてまわったものだ」（一七頁）となっている。かっこの中に入れられた「王国 Карона」はポーランドを指しているが、それは語り手のアイデンティティではなく、故郷の土地の政治的な所属を示すものに変えられている。リトアニア大公国はポーランド王国と対等の同君連合を結んでおり、独立を失ったわけではないが、ヴィタウタス大公の統治した過去の最盛期と比較するならば、ポーランドの影響力が強まっていたことは事実である。「今はもう王国の所領」は祖国の失われた独立を嘆く表現とも解釈できるし、二〇世紀のセミャジョーンの視点に立つならば、ロシア帝国やソ連の「所領」となったベラルーシをも想起させる。

フッソヴィアヌスは狩人としての実地の経験だけでなく、バイソンについての古今の文献を渉猟したことを誇ってもいる。「私はルーシ人の書物で太古の物事について多く読んだ。それらはギリシャのアルファベットで表わされていて、かつてその民族が自分たちのために受け入れて使い、そして自分たちで父祖伝来の音に合わせたのだ」（七三―七六行）。「ルーシ人の Roxanis」という単語の意味は必ずしも明確ではないが、かつてのキエフ・ルーシの統治下で書かれた教会スラヴの書物からはじまり、一六世紀のリトアニアやモスクワで用いられた東スラヴの言葉で書かれた文献までを含めて指していると考えられる。[29]「ギリシャのアルファベット」はキリル文字のことだ。[30] フッソヴィアヌスはラテン語だけでなく、東スラヴの言語にも通じていたことになる。

セミャジョーンのベラルーシ語訳は以下のようになっている。「私は昔日の世についてスラブの書物で学んだ。キリルの文字で記されたルーシの文書で。私たちの祖先は自分たちの役に立つアルファベットをギリシア人から借用し、地元の言葉の響きを外国の産物であるその文字に合わせることで、自己を保つことができたのだ」（一六頁）。ラテン語の原文ではフッソヴィアヌスが渉猟した文献の言語のひとつでしかなかったルーシの言葉が、セミャジョーン訳では「私たちの祖先」という語が加えられ、語り手の母語であるかのように改変されている。フッソヴィアヌスが東スラヴの言葉を話すリトアニアの住民であるなら、それはベラルーシ人だと主張しているのに等しい。外来語の影響から母語を守ることで詩人の先祖が「自己を保った застаўся сабою」という一節は、オリジナルの『バイソンの歌』には存在しないにも関わらず、この作品をベラルーシ文学として取り上げる際に必ず引用されるほどのインパクトを持つことになった。

セミャジョーンの翻訳が雑誌に掲載（一九六九年）されてから単行本として刊行（一九七三年）されるまでの時期に、影響力のある文学者ウラジーミル・カレスニクが「星の帰還」と題した文章を書いて、フッソヴィアヌスの作品をくわしく論評している。その中で「自己を保つ」という語句は三度も引用されており、翻訳のおかげで読めるようになった『バイソンの歌』がベラルーシ文学の重要な作品であることを印象づけた。[31] 一九八〇年にはベラルーシ語訳、ラテン語原文、ロシア語訳の三言語のテクストを入れた本がミンスクで出版されるが、その年に作家ピャトロ・ヴァシレウスキはまさに「自己を保つ」と題した論評を発表している。やはり同じ年に『バイソンの歌』はセミャジョーンのテクストをもとにしてテレビ映画化され、そこでもフッソヴィアヌス役の俳優が「自己を保った」の一節を台詞にする場面が設けられている。

バイソンの森のベラルーシ化

ベラルーシでフッソヴィアヌスの作品が「発見」されて広く読まれるようになる一九七〇年代は、ソ連史においてブレジネフが書記長を務めたいわゆる「停滞の時代」とされる。政治的な自由は制限されていたとはいえ、社会主義の公的な言説に逆らわないかたちで多様な文化・社会活動が可能になったことが指摘されている。[32] 放置された教会建築の修復作業などの歴史的な文化財の保全や、[33] ヴァレンチン・ラスプーチンをはじめとする農村派作家が熱心にとりくんだように自然環境の保護運動が盛んになった。文化財と自然環境への関心はどちらも地域社会の活性化、そして地域によってはナショナリズムの萌芽となり、ソ連末期の民族独立運動を準備することになる。

ウラジーミル・カラトケーヴィチは同じ時期に『スタフ王の野蛮な狩り』（一九六四年）のようなミステリー仕立ての歴史小説を書いて、多くのベラルーシ人読者の関心を故郷の過去の出来事に向けた。歴史エッセー『白い翼の下の大地』はウクライナの読者にベラルーシの歴史文化を紹介するという目的で書かれ、まずウクライナ語で（一九七二年）、後にベラルーシ語版（一九七七年）が出版された。興味深いことにその中でビャウォヴィエジャの森とそこに棲むバイソンを紹介する部分がある。

あなたたちを少しの間でも、原生林、この陽の当たる奥地へ、由緒ある私たちの国の最良の片隅へと案内したことを、私は今のところ嬉しく思っている。少しの間でも、鹿やバイソン、ビロードのようなシデの木、節くれだったカシの木、良心と人間性、永遠のベラルーシの大地と向かい合ってくれるように。(34)

由緒ある（スタラジィトヌイ）という、通常であれば歴史的な文化遺産に使われる形容詞がビャウォヴィエジャの森という自然環境に用いられている。カラトケーヴィチはこの文章を書いた時点ではフッソヴィアヌスの作品には触れていない。しかしセミャジョーンの翻訳が話題を呼んだことを考慮すると、ちょうどこの時期におい て、自然環境と歴史遺産を含めたひとつながりのベラルーシという空間を想像する社会的な意識が成立し、バイソンはその重要な構成要素となったと考えられる。

バイソンのイメージは現代のベラルーシの文化において環境および国民のアイコンとして機能している。それは太古の自然環境を残したビャウォヴィエジャの森の絶滅危惧種だというだけではなく、やはり消滅の危機にあるベラルーシの言語文化とパラレルな存在として理解される。自然の環境においていったん絶滅しながらも、人為的な手段によって生態系の中に復活させられたというバイソンの運命は、なかば忘れられていた『バイソンの歌』というテクストが翻訳を契機にしてベラルーシ文学史の体系の中に編入され、新しい生命を得る過程と重なって見える。文学という森の生態系もまた言語や文化の多様性がなければ痩せた貧しいものになってしまうだろう。ポーランド語でミコワイ・フッソフスキ、ベラルーシ語でミコラ・フソウスキ、リトアニア語でミカロユス・フソヴィアナス、ロシア語でニコライ・グソフスキーなどと様々に呼ばれる『バイソンの歌』の作者が、実際にどんな言語文化に属していたかは分からない。しかしリンネが考案したラテン語による動植物の学名の体系と同様に、ニコラウス・フッソヴィアヌスというラテン語の名前は、私たちが言語と文学の森を探検するための道しるべとなるだろう。

【注】

（1）アラン・ワイズマン『人類が消えた世界』鬼澤忍訳、早川書房、二〇一九年。第一章「エデンの残り香」を参照。

（2）原生林はユネスコの世界自然遺産（ポーランド側一九七九年、ベラルーシ側一九九二年）にも登録されている。ビャウォヴィエジャ Białowieża はポーランド語。ベラルーシ語ではベラヴェジャ Белавежа、ロシア語ではベロヴェジ Беловеж となる。もともとは原生林の入口に位置する村（ポーランド領内）の名前で「白い塔」を意味する。本稿では一般に広く使われているポーランド語の呼称を主に用いることにする。ヨーロッパバイソンのことをポーランド語ではジュブル żubr、ベラルーシ語やロシア語ではズーブル зубр と呼ぶ。バイソンの好む野草を漬けたウォッカの銘柄ジュブルフカ（ズブロッカ）の名称はここから来ている。

（3）佐藤哲『フィールドサイエンティスト――地域環境学という発想』東京大学出版会、二〇一六年、八五―一三一頁。

（4）Jane I. Dawson, *Eco-Nationalism: Anti-Nuclear Activism and National Identity in Russia, Lithuania, and Ukraine* (Duke UP, 1996).

（5）原発事故の記憶が残る国民の中には根強い反対意見もあったが、二〇二〇年に同国で初めてとなるオストロヴェツ原子力発電所が運転を開始している。

（6）Michael Urban and Jan Zaprudnik, "Belarus: from Statehood to Empire?" in Ian Bremmer and Ray Taras (ed.), *New States, New Politics: Building the Post-Soviet Nations* (Cambridge UP, 1997), p. 288.

（7）*Гараднiцкi Я.* А. Тэма лесу ў беларускай лiтаратуры. // Труды БГТУ, № 5, 2016. С. 160-164.

（8）*Булгарин Ф. В.* Воспоминания. М.: НЛО. Т.1. С. 47.; Jan Barszczewski, Szlachcic Zawalnia czyli Białoruś w fantastycznych opowiadaniach (Petersburg, 1845). T. 2. S. 2.

（9）アウグスト三世のオベリスクは現物が残っているが、アレクサンドル二世の記念碑であるバイソン像は第一次大戦期にロシア側が撤去して後、ポーランド中部のウッチ県のスパワ村に移されている。現地のズヴェジニェツ村には二〇一四年九月にレプリカが再建された。ビャウォヴィエジャ国立公園HPの記事を参照。W Osadzie Zwierzyniec stanęła replika żubra białowieskiego. https://bpn.com.pl/index.php?option=com_content&task=view&id=1765&lang=pl

（10）　*Козло П. Г.* Буневич А.Н. Зубр в Белоруси. Минск: Беларуская навука, 2011. 2-е издание. С. 83-85. 引用した本はベラルーシにおけるバイソンについての基本的文献で、著書の一人はワイズマン『人類の消えた世界』にも登場している。

（11）　近縁の亜種であるコーカサスバイソンも一九二七年に絶滅している。

（12）　ナチ・ドイツではヘルマン・ゲーリングが独自の環境政策を主導し、バイソンの復活計画も試みられるが失敗に終わった。ボリア・サックス『ナチスと動物――ペット・スケープゴート・ホロコースト』青土社、二〇〇二年、一七九―一八〇頁。

（13）　*European Bison Pedigree Book 2022* (Białowieża National Park, 2023). 年別の統計が以下のビャウォヴィエジャ国立公園のサイトで入手可能。https://bpn.com.pl/index.php?option=com_frontpage&Itemid=1

（14）　リトアニア大公国はバルト系の民族が一三世紀ごろに台頭して成立した国家だが、その支配地域は現在のベラルーシ全体とウクライナの一部を含んでいた。したがって住民の大多数は東スラヴ系であり、バルト系の支配層も次第に東スラヴの言語文化に同化していった。現在のベラルーシではリトアニア大公国をベラルーシの歴史の一部として考える立場が有力であり、ヴィタウタスのようなリトアニアの英雄もベラルーシの歴史文学の主人公になりうる。もちろんこのような見解はリトアニアでは必ずしも受け入れられない。『ヴィタウト』がリトアニアの首都ヴィリニュスで上演されることになった際には、同国の文部大臣がこれを歴史の剽窃だと批判する発言を行っている（ただし上演は二〇一八年一月に実施された）。The Baltic Times, 5 September 2017. https://www.baltictimes.com/lithuanian_culture_minister_sees_plans_to_perform_belarus_ballet_vytautas_in_vilnius_as_provocation/

（15）　ドラニコ＝マイシュークの書いた連作詩に人気歌手のジミツェル・ヴァイチュシケヴィチが曲をつけて発表したアルバム『おもちゃ屋』（二〇〇一年）がヒットした。

（16）　*Дранько-Майсюк Л.* Цацачная Крама: Кніжка для вялікіх і малых. Мінск, 2008. С. 18-19.

（17）　サイモン・シャーマ『風景と記憶』高山宏訳、河出書房新社、二〇〇五年、三四頁。

（18）　ポルトガルの使節団がレオ一〇世に寄贈した珍しい白象の事例がヒントになったという考察もある。Jerzy Axer, "Slavonic Bison or European Beast? Thoughts on Nicolas Hussovianus' Song for Bison," *Nel mondo degli Slavi. Incontri e dialoghi tra culture* (Firenze UP, 2008) , pp. 3-12. アンニーノという名の白象の数奇な運命については以下を参照。Silvio A. Bedini, *The Pope's Elephant: An Elephant's Journey from Deep in India to the Heart of Rome* (Carcanet Press, 1997).

（19）　チェスワフ・ミウォシュ『ポーランド文学史』関口時正他訳、未知谷、二〇〇六年、九一—九二頁。シャーマやミウォシュはミコワイ・フッソフスキ Mikołaj Hussowski というポーランド語の表記を用いている。ポーランド語の文献ではフッソフチク Hussowczyk と書かれることも多い。

（20）　*Кавалёў С.В.* Шматмоўная паэзія Вялікага Княства Літоўскага эпохі. Рэнесансу. Мінск, 2010. С. 74.

（21）　*Дорошкевич В. И.* Новолатинская поэзия Белоруссии и Литвы. Первая половина XVI в. Мн., 1979. С. 131.; *Некрашэвіч-Кароткая Ж.* Загадка Гусоўскага чакала свайго часу // Жаўруковая песня Радзімы: народныя духоўныя скарбы Буда-Кашалёўскага краю. Гомель: Сож, 2008. С. 418-422. フッソヴィアヌスは『バイソンの歌』以外のラテン語作品で Ussovius と名乗っている場合があるため、ウッサという地名の蓋然性も否定できない。

（22）　Wiesław Wróbel, Uzupełnienia do biografii Mikołaja Hussowskiego, autora „Carmen de statura, feritate ac venatione bisontis". In Piotr Guzowski, Marzena Liedke, Krzysztof Boroda (red.). *Inter Regnum et Ducatum. Studia ofiarowane Profesorowi Janowi Tęgowskiemu w siedemdziesiątą rocznicę urodzin*. (Białystok, 2018), S. 689-699.

（23）　Marion Rutz, "Carmen de bisonte in English and for an International Audience – a Critical Review of and Supplement to Frederick J. Booth's Bilingual Edition," Studia Białorutenistyczne 16 (2022), pp. 295.

（24）　*Карцов Г.П.* Беловежская Пуща: ее исторический очерк, современное охотничье хозяйство и Высочайшие охоты в Пуще. СПб., 1908. С. 145-152. カルツォフは自著に引用するためペテルブルク・カトリック・アカデミー教授のヤウニス神父にロシア語訳を依頼したと書いている。ロシア語ではグソフスキー Гусовский と表記することが現在では一般的だが、カルツォフはグッソヴィアン Гуссовиан としている。

（25）　セミャジョーンの翻訳は大胆な改変や脚色を含むもので「翻案」に近い。後に翻訳家で古典学者のウラジーミル・シャトーン Уладзімір Шатон による原文に近い正確な翻訳も出たが（一九九一年）、セミャジョーン訳ほどには読まれるようにならなかった。リトアニアでの受容の経緯はベラルーシに似ている。Benediktas Kazlauskas によるリトアニア語訳が一九六三年に雑誌 Literatūra に掲載され、一九七七年に単行本として刊行されている。

（26）　セミャジョーンによるベラルーシ語訳は以下から引用し、ページ数を（　）内に付した。*Гусоўскі М.* Песня пра зубра. Пераклад Язепа Семяжона. Мінск: Мастацкая літаратура, 2006. ラテン語原文は以下から引用し、ページ数ではなく詩の行数を付した。*Song of the Bison: Text and Translation of Nicolaus Hussovianus's „Carmen De Statura, Feritate Ac Venatione Bisontis,"* edited and translated by Fredrick J. Booth (Leeds: Arc Humanities Press, 2019), pp. 53-79. 原文を解釈する際には前掲の Booth による英訳、および

サイトSTAROPOLSKAに掲載されているMichael J. Mikośの英訳を参考にした。http://staropolska.pl/renesans/wczesny_humanizm/wcz_hum_05.html

（27）　Larry Wolff, *Inventing Eastern Europe: The Map of Civilization on the Mind of the Enlightenment* (Stanford UP, 1994).

（28）　Christopher Ely, *This Meager Nature: Landscape and National Identity in Imperial Russia* (Northern Illinois UP, 2002).

（29）　「ルーシ」はロシアの古い形だが、ここでは現在のロシア、ウクライナ、ベラルーシの祖先にあたる東スラヴ人全般を指す。ポーランドとリトアニアの支配下にあったウクライナ人、ベラルーシ人はルーシ人（ルテニア人）と呼ばれていた。古いルーシの言語はリトアニア大公国の公用語として用いられた時期もあり、現在のベラルーシではその言語を「古ベラルーシ語」と呼んでいる。ルーシを表す一般的なラテン語はRuthenus (Ruthenia)であり、Roxanisという語の使用は珍しい。

（30）　キリル文字はスラヴ人の言語を表記するために作られたが、その多くをギリシア文字から借用している。厳密にいえば「ギリシアのアルファベット」ではない文字も混じっているが、それはギリシア文字では表現できないスラヴ語の独特の発音に対応している。

（31）　*Калеснік У*. Вяртанне зор // Полымя, № 7, 1971. С. 196-212; *Калеснік У*. Зорны спеў. Мінск: Мастацкая літаратура, 1975. С. 69-104.

（32）　アレクセイ・ユルチャク『最後のソ連世代――ブレジネフからペレストロイカまで』半谷史郎訳、みすず書房、二〇一七年。

（33）　高橋沙奈美「ソヴィエト・ロシアにおける史跡・文化財保護運動の展開――情熱家から「社会団体」ＶＯＯＰＩＫに至るまで」『スラヴ研究』六〇号、二〇一四年、五七―九〇頁。

（34）　*Караткэвіч У*. Зямля пад белымі крыламі // Твораў у васьмі тамах. Т. 8. Кн. 1. С. 422.

森で死者の声を聴く
――現代ポーランド文学の事例から

菅原祥

一　ポーランドにおける「森」――国民の記憶の創造の場

ポーランドの記憶文化において、森は自然なかたちで国民の歴史と結びつく。人間と木の類縁性は、たとえばカティンのカシの木のような、虐殺の現場に木を植えるという美しい習慣にも映し出されている。それは森のような本来記憶の場ではないものが、それを通じて記憶の場となるようなミクロな実践なのである。森は、「対抗記念碑」から、記念碑を建てるための場所へと変容するのである。(1)

ポーランド・ウクライナ関係を研究する歴史学者マリウシュ・サヴァが右でいみじくも述べるように、ポーランド文化において「森」は国民の記憶の創造とつねに結びついているように思われる。多くの場合、それは国民の受難の記憶の場として捉えられる。分割時代に支配者であるロシアに対して起こされた「一月蜂起」における蜂起軍の記憶にはじまり、さらには第二次世界大戦中のナチによるポーランド人・ユダヤ人虐殺の現場としての森、あるいは「カティンの森」に象徴されるようなソ連による戦争犯罪の現場としての森、対独抵抗パルチザン、さらに戦後には対ソ抵抗パルチザンが拠点とした場所としての森など、「森」がポーランドの受難の歴史を表象する上で果たしてきた象徴的役割には枚挙にいとまがない。

だが近年では、こうした「国民の記憶」の神話的トポスとしての森とは違った形で森が描かれることがますます多くなっている。そうした事例において、森とはポーランド人以外の、すでに消え去った「他者」の記憶をとどめる場としての森であり、そこにおいてポーランド人は受難者ではなくむしろ「加害者」あるいは「入植者」として立ち現れる。パヴェウ・パヴリコフスキ監督の映画『イーダ』（二〇一三）においても描かれたようなポーランド人によるユダヤ人殺害の現場としての森はいうに及ばず、さらには、ドイツ系住民やウクライナ系住民（レムコ人・ボイコ人らを含む）といった、戦後のポーランドにおいて強制追放や強制移住の犠牲となった人々の記憶を考える上でも「森」は重要な位置付けを占めている。これらはいずれも、かつてのポーランドにおいては「国民の記憶」のなかに整合的に取り込むことが難しい「困難な歴史」であった。だが近年のポーランド文化においては、こうしたポーランド人にとっての「他者」の記憶がますます重要な位置を占めつつあるのではないだろうか。

本稿では、大量虐殺や住民追放によって生じた死者・犠牲者の「声」に満ちた場所としての「森」と、そこにおいて死者の声を「聴く」ことを可能にするような実践に着目し、現代ポーランド文学におけるいくつかの事例を紹介する。具体的には、ベスキド・ニスキ山脈からのレムコ人の強制移住を扱ったモニカ・シュナイデルマンのノンフィクション作品『からっぽの森』（二〇一九）や、下シロンスク地域のかつてのドイツ人住民の記憶に言及したオルガ・トカルチュクの小説『昼の家、夜の家』（一九九八）および『死者の骨に汝の犂を通せ』（二〇〇九）を検討する。だが、本題に入る前にまずは「森」という場所がそもそもいかなる意味において「記憶の場」であるのかを検討しておきたい。

二　記憶の場としての森——忘却か、メモリアル化か

「森」という場所における記憶のあり方について考える際にまず注意しなければならないのは、森という場所がその本質において恒常的・永続的な記憶・記念の実践に抗するような特性を持っているということである。都市における遺跡や文化遺産と異なり、森はかつてそこに存在した人工物の痕跡を簡単に呑み込み、消し去り、元の自然に返してしまう。そもそも森とは、恒久的な「記憶」には極めて不向きな場所なのである。

こうして、森という場所は本来、永続的な記憶の保存に抗するような特性を持った場所である。であるがゆえに、森は密かになされる犯罪や殺人、大量虐殺の現場としてうってつけの場所となる。オーストリアのジャーナリスト、マルチン・ポラックが指摘するように、第二次世界大戦中における大量虐殺や処刑に携わった者たちの多くは、こうした森の特性を最大限活用し、自分たちの悪事の痕跡を森の中で風化・埋没させ、それとわからなくしてしまうことで証拠隠滅をはかった。このようにして形成された、一見「自然」な景観としか見えないかつての大量虐殺の現場のことを、ポラックは「汚れた景観」と呼ぶ。

〔殺害者たちは〕穴とそこに埋められた死体が消えることを、永遠に消えることを望んでいる。そのためには、しばしば園芸に関する本当の知識が必要となる。死体でいっぱいの埋められた溝に植えるのに最も適した樹木や灌木はどれか、出来事の痕跡を隠滅できるほど速く成長するのはどれか。〔……〕ポーランド東部のドイツの絶滅収容所、トレブリンカとベウジェツでは、犠牲者の遺体を埋めた場所で、ちょうど農民が種まきの準備をするときのようにまず土地を耕し、わが国ではオオカミインゲンとも呼ばれるルピナスを蒔き、

若い樹木、具体的にいうとマツを植えた。マツは砂地でもよく育つからだ。こうした作業は「植林」と呼ばれた。カモフラージュとしての植林である。(2)

こうして、大量虐殺の現場が下手人たちによって「自然」化され、カモフラージュされてしまうことで、それは何の変哲もない「景観」と区別がつかなくなってしまう。そうした一見美しい森の「景観」を隠れ蓑にして、死者の記憶の抹消が進行する。ポラックはこうした景観を「汚れた景観」と名付けることで、死者の記憶の(時に意図的な)忘却に対抗し、その景観にかすかに感受される違和感を呼び覚まそうとする。

大量処刑のような暴力的な出来事は、それが行われた場所の風景を永久に変えてしまうことも、私たちはすでに知っている。ある場所で何が起こったかを知るやいなや、私たちはその場所を別なふうに認識し始める。これは、一定の留保のもとで、大量虐殺の現場にもまたあてはまる。加害者たちが墓を偽装し、すべての痕跡を消すことに成功したことで、それまで人々に意識されてこなかったような場所がある。しかし、完全に成功したケースはごく少数である。多くの場合、社会に知られてはならない出来事があそこやここで起こったという漠然とした予感、かすかなヒント、噂、ゴシップ、ささやきが当初から存在する——だからこそそうした出来事はしつこくそこにとどまりつづけ、過ぎ去ったり口をつぐんでいたりしようとしないのである。(3)

森の忘却作用を利用した死者の記憶の抹消の対極に位置するのが、森を舞台とした記念・顕彰の実践である。そうした事例を紹介しているのが、ポーランドの「森林管理官」の活動に着目した人類学者のアガタ・アグニェシュカ・コンチャルである。彼女によれば、社会主義体制崩壊以降、とりわけ二一世紀以降、それまでの公式の歴史で語られることがなかったポーランドの過去の歴史の側面にますます新たな光が当たるようになると同時に、ポーランドの森を管理することを生業とする森林管理官たちはそれまで無視されてきた森の中の様々な遺物に新たなまなざしを注ぎ、それらを積極的に文化遺産や観光名所として管理・保存するようになったという。コンチャルによれば、これら森林管理官たちの活動を通じて、近年では伝統的にポーランド人にとって「他者」として表象されてきた人々（ユダヤ人、ドイツ人、ウクライナ系住民）をめぐる「困難な歴史」までもが新たに「国民の記憶」に統合されつつある。

森林管理官たちが廃村で行っているような環境プロジェクトや、福音派の墓地、森の中の埋葬場所、正教会の教会、そして芸術活動などに関連した上述の活動は、森林管理官たちが自分たちが管理する森でもはや気づかないでいることが不可能になったような困難な過去を中和化し、自然化するのに森が役立っている例だと解釈できる。このような困難な場所において、植物、緑、自然は、過去についての物語の媒介者という形をとることができる。自然を管理することは、困難な歴史を管理することを助けるのである[4]。

こうした森という場所を通じた「国民の記憶」の創造の実践の最たる例が、冒頭のサヴァも言及しているような「植樹」という記念・顕彰行為だろう。コンチャルによれば、こうした植樹実践において過去の記憶は、「森」という場所の神聖性・不可侵性と強固に結びつくことで「聖なる森」（święte gaje）という形象を獲得する。森そのものがメモリアル化されることで、森は本来有していた風化作用や対抗記念碑的作用を失い、現在の価値観にとって整合的な「国民の記憶」が永続化・文化遺産化することになる。

このように自然保護のナラティヴを記憶行為や、提示された歴史のヴァージョンと結びつけることは、森林管理官の意識的な行動である。自然保護区とカティンの虐殺の犠牲者への追悼碑は、森林管理官たちにとっては、互いを説明し、明確にするためのものなのである。一方が他方を補足し、互いの存在を条件づける。このような観点からすると、両者は一緒になってひとつの物語、つまり森に関する国民の神話を語るという課題を有しているのである。記憶行為は、この保護区に、この森に刻みこまれる。(5)

殺人者たちによる記憶の意図的な抹消と、それと対極に位置付けられるような記憶＝森の記念碑化・永続化。だが、これら両極のどちらにも与しないような第三の実践、死者の記憶のもうひとつの想起のあり方があるのではないだろうか。それは、いわば「森」そのもの声を我々が能動的に聞き取ることで達成されるような記憶の想起のあり方、森の中の不在の痕跡や空白そのものの声なき声を聞き取るような記憶の実践のあり方である。冒頭に紹介したサヴァは、ポーランド東部の村サフリンでウクライナ系住民がポーランド人武装組織に虐殺された「サフリンの虐殺」（一九四四）の記憶に言及しながら、次のように論じる。

サフリンの森では、木の幹についた弾痕や墓地など、具体的な戦争の跡を探しても無駄だった。それを見つけるためには考古学的な調査が必要になっただろう。森、つまり悲劇が起こった土地にそれを記念するものが置かれない限り、そこは非・記憶の場であり、想像力を使って読み解くことを要求する空間だったのだ。殺された遺体の上やその近くに生えている植物が、生きた記憶の媒体であり、まさに犠牲者に属するものなのだと誰かが気づき、意識したとき、過去と暴力の非・人間的な証人である樹木は、初めてそれらについて証言したのである。(6)

森は、そこにかつて埋められ、隠蔽された死者たちの遺体の上に、その養分を吸収して育つ。その意味で森は、ここでサヴァがいみじくも述べているように「犠牲者に属するもの」なのであり、それゆえに「過去と暴力の非・人間的な証人」たりうるのである。だからこそ我々は、森を通じて、森とそこに生えた樹木という存在を通して、その下に埋められた死者の記憶を呼び覚まし、死者の「声」に耳を傾けることが時に可能になるのではないか。それは、先に引用したポラックが述べるような、「漠然とした予感」のようなものに過ぎないかもしれない。だが、仮にそのようなごく漠然としたささやかなものであったとしても、それは「しつこくそこに止まり続ける」。そしてこうした、森から、あるいは木から直接的に死者に関する記憶を「聴き取る」ような作業を通じて、われわれは現在の価値観において整合的に意味づけられないようなトラウマ的記憶にアクセスできるのではないか。

三　ベスキド・ニスキ山脈(低ベスキド山脈)のレムコ人の記憶――モニカ・シュナイデルマン『からっぽの森』から

私がここに住むことができるのは、彼ら全員がもうここにいないからだ。彼らは去ってしまった。彼らが後に残していった空白には、ただ思い出と打ち捨てられた事物があるだけ。彼らは自分たちが作り上げた風景を残して行ってしまった。ここにずっと住んでいたのは私ではなく、彼らなのだ。(7)

本稿では、こうした森において「死者の声を聴く」ような実践を現代ポーランド文学のなかにおいて見出してみたい。そこにおいて本稿が着目するのは、かつて現在のポーランド領に住んでいたドイツ系住民やレムコ人といった、伝統的にポーランドの「国民の記憶」のなかに整合的に位置付けられてこなかったような「他者」の記憶である。最初に紹介したいのは、ベスキド・ニスキ山脈(低ベスキド山脈)のレムコ人の記憶を扱ったモニカ・シュナイデルマン『からっぽの森』(二〇一九)である。だが、本題に入る前に、ポーランド現代史に詳しくない読者のために、以下、戦後ポーランドにおける国境変更と住民移動の歴史をごく簡単に説明しておきたい。

第二次世界大戦後のポーランドでは極めてドラスティックな国境の変更が生じた。ポーランドで「クレスィ」と呼ばれる、ソ連によって占領されたいわゆる「カーゾン線」以東のポーランド東部地域（現在のベラルーシ・ウクライナ西部およびリトアニアのヴィルニュス周辺にあたる）をソ連に割譲したのとひきかえに、オーデル・ナイセ線以東のドイツ東部領土があらたにポーランド領となることが強制的に既成事実化されたのである。その結果、ポーランドは国土全体が大幅に西にずれるようなかたちになった。この領土変更に伴って生じたのが大量の住民移動である。まず、ソ連とポーランドとの間で住民交換に関する協定がなされた。その結果、旧ポーランド領のうち新しくソ連領内となった地域にいるポーランド人はポーランド領内へ、逆にポーランド領地域にいるウクライナ系住民はソ連領内へ移住させることとなった。このとき住民交換の対象となったウクライナ系住民の中には、古くから低ベスキドを中心としたポーランド南東部に多く住んでいた「レムコ人」や「ボイコ人」などのウクライナ系（ルシン系）の少数民族も含まれていた。ポーランド国内残留を望んだウクライナ人が多かったため移住事業は遅々として進まず、業を煮やしたポーランド政府は一九四五年九月以降、軍を投入してのウクライナ人強制追放作戦に踏み切り、住民交換協定が終了する一九四六年六月までに二五万人がソ連領へ強制的に退去させられたという[8]。

ソ連から来た「帰還者」のポーランド人たちの多くに新たな定住先を提供することになったのが、ドイツから獲得した西部領土、いわゆる「回復領」であった。これらの地域に住んでいたドイツ人住民はドイツへと強制的に追放され、ドイツ人のいなくなったあとの土地にポーランド中央部やソ連領となった東部からやってきたポーランド人が新たに住むことになった[9]。

さらに血なまぐさい帰結を伴ったのが、一九四七年の悪名高い「ヴィスワ」作戦によるウクライナ系住民の強制移住である。ポーランド政府は、当時ポーランド領内でも活動していたウクライナ独立を目指す武装組織「ウクライナ蜂起軍」(UPA)を一掃するという名目で、ソ連との住民交換に応じずにまだ残っていたウクライナ人・レムコ人住民を一家族づつ分散して国内の他の地域に強制的に移住させるという過酷な同化政策を遂行した。多くの者が「回復領」である下シロンスクなどに強制的に移住させられた一方、UPAとの協力を疑われた一部住民は、ヤヴォジノなどの強制収容所に送られ、そこで命を落とした者もあった。「ヴィスワ」作戦を通じて一四万人のウクライナ系住民が「回復領」に強制的に移住させられたと言われている。[10]こうして、かつての「レムコ地域」(Łemkowszczyzna)には現在もはやレムコ人のコミュニティは一切残っておらず、その多くが廃村のような状態になっている。

この、かつて多くのレムコ人が暮らしていたにもかかわらず、現在はほとんどいなくなり、「からっぽ」になってしまったベスキド・ニスキの「かつての隣人たち」の歴史・記憶の掘り起こしに挑んだのが、『からっぽの森』である。著者のモニカ・シュナイデルマン(Monika Sznajderman 一九五九―)は夫のアンジェイ・スタシュクとともに一九九〇年代からベスキド・ニスキに移住し、一九九六年に夫とともに出版社「チャルネ」を設立したことで知られる(社名は当時住んでいた村の名に由来する)。現在はベスキド・ニスキの村ヴォウォヴィエッに在住し、チャルネ社の本社もそこにある。チャルネは特に良質のノンフィクションやルポルタージュを数多く出版していることで知られ、また近年ではチャルネの出版物が数多くの文学賞を受賞するなど、国内の文学界での存在感はかなり大きなものがある。

『からっぽの森』が描くのは、シュナイデルマンが住むヴォウォヴィエッを中心としたベスキド・ニスキの歴史である。この地域には古くからレムコ人、ユダヤ人、ロマなどがほそぼそと居住していたが、石油を産出したことから、ゴルリツェを中心に一九世紀には石油産業が盛んになった。戦間期にはヴォウォヴィエッの人口は八〇〇人近くを数えたという。現在、ヴォウォヴィエッをはじめこの地域の多くの村が廃村か、あるいはそれに近い超過疎状態となってしまっている。彼らはどこに行ってしまったのか? シュナイデルマンは初めてこの地を訪れた際の自らの感慨を、次のように表現している。

最初にベスキド・ニスキを訪れた時の気持ちを説明するのは難しい。その後私はなんどもなんどもそこに帰りたくなり、最後には定住することになった。この暗い引力を説明するのは難しい。それはあらゆる良識を打ち破って、私を普通のライフコースから脱線させ、ワルシャワから引き離し、この暗い過去と、困難な現在と、何の展望もない未来しか持っていない遠く離れた辺鄙な土地へと連れて来たのである。それは私に他者の歴史を気にかけ、見慣れぬ風景の中で暮らすよう要求し、その結果それらは不可避的に私のものとなった。その引力は、見捨てられた遺物たちに馴染み、不在の者たちの痕跡に親しみ、彼らのモノに包まれ、それらに新しい意味を与えるようにと、そして、新しい生がどのように生じるのかを観察するようにと私に命じた。(11)

こうして、シュナイデルマンにとってベスキド・ニスキという土地に住むことは、不可避的にそこにかつて住んでいた死者たちの痕跡に取り巻かれて住むということに他ならない。だがそれは、単に過去にそこに住んでいた他者の記憶を無関係な第三者、傍観者としてまなざすということとは違う。むしろ、自分自身がそこに住むことで、かつてそこにあった他者たちの記憶は必然的に「私のもの」となる。そして、そのように過去の死者の記憶を「内側」から眺めることで、死者たちはその喪われた名前を取り戻す。

だからこそ私は、風景に過去を、その創造者たちに苗字と名前をとり返そうと努力するのである――たとえ私にできるのが、そのうちのいくつかを取り戻すことだけであったとしても。そうすれば彼らは少なくともある程度は、何世紀もの間ただ燃やし、切り開き、耕し、種をまき、植え、収穫してきたとされる名もなき非人間的な力などではない、具体的な人間となるのだ[12]。

こうしてシュナイデルマンは、かつての行政文書や学校の文書など、ありとあらゆる資料の中からかつての住民たちひとりひとりの「名前」を見つけ出し、それらを執拗に挙げつづけることで、かつてこの地に住んでいた死者たちの記憶を掘り起こそうとする。まず最初にこの地から消えていったのは、ユダヤ人たちである。「というのもユダヤ人というものは、いつも最初に消えることになっているからである。しかも、跡形もなく完全に消えることになっている[13]」。

だから、せめてこれらの〔……〕古びて黄色くなった書類や学校の証明書、そして戦後の「ユダヤ人のあとに残された」地所についての公文書などが残っていて良かったのである。だって、そうでなければ彼ら全員がかつてここに住んでいて〔……〕最後にはまるで朝霧のように空気に溶けて消えてしまったなどと、どうやって信じることができようか[14]?

この地で殺されていったユダヤ人たちの記憶は、まさに跡形もなく消え去ってしまっている。まるで最初から存在しなかったかのように。シュナイデルマンは本稿でもすでに紹介したポラックを引きつつ、ほかならぬ「自然」というものの中にこうした死者の忘却化作用を見てとる。

だから、今や人間の体が自然を育んでいるのであり、春になると、マグラの木々は、ほとんど色が差していないような淡い緑から、色が濃く鮮やかで、ほとんど黒に近いほどヴィヴィッドな緑まで、この世のありとあらゆる緑の色に染まる。〔……〕そう、この地域の自然は美しく豊かだ。しかしそれはただ一見手つかずのものに見える景観、一見無垢なものに見える風景に過ぎないのだ。〔……〕ツィーグラーと二人のメンデル・ヴァイスマンの死体から流れ出た黒い血が、あのほとんど黒に近いほど鮮やかでヴィヴィッドな緑を生み出したのだ。(15)

第二次世界大戦後になると、ソ連との住民交換と「ヴィスワ」作戦によって、こんどはベスキド・ニスキに住むレムコ人たちが大量に消えていくことになる。そして、彼らの生きていた痕跡もやがて自然に呑みこまれ、消えていく。後に残されたのは森の静寂だけである。

そして植物はいつもまっさきに、世界を古い時代に戻し、人間的なものを呑み込もうと待ち構えている。ちょうど今日、コセクの家がまさに自然に飲み込まれようとしているように――窓に這い込み、屋根まで伸び、老朽化と荒廃を早め促進する。タンポポとキンポウゲ、セイヨウオトギリソウとノコギリソウ（野原ではハンノキとリンボク）。黒いニワトコ。そして自然力もまた崩壊を促進する。中でも最悪なのが火で、木造家屋はたやすく、あっという間に燃えてしまう――これは私も経験済みで、オルホヴィエツの私の最初の、藁葺き屋根の家は火事で全焼してしまったのだった。家は美しく清潔に燃え、薪や藁が燃えるのと同じように赤黄色の炎を発した。あとに残されたのは石の土台と、長い間空気に漂っていた燻製小屋のような匂いだけだ。そして静寂。(16)

こうして、レムコ人たちが消え去った後にはポーランド人たちがやってきて、新しい生活を始める。国営農場（PGR）のための新しい建物が建ち、施設ができ、コンサートや映画上映までが行われるようになる。だがそうした新しい生活も、ポーランドの社会主義体制が終わり、PGRが崩壊するとともに黄昏を迎える。

〔……〕礼儀正しく愛想が良く、真面目な学生だったファイガ・ケレルがかつて住んでいたヤションカに、私たちの友人が戦後に建てられた木造の建物を買った。建物を解体した廃材も少し残っていたので、彼はそれを私たちに無料でくれた。だから、今、私たちの家にはモミの板でできた窓枠がある――それは百年近くも昔、フツル人の大工たちが私の村に正教会を建てようとしたときのものと同じ木材だ。古くて滑らかで、記憶のかけらが詰まっている。犬と狼の区別がつかなくなり、羊飼いたちが家畜を小屋に追い込む黄昏の時間がやってくると、私はよく物思いにふけりながらこう自らに問いかける。「私はここで何をしているの？」と。そして私は自分にこう答える。「何をって？　私はここに住んでいる。からっぽの野原で、からっぽの森で。記憶の草原で」[17][18]。

かつてそこにいた死者の痕跡を容赦なく消し去り忘却に委ねていく森のなかで、シュナイデルマンはまさに自分自身がそこに「住む」ことによって、それでもなお残り続ける死者の記憶に耳を傾け、そして彼らに固有の名前を取り戻そうとする。そこで彼女が実践している記憶のあり方は、例えば死者の記憶を永続化するための記念碑を建てたり、あるいは「植樹」というようなかたちで森そのものをメモリアルとして永続化するような試みとは程遠い。むしろ彼女は、自分自身がその場所に住み、そこで生活を送ることで、死者の記憶を生者の記憶と混ぜ合わせていく。かつてレムコ人たちが通った正教会の建物を作るのに使われた廃材を、窓の木枠として自らの家の中に組み込む。他者の記憶を自らの記憶に組み込み、両者を混合させながら、そこで生きていく。死者の声を聴くという技法のひとつのありかたが、ここには示されているのではないか。

四　オルガ・トカルチュクの下シロンスク小説におけるドイツ人およびポーランド人の記憶――『昼の家、夜の家』と『死者の骨に汝の犂を通せ』

本稿でもうひとつ取り上げたいのが、下シロンスクをはじめとしたいわゆる「回復領」の記憶である。これらの地域は一九四五年まではドイツ人の住むドイツ領だったが、ドイツの敗戦によってそれまで住んでいたドイツ人住民は強制退去、追放された。ほぼ無人になった都市や村に、各地からやってきたポーランド人が新たに移住することになった（そのかなりの部分はソ連に割譲した東部領土（クレスィ）からの「引き揚げ」民たちであった[19]）。

下シロンスクを舞台として多くの小説を発表してきた代表的作家が、自身も下シロンスク出身の作家オルガ・トカルチュク（Olga Tokarczuk 一九六二―）である。本稿では、下シロンスクを舞台としたトカルチュクの二篇の長編作品、『昼の家、夜の家』（一九九八）および『死者の骨に汝の犂を通せ』（二〇〇九）を検討したい。

『昼の家、夜の家』（一九九八）

『昼の家、夜の家』[20]は、トカルチュクが下シロンスクのノヴァ・ルダおよびその周辺の山間地帯（特に架空の集落ピェトノ）を舞台に、旧ドイツ領の下シロンスクの土地の記憶に取り組んだ作品である。作者自身を思わせる、チェコ国境に近い山間部の小集落に移住した匿名の語り手の一人称を中心に、それ以外のこの土地にまつわるさまざまな断章的エピソード、記憶、歴史（その中には架空の歴史も含まれる）が縦横無尽にちりばめられ、下シロンスクという場所そのものが有する土地の記憶のようなものが重層的に立ち上がる仕掛けになっている。とりわけ本作で目を引くのは、かつてこの地に住んでいたドイツ人たちの歴史・記憶と、一九四五年以降にこの地に植民してきたポーランド人たちとの間の記憶の対比である。戦後の大規模な住民交換がもたらした混乱と、それによってもたらされた土地の記憶の断絶と過去の忘却は、本作においても極めてヴィヴィッドに描き出されている。そこにおいて、新しくこの地にやってきたポーランド人たちは、ドイツ時代の記憶が濃密に残る他人の家、他人の町のなかで、しばしば困惑することになる。

彼らはそこに、戦後すぐにやってきた。そしてお互いを好きになった。空っぽの家も、空っぽの通りも、空っぽの心も、愛にとっては好都合だった。まだ何も存在していなかった。ようやく、存在しようと準備しているところだった。列車は来たい時に来た。ときどき、まだ夜のうちに、誰かが銃を撃つ音がした。ガラスを破られたショーウインドウの上にかかったドイツ語の看板がなにを意味するのか、理解するのは難しかった。[21]

戦後あたらしく下シロンスクにやってきたポーランド人たちにとって、ドイツ人時代の過去はまるで外国語で書かれた不可解な看板のごとく、理解不可能なものである。彼らはそうした他者の理解不可能なモノに取り囲まれ、それをわがものとして新しい生活を送らざるを得ない。それは当然のごとく、かつて他者のモノだったモノ、他者の土地だった土地の簒奪者、強奪者としての生活である。それはドイツ人が残していった高価な食器などの「宝物」をまるで墓場の死体を掘り起こすように発掘する人々のエピソードなどに如実に現れている。

もしも、目にレントゲンが備わっていて、地面の下を人体のように照らせたら、いったいなにが見えるだろう。骨みたいな石、大地の内部組織を作る粘土の堆積、花崗岩の肝臓、砂岩の心臓、地下水脈の腸。それに、なにか遺物が映るかもしれない。それは地中に隠された宝物。人体に埋め込まれた移植組織か、地面の下に眠る銃弾のかけらみたいに[22]。

下シロンスクのポーランド人たちは、必然的に他者の墓の盗掘者、墓荒らしとして生きざるを得ない。だからこそ彼らはしばしば、場所に取り憑いたかつての住民たちの亡霊のようなものに苛まれる。それは、戦後すぐの時代にこの地域に現れ、家畜や人を食い殺した挙句に退治されたという「怪物」のエピソードにも如実に現れているし、また、体制転換後の現在でもなお、西側からかつての自分たちの故郷を見に訪れるドイツ人「観光客」の姿は、まるで過去から現れた亡霊のようにこの地の住民を悩ませることになる。

ドイツ人たちは、まるで目立つのを恐れるかのように路肩にきちんと停めた車から、ぞくぞくとあふれ出してくる。彼らはちいさいグループか、ペア（たいていはペアだ）を作って歩き回る。男と女が、まるで愛し合う場所を探すみたいに。彼らがなにもない場所の写真を撮ることが、多くの人にとっての謎だった。雑草が伸び放題の空き地の代わりに、どうして新しいバス停や新しい教会の屋根を撮らないのかしら。〔……〕

年老いた夫婦がこの土地を訪ねてきて、もうそこに存在しない家を指さしてみせたこともあった。わたしたちはそのあと何回かクリスマスカードを送り合った。彼らは私たちを安心させようと、その昔ここに住んでいたフロスト一家は、いまはあなたたちのものであるこの家にはもはや興味がない、と請けあった。

「そもそも、どうしてわたしたちの家に、誰かが興味を持たなきゃならないの」むっとしてわたしは、マルタに訊いてみた。

「自分たちが建てた家だからでしょ」マルタが答えた[23]。

こうして、ドイツ人が立ち去り、空白となった下シロンスクに移り住んできたポーランド系住民たちにとって、下シロンスクに住むということは文字通り他者のモノに囲まれて、他者のモノをわがものとしてそこに住まうということに他ならない。それは同時に、（シュナイデルマンにとってもそうであったように）他者のモノを通じて他者の記憶をも半ばわがものとしてそこに住まうということを意味する。本作が興味深いのは、先に紹介したシュナイデルマンと同様、本作でもまた（作者トカルチュクを強く連想させる）架空の語り手が下シロンスクの山間地帯に移住し、そこに「住む」ことで、かつてその地に存在した人々の記憶の掘り起こしを行っていることだ。そこでは、かつてのこの土地の記憶が、お屋敷に住んでいた領主一家のエピソードや、そのうちの一人の学者が研究していたという架空の中世の聖人伝、さらには刃物師派と呼ばれる異端の宗派やノヴァ・ルダの創設者にまつわる架空の伝説にまで言及することで呼び起こされ、語られるのである。ここにおいて、かつてのこの地のドイツ人たちの記憶は、ただありのままのかたちで想起されるわけではない。ポーランド人である語り手（作家）自身の文学的想像力に取り込まれ、変形を被り、そのようにして死者の記憶は生者の想像力と渾然一体となり、この土地を形作る記憶の風景を作り出す。

本作においてもうひとつ興味深いのは、本作ではこれらかつてこの土地に住んでいたドイツ人たちの記憶の上にまるで重ねるようにして、クレスィから住処を追われ、この地に移住してきたポーランド人たちのトラウマ的記憶が重ねられ、交錯させられているということである。それによって、この土地の記憶はいわば二重化され、下シロンスク土着の記憶に、さらに遠く離れたクレスィの記憶が重なり合う。かつてここに住んでいたドイツ人の記憶は、新たにこの地にやってきたポーランド人の記憶と混ざり合い、ひとつになる。そしてこの土地の人々はそのような自分のものか他者のものかもよくわからないハイブリッドな記憶の中に生きているのである。

この文脈においてとりわけ印象的なのが、エルゴ・スムという名のポーランド人に関するエピソードである。戦時中、シベリアの収容所で労務作業中に人里離れた場所に仲間と放置され、人肉を食べて生き延びた経験を持つエルゴ・スムは、戦後ノヴァ・ルダで古典の教師として暮らしていたが、ある時ふとしたことで人肉を食べた過去の記憶に取り憑かれ、狼男と化し、満月の夜に記憶を失って山野を徘徊するようになってしまう。ここで興味深いのは、エルゴ・スムが自らの戦時トラウマを契機として「オオカミ」という、土着の「森」を象徴するような存在へと生まれ変わってしまうことである。つまり、クレスィ生まれのポーランド人でシベリアで人肉を食ったトラウマを持つエルゴ・スムは、移住した先の下シロンスクで、その土地の精霊のような「オオカミ」に変容し、それによって彼のシベリアの記憶は下シロンスクの土着の記憶の一部となるのである（この、トラウマ的記憶と森に住む精霊のような動物との間の結びつきは、のちの『死者の骨に汝の犂を通せ』でさらに全面的に展開されることになる）。

もうひとつ、本作において過去と現在のいずれをも超越し、それらをつなぐ役割を果たしているように見えるのが、語り手の隣人であるかつら職人のマルタという女性である。このマルタという女性は年齢不詳で、作中で断片的に語られる情報からするとどうやら戦前からこの土地に暮らしているようだが、仮にそうだとすると恐ろしく高齢になるはずであり、辻褄が合わない。この、年齢も国籍も不明のマルタという女性は、明らかに生身の普通の人間の女性には見えず、むしろ土地（森）に古くから根付く精霊のような存在を連想させる。実際語り手は、冬の間どこかへ消えるマルタが実は自宅の地下室で「冬眠」しているのではないかと想像し、また、マルタの背中に翼のようなものが生えている夢を見て、「この羽がすべてを明らかにしていると、確信した」のであった。

このマルタという特定の時代を超越し、過去と現在を繋ぐ役割を果たしている女性の職業が「かつら職人」であるというのは示唆的である。他者の記憶や他者の意識が自らの意識のなかに入り込む、というモチーフは本作に繰り返し現れるが、かつらはまさにここではそうした他者の記憶の受け継ぎ、死者の記憶と生者の記憶の混交を象徴するアイテムとして描かれているからである。

「他人の髪で作ったかつらをかぶるって、どんな感じかしら」わたしは尋ねた。

「勇気がいるわね」マルタが答えた。「その髪が生えてた人の考え方もかぶるのよ。他人の考えに対して心構えがいるし、自分自身が強くって、それに耐えられることが必要ね。それに、ずっとかぶりっぱなしはだめ、そこは気をつけなくちゃ[24]」

『死者の骨に汝の犂を通せ』（二〇〇九）

このような『昼の家、夜の家』で描かれたような下シロンスクにおける記憶に関するテーマをさらに発展させ、旧ドイツ系住民や引き揚げポーランド人にとどまらず、現代ポーランドにおける「過去の死者の記憶」を広く想起することに成功したと言えるのが、二〇〇九年の作品『死者の骨に汝の犂を通せ[25]』ではないだろうか。一般的にこの作品は、作者であるトカルチュク本人の動物愛護・自然保護の主張を全面に出した小説として受け止められており[26]、またそれはもちろん間違いではないが、しかし以下で詳しく検討するように、本書のそうした表面的なテーマの下から垣間見えるのは、現代ポーランドにおける「死者の記憶」をめぐる問題なのである。

まず、あらすじを簡単に説明しておきたい。下シロンスクのチェコ国境沿いの「テーブル山」の中に住む語り手の女性ヤニナ・ドゥシェイコ（元土木技師で学校教師、ベジタリアン、占星術が趣味）の周囲で謎の不審死が多発する。死者たちは皆、動物の狩猟に関係していたり狐の毛皮工場を経営していたりと、何らかの形で動物の殺害・虐待に関わっているという共通点があり、また死体の周囲には動物の痕跡が残されていた。ドゥシェイコは、これまで彼らに苦しめられてきた動物たちが立ち上がって復讐をなしとげたのだという説を唱える。

上のあらすじからも明らかな通り、本作の表面上のメインテーマは、動物の権利の擁護、および狩猟や屠殺という形をとった動物の非人道的な殺害への反対であり、こうしたテーマが謎めいた「動物による復讐」によって起きたとしか思えない事件をめぐる擬似ミステリ小説のかたちをとって展開する。しかし本稿の立場からして重要なのは、本作において、これら動物の非人道的殺害が二〇世紀における人類の大量死と明白に結び付けられ、両者の間の相同性が暗示されているということである。ここで本作中で象徴的な役割を果たすのが、ポーランド語で（教会の）「講壇」（ambona）という語で呼ばれる狩猟の射撃に使われる塔の存在である。動物を油断させて近づけてから射殺する「講壇」は、ドゥシェイコにとって文字通りこの世の「悪」と「欺瞞」の象徴として立ち現れ、たとえばアウシュヴィッツのような二〇世紀を象徴する殺戮の現場と比較されるのである。

その不格好な形の建造物には四本の足があり、その上に射撃用の窓が開いたキャビンが載っていた。「講壇」だ。この名前はいつも私を驚かせ苛立たせた。だって、こんな講壇からいったい何を教わると？　どんな福音が宣べ伝えられると？　よりによって殺しに使う建物を講壇と呼ぶなんて、傲慢の極み、悪魔の思いつきではなかろうか(27)？

「講壇がどのような仕組みか見てみなさい。これは悪です。この事実ははっきり口に出さねばなりません。狡猾で、人を惑わす、洗練された悪です――まずまぐさ台を作り、そこに新鮮な林檎や小麦を撒き、動物をおびき出して、動物がもうそれに慣れて我が物顔で振る舞い出したところを見計らって、隠れ家から、頭上の講壇から撃つのです〔……〕店のショーケースの前を通りかかって、切り刻まれた肉の塊がぶら下がっているのを見て、あなたたち、あれがなんだと思うの？　考えもしないんでしょう？　それとも、カツレツやら串焼き肉を注文する時――自分たちが何を出されるか考えてみた？　ちっとも恐ろしいことなんかないわよね。犯罪が何か普通のことだとみなされ、日常的な行いになってしまっているのよ。誰もがその犯罪を犯しているわ。強制収容所が規範になってしまっている、それがまさにこの世のありさまなのよ。誰もそこに悪を見たりしないようなね(28)」

（強調引用者。以降同様）

動物の殺害に対するドゥシェイコの怒りは、自らも狩猟愛好家であるシェレスト神父の、狩猟を賛美し、狩猟家を神の摂理に従って自然を守る存在として讃える欺瞞的な説教を聞いたことで爆発する。

> どうして、強制収容所の監視塔のほうをはるかに強く連想させる射撃用の塔が「講壇」という名前で呼ばれるのか、私には明白になった。講壇の上で、「人間」は他の「生命」の上に立ち、彼らに対する生殺与奪権を自らに認める。人間はそこで暴君と化し、簒奪者と化す。(29)

こうして、トカルチュクの小説においては動物の殺害が明白な形で「強制収容所」による人の死と結びつけられる。狩猟においてはそれは講壇＝監視塔の比喩として立ち現れるが、より直接的に強制収容所との相同性が描かれるのは、ヴェネンチシャクという、やはり不審死を遂げた男がかつて経営していた狐飼育場の描写である。ここでは狐の毛皮を取るための飼育場が、まさにアウシュヴィッツさながらの「強制収容所」そのものとして立ち現れている。

> 私は車の中に座って、悪臭に身をこわばらせながら、目の前の一〇〇メートルほど先にある高いネットフェンスで囲われた建造物――前後に連なったバラック――を見た。フェンスの上には有刺鉄線が三重にはりめぐらされていた。目が眩むような太陽が照りつけていた。草の茎の一本一本が濃い影を投げかけ、そこから錐のような枝が伸びていた。〔……〕何年か経つうちに、生い茂ったゴボウやイラクサが全てを覆ってしまうだろう。一年後か二年後には狐飼育場は緑の中に消え、肝試しの場所になるくらいがせいぜいだろう。私は、ここに博物館を作ればいいのではないか、と考えた。警鐘として。(30)

こうして『死者の骨に汝の犂を通せ』において、森に住む動物たちはまさしく強制収容所をはじめとする二〇世紀の戦争で非業の死を遂げた死者たちの亡霊のような存在、死者の記憶の象徴のような存在として立ち現れる。では、ここにおける「死者の記憶」とは具体的に誰の記憶なのか。下シロンスクを舞台としたこの作品において、それは何よりもまずかつてここに住んでいたドイツ人たちの記憶である。『昼の家、夜の家』と同様、本作においてもやはり下シロンスクのドイツ時代の記憶の痕跡がそこかしこで言及される。「ルフツグ」というドイツ時代から残るこの土地の非公式な呼び名、ドゥシェイコの隣人マトガの母親がドイツ人で、ポーランド人と結婚したものの、自分の子供のポーランド風の名前を発音できないままやがて死んでしまったというエピソード。とりわけ印象的なのが、とある登場人物によって語られる、この土地に古くからあるという以下のような伝説である。

「私が子供の頃、〈夜の射手〉のおとぎ話を聞かせてもらったものよ。ご存じ?」

私は首を振った。

「それはね、ここの、この土地に伝わる民話なの。たぶんドイツ時代からある伝説ね。夜になると〈夜の射手〉があたりをうろついて、良くない人間たちを狩るっていうお話。〈夜の射手〉は黒いコウノトリに乗って、犬を連れている。誰もが〈射手〉を怖がって、夜になると扉に鍵を四つもかけるの。あるとき、この町か、それともノヴァ・ルダだかクウォツコだかに住んでいたひとりの少年が『〈夜の射手〉さん、僕のために何か狩ってきて』と煙突の中に向かって呼びかけたの。数日後、少年と家族の住む家の煙突から、人間の体の四分の一が投げ込まれて、それがさらに三回続いたので、その体をひとつにして埋葬したそうよ。〈夜の射手〉はもう二度と現れることはなく、彼の犬は苔になりましたとさ[31]」

別図 1　シュティフター《オーバープラーンからの風景》（1823 年頃）　35 × 45cm　アーダルベルト・シュティフター生家記念館蔵

別図2　ヴェネツィアノフ《耕作地。春》（1820年代）　51.2 × 65.5cm　トレチャコフ美術館蔵

別図 3　ヴェネツィアノフ《収穫。夏》（1820 年代）　60.6 × 49cm　トレチャコフ美術館蔵

別図4　サヴラソフ《ミヤマガラスの飛来》（1871年）　62 × 48.5cm
トレチャコフ美術館蔵

別図5　シーシュキン《ライ麦畑の道》（1866年）　27 × 71cm　トレチャコフ美術館蔵

別図6　シーシュキン《モスクワ郊外の真昼》（1869年）　111.2 × 80.4cm　トレチャコフ美術館蔵

別図 7　シーシュキン《ライ麦畑》(1878 年)　107 × 187cm　トレチャコフ美術館蔵

別図 8　サヴラソフ《ライ麦畑》（1881 年）　45.4 × 64cm　トレチャコフ美術館蔵

別図 9　ミャソエードフ《ライ麦畑の道》（1881 年）　65 × 145cm　トレチャコフ美術館蔵

別図 10　ミャソエードフ《農繁期。草を刈る人》（1887 年）　159 × 275cm　ロシア美術館蔵

人々を狩り、恐れられる「夜の射手」は、まさにかつてこの地に住んでいた死者たちの亡霊の象徴であろう。だが彼は、自らの体をまるで丸太のようにバラバラにし、少年の煙突に投げ込んでしまう。そのような行為によって彼は自ら自身が「木」になったのではないだろうか。彼の肉体は「木」として大地に帰り、また彼の犬たちは「苔」へと変容する。こうして、かつてこの地に住んでいた死者たちは「木」となり「森」となるのである。

だが、本作が興味深いのは、一方で本作がこのようにかつてのドイツ人住民たちの記憶を呼び覚まし、それに言及する一方、『昼の家、夜の家』でもそうであったように、同時に下シロンスクに戦後移住してきた住民たちの記憶にもまた言及しているように見えることである。そうした、移住者たちの記憶を非常に曖昧かつ謎めいたかたちで表現しているように思えるのが、ドゥシェイコの夢に執拗に取り憑き、彼女が地下のボイラー室に行くたびに彼女の目の前に現れる、彼女の母や祖母たちの亡霊の描写である。

そこに私の母が立っていた。花柄の夏のワンピースを着て、腕からハンドバッグをぶら下げて。彼女は不安げで、ここがどこかわからないようだった。
「ああ、お母さん、ここで何をしているの?」私は驚いて叫んだ。
母は私に何か言いたいことがあるみたいに口を開け、しばらく無音で口を動かした。そして諦めた。母の目はボイラー室の壁や天井を不安げにさまよった。自分がどこにいるのか分からないのだ。母は再び何かを言おうとして、また諦めた。(32)

朝方、またあの夢を見た。私がボイラー室に降りていくと、二人が——母とおばあちゃんがそこにいた。〔……〕「出ていって!」私は叫んだが、はっとして声を飲み込んだ。ガレージのほうから、何かガサガサ言う音や、ますます大きくなる囁き声が聞こえてきたからだ。

そちらの方に向き直ると、夥しい数の人々がいるのが見えた。女も、男も、子供も、色褪せた、奇妙に祝日用に見える服を着ていた。皆一様に落ち着きのない、おびえた目をして、自分たちがここで何をしているのか分からないようだった。彼らはどこからか大勢でやってきて、扉に押し寄せてきていたが、入っていいものかどうか迷っているみたいだった。[33]

これら執拗に登場する謎めいた死者たちの亡霊が何を訴えかけているのか、本作では明白に語られることはない。だがおそらく、その謎を説く手がかりは主人公ドゥシェイコの出自にあるのではないか。というのも、「ドゥシェイコ」というこの語り手の苗字は、ポーランドに典型的な苗字ではなく、明らかにウクライナなど東方出身者を思わせる苗字だからである。この「ドゥシェイコ」という語り手の名前、および下シロンスクという作品の舞台、そして語り手に執拗に取り憑く死者たちの亡霊の描写は、ドゥシェイコの両親は戦後直後にヴィスワ作戦で移住させられたウクライナ系住民なのでは、という推測をさせるに十分なものである。

つまり、『昼の家、夜の家』と同様、ここで描かれているのは、単にかつて下シロンスクに住んでいたドイツ人住民たちをめぐる死者の記憶だけではない。ドイツ人たちが去った後に新たにやってきた住民たち、とりわけやはり強制移住によってこの地に連れてこられたウクライナ系住民の凄絶な記憶もまた、ここで喚起されているのではないか。下シロンスクという自らにとって馴染みのない異郷に否応なしに連れてこられたこれらの亡霊たちは、かつてこの地から去ったドイツ系住民の亡霊と共に下シロンスクという土地に取り憑くことになる。そしてそうした下シロンスクという土地をめぐるさまざまな死者たちの記憶は、森に住む「動物」という存在を介して、狩猟や屠殺によって無惨に殺される動物たち、さらには強制収容所の犠牲者たちの亡霊へと連なっていく。語り手のドゥシェイコは、こうした世界に満ち満ちたありとあらゆる非業の死を遂げた死者たちの「声」を聴き取る存在である。彼女は決して自ら進んでそうした声を聴き取ろうとするわけではない。むしろ死者たちの声の方が彼女のもとへと押し寄せ、彼女はそれを自身が感じる独特の激しい「苦しみ」として自らの身体において感受せざるを得ないのである。

私の〈痛み〉はいつ現れるのかいつも見当もつかない。何かが私の体の中で起こり、骨が痛みはじめる。〔……〕私は、川が流れ、火が燃えなければならないのと同じように、痛みを感じなければならない。それは、私が一秒ごとに消滅していく物質的な粒子でできていることを意地悪く思い出させてくれる。この痛みに慣れることなどできるのだろうか？　ちょうど、オシフィエンチムや広島に住む人々が、そこでかつて何が起こったのかについて何も考えないで暮らし、ただ生きるように、この痛みと共に暮らすことは可能なのだろうか(34)？

五　さいごに

以上、一方では非業の死の事実を隠蔽するような森における忘却＝自然化にも抗い、他方では「国民の歴史」に整合的に統合するような森の「記念碑化」にも抗うようなかたちで、いかにして森における「死者の声を聴く」ことが可能なのかを考えてきた。だが、最後に検討したドゥシェイコの「苦しみ」は、本稿がこれまで検討してきた「死者の声を聴く」ことの危険性をもまた示しているように思われる。さまざまな死者の声に取り憑かれ、森の動物たちの死にアウシュヴィッツと同様の「悪」を見出すドゥシェイコは、やがてこの世のありとあらゆるところに大量虐殺による無念の死を見出し、その「痛み」に圧倒されることになる。そこにあるのは「赦し」ではなく、むしろ永遠に続く常態化したアウシュヴィッツである。このような隘路を避け、死者の声を聴きつつも、同時にそれに取り憑かれることなく、死者の記憶を「鎮める」ことは可能なのだろうか。

ここで筆者が思い出すのが、アメリカのSF作家アーシュラ・K・ル・グィンの短編小説「帝国よりも大きくゆるやかに」である。この物語の中では、惑星四四七〇という星に辿り着いた宇宙探査隊が、その星を覆っている「森」が巨大な脳のようなひとつの意識体であることを発見する。だが「森」は異質な存在である探査隊のメンバーに対して「恐怖」を感じ、その「森」の増幅された「恐怖」に取り囲まれることで彼らは狂気の危機にさらされる。探査隊のメンバーのひとりで、他者の悪感情が全て自動的に「聴こえてしまう」がゆえに他者に悪意を返さざるを得なったエンパス能力者のオズデンは、これまでのように「森」の恐怖を跳ね返さず逆に森に屈服することで、森と意思疎通を図ろうとする。物語の最後、オズデンはひとり森の中に残り、彼の捜索を諦めた探査隊は惑星四四七〇を去る。

彼は恐怖を自分のなかへとりこみ、そして受け入れたことによってそれを超越した。彼は自我を異形の生物にあけわたした、無条件の降服、そこには悪をいれる場所は残されていない。彼は異なるものの愛を学んだのだ、だからすべての自我を相手にあたえたのである。——だがこれは理性の言葉ではない。(35)

「森」の声に「屈服」すること。他者の声を受け入れ、それによって他者の「愛」を学ぶこと。それはすなわち、死者の声を他者化し、自らと関係のないものにしてしまうことでも、また、逆に死者の声に囚われ、そこに自ら自身もまた閉じ込められてしまうこととも違う、いわば生者と死者がひとつになったような想起のあり方ではないだろうか。

文化人類学者の松嶋健はその論考「トラウマと時間性」のなかで、能「敦盛」に見られるような、死者の霊(敦盛)がかつての仇(直実)を「敵にてはなかりけり」と赦す物語の中に、「生者が死者を内部に統合するのでも、生者が死者によって取り込まれたのでもないような、新たな主体の生成」を見出している。そのようなかたちで「亡霊が語る言葉に耳をすます」実践を繰り返すことで、「亡霊もまた生者と新たに関係づけ直されることで、死者として在らしめられ死者として鎮まる」、すなわち松嶋が依拠するピエール・ジャネの用語を用いれば「現在化」がなされるのである。[36]

以上のような松嶋の考察は、本稿で検討してきた現代ポーランド文学における「死者の声を聴く」実践にも通じるところがあるだろう。本稿で検討した一連の作品に共通して見られる特徴的な態度は、死者の声を聞くために森の中に自分自身が「住む」という身の置き方である。単に森を死者の記憶の「聖域」として他者化し、外部から眺めるのではなく、むしろ自ら自身がそこに身を置き、そこに痕跡を残し、死者の記憶を自らの記憶として取り込んでいくこと。そして、新たにその地にやってきた死者の記憶をもまたその土地の土着の記憶と交錯させ、両者の記憶を混ぜ合わせ、ひとつにし、そのような「誰のものかわからない」記憶を引き継いでいくこと。本稿で紹介したのは現代ポーランド文学におけるそうした実践の一端である。[37]

【注】

（1） Mariusz Sawa, *Las, który skrył zbrodnię*, *Наше слово* No. 44, 2021-10-31, https://nasze-slowo.pl/las-ktory-skryl-zbrodnie/ [dostęp: 21/XI/2023].

（2） Martin Pollack, *Skażony krajobraz*, przeł. Karolina Niedenthal, Wołowiec: Wydawnictwo Czarne, 2014, s. 21.

（3） Ibid.

（4） Agata Agnieszka Konczal, *Antropologia lasu. Leśnicy a percepcja i kształtowanie wizerunków przyrody w Polsce*, Poznań: Uniwersytet im. Adama Mickiewicza w Poznaniu, Rozprawa doktorska, 2017, s. 49.

（5） Ibid., s. 51.

（6） Sawa, *Las, który skrył zbrodnię*.
（7） Monika Sznajderman, *Pusty las*, Wołowiec: Wydawnictwo Czarne, 2019, s. 33.
（8） 吉岡潤「ポーランド共産政権支配確立過程におけるウクライナ人問題」、『スラヴ研究』四八号、二〇〇一年、六七―九三頁。
（9） 川喜田敦子『東欧からのドイツ人の「追放」――二〇世紀の住民移動の歴史のなかで』白水社、二〇一九年、四三―五九頁。
（10） 吉岡「ポーランド共産政権支配確立過程におけるウクライナ人問題」。
（11） Sznajderman, *Pusty las*, s. 24.
（12） Ibid., s. 32.
（13） Ibid., s. 158.
（14） Ibid., s. 169.
（15） Ibid., s. 178-183.
（16） Ibid., s. 203-204.
（17） これは「ティラヴァの分裂」（一九二六―一九三四）という、ベスキド・ニスキのレムコ人たちが一斉にギリシャ・カトリックから正教会へと集団改宗した出来事に関する言及である。これによってヴォウォヴィエツ周辺のレムコ人たちはそれまでのギリシャ・カトリックの教会を放棄して新しく正教会の教会を建設することになり、フツル人（ウクライナのカルパチア山脈に住む先住民族）の大工がやってきてその建設作業に従事したという。Ibid., s. 41, 152.
（18） Ibid., s. 225-226.
（19） ポーランド旧東部領から西部国境地域に移住させられたポーランド人は約一〇〇万人であるという。川喜田『東欧からのドイツ人の「追放」』五七頁。
（20） Olga Tokarczuk, *Dom dzienny, dom nocny*, Wałbrzych: Ruta, 1998. 本稿では以下の Wydawnictwo Literackie 版のページ数を記し、訳文は小椋彩訳『昼の家、夜の家』（白水社、二〇一〇年）を引用する。Olga Tokarczuk, *Dom dzienny, dom nocny*, Kraków: Wydawnictwo Literackie, 2005.
（21） Ibid., s. 331.（邦訳三一七頁）
（22） Ibid., s. 325.（邦訳三一一頁）
（23） Ibid., s. 124.（邦訳一一七―一一八頁）
（24） Ibid., s. 95.（邦訳九一頁）

(25) Olga Tokarczuk, *Prowadź swój pług przez kości umarłych*, Kraków: Wydawnictwo Literackie, 2009. なおタイトルは作中でも頻繁に言及されるウィリアム・ブレイクの著作 *The Marriage of Heaven and Hell*（1790）のなかに収められた "Proverbs of Hell" という詩のなかの "Drive your cart and your plough over the bones of the dead" という一節から取られたものである。

(26) また、二〇一七年のアグニェシュカ・ホランド監督による本作の映画版『ポコット　動物たちの復讐』（*Pokot*, reż. Agnieszka Holland, 2017）は、一部の保守派から「反ポーランド的・反キリスト教的」として批判の対象となるなど、論争を呼んだ。『ポコット』をめぐるこれらの言説について詳しくは以下の記事を参照。*"Pokot" jest antypolski i antykatolicki, więc nie powinien ubiegać się o Oscara?*, Wyborcza.pl, 5 Lipca 2017, https://wyborcza.pl/7,101707,22471551,pokot-jest-antypolski-i-antykatolicki-wiec-nie-powinien-ubiegac.html [dostęp: 21/XI/2023].

(27) Tokarczuk, *Prowadź*..., s. 70.

(28) Ibid., s. 129.

(29) Ibid., s. 281.

(30) Ibid., s. 170.

(31) Ibid., s. 235.

(32) Ibid., s. 98.

(33) Ibid., s. 240.

(34) Ibid., s. 81.

(35) アーシュラ・K・ル・グィン「帝国よりも深くゆるやかに」小尾芙佐訳、『風の十二方位』早川書房、一九八〇年、三一六頁。

(36) 松嶋健「トラウマと時間性――死者とともにある〈いま〉」、田中雅一・松嶋健編『トラウマ研究1――トラウマを生きる』京都大学人文科学研究所、二〇一八年、四八九―四九〇頁。

(37) 当然ながら、本稿で論じたような文学における「死者の声を聴く」実践は、ほかならぬトカルチュク本人が自らの文学的理想として掲げる「優しさ」（czułość）というイメージとも響き合う部分を有していることだろう。自らの創作における「優しさ」のはたらきについて、トカルチュクは以下のように語っている。「このときわたしを助けてくれるのが、まさに優しさです。というのも優しさとは、人格を与える技術、共感する技術、つまりは、絶えず似ているところを見つける技術だからです。物語の創造とは、物に生命を与えつづけること、人間の経験と生きた状況と思い出とが表象するこの世界の、あらゆるちいさなかけらに存在を与えることです。優しさは、関係するすべてに人格を与えます。それらに声を与え、存在のための時空間を与え、彼らが表現されるようにするのです。〔……〕優しさは、愛の最も慎ましい形です。〔……〕それはわたしたちが、べつの存在、つまり「私」ではないものを注意ぶかく集中して見るときにあらわれます。優しさは、自発的で無欲です。それは感情移入の彼方へ超えゆく感情です。〔……〕優しさは、他者を深く受け入れること、その壊れやすさや掛け替えのなさ、苦悩に傷つきやすく、時の影響を免れないことを、深く受け入れることなのです」。Olga Tokarczuk, *Czuły narrator – przemowa noblowska*. https://www.nobelprize.org/prizes/literature/2018/tokarczuk/104870-lecture-polish/ [dostęp: 21/XI/2023]. 引用は以下より。オルガ・トカルチュク（小椋彩訳）「優しい語り手」、『優しい語り手――ノーベル賞記念講演』岩波書店、二〇二一年、四一―四二頁。トカルチュク文学全体における「優しさ」という概念の意義と可能性について詳しく論じるという課題は筆者の現在の能力を大幅に超えているため、今後の課題としたい。

森で目に見えない存在を聞く
――ブルガリアの森をめぐる語りに関する試論

松前もゆる

はじめに

ブルガリアの村落に滞在していると、村に暮らす人たち（の少なくとも一部）が、さまざまな理由で森へ足を踏み入れていることに気がつく。現在でも村落部の家では薪で暖をとることが一般的であり、今や自ら森で木を切り出す人は多くないものの、村内外の専門業者が周辺の森から木材を確保し、人々はそれを購入して冬に備える。また、季節になるとキノコやベリー、クルミやハーブを集めるために森へ行く人や、近隣の森や山へ狩猟に出かける人たちもいる。こうした森との関わりの中で、人々は森について何を語るのだろうか。本稿では、ブルガリア中北部村落での聞きとりとブルガリアのフォークロア、とくに民話に注目して、人々の森をめぐる語りについて考えたい(1)。

まず、二〇二三年八月のフィールドワーク中の会話から話をはじめよう。コロナ禍を経て四年ぶりにブルガリア中北部A村を訪れた私は、調査の一環として森に関わる話を聞かせてもらっていた。ここは一九九八～九年にフィールドワークをおこなって以降繰り返し足を運んでいる村で、以前からお世話になっている八〇代の女性セリマに、子どもの頃森で何をしていたかを尋ねた。彼女は、森で羊を放牧し、道中プラムの実やクルミを食べたものだと語った。また、村では常に薪で暖をとってきたこと、さらにかつて家を建てた際には、役所に申請して近隣の森から木を切り出したことなどについて話をしてくれた。

その最中のことであるが、私が話題を変え、森で起きた出来事 **случки** について何か聞いたことがあるかと尋ねたところ、即座に「サモディヴァのことか?」と聞き返された。詳細は後述するが、サモディヴァ **самодива**（複数形はサモディヴィ **самодиви**。以下、基本的にサモディヴァと表記する）とは、『ブルガリア神話事典』（一九九四年）によれば女性の姿をした神話的存在で、森や平原、泉や川に住み、強風や大波をもたらすと考えられている。(2) その外見に関するイメージは多様で、白い衣類を身にまとった長い金髪の美しい娘とされることが多いものの、黒い服を着た醜い老婆とされることもあるという。このとき、私はここでサモディヴァの話題が出てくるとは思っておらず少し驚いたのだが、興味を惹かれ、「たとえば?」と問いを重ねてみた。これに対する彼女の返答は次のようなものだった。

セデャンカ［かつて若者の楽しみとして行なわれていた夜の集まり(3)］で話は聞いたことがあるが、私は聞いたことがない。

そして、サモディヴァに関しては「サニャに尋ねるといいよ」と、親族の女性（六〇代）を紹介してくれたのだった。この時点で私にとっては、「森での出来事」がすぐに「サモディヴァ」と結びつけられたのはなぜなのか、さらに、サモディヴァについて話を聞いたことがある一方で、「私は聞いたことがない」とはいったいどういうことなのか、よくわからないままであった。

このセリマの発言、そして彼女と私の会話を、私たちはどう考えたらよいだろうか。私はこのあと、A村と近隣のB村で森に関する聞きとりを続けるとともに、人々が語った民話や伝承における「森」に関して文献調査を進めることにした。本稿は、これまでの調査をまとめたものになる。以下、ブルガリアのフォークロア、民衆歌謡や民話に描かれた「森」について検討した後、しばしば村（人間の世界）に対して「非人間の世界」と位置づけられてきた「森」をめぐる語りについて、人間／非人間や自然／文化といった二元論を問い直そうとする近年の人類学における動きを視野に入れながら、ブルガリア中北部村落での聞きとりから考察を試みる。

一　ブルガリアのフォークロアと森

ブルガリアの民間信仰に関する古典（一九一四年）の中で民族学者ディミタル・マリノフは、森は大地や水、火とともに人間が生きていくためになくてはならず、そして、擬人化され、話し、尋ね、返答し、泣き、悲しみ、癒やすのだとした。同時に、そこはサモヴィラやサモディヴァ[4]、その他の邪悪な存在、あるいは野生動物が住む場所であり、人や家畜の暮らすところではないとされていると述べた[5]。ここからは、森を非人間の世界（自然）とし、人間世界（文化）と対比的に捉えることが可能かもしれないが、実際には森は、本稿冒頭でみたように、とくに村落部に生活する人々が日常的に足を踏み入れ、そこから薪や木材のほか、キノコや果物を手に入れたり、猟をしたりする場所でもある。

近年でも、「フォークロアにおけるブルガリアの森に対するイメージ」と題する論考で著者ノンカ・クラステヴァは、やはり森と大地、水と火は、それなしには人間が生きていくことのできない基本的な四要素であるという民間信仰から話を始めたうえで、森は人々の生存を支える場所であるとしている。たとえば、家族や動物の食糧、病人のためのハーブ、家のための建材、暖をとるための薪を森は与える。同時に森は、外部（他民族）からの支配や抑圧を受けてきた各時代に、人々にとってシェルターのような役割も果たしてきたという[6]。実際、次にみるように、人々を保護する場所としての森のありようを歌った民衆歌謡は数多い。

1 民衆歌謡の中の「森」

人々を保護する場所としての森は、しばしば民衆歌謡の中で、時にそれをこえて描かれてきた。とりわけ神話的・歴史的英雄や、オスマン帝国時代に活動したハイドゥティン хайдутин（複数形はハイドゥティ хайдути）と呼ばれる義賊と森の結びつきは強い[7]。

スラヴ・バルカン研究を専門とする寺島憲治が、ブルガリア南部ロドピ地方の村落で二〇〇二年から二〇〇三年にかけて民衆歌謡を採録しまとめた『ダヴィドコヴォ民衆歌謡集』全三巻（第一巻テクスト編、第二巻音声・映像資料編、第三巻注釈編）にも、こうしたハイドゥティンと森にふれた歌が収められている。たとえば、ハイドゥティンたちが「この冬は終わって春と夏が来てくれ、森は葉を茂らせて、俺たちハイドゥティンを隠してくれ[8]」と願う歌などがある。

こうした歌の注釈として寺島は、彼らが「通常、身近な隠れ家を提供してくれる森に覆われた山間部に拠点を置いて春から秋に活動し[9]、冬になると村にもどって暮らした[10]」と述べたうえで、「森は、盗賊、反逆者、駆け落ちに走る若者たちの隠れ家としてよく歌われる[11]」と指摘している。同時に寺島は、近世には他のヨーロッパ地域においてアジールが次第に姿を消していったように、ブルガリアでも、「民衆歌謡では、ハイドゥティたる義賊と森との関係が理想化して歌われるようになるが、この頃〔一九世紀頃〕には、すでにそのような関係は遠い伝説的なものとなっており、義賊たちは慣習法的な森の庇護を失って権力と直接対峙していたのである[12]」とも述べている。

同様のことは、もう一つ森を隠れ家として成立していた出来事をとりまく変化からも明らかになる。『ダヴィドコヴォ民衆歌謡集』には「Ⅳ　恋愛歌」の中に「H．駆け落ち」という項目があるが、羊飼いの若者が娘に「さあ、俺と一緒に緑の深い森に行こうよ」「緑の深い森で濃い日陰を見つけようよ」と呼びかける歌[13]などが収録されている。

これらの歌について寺島は、次のような注釈を加える。若者の念頭には、「彼らの暮らす村の内と外を区切る境界としての森」があり、「森は、建前としては国有ではあったが、近代的な法概念の浸透する以前の村落住民にとっては所有者のない無有の地で、森の中では共同体の掟は効力を持ちえなかった[14]」。だからこそ上述のようにハイドゥティたちが逃げ込む先であったのだが、「事情は、共同体の規範を逃れて駆け落ちしようという若者たちにも同じ」で、「彼らは森に入ることで、法的にも心理的にも共同体の境を越えようとしたのである[15]」。しかし、義賊たちの場合と同様、「一九世紀も後半になると、歌のなかでは駆け落ちを誘う定型句として「森への遁走」が歌われても、もはや現実には成就することはなかった[16]」。このように、「一九世紀末にブルガリアが近代国家の形成に向けて歩みを進めるに至って、その機能〔森のアジール機能〕は急速に失われて[17]」いったと考えられる。

ここまで、民衆歌謡に歌われた人々を保護する場所としての森について見てきたが、森は人が暮らす共同体とは一線を画するがゆえに、人間にとって危険である（かもしれない）存在が住まう場所とも考えられてきた[18]。ブルガリアの民族学者フリスト・ヴァカレルスキは、「民衆詩における森」と題する論考の中で、「森はまさに、人々の想像力によって自らの神話学や悪魔学（デモノロジー）を代表する存在をそこへ移すことができる環境である[19]」とし、具体的には英雄とともに、サモディヴァ（サモヴィラ）や病いといった存在に言及している。実際、まじないなどで病気を払おうとするときには、「一番鶏が鳴くことなく、犬が吠えることなく、煙突から煙の上がることのない、人気のない森[20]」へと病気が去るよう唱えるとされ、人の住まない森へ病いを送ろうとする意図がうかがえる（これとは逆に、かつてペストが流行した際には、人々が村を捨ててしばしば森へ逃げたことが記録されている。[21] こちらは、人々の生存を支え、保護する場としての森と言えようか）。

また、ブルガリアで採録された民衆歌謡には、神話的・歴史的英雄がサモディヴァの子を助け、その母から乳を与えられて超人的な力を手に入れる話[22]や、英雄や羊飼いが山中や森でサモディヴァと出会って闘ったり、知恵くらべをしたりするモチーフ[23]がしばしば登場する。さらに、サモディヴァは衣類（の一部）を失うと飛べなくなってしまうと考えられており、彼女たちが水浴びをしている間に衣類を盗み、帰れなくなったサモディヴァを妻にする若者（羊飼い）や、逆にサモディヴァに求愛されて病気になってしまう若者（羊飼い）が歌われることもある。[24] 森は人々が居住する村とは一線を画する場所であり、ゆえに英雄や義賊の隠れ家となったと同時に、羊飼いたちがしばしば足を踏み入れる場所でもあったのであり、[25] 英雄や義賊、羊飼いとサモディヴァがここで出会うのは、ある意味当然と言えよう。

なお、ブルガリア独立運動家で詩人のフリスト・ボテフ（Ботев, Х. 一八四八―一八七六）が、同じくオスマン帝国からの解放のために闘ったハジ・ディミタル（Димитър, Х. 一八四〇―一八六八）の死を悼んで一八七三年に発表した同名（「ハジ・ディミタル」）の詩においては、深い傷を負った若者（英雄）が山中、森のざわめきが聞こえる中で横たわっていると、白い衣に身を包んだ三人のサモディヴァが現れ、薬草や冷たい水、口づけで彼を癒やす。[26] こうした表現の背景には、人々のサモディヴァに対するイメージがあるだろう。サモディヴァは薬草についてよく知っており、治療を行なう存在とも考えられている。[27] ボテフの詩においても、人々が通常生活する村から離れた森で、そこに身を隠した英雄とサモディヴァが出会うのである。

2　民話の中の「森」

一九九四年に刊行された『ブルガリアの民話カタログ』は、一九八〇年代半ばまでに出版された民話のテキストや一九八〇年までに収集されたアーカイブ資料に記録された民話を、国際的な昔話の話型分類、アールネ－トンプソンのタイプ・インデックス（AT分類）にそって示したもので、索引を見ると、森に関係する話として計一一類型があげられている。[28] そのうち、「I　動物話」に分類される民話「森と斧」（森が、斧が自分たちを切り倒してしまうと嘆いたところ、樫の老木が、もし斧の柄となる木材を与えなければ、斧は森を切り倒せないだろうと語った、という老人の知恵に関わる内容）や、「III　笑話」に分類され、しばしば「怠け女房」といったタイトルで知られる話（夫が妻の糸巻き棒に必要な木を手に入れるため森へ入る場面がある）[29] などがあるものの、半数以上の七類型が、「II　本格話」の中の「魔法の話」に分類されるものである。

この「魔法の話」に分類される民話は、何らかの理由で（多くの場合、継母が継子を家から追い出し）、子どもが森に置き去りにされるところから話が始まる。その後、森で猟師に育てられ、一人前になったとして旅に出て、途中石に変えられる（がもう一人の兄または弟に助けられる）という意味での「魔法」の話もあるが、複数の類型で、置き去りにされた森で子どもたちが、人喰い婆さんや魔物といったおそろしい存在に出会う内容を含む。民話では、継子たちは働き者で心優しいゆえにこの危機をうまく切り抜け、褒美の品を手に家へ帰るが、それを羨んだ継母が実子を森に送ると、その子は意地が悪く怠け者で、最後には魔物などに食べられてしまうことになる。以下、本稿後半の議論に照らし、ひとつの民話のあらすじを示しておこう。

トントン、娘さん、あけとくれ！[30]

あるところにラトカという名の娘がいました。つい最近母親を亡くし、父親はラトカの世話をしてくれる人がいたほうがよいと再婚しましたが、継母はとても意地悪でした。

ある日、継母は夫に、もうラトカの世話はできないから、森へ連れて行くように言いました。父は継母がラトカにつらくあたるのを見て、ラトカを森へ連れて行くことにしました。父親はラトカを連れて森の中へ入り、奥の野原で休むことにしました。袋から丸いパンを取り出し、わざとパンを取り落とします。ラトカがパンを追いかけていくと、父親の姿は見えなくなってしまいました。

ラトカは泣きながら森の中を彷徨い、夕方、うち捨てられた水車小屋にたどりつきます。中に入ると、そこには一匹の猫と一頭の犬、一羽の鶏がいました。ラトカが持っていたパンを食べ始めると、猫と犬と鶏が「ちょうだい！　お腹がすいた！」と言うので、わけてあげました。

その日の真夜中、小屋の扉がガタガタ揺れ、「トントン、娘さん、あけとくれ！」という声が聞こえました。タラサムたちでした。ラトカはおそろしくなり、猫に何と答えたらいいか聞きました。すると猫は、「皇帝が着るような服を持ってきてくれたら、あけてあげる！」と答えなさい、と言いました。ラトカがそのとおり答えたところ、声はしなくなりました。

しばらくすると、また扉が揺れ、タラサムたちが「皇帝の服を持ってきたから、あけとくれ！」と叫びました。ラトカは犬に何と答えたらよいか聞き、犬に教えられたとおり、皇帝が乗るような馬車を持ってきてくれたらあけてあげると答えました。すると、また声はしなくなりましたが、しばらくするとタラサムたちがドアを揺らし、「皇帝の馬車を持ってきたから、さあ、あけとくれ！」と叫びました。ラトカが鶏に、今度は何と答えたらよいかと尋ねたところ、鶏は、「何も答える必要はないよ！」と言い、鳴き始めました。鶏の声を聞くと、タラサムたちは逃げていなくなってしまいました。夜が明けて小屋の外に出てみると、そこには立派な服と馬車がありました。

ラトカが贈り物を手に家へ戻ると、継母は夫に、今度は自分の娘を森へ連れて行くように言いました。その娘も水車小屋へたどり着きましたが、動物たちを邪険にし、食べ物も分け与えず腹ぺこのままにしておいたため、真夜中にタラサムたちがやって来たとき、動物たちが娘を助けることはありませんでした。そして、タラサムたちは娘を食べてしまいました。

継母は、自分の娘が贈り物を持って戻ってくるのを待っていましたが、いつまでたっても帰ってこないので、森へ様子を見に行きました。水車小屋にたどりつき、娘が死んでしまったことを知ります。ラトカは継母が激怒しているのを見て、馬車で逃げ出しました。そこへちょうどやって来た皇帝の息子がラトカを見初め、二人は結婚したのです。

この話に登場するタラサム таласъм とは、ブルガリアの民間神話におけるデーモン的な存在とされ、いわゆる人柱伝説との関わりが指摘される。家屋や教会、橋、井戸、チェシマ（水飲み場）などの建設にあたって、基礎に供犠が捧げられていないとその建物は長くもたないと考えられており、その際に、人の「影」を埋め込むというのはブルガリアのフォークロアにおいてポピュラーなモチーフである。[31] この「影」を埋められた人物が死んでしまうと、その魂がタラサムになるというのである。一方、同話のバリアントには、やはり森に置き去りにされた継子が森の中でとかげや蛇などを飼っている老女に出会い、その家に身を寄せる話があるが、こうした老女は「サモディヴァだろうか」との問いかけが挿入されている。[32]

こうしたことから、ブルガリアの民話における「森」は、そこが普段から人が住む場所ではなく、だからこそ意地悪な継母から継子がそこへ追い出されるのであり、一方では「登場人物の多くが命令によってそこへ送り込まれるが、正義の主人公は奇跡的な援助と褒美を受け取る[33]」ことになる場所であると同時に、タラサムであれサモディヴァであれ、人間にとっておそろしい（ものとなりうる）存在がいる場所として描かれてきたことがわかる。これらの存在は、人間や家畜・家禽と対比されており、そうした存在が住まう「森」も、人々が暮らす村とは異なり、「魔法」と関わりがあるような場所として位置づけられてきたと言える。裏を返せば、前節の民衆歌謡の例からも明らかなように、森へ入り込むことによって、人は人間や家畜とは異なる、人が管理・支配できない存在と出会うことになる。このことを確認したうえで、さらに、サモディヴァやタラサムのような存在がしばしば言われるように「神話的」で「超自然的」であり、人々の想像力または空想によるものであるのかにこだわってみたい。私にとってこれを考えるきっかけとなったのは、本稿冒頭でふれたフィールドでの会話であり、背景には関連する人類学における近年の動向がある。次節では、この動向について簡単にふれておこう。

二　私（たち）の存在論的前提を問い直す――人類学における存在論的転回をめぐって

二〇二二年に刊行された『妖怪の誕生――超自然と怪奇的自然の存在論的歴史人類学』において著者の廣田龍平は、「妖怪を研究するにあたって、これまで研究者たちは、自然的／超自然的、実在／非実在、自然／文化といった二項対立の片側を割り当ててきた」[34]が、ここで研究者たちが共有している存在論的前提が正面から扱われることはなかったと批判した。何が自然的に実在し、何が文化的な表象なのかを線引きする権能は事実上、人類学者を含む研究者の側にあったにもかかわらず[35]、である。

しかし、これまで暗黙の前提とされてきた「自然／文化」「自然／社会」といった二項対立、つまり、普遍的で単一の法則性に基づき、したがって科学の対象であって人間からは独立した「自然」と人間の世界である「文化（社会）」、単一の自然／複数の文化といった「近代」的二分法は、人類学で言えば主に一九九〇年代以降、「存在論的転回」と言われる潮流の中で根本から問い直されるようになった。ここには、近代の存在論を前提とせず、他者の存在論を「真剣に」受けとめて、「〇〇の人たちは～のように世界を見ている」といった従来の認識論から新たな存在論へと議論を「転回」させる含意がある[36]。

存在論的人類学が近年の人類学に与えた影響は大きいが、その一方で、批判もなされてきた。人類学者の石井美保は、存在論的人類学について批判的に検討し、次のように述べる。「こうした問題は、〔……〕特定の地域と住民に特定の存在論があることを想定し、あるいは特定の種に特定のパースペクティヴがあることを想定するといった存在論的人類学の暗黙の前提や方法論に根をもつと考えられる」[37]。そして、「他者の現実」をいかにとらえるか、という人類学にとって古くて新しい問題に対し、現在、多くの人類学者がフィールドにおいて出逢うのは、近代的な論理や価値、システムなどが「日常の細部にまで浸透し、人々の生の一部をなしているような状況ではないだろうか」[38]と問う。しかしまた、すべてがそれに覆い尽くされてしまっているわけではなく、複数の論理や価値、システムが存在する中で、「それぞれの仕方でみずからの生を紡ぎだしていく過程それ自体が人々の生きる現実なのだとすれば、人類学者はそうした生の過程をこそ、民族誌的に記述していく必要がある」[39]と結論づける。

ブルガリアの森におけるサモディヴァやタラサムといった存在についても、学術研究においては多くの場合、それらは「神話的」「超自然的」および文化的存在で、自然に実在するものとは異なるものとして扱われてきた[40]。正直に言えば、私自身、そのようにとらえてきた。この背後には明らかに、私を含む研究者・調査者の暗黙の存在論的前提がある。しかし同時に、村落部で聞きとりをしていると、サモディヴァなどの話をしながらも「本当にあったことかはわからない」などと付け加える人もいれば、サモディヴァは「もう存在しない」と述べる人にも出会う。複数の人の意見として、「昔は電気がなかった」が、その後村にも電気がひかれ、街灯や電灯で夜も明るいために、サモディヴァなどはいなくなったのだという。そして、これらは非科学的で「迷信」であると断言する人たちもいる。人々は、まさに複数の論理やシステムを引き受け、それぞれの仕方で調整しており、こうしたことを考えれば、A村やB村の人々の存在論も安易には想定できない。したがって本稿では、存在論そのものを問うよりも、以下、調査者である私の存在論的前提を自覚し、それを一方的な前提にするのではないかたちで、人々の森およびサモディヴァに関する語りをとらえることを試みたい。

三　森をめぐる人々の語りから

ここでは主に、二〇二三年八月と二〇二四年三月に私がブルガリア中北部A村とB村で実施した聞きとりから、サモディヴァとそれに類似する存在に関わる話をとりあげる。ただ、具体的な話をはじめる前に、A村とB村について説明を補足しておきたい。

これら二つの村は、ドナウ平原とバルカン山脈の間の丘陵地帯と低山帯に位置する。社会主義からの体制転換にともなって農業協同組合は解体され、村内での働き口は学校や小規模商店などに限られるが、多数が村に居住しながら近隣の町や都市の工場、建築現場などへ通勤しており、過疎化が進むブルガリア村落部にあって、比較的人口が保たれているという特徴がある。[41] その理由のひとつとして、両村に、しばしば「ポマク」と呼ばれる(そのように自称することもある)、ブルガリア語を母語としイスラーム的慣習を受け継ぐ人たちが多く暮らしてきたことがあげられよう。というのも、ブルガリアにおいてはキリスト教、とりわけブルガリア正教に属する人が多数派(全人口の約七割)であり、イスラーム教徒も人口の一割程を占めるものの、[42] その大半はトルコ語を母語とする人たちで、そうした中「ポマク」と呼ばれる人たちは、とくにある時期までは集団内での結婚を好み、村に住み続ける傾向が強かったからである。[43] なお、A村の住民はそのほとんどが「ポマク」と呼ばれる人たちであり、B村では、ブルガリア語を母語としブルガリア正教の慣習を受け継ぐ人々と「ポマク」、ロマの人々が長年共に暮らしてきた。ここでとりあげるのは主にA村で聞かせてもらった話であるため、とくに断りのない限り、話者はブルガリア語を母語としイスラーム的慣習を受け継ぐ、あるいはそうした家庭環境で育った人たちである。

1　サモディヴァについての語り

さて、本稿冒頭の話に戻ろう。二〇二三年八月、フィールドワーク中のA村で八〇代の女性セリマ[44]に森での出来事について尋ねたところ、サモディヴァの話題になったが、話を聞いたことがあるものの「私は聞いたことがない」と語った。そのうえで親族の女性サニャ（六〇代）を紹介してくれたのだが、彼女にサモディヴァに関わる出来事について聞くと、それは夫の話だという。このとき夫アセンは足を悪くして入院中で、私が会って話をすることはできなかったため、サニャが話を聞き直し、清書して渡してくれた（次段落の「　」内はサニャが書いた「本当にあった話」と題する文章から引用した）。

それによると、二〇年ほど前、アセンが村から三キロほど離れた森とその近くの土地の様子を見に行き、日が暮れ始めたため村へ戻る途中で「人びとの一団が楽しそうに話しているような（何か）を聞いた」。声の方に目をやると、「そこにあった積み上げた干し草のあたりでまるで火が燃えているようだった」。「光を目にした」と同時に、「トラックのクラクションと同じような音が鳴るのを聞いた」が、「それから、誰かが村のほうへ下ってこないかとずいぶん待ったけど、誰も来なかった」という。

セリマとアセンの話を照らし合わせてみると、サモディヴァのような存在について、それを「見る」ことよりも「聞く」ことが意味を持っているのではないかとの考えが浮かぶ。セリマは、サモディヴァについて自分自身は「聞いたことがない」と答え、また、アセンに起こった出来事に関しても、光も目にしているとは言え、人々の一団が話しているような何か（声）やクラクションと同じような音がしたにも関わらず、誰の姿もないことが、通常とは異なる状況であるとの認識を生んでいる。

二〇二三年八月にはサモディヴァについてこれ以上の話が聞けなかったため、二〇二四年三月に再びA村とB村を訪れ、森およびサモディヴァのような存在に関して話を聞かせてもらった。このときA村に暮らす女性ロサ（七〇代）がサモディヴァに関わる出来事として語ってくれたのは、たとえば次のようなものである。

ロサの語り

父が独身だった頃、親族が嫁いでいた村へセデャンカに行ったことがあった。山際の地区を通って――というのは道がなかったからで――帰っていると、踊っているような声、「イホ!」というかけ声が聞こえた。けれど、見回してみても、何もない。それで、父が岩のそばで伏せたら、頭の上を通っていったそうだ。

このときロサは、サモディヴァなどを「見ることはできない」とその可視性を明確に否定し、「ただ聞こえるだけ」と私に説明した。また、「私たちが見ることはないけれども、その力を感じるのだ」とも話していた。しかし、人間には見えないにもかかわらず、サモディヴァたちが食事をしているところに行きあたり食べ物を踏んでしまうと、その人は「おかしくなってしまう」のだという。見えない以上どこを歩いたらよいかわからないので、父親は伏せてサモディヴァたちが通り過ぎるのを待つしかなかったのだ。

つけ加えれば、こうしたサモディヴァの特徴は、これまでの研究でも指摘されている。民族学者イヴァニチカ・ゲオルギエヴァはその主著『ブルガリア神話学』(一九九三年)において、「サモディヴァは目に見えない超自然的存在である。通常、彼女たちの声だけが聞こえる」[45]と述べている(ただし、土曜日生まれ、とりわけ復活祭の土曜日に生まれた人やクリスマス・イブの真夜中に生まれた人など、一部の人には見えるという)。さらに、サモディヴァの食卓を横切って病気になる、亡くなってしまうという話も、ブルガリア各地にあるという[46]。

一方で、人々の語りにおいて、サモディヴァが可視化されるときもある。上述のロサは、今も存命のある男性から、結婚したばかりの頃、妻と二人で歩いていると音楽が聞こえ、山の小屋のそばに白い服を着た女性がいるのを見た、との話を聞いたとも語ってくれた。さらに、B村でブルガリア正教徒の女性ステフカ(九〇代)が「本当にあった出来事」として語ったサモディヴァにまつわる話には、以下のようなものがある。

ステフカの語り

昔、ある男性が私たちの近所に住んでいて、彼はロマだったのだけれど、馬車と馬を持っていて、子どもたちを食べさせるため、平場のほうへ働きに行っていた。ある日、帰りが遅くなって夜になってしまい、村への分かれ道を進んでいたとき、一人の女性が馬を連れているのを見た。白い服を着て、馬をひいていた。彼は不思議に思ったらしいんだけど、もう少し上のほうにさしかかると、そこには一軒の小屋があって、二人の老人が羊や鶏を飼って住んでいた。女性が川のほう、その深みへ向かって馬をひいていったとき、老人たちが飼っている雄鶏が鳴くと、女性は消えてしまったって。男性は震えながら帰ってきて、この村に住むのはこれまでだと言って引っ越してしまった。

この話も、従来指摘されてきたサモディヴァの特徴をよくあらわしている。まず、サモディヴァは一般に主に夜中、一番鶏が鳴くまでの間に現れるとされる[47]。そのため、雄鶏の鳴き声によって、それまで見えていた姿が消えている。また、白い服を身にまとった女性というのは、よくあるサモディヴァのイメージである。なお、すでにふれたように、サモディヴァは森に住まうだけでなく、山や水場に住むとも考えられており、この話はむしろ、水との関わりを感じさせる。ステフカはさらに、姑から聞いたという、かつて村にあった水車小屋である男性がサモディヴァに出会った話についても語ってくれた。

ところで、A村でサモディヴァに関する話を聞いていると、サモディヴァとは異なるものの、類似の、人をおそれさせるような存在についてもしばしば言及がなされた。それはたとえば狼人（獣人）[48]で、夜になると眼が血走り、四つん這いで走ったりして人にとりつくという。セリマは、「私は見たことがないけど、母や父がそう話していた」と言いつつ、クリスマスから公現祭までの間[49]に性交渉をもったことで生まれた子どもが狼人になるが、針などで刺して血を流すことで人間に戻ると説明してくれた。またロサは、村の老人が、あるとき近くに来た見知らぬ犬がそうだと気づき、トゲで前足を刺してそこから血を流してやると少女に戻ったという話を聞いたことがあると語った。そして、このような存在とサモディヴァとの違いは何かと尋ねると、前者は「森にはおらず、村にいる」（セリマ）や、「サモディヴァは空中を移動する」（ロサ）といった答えが返ってきた。人々にとっておそろしい、危険かもしれない類似の存在であっても、人間性を持ち、人間に戻ることもある狼人が「村にいる」のに対し、サモディヴァは人間のように地上を歩くことなく空中を移動し、村の境界やその外部に現れる存在とされるのは興味深い。

こうした人々の語りから、次のようなことが考えられるだろう。サモディヴァは必ずしも森とのみ関連づけられるものではないが、人々や家畜が住む村とは一線を画する場所にいるのであり、セリマにとっては森と結びつく存在で、だからこそ、私が「森での出来事」について尋ねた際、すぐに「サモディヴァのことか？」と聞き返した。そして、サモディヴァは基本的に目に見える存在ではなく、聞いたり感じたりする存在であるのだから、「私は聞いたことがない」と発言したのだ。セリマはさらに、かつて羊の放牧等で頻繁に森へ足を踏み入れていたが、夜に森へ行くことはなく、それ故にサモディヴァを聞いたり見たりしたことがないのかもしれないとも話していた。サモディヴァにせよ狼人にせよ、そうした存在と人との接触は、主として夜に起こる出来事であった。さらには「昔は電気がなかった」し、夜になれば暗闇があたりをとり囲んでいたが、村に電気がひかれ、街灯や電灯で明るく照らされるようになって「（サモディヴァなどは）もういない」というような説明が複数の人から聞かれたことをふまえれば、こうした存在は「暗闇」と結びつく形で捉えられてきたのかもしれない。

[50] [51]

2 目に見えない存在を聞く

本稿冒頭で、セリマがサモディヴァを「聞いたことがない」と発言したとき、当初、その意味するところが私にはよくわからなかったと述べた。その後の聞きとりから明らかになったことは前項のとおりであるが、この出来事はまた、私の中にあった暗黙の存在論的前提――「（何かの）存在を聞く」ことを前提としていなかったこと――をあぶり出した。あらためて考えてみると私たちは、何らかの存在について、顕微鏡から測定機器のような道具を使ってであれ、視覚的に確認できることと存在する／しないを結びつけてきたのではないか。ここでは、「視覚中心主義」とも言える視覚優位のものごとの捉え方が暗黙のうちに前提とされている。[52]

しかし、これとは異なる捉え方は、無論あり得る。A村でのロサたちの話から明らかなことは、サモディヴァのような存在は目に見えず、声を聞いたり、その力を感じたりするものだということである。さらに、これをふまえて一の2でとりあげた民話「トントン、娘さん、あけとくれ！」を読み直すと、実は、タラサムたちが来たこと、逆にいなくなったことは、音や声、そして、鶏が鳴いたことによって声がしなくなったことで示されており、ラトカは朝になって扉を開け、タラサムたちの置いていった衣服や馬車をようやく視覚的に確認するのみである。

民族学者ディミタル・マリノフは、先にふれた民間信仰に関する著作（一九一四年）の中で「目に見えない世界」に関し次のように述べる。

民間信仰は、目に見えない世界があると教えてくれる。不可視の、超自然的な存在は、可視的な世界を統治し、また、人間の運命や人生、財産や幸福を差配する。[53]

世界を可視と不可視に分け、不可視の存在を「自然」とは区別される「超自然的」なものとする点で、やはり視覚が重視されていることは否定できないが、ここでは不可視＝超自然の先に非実在が結びつけられてはいないことに注意が必要であろう。

すでに述べたように、本論は調査地の人々の存在論を明らかにしようとするものではない。実のところ、A村とB村で私が聞いたサモディヴァの話は、基本的に体験者本人が語ったものではなく、伝聞である（これまでのところ、アセン本人からは話を聞けていない）。それらは「本当にあった」出来事とされる場合もあり、また、両親や近所の人など身近な人から聞いた話に疑念が示されることはなかったが、一方で、聞きとり中にセリマやステフカが、「本当かどうかはわからないが、そのように聞いた」などとつけ加える場面もあった。つまり、私に話をしてくれた人々にとってもサモディヴァなどの存在は、近代的な枠組みを前提に超自然的で実在しないと言い切れるわけでも、彼／彼女たちにとっては実在しているとして存在論的に議論できるものでもなく、人類学者石井美保が言うところの「フィールドの人々にとっても、〔……〕驚きと不可解さとまだ見ぬ可能性に満ちた、いわば、「かもしれない」の領域に属するもの[54]」と言える。

そして、こうした「かもしれない」の領域をめぐって、人々の語りや実践から明らかになる「見えない相手を立ち上げる不可解な「かもしれない」のあり方、その感覚が湧き起こってくるさま[55]」にアプローチしようとするとき、ひとつ言えるのは、何らかの存在を捉えるにあたって視覚のみが意味を持つわけではないということである。というのも、至極当然のことであるが、私たちは周囲の環境と、視覚だけではなく、聴覚、嗅覚、触覚といった諸感覚を通して関わっているからである。これに関して人類学者のティム・インゴルドは、近年、視覚だけではなく聴覚文化への研究関心が高まっていることに一定の評価をしつつ、一方で、「私たちがそのなかで経験したり知識したり運動しまわったりしているところの環境は、私たちがそこへと入り込んでゆくための諸感覚の経路に沿って切り分けられてなどいない[56]」ことを指摘する。私たちは森をはじめ周囲の環境を身体全体で感じているはずであるが、無意識のうちにある前提をあてはめ、この事実を捉えそこなってきたのではないか。今回の聞きとりから明らかになったのは、このようなことであった。

3　生活の中の森

最後に、村落部において、森は人々の生活と今も深く関わっていることを確認しておきたい。二〇二三年八月にB村を訪れた際、冬に備え薪の確保が人々の関心事となっていた。ちょうど地域の森林組合が、申請のあった者に対し、今年はどの区域から薪のために木を切り出してよいかを説明する時期でもあった（その後、森林組合が切ってよい木を判断してマーキングし、許可を受けた者はそれを確認して伐採する）。ただ、近年は指定される区域が、切り出した木を運び出すのが難しいような険しい場所であるといった理由で、結局は許可を受けて伐採に行くことはないのだと複数の人が語っていた。そのため、認可された業者などから薪を購入することになるが、B村に滞在中、ある女性の家に運ばれて来たのは太さもある「よい」木々だった一方、それは村の周囲とは言えないような場所から切り出されたものであったという。私がこの女性に森について尋ねたとき、彼女は開口一番、「（森は）すべて伐採されてしまったわ」と言い、そして、木を「〇〇（地名）から運んで来たんですって！」と強い調子でつけ加えた。

人々がこうした事態の背景にあると考えているのは、森林の違法伐採である。社会主義からの体制転換後、違法伐採が横行し、村の周囲の森で建材や薪にちょうどよいような木々は次々切られてもう残っていないのだと語る人は少なくない。実際、ブルガリアでは森林での違法伐採が社会問題化しており、たとえばWWFブルガリアは、樹齢百年をこえるような木が残る森や原生林を保護する活動を進めるとともに、違法に伐採された木（切り株）を発見した際その場で位置情報とともに通報できるアプリをリリースしている。[57]

今回、森について聞きとりをしていると、「（すべて）伐採されてしまった」という答えを何度も聞いた。森林伐採を嘆く声の一方で、森は再生している、むしろ定期的に木を切るなど人の手が入ることで森は保持されるのだといった見方を示す人もいたが、B村に暮らし猟友会にも所属して、地域の森を「四〇年にわたって知っている」と語った男性（六〇代）は、一部植林もされているが、樹齢が百年にもなるようなブナなどは伐採されてしまい、今残っているのは「若い木のみ」だと、手で木のサイズを示しながら話していた。

このように、人々が森を語るとき、どこそこ（地名）にはこのくらいの太さの木が生えていると手でサイズを示すことはしばしばある。地域の森林組合が指定する場所の木々が切り出して運ぶ労力に見合うか、また、木があまり細いと薪には適さないと判断したり、薪のために運ばれた木に対し「太い」ので「よい」と表現したり、どうやら人々が、薪として使うことにもとづいて木を見ている場合があると指摘できる。これは、冬季に薪が不可欠な村落部での生活を考えれば何の不思議もないが、たとえば森を散策するといった過ごし方をする場合と森と人間との関係性は異なり、森の捉え方も異なる可能性がある。

おわりに――多様な回路で多様な存在と出会う

本稿ではブルガリアのフォークロア、とくに民話に描かれた森と中北部村落での聞きとりから、人々の森をめぐる語りについて検討してきた。森は、人や家畜の食糧、暖をとるための薪を提供するなど人々の生存を支え、村落部の日常生活と切り離せない場所である一方で、人々が通常住む、人間が管理・支配する村とは一線を画した、サモディヴァのような存在と出会うかもしれない場所でもあった。そして、人々の語りをとおして私は、村落部に暮らす人がさまざまな理由から森へ入り、身体全体で森と関わってきたことに気づかされた。人間と森には多様な関わり方があり、視覚のみならず、聴覚、嗅覚、触覚など諸感覚を通して（ただし、それぞれの感覚が未分のままに）人は森を、ひいては自分自身がその中にいる環境を感じている。これはとりたてて言うまでもないことであるが、私（たち）の暗黙の前提、近代に顕著な視覚中心主義によって、しばしば見落とされてきたのではなかったか。

ブルガリアにおいても、都市部に暮らす人々と森との関わりは村落部のそれとは異なる可能性があり、村をとりまく環境によっても違いが生じるかもしれない。聞きとりをおこなった村においても、たとえばサモディヴァのような存在は「もういない」と語られるなど、人と森との関わり方、周囲の環境の捉え方には変化がみられる。A村でサニャやロサと私が話す場に同席していたアナ（五〇代女性）は、彼女自身も祖父から同様の話を聞いたことがあるとしたうえで、「私たちの世代は年寄りから（サモディヴァなどの）話を聞いたけど、今の若い世代は森で働いたりしないしね」とつけ加えた。村に電気がひかれ、明るくなることによりサモディヴァは「もういない」のだと語られることは、視覚優位の傾向がより強まったのではないかと感じさせるが、とは言え私たちは、森を散策するにせよ、鳥のさえずりや木々のざわめきを聞き、植物や動物の匂いを嗅ぎ、木漏れ日を肌で感じながら大地を踏みしめて歩くだろう。森と人との関わりは時代や社会状況によって変化するとしても、そこに多様な回路がありうることを忘れてはならない。

【注】

（1）　本稿は、ＪＳＰＳ科研費（19K12618 および 23K01020）の成果の一部である。先行調査にもとづく内容をＪＳＰＳ科研費（21H00518）シンポジウム「スラヴ文化の森」（二〇二三年九月三〇日、於：北海道大学）で発表した際には、コメンテーターの先生方や登壇者および参加者の皆様から大変貴重なコメントや示唆をいただいた。また、寺島憲治先生は草稿に目を通して重要なご指摘とアドバイスをくださるとともに、関連資料をご教示くださった。記して感謝を申し上げます。

（2）　*Попов, Р., Стойнев, А.* Самодива // Българска митология. Енциклопедичен речник / Стойнев, А. 1994. С. 304-306.

（3）　セデャンカとは、ブルガリア各地でかつて若者の楽しみとして行なわれていた夜の集まりで、娘たちや女性たちが仕事（糸紡ぎや編み物、あるいはトウモロコシの皮むき等）を持って集まり、おしゃべりや歌に興じながら仕事をしていると、そこに若者たちも集まってきて、未婚の男女の出会いの場ともなっていたとされる。

（4）　サモディヴァは西ブルガリアでの一般的な呼称で、サモヴィラもしくはヴィラは東および南ブルガリアでの呼称とされる。そのほか、ユダなどと呼ばれることもある。*Попов, Р., Стойнев, А.* Самодива. С. 304-306.

（5）　*Маринов, Д.* Народна вяра и религиозни народни обичаи. София, 1994. С. 95. 初出は、Сборник за народни умотворения т. 28, 1914.

（6）　*Кръстева, Н. П.* Фолклорният образ на българската гора // Краезнание. 2014. С. 89.

（7）　ブルガリアの民衆歌謡には、英雄歌 юнашки песни やハイドゥティの歌 хайдушки песни と呼ばれるジャンルがある。
（8）　寺島憲治『ダヴィドコヴォ村民衆歌謡集――イスラム教徒・キリスト教徒共住村（一）テクスト編』東京外国語大学アジア・アフリカ言語文化研究所、二〇〇四年、一五頁。
（9）　彼らの活動に関して補足すると、集団で支配層に抵抗し、略奪品を貧しい人々に与えるなどして英雄視される一方、略奪目的で富裕層、時に村人を襲うこともあり、「ロドピ地方の民衆歌謡でも、ハイドゥティという語は、義賊と匪賊どちらの意味にも使われている」という。寺島憲治『ダヴィドコヴォ村民衆歌謡集――イスラム教徒・キリスト教徒共住村（三）注釈編』東京外国語大学アジア・アフリカ言語文化研究所、二〇〇九年、三五頁。
（10）　同上。
（11）　同、三七頁。なお、同書で寺島も述べるように、「森は、中世には洋の東西を問わずアジール」であって、こうした森の役割はブルガリアに限ったことではないだろう。
（12）　同、三八頁。
（13）　寺島『ダヴィドコヴォ村民衆歌謡集（一）』、一二二頁。
（14）　寺島『ダヴィドコヴォ村民衆歌謡集（三）』、一九一頁。
（15）　同上。
（16）　同上。
（17）　同、四一頁。
（18）　『ダヴィドコヴォ村民衆歌謡集』には、危険に満ちた場所としての森を歌ったものも収められている。たとえば、寺島『ダヴィドコヴォ村民衆歌謡集（一）』、二九頁。
（19）　*Вакарелски, Х*. Горага в нашата народна поезия // Горска христоматия. 2020. С. 82.
（20）　*Кръстева*. Фолклорният образ на българската гора.（注6参照）С. 90.
（21）　たとえば、*Хайтов, Н*. Село Яврово (Асеновградско). 1958. С. 14-16.
（22）　*Кюркчиева, Ц*. Самодива в народните предания и легенди // Годишник на Асоциация за антропология, етнология и фолклористика „Онгъл“. 2018. С. 504-505.
（23）　*Маринов*. Народна вяра и религиозни народни обичаи. С. 292-298.
（24）　*Георгиева, И*. Българска народна митология. 1993. С.147-148.

(25)「森」をめぐる語りにおいて、定期的に人の手が入り、ある程度人の往来がある森と、ほとんど人の手が入らない、「人気のない」森という二つの「森」に関するナラティブが混在しているのではないかという重要なご指摘を寺島憲治氏から頂戴した。たとえば、本文で言及したフリスト・ボテフの詩で若者のもとにサモディヴァが現れるのはバルカン山脈の森であり、日常的に人が出入りする森とは異なる可能性がある。ただ、これまでの聞きとりにおいては、森の奥深くについて別に語られるというよりは、サモディヴァなどの存在は村の境界域に現れるものと説明された。これには、私が調査をした村落周辺の環境（丘陵地や低山地帯で、周囲の森や山は「どこでも行くことができる」とされる）が関係する可能性も考えられるが、ここではいずれもその可能性にふれるにとどめたい。

(26) *Ботев, Х.* Хаджи Димитър // Горска христоматия. 2020. С. 25-26.

(27) *Попов, Р., Стойнев, А.* Самодива. С. 304-306; *Георгиева.* Българска народна митология. С. 149-150.

(28) *Даскалова-Перковска Л. и др.* Български фолклорни приказки. Каталог. 1994. С. 649.

(29) たとえば、「怠け女房」、真木三三子編訳『ブルガリアの民話』恒文社、一九八〇年、二九九―三〇六頁。

(30) Сборник за народни умотворения и народопис. LVI. 1980. С. 220-222. この話は、ブルガリア南西部の町パザルジクで、一八九〇年生まれの女性が一九五七年に語ったものと記録されている。

(31) *Попов, Р.* Таласъм // Българска митология. Енциклопедичен речник / Стойнев, А. 1994. С. 352-353.

(32) Сборник за народни умотворения и народопис. LVIII. 1985. С. 119-121.

(33) *Вакарелски.* Гората в нашата народна поезия.（注19参照）С. 81-82.

(34) 廣田龍平『妖怪の誕生――超自然と怪奇的自然の存在論的歴史人類学』青弓社、二〇二二年、九頁。

(35) 廣田『妖怪の誕生』、一〇頁。

(36) 春日直樹「人類学の静かな革命――いわゆる存在論的転換」、春日直樹編『現実批判の人類学――新世代のエスノグラフィへ』世界思想社、二〇一一年、一五―一六頁／石井美保「現実と異世界――「かもしれない」領域のフィールドワーク」、松村圭一郎ほか編『文化人類学の思考法』世界思想社、二〇一九年、五九―六〇頁。

(37) 石井美保『環世界の人類学――南インドにおける野生・近代・神霊祭祀』京都大学学術出版会、二〇一七年、一三頁。

(38) 同、一八頁。

(39) 同、一九頁。

(40) 前掲民衆歌謡集（注9など参照）の中で寺島憲治が、サモディヴァなどを「超自然的生き物」とし「民衆の空想」が作り出したものとする説明に対し、「少なくとも一九世紀後半までは、自然に向き合いながら作業していた羊飼いたちにとって、サモディヴァは実在するもの」であり、「それも、きわめて具体的、現実的なものとして」あったことは忘れてはならない、と述べて問題提起していることを付言しておく。寺島『ダヴィドコヴォ村民衆歌謡集（三）』、三頁。

（41） 近年では若年層の都市や国外への流出も生じており、変化も感じられるが、これについては稿をあらためたい。

（42） 数字は、二〇二一年に実施された国勢調査結果による。*Национален статистически институт*. Статистически справочник. Преброяване 2021. 2023. С. 50.

（43） 民族学者イヴァ・キュルクチエヴァは、この傾向を「村内でのエンドガミー」と指摘している。*Кюркчиева, И*. Светът на българите мюсюлмани от Тетевенско. Преход към модерност. 2004. С. 193.

（44） 個人名はすべて仮名である。なお、この地域では一九七〇年代に社会主義政権が改名を主導し、イスラーム教徒の名をブルガリア的・スラヴ的なものに変更させた。体制転換後に氏名の回復が認められたが、A村やB村ではその手続きをしなかった人のほうが多い。ここでの仮名は、現在の住民登録上の名前や普段の村での呼び名を考慮した。

（45） *Георгиева*. Българска народна митология. С.148. なお、同書注においては、サモディヴァは可視的でも不可視的でもあり、目に見える場合は人間の姿をしていたとも述べている。*Георгиева*. Българска народна митология. С.178.

（46） *Кюркчиева*. Самодива в народните предания и легенди.（注22参照）С. 508.

（47） *Георгиева*. Българска народна митология. С.154.

（48） 『ブルガリア神話事典』によれば、民間信仰において、人が森で殺された場合やクリスマスから公現祭の間に誕生または死亡した場合などに、狼人になると考えられてきたという。Вълколак // Българска митология. Енциклопедичен речник / Стойнев, А. 1994. С. 75.

（49） この一二日間はブルガリアの民間暦で良くない日とされ、ヴァンパイアや狼人、タラサムなど種々のデーモン的な存在が姿を現すと考えられてきた。*Василева, М*. Мръсни дни // Българска митология. Енциклопедичен речник / Стойнев, А. 1994. С. 221-222.

（50） なお、前掲の民衆歌謡集（注9など参照）において寺島は、羊群が木立でばらばらになり、また羊飼いの視線も木で遮られ再び群れをまとめるのに時間がかかるため、数十頭から百頭をこえるような群れを森で放牧することは通常はないとの話を記録している。寺島『ダヴィドコヴォ村民衆歌謡集（三）』、一九〇―一九一、三七二頁。

（51） ただし、昼間にサモディヴァが現れる場合もあることはイヴァニチカ・ゲオルギエヴァも指摘しており、また、A村でも、昼間にサモディヴァの声（演奏や歌）を聞いた人の話も耳にした。*Георгиева*. Българска народна митология. С.154.

(52)　アメリカの思想史家マーティン・ジェイは、古代ギリシア以来のヨーロッパ思想において視覚中心主義を指摘できる一方、反視覚中心主義の潮流もあり、とりわけ二〇世紀のフランス思想には、「視覚に対する、また近代における視覚の覇権的役割に対する強い疑念」があると論じている。マーティン・ジェイ『うつむく眼――二〇世紀フランス思想における視覚の失墜』亀井大輔ほか訳、法政大学出版局、二〇一七年、一四頁。

(53)　*Маринов*. Народна вяра и религиозни народни обичаи.（注5参照）С. 248.

(54)　石井美保「現実と異世界」（注36参照）、六三頁。

(55)　同、六六頁。

(56)　ティム・インゴルド『生きていること――動く、知る、記述する』柴田崇ほか訳、左右社、二〇二一年、三二七頁。

(57)　ＷＷＦブルガリア、二〇二〇年八月二六日付［https://www.wwf.bg/?638831/WWF-Spasi-gorata］（二〇二四年五月二〇日最終確認）。

北の隣人たち
――エコクリティシズムおよびポストコロニアリズムの視点から見たロシア北極圏先住民文学[1]

ティンティ・クラプリ
（小椋 彩訳）

序

この数十年間、ロシアが極北において生態系に過度な負担をかけ続けたことにより、脆弱な北極圏の自然環境には不可逆的な破壊がもたらされ、この地域に住む北方先住民も困難な状況に巻き込まれざるを得なかった。二〇世紀に加速した長い植民地化の過程で、先住民族コミュニティはさまざまな理由によって移住させられ、トナカイの放牧や狩猟、漁業に不可欠な広大な地域は、ガスや石油、その他の産業に占領されてしまった[2]。

北方の先住民にとって、植民地化と近代化の結果は、控えめに言っても複雑なものだった。たとえば、近代化が彼らに教育の機会を提供する一方で、教化がさまざまな社会問題を引き起こし、伝統的な生活様式を疎外する結果となったのである。

こうした現象――ソヴィエトの近代化と伝統的な生活様式との衝突、およびその結果――は、近年ようやくエコクリティシズム研究やポストコロニアル文学研究の対象となった北方文学にも描かれている。本稿では、一九七〇年代から二〇〇〇年代初頭まで、つまりソヴィエト後期からポスト・ソヴィエト期にかけての北極ロシアのウラル系民族とその文学に注目する。

ロシアの北部地域には、ウラル系、あるいはフィン・ウゴル系の民族が数多く住んでいる。西から東にかけては、おもにヨーロッパ極北のコラ半島に住むサーミ人、ロシアと西シベリアの北極圏、とくにネネツィアのアルハンゲリスク市とエニセイ川の間、ヤマル半島とタイミル半島に住むネネツ人、それに、ウラル山脈東部、ハンティ・マンシ自治管区のオビ川流域に住むハンティ人とマンシ人がいる。コミ族も北極圏に多く住んでいるが、彼らの自治区はやや南にある。北方民族は旧ソヴィエト連邦の少数民族の中では比較的少数であり、モルドヴィン人やマリ人といったロシア最大のウラル民族と比べてもその数は少ない。ロシアのサーミ人は二千人足らずの少数民族で、ハンティ人は約二万人だが、ネネツ人は北極圏のウラル系では最大で四万人以上いる。

これらの文学は歴史が浅いため、最も古いものでも、誕生したのは二〇世紀初頭である。ロシア語の言説では、北極圏の先住民文学を指すのに、しばしば「若い文学」（*mladopismennye literatury*）という用語が使われ、その文学的伝統の遅れとテクストの相対的な希少性が強調される。[3] 北方文学が大きく発展したのは戦後数十年のことで、雪解け期に始まり、ペレストロイカ期とポスト・ソヴィエト期に隆盛を極めた。たとえば、コラのサーミ語文学は、ソヴィエト後期の一九七〇年代から一九八〇年代にかけて初めて本格的に出現した。北方文学は多くの場合、複合的要素を持つマイノリティ文学と言うことができるので、たとえば「サーミ」文学や「ロシア」文学として排他的に分類する必要はないかもしれない。その代わり、両方の文化や、口承や文学の伝統だけでなく、フォークロアにも依拠しており、マイノリティのアイデンティティ問題や周縁化の経験を扱っているのが一般的である。

一九七〇年代から二〇〇〇年代にかけての文学は、しばしば居場所の喪失のイメージや、自らの伝統文化の世界とソ連やロシア文化の世界という二つの世界の間に挟まれる体験に注目する。ソ連末期からソ連崩壊後の作家たち（おもに一九三〇年代から一九四〇年代生まれの）は、伝統的な生活様式が疎外されていることを認識しており、多くの作家が、近代化と文化への順応の過程を個人的なレベルで経験している。彼らはしばしば高学歴で、その多くはレニングラードのゲルツェン記念ロシア国立教育大学北方民族研究所で学んでいた。そこでは先住民出身の学生が教師、ジャーナリスト、作家になるための訓練を受けていたのだ。

モスクワのゴーリキー文学大学で学位を取得した学生もいた。おもにロシア語で、ときには母語でも出版したこれらの作家たちは、先住民文化の復興、保存、次世代への継承にさまざまな形で貢献した。彼らは小説を書くだけでなく、民間伝承を収集し、出身地の現地調査に参加し、ロシア文学や世界文学の作品を自分たちの母語に翻訳した。また、ハンティ人の作家、活動家、政治家として知られるエレメイ・アイピンのように、政治活動家として活躍する者もいた。

以下ではまず、ポストコロニアル文学研究およびエコクリティカル文学研究の観点から、ロシア北極圏ウラル文学を一般的に紹介・考察し、次にロシア・サーミの二人の作家、オクチャブリナ・ヴォロノヴァ（Oktiabrina Voronova）とアスコルド・バジャノフ（Askold Bazhanov）の詩において、自然中心主義と植民地的言説がどのように絡み合っているかを詳しく見ていきたい。ヴォロノヴァの場合は、彼女の豊富な人間および人間ならざるものについての表現に注目し、バジャノフの場合は、彼の詩の中でノスタルジックな風景がどのように構築されているかを検証する。

エコクリティシズムと北極圏先住民文学

ロシアの北極圏文学は、より一般的な先住民文学と同様、自然中心主義を特徴としている。自然の重要性は、伝統的な生活様式や、人間が自然の資源に依存しているという意識と結びついている。そのため、人間と人間以外の自然はしばしば相互依存的で、同じ全体における部分として相互関係のうちに生きていると表現される。互恵性（reciprocity）の考え方は、北方民族の伝統的な暮らしの中心であり、その中でもトナカイの飼育は最も重要なもので、人間、人間以外の動物、そして超自然的な存在にも当てはまる。実際には互恵性とは、互いのニーズを理解し受け入れ、必要なものだけを取ることを意味する。考古学者のデイヴィッド・G・アンダーソンが書いているように、相互理解は、たとえばトナカイ飼いが動物のニーズを理解することに現れている。トナカイを大切にすることは不可欠だ。なぜなら、人間と動物の社会共同体の中で仕事をする上で、不安定な動物では頼りにならないからだ。[4]

先住民の文学者アン・ハイスは、先住民の世界観は本来、西洋（あるいは近代）の世界観に特徴的な自然と人間との対立によって特徴付けられてきたわけではないと主張する。その意味で、たとえば「自然」という概念の問題性についてのエコクリティカルな研究における議論は、先住民文学には同程度には当てはまらないといえる。このため、先住民の著作はエコクリティシズムの中でも大きな関心を集めており、以前は、その敬虔なライフスタイルを模範的なものとみなす「高貴な野蛮人」といった理想主義的な見解にもつながってきた。[5]だが、西洋の世界観から切り離されたものとして先住民文学にアプローチできるという考え方は、おそらく誤解を招く。現代文学に関する限り、私たちはしばしば、多くの意味で、支配的な文学の正典や文学史に根差した、「中間的」なマイノリティ文学について語っているからだ。

また、文学自体も、たとえば先住民コミュニティが本来備えている倫理的行動や、彼ら自身の問題解決能力に関する、ナイーブで単純化された考え方を疑問視している可能性がある。この点で魅力的な例は、ノルウェーのサーミ人作家シグビョルン・スコーデン（Sigbjørn Skåden）の小説『眠る者に目を光らせよ *Våke over dem som sover*』（二〇一四）である。

小説の中で、主人公のヨハンは、学問的な教育を受けた、二〇代後半から三〇代前半の、すでにある程度名の知れた映画監督であるが、地元のサーミ人コミュニティからは部分的に切り離された存在として描かれている。小説の最後、彼はコミュニティの腐敗したモラルに、グロテスクな方法で疑問を投げかける。そのコミュニティでは、一〇代の少女が年上の男たちに酔わされ、性的虐待を受けている、という秘密が黙認されているのだが、これに対するヨハンの解決策は、オートフィクションの手法を使って問題を美学化することだった。彼は地元の一四歳の少女を自ら誘惑し、その誘惑の様子を、細部まで楽しみながら画面に収める。サーミ文化センターでのプレミア上映は、当然大惨事だ。スコーデンは読者に判断を委ねている。ヨハンの行動はどのように評価されるべきなのか。サーミ文化とノルウェー文化の交差点で育ったことが、彼のアイデンティティ（サーミ・コミュニティの視点からは歪んだもののように見える）の形成にどのような役割を果たしたのか。

ロシアの北極圏文学もまた、真空地帯で発展したわけではない。近代化、技術化、都市化は、その複雑な意味と効果をもって、肯定的にも否定的にもテクストに反映されている。多くの場合、自然を中心とした世界観や生活様式は、（ソ連の）近代化と並置されたり、緊迫した関係で表現されたりする。とくにペレストロイカ後期とポスト・ソヴィエト時代には、こうした問題がよりオープンに議論されるようになった。

その好例がエレメイ・アイピンの代表作『ハンティ、あるいは夜明けの星 *Khanty, ili Zvezda Utrennei Zari*』（一九九〇）であり、これはソ連／ロシアの石油採掘業者とハンティ・コミュニティの世界観の対立を描いている。この対立には、人間と人間以外の自然との関係が重要な役割を果たしている。一九四八年生まれのアイピンは、オビ川流域に位置するヴァリエガン村の猟師の家庭に育った。彼は幼少期から青年期にかけて、トナカイの飼育、狩猟、漁業といったハンティの伝統的な生業がガスや石油産業に取って代わられるのを、また伝統的な世界観が社会主義的、後には資本主義的な世界観に取って代わられるのを目の当たりにした。アイピンはゴーリキー文学大学で学び、ロシア語で作品を発表し始めた。母語で書かれた文学がなかったからでもあるし、ロシア語で書くことで自分の作品が注目され、出版されることになるからでもあった。[6]

『ハンティ、あるいは夜明けの星』は、環境に対する人間中心主義的な認識と自然中心主義的な認識との違いを浮き彫りにする。ロシアの石油採掘者たちは、北極主義(Arcticism)の一例ともいえる方法でタイガを認識している。北極主義とは、北極の文化研究に用いられる概念で、エドワード・サイードのオリエンタリズムの概念に由来し、ポストコロニアルの観点から見た西洋の近代化と北極圏との関係を指す。北方の領土を流用することは、歴史がなく後進的な生活様式を持つ無人の地域というイメージを再生産することで近代化が必要であるという北極主義の枠組みの中で正当化される。[7] アイピンの石油開発者たちはタイガを、意味論的層のない空虚で無意味な空間、つまり、国家と石油会社に天然資源を提供することによってのみ有用性を見いだせるタブラ・ラサとみなしている。この小説の主人公デミアンにとっては、同じ地域が、逆に深い意味に満ちている。長い時間の層があり、伝統的な生活様式、伝統的な旅の仕方、トナカイの飼育、漁業、文化と結びついている。小説の中では、ハンティ人の馴化の過程は、すでに完全に差し迫ったものとして描かれており、その弊害を免れるものはごくわずかである。アイピンはこれらの結果を、イーヴァ・クイッカが指摘するように、液体を通じて表現している。その一つはアルコール中毒、もう一つは絶えず新しい地域に広がり、トナカイの飼育を妨げる油田だ。[8] 石油労働者たちは酒と酒販業を持ち込み、アルコールが、以前は自立していた人々の自尊心と主体性をすでにほとんど破壊してしまっている。同時に、ソ連の近代化、とくに教育には肯定的な側面もある。デミアンの青春時代の恋人で、学校教師のマリーナは、先住民の知識とその生活様式を高く評価している。また、村の寄宿学校で暮らすデミアンの子どもたちが、タイガに住む両親と離れ離れになってしまった状況を、彼らの教師もよく理解して、デミアンを懸命に支える。

アイピンのペレストロイカ小説は、馴化の問題をオープンに取り上げているが、これ以前のソ連北方文学が環境問題を公然と論じることはほとんどなかった。批判が引き起こされたとしても、ポストコロニアル文学研究が述べてきたような、支配的、あるいは被支配的な立場のあからさまな逆転にはつながらない。むしろ、ソヴィエト初期の北方文学のテクストに見られるポストコロニアル的性格は、根無し草や居場所の喪失といった、ポストコロニアル特有のテーマにおいて浮き彫りになるかもしれない[9]。

たとえば、スコルト・サーミの作家アスコルド・バジャノフ（Askold Bazhanov）が一九七〇年代以降に発表した詩では、こうしたことが中心テーマとなっている。バジャノフは、ソヴィエトの歴史と北方近代化のトラウマ的出来事を、個人レベルで体験した作家の一人である。父親は第二次世界大戦で戦死し、バジャノフは家族を養うためにレニングラードの北方民族研究所での学業を中断せざるを得なかった。それからしばらくして、一九六〇年代に、ヴェルフネトゥロムスカヤ水力発電所が建設された。これはソ連最大の水力発電所のひとつで、彼が幼少期に住んでいた故郷の村は巨大な貯水池の底に沈んだ。バジャノフの詩の中心であるこのような喪失と移住の体験は、サーミの生活様式に起こった不可逆的な変化への理解と絡み合っている。一九七〇年代、八〇年代に書かれた文章では、彼はあからさまに国家やロシア人を批判したり非難したりはしていない。なかには、ソ連による植民地化を肯定的に表現する作品もある。またテル・サーミの詩人オクチャブリナ・ヴォロノヴァは、自然を中心とした詩の中で、コラ山脈のソヴィエト鉱業を北極圏の風景の不可欠な一部として描き、北方地域が産業化の共同プロジェクトに貢献したことへのある種の誇りを示している。

したがって、先住民文学において西洋の技術化が、環境、ひいては伝統的な生活様式にもたらす変化のためにいかに脅威として認識されているか、というポストコロニアル・エコクリティシズムにおける議論は、必ずしもソヴィエト後期の先住民文学には当てはまらないように思われる。これらのテクストでは、工業や電気といった近代化を象徴するものが肯定的に捉えられているからだ。クラヴディア・スモラ（Klavdia Smola）は、ソ連時代後期の北方文学におけるイデオロギー的妥協、あるいは彼女が「中間的空間」と呼ぶものに注目している。たとえば、自然と文明の関係について、登場人物たちが時に内面的に矛盾した認識を持つことがある。スモラによれば、これは部分的な文化的同化、あるいは同化プロセスからの潜在的な距離を反映している可能性があるという。[10]
これらの現象はもちろん、（そうした）文学が異なる文化的伝統の交差点で書かれたという事実と関連している。

北極圏文学とソヴィエト文学

従来、ネネツ語、サーミ語、ハンティ語などの北極圏ウラル語文学は、北方民族の言語・文学の一部として研究され、文学的伝統としての新しさ、口承に由来すること、あるいはテクストの少なさなどが強調されてきた。[11] 言い換えれば、北部の少数民族文学はしばしば独立した現象として捉えられてきた。これらの文学とソヴィエト文学との関係、つまり、社会主義リアリズムや多国籍ソヴィエト文学の構築への貢献については、あまり注目されてこなかった。[12] しかしながら、ソヴィエト政権下で書かれた北方文学は、しばしばソヴィエトの文学運動や文学現象に独自の解釈を加えているように見える。

たとえば、民俗学者のカリーナ・ルキンは、ソ連時代のネネツ文学の発展を社会主義リアリズムのさまざまな段階、とりわけ一九七〇年代の村落散文運動である「農村派」と関連づけて捉えている。[13] 農村の散文作家たちはフィクションの中で新しい社会的議論の機会を作り出し、その可能性がマイノリティの作家たちにも独自の視点から利用されたのである。その中核にあるのは、歴史的楽観主義や国際主義《インターナショナリズム》よりもむしろ、周辺的で地元の価値観や伝統と結びついた言説を採用する可能性だった。[14] ロシア農村派がロシアの農民の生活様式や文化に焦点を当て、その伝統的な価値観がしばしばソ連の価値観と対立していたのに対し、マイノリティの文学は、支配的なイデオロギーとの関係から見た独自の文化的慣習や価値観を強調した。このようなアダプテーションの好例は、ネネツの作家ヴァシリ・レドコフの歴史小説『小さな暗闇の月 *Mesiats Maloi Temnoty*』（一九七三）である。

多くのソヴィエト先住民作家と同様、ヴァシリ・レドコフ（Vasili Ledkov　一九三三―二〇〇二）はレニングラードの北方民族研究所で学んだ後、故郷のネネツ自治管区ヴァランデイに戻った。『小さな暗闇の月』は、もともとはツンドラネネツ語で書かれたが、ネネツ語版は出版されていない。小説は一九二〇年代から一九三〇年代にかけてのネネツ自治管区におけるトナカイ放牧の集団化を描いている。トナカイの群れを集団所有化する過程は、ツンドラで遊牧生活を営む人々をソヴィエト社会の日常的な慣習に結びつけ、数々の伝統的慣習を破壊した。これはネネツの歴史において、最も暴力的かつ沈黙を強いられてきた側面の一つである。レドコフの小説は、このプロセスを、過去の批判的回顧が可能になった一九七〇年代の文学的文脈において考察している。結論としてこの小説は、集団化に対する批判や、人間と人間以外の自然界との関係について思索するという点で、農村派と結びついている。

カリーナ・ルキンは、この小説のテクスト中に二つの異なる解釈モデルを見出すことができ、それはテクストの想定読者と関連していると論じている。小説に登場するトナカイは、所有物や資本として概念化される一方（部外者の読み方）、人間との互恵関係の文脈に見出される（トナカイ飼いの読み方）[15]。言い換えれば、二種類の暗黙の読者、あるいは二通りの推定される解釈の様式《モード》が存在する。ルキンによれば、これらは、ホミ・K・バーバが『文化の場所』の中で述べているように、二つの異なる文化モデルの間の緊張関係によって特徴づけられる、ハイブリッドな空間が作り出されていると見ることができる。このような緊張関係は、文化モデル間のヒエラルキーを明らかにするだけでなく、その論争を可能にする。[16]レドコフの小説では、この緊張は、一方では、ツンドラ地帯の牧歌的な生活とそうした生活様式に特有のトナカイ放牧の観念、他方では、ソ連の改革とその結果の描写、という語りの焦点が交互に入れ替わることによって表現される。このように、この小説は、トナカイの放牧に関する二つの視点、すなわち、ソ連の改革を正当化する支配者の視点と、ネネツのトナカイ放牧の生活と文化に根ざした視点とを並置する。[17]それと同時に、農村派の散文に関連付けられる言説を反映しているかもしれない。自然中心主義的なことに加えて、問題がないとされる伝統的な価値観と、批判的に見られる近代化、という対比があるからだ。
ルキンが論じているように、この小説におけるネネツのコミュニティとその個々の登場人物たちの描き方は、現代ロシアの農村派の散文とは大きく異なっている。北方先住民の描写は、概して共感的な眼差しとは裏腹に、型にはまった表面的なものになりがちだ。[18] アンナ・ラズヴァロヴァが指摘したように、特に初期のシベリアの農村派のテクストは、ユーリー・スレズキンが「長い旅」と呼ぶような先住民のキャラクターを生み出してきた。つまり、革命前のロシアに住む、被支配的かつ後進的とされる先住民が、文明と社会主義に向かってゆっくり進歩していくという、ソ連の一般的な語りの方式に沿った表象である。[19] この点で、一九七〇年代のヴィクトル・アスタフィエフやヴァレンチン・ラスプーチンの小説に近代化の犠牲となった先住民のキャラクターが登場し、過去の知恵や伝統を体現していることに注目することは重要である。しかし、こうした寓意的な人物に比べて、『小さな暗闇の月』では、ネネツは、自らの思考パターンに根ざした決断を下し、自らの活動の環境の中でそれを実行する個人として提示されている。彼らの姿は、内的植民地主義の論理に支配された農村派の散文に見られる先住民キャラクターの受動性や他者性とは対照的である。[20] 両者の差が重要であるのは、この小説が、革命以前の古い固定観念に挑戦し、小説の隠れた作者を北方人として位置づけてもいるからだ。言い換えれば、この小説は、南方の視点から北方を描いているわけではない。[21]
社会主義リアリズムの後期の形式についての考察が、農村派の散文の土着的な翻案に関するものだけでないことは言うまでもない。たとえば、アイピンの『ハンティ、もしくは夜明けの星』は、マイノリティの権利を訴え、過去に起こった不正を正そうとするという、ペレストロイカ期の散文の好例である。[22] 実際、一九七〇年代以降のソヴィエト後期が、北極圏先住民作家の著作の全盛期と考えられても不思議ではない。この時期、ソ連文学全般がソ連国内の諸民族の文学や文化的伝統に関心を持つようになり、北方先住民文学は多国籍ソ連文学の領域に加わった。

もちろん、この点から見て、何語で書くかというのは本質的な問題だ。多くの作家が母語で出版するにもかかわらず、ロシアのサーミ、ネネツ、ハンティ文学の大部分は、ロシア語で書かれている。この意味で、アメリカの研究者ナオミ・カフィーが二〇一三年の学位論文で、旧ソ連で書かれた多民族ロシア語文学の定義に使用している「ロシア語圏文学」との用語を、北極圏の先住民文学にも適用することは十分に可能だろう。この用語は、アングロフォン、フランコフォン、シノフォン文学というすでに確立された用語に基づくもので、いずれも国、言語、領土の境界や文学的伝統との関係において、それぞれの文学の中間性を強調する。この概念によってカフィーは「文学を国籍で分類することから離れ〔……〕、その代わりに、テクストの生成やアイデンティティの多面的構造化に内在する、社会的・言語的現実に依拠する」ことを試みている。[23]その代わり、カフィーはロシア語圏の文学を「ロシア文学とは別の、しかしそれに関連した伝統であり、ロシア文学との対話の中で生まれ、発展し続けているもの」と見ており[24]、そうすることで、旧ソ連の多様なロシア語文学を、グローバルなポストコロニアルのハイブリッド文学の伝統の中に位置づけている。この場合、それは言語学的にだけでなく、文学史の面からも、ソ連・ロシア文学の発展と多くの点で結びついている。

多くの先住民文学は植民地の言語で出版されている。最も有名な例はアメリカの先住民文学で、そのほとんどが英語で書かれている。しかし、記述言語は往々にして、当該のマイノリティの文化的活力を示すと同時に、マイノリティがその文化の保存のために社会から受けている支援をも示す。たとえば、ロシアで書かれたサーミ文学と北欧諸国で書かれたサーミ文学の間には、この点で明確な違いがある。ノルウェー、スウェーデン、フィンランドでは、サーミの作家はサーミ語（通常は、圧倒的に多く話されている北サーミ語）で書くことが多いが、大人向けのコラ・サーミ文学は、ロシア語で書かれていることが特徴的だ。とはいえ、ロシア・サーミ語の中で最大の（そして事実上唯一の現存する）言語であるキルディン・サーミ語では、少部数ながら書籍が出版されている。

北極圏のフィン・ウゴル語文学がおもにロシア語で書かれていることには、いくつかの要因がある。二〇世紀の間に、北部のコミュニティは言語的にも遺伝的にもロシア化が進んだ。これは特に、サーミ語のような小さな言語集団に顕著である。初期のソヴィエトの文化・言語政策は母語を優遇していたため、ウラル系の少数民族のためにも書き言葉が作られ、それらの言語で小説が出版された。その後の数十年間、一九三〇年代後半から、状況は一変した。これらの少数言語で文学はほとんど出版されず、学校でも教えられていなかった。その代わり、先住民出身の子どもたちはロシア語を話すように厳しく指導された。彼らはほとんどの場合、故郷から遠く離れた人口の集中する場所の寄宿学校で生活していたため、母語からだけでなく、伝統的な生活様式からも隔絶されていた。このソ連時代の発展の結果もあって、多くのウラル系の小言語は現在、絶滅したか、絶滅寸前、もしくは深刻な危機的状況に瀕している。(25)

こうした状況には、一九二〇年代から一九三〇年代にかけて主要言語の正書法が制定された際、ソ連の北極圏の人々が独自の文学的伝統を持っていなかったという事実も反映している。結果、文学のモデルはロシア文学やソヴィエト文学に依拠するところが多く、その意味ではロシア語で書くことは自然な選択だったかもしれない。それはまた、より多くの読者を獲得するための戦略的な選択であり、ソ連の多国籍文学の構築に貢献する方法であったのかもしれない。さらには、ロシア語で出版するという決断が、少数言語で出版することに対する否定的な態度と結びついていることもある。スコルト・サーミ語を母語としながらも全作品をロシア語で出版したアスコルド・バジャノフの場合がそれだ。

多くの作家が母語とロシア語の両方で執筆、出版している。テクストは母語で書かれているのに、実際に出版されるのは著者と翻訳者の緊密な共同作業の賜物とおぼしきロシア語版だけというのはよくある話だ。これはおそらくオクチャブリナ・ヴォロノヴァのいくつかのテクストにもあてはまる。

事例研究

1　オクチャブリナ・ヴォロノヴァの人間・人間以外のものに関する表現

オクチャブリナ・ヴォロノヴァ（一九三四―一九九〇）は、二言語を流暢に操りながら、おもにロシア語で作品を発表した教養ある女性で、多くの点でペレストロイカ期に典型的なソヴィエト・サーミの先住民作家だった。彼女は、一九六〇年代にコラ半島の水力発電所建設計画のために閉鎖されたサーミ人居住地のひとつ、チャリムヌィ・ヴァッレ村で生まれた。母親はテル・サーミ人、父親はロシア系ポモール人である。ヴォロノヴァは、レニングラードの北方民族研究所でロシア語とロシア文学の教師としての訓練を受けた。また、雪解け期に言語フィールドワークの継続が可能になると、サーミ語の研究にも携わった。彼女は科学的な著作の出版に貢献し、たとえば一九八〇年代にはキルディン・サーミ語の読本作りに尽力した。ヴォロノヴァは、ロヴォゼロでロシア語とロシア文学の教師として働き、その後、レヴダという小さな町で図書館員として勤めた。そのため彼女は、一九五〇年代から六〇年代にかけて台頭したソ連サーミの知識人を代表する存在といえる。一九八二年以降、彼女の詩、伝説、おとぎ話は文芸誌やアンソロジーに掲載され、生前には『雪の水 *Snezhnitsa*』（一九八六）、『自由な鳥 *Volnaia ptitsa*』（一九八七）、『妖精 *Chakhli*』（一九八八）、『人生 *Ialla*』（一九九〇）の四冊が出版された。また、死後に出版された作品集もいくつかあり、それらにはおもに既刊のテクストが収められている。最後の『人生』を除き、すべての作品集はロシア語で出版されている。

ヴォロノヴァの詩がことのほか自然中心主義的だと言うのは過言ではないように思われる。これはテクストのレベルでも明らかで、擬人化や自然との対話といった要素がふんだんに使われている。ヴォロノヴァのテクストに見られる自然中心主義は、自然環境と文化環境の関係についての考察を伴うことが多いという意味で興味深い。それはまた、彼女自身のコミュニティにおける問題や、文化への適応の問題とも関連しているのかもしれない。

言い換えるならば、ヴォロノヴァは、自然との関わりを通して、サーミの生き方の複雑な変化を描いているのかもしれない。したがって、ポストコロニアリズムやエコクリティシズムの観点から考察すると、彼女の詩の自然やサーミの状況に関する問題は、興味深い形で絡みあうことになる。彼女の詩におけるそのような絡みあいのひとつを検証してみよう。

詩『リス Belki』(一九八八)は、以前はリスが生息していた松林に建設された新興住宅地を描写している。詩は、自然環境と文化的環境、リスとサーミ人との間の、さまざまな類似点と対比とに基づいている。

かつて松林があった場所、
幹はうなり
松ぼっくりが熟していた
丘にのぼった家々では
人びとが新築祝いのパーティーをひらいている……

わたしたちはまだレンガの上にすわっている
接着剤とホワイトウオッシュのにおいがする
窓辺で子どもたちが叫んでいる
――見て、ママ!
リスだ! リスだ!……
リスたちは喧噪の中を駆け抜けていく

ベンチやブランコの間を
アスファルトに枷をはめられた場所
遊牧民の永遠の道

禁じられているにもかかわらず
道路を越えて
べつの森へ
赤信号を無視して飛んでいく
かれらじしんが
まるで信号機みたい
赤いわき腹が燃えている
リスは露の暗がりに去っていく
去っていく
松がまだ切り倒されていないところへ[26]

リスが、赤信号を無視して道路を横切り、別の森へと走っていくという、人間のルールから自由な生き物として描かれていることが重要だ。家を転々とする「遊牧民《ノマド》」である彼らは、かつての自由を失い、「アスファルトにつながれた」サーミ人と同一視される。それゆえ、リスとサーミの類比は並置関係に変わる。

詩が示唆するように、リスをサーミの共同体の擬人化として解釈すると、まだ伐採されていない森に移動するという彼らの行動は、もはやほかの選択肢が存在しない共同体の状況を反映しているように見える。したがって、ヴォロノヴァの詩は、人間と非人間との関係を、文字通りのレベルと寓意的なレベルという二つのレベルで扱っているように見える。この詩は、リスと人間を並置し対比させることで、リスの世界の急激な変化とサーミの生活様式の同様に急激な変化の両方を精査している。さらに、伐採されていない森に逃げ込む際に赤信号を走り抜けるリスもまた、文化的環境へと変貌を遂げようとする自然環境から逃げ出しているのだ。樹木の伐採は、しばしば自然と文化の交わりを示す重要なシンボルのひとつと見なされてきた[27]。一方、新しい家という形で開発の恩恵を受けているサーミ人は文化的環境の一部と位置づけられ、それゆえリスとは別物とみなされている。その意味でこの詩は、自然環境としての森林と、文化環境としての人間の居住地という区分を表現している。

ヴォロノヴァの詩の中心にあるのは、この二つの世界の存在と、痛みを伴うそれらの断絶である。この点で、リスが自然環境と文化環境の交差点に生きる動物であることは重要である。というのも、リスが自由とその喪失の経験に関連する意味を獲得している可能性があり、それによってサーミの共同体のメタファーとして機能する、という解釈が可能になるからである。二つの世界を行き来するリスは、「信号機」としてのコミュニケーション機能を備えていることから、仲介役のような存在を強調されている。彼らの赤く輝くわき腹は、地元のサーミ人共同体が、立ち止まって自分たちの現状を見つめ直すことを求めている。

「リス」は作品集『妖精』（一九八八）で発表された。サーミの共同体が置かれた現状に対する穏やかな、注意深く包み隠されたコメントは、現代の北欧サーミのテクストとは明らかに一線を画する。後者はしばしば強い社会政治的性格を持ち、北方の環境や先住民の生活様式に起こった変化を北極圏の植民地化の結果として提示するものだ。ロシア北極圏文学は、ソ連崩壊後の文脈と同様、脱植民地化のプロセスに直接的に関与しており、それはたとえば、ネネツの作家アンナ・ネルカギ（Anna Nerkagi）やイウリ・ヴェラ（Iuri Vella）の作品に顕著であるが、ロシアのサーミ人作家の中ではこの変化はおそらくスコルト・サーミ人作家のアスコルド・バジャノフにおいて最も顕著であろう。彼は一九九〇年代から二〇〇〇年代にかけての詩の中で、コラ半島の先住民の搾取に関する議論に踏み込むことさえある。

2　アスコルド・バジャノフのノスタルジックな風景

アスコルド・バジャノフ（Askold Bazhanov 一九三四―二〇一二）は、ムルマンスクの南西約一〇〇キロに位置するヌオルティヤルヴィ湖畔のレスチケント教区で、漁業とトナカイ放牧を営む家庭に育った。ロヴォゼロ近郊のレヴダ金属工場で電気技師としてのキャリアを積む一方、一九六五年以降、地元の新聞や文学アンソロジーに詩が掲載されるようになる。(28) バジャノフのデビュー詩集『ツンドラに沈む太陽 *Solntse nad tundroi*』（一九八三）は、サーミの作家の書いた初の小説作品としてソ連で出版された。最近の作品集『サーミの大地をめぐる詩歌 *Stikhi i poemy o saamskom krae*』（二〇〇九）は、フンボルト大学からロシア語と英語の二カ国語版で出版された。

小説『白いトナカイ *Belyi olen*』（一九九六）も別個の作品として出版されている。

代々家族に受け継がれてきた伝統的な職業を捨て、勉強して作家になるというバジャノフの選択は、彼自身にとって明らかに難しいテーマであり、自伝的文章の中で、彼は常にそこに立ちかえる。彼の詩では、トナカイ飼いの祖父は、サーミ人であることがトナカイ飼いであることを自明とする、象徴的な人物である。それとは対照的に、孫を含むその後の世代は、サーミのアイデンティティと伝統的な生活様式との結びつきの必然性に疑問を抱かざるを得ない。バジャノフのテクストにおけるもうひとつのあきらかに自伝的なモチーフである転居は、子ども時代の風景と、ヴェルフネトゥロムスク水力発電所建設後のその不可逆的な喪失に結びついている。発電所が作った貯水池はヌオルティヤルヴィのサーミ人居住区を水没させ、住民は、おもに発電所労働者のために設立されたヴェルフネトゥロムスクの都市居住区に移住させられた。(29) バジャノフの詩のなかでもエコクリティシズムとポストコロニアリズムの観点からとくに興味深いのは、サーミの環境と生活世界におけるこうした変化を明確に表現したものである。バジャノフの後期の作品集『サーミの大地をめぐる詩歌』から二つの例を見てみよう。

彼の詩は、地元のサーミの言説と全ソ連的と思われる言説との対比を、何らかの形で浮き彫りにしていることが多い。水没したスコルト・サーミの村々とソ連の宇宙開発計画を重ね合わせた詩「私はもちろん宇宙には行かない」（"Ia, konechno, ne sletaiu v kosmos"）がそうである。「私はもちろん宇宙には行かない／宇宙服を着て月を歩くわけでもない／でも私の故郷レスチケントとヴォスムスは／私の大事なマイルストーンだ[30]」。この詩において、話者から見た本当のマイルストーンとは、宇宙空間の征服（ソ連の科学技術がなしえた近代化の中心的象徴）ではなく、同じ近代化によって水に沈められた子ども時代の村である。この並置は一方では時間的なものである。というのも、ソヴィエトの近代化に特徴的な未来志向の時間概念と、（ソヴィエトの集団性に反して）きわめて個人的で私的に見える、失われた文化形態とを対比させることで生み出されているからだ。それと同時に、この詩はまた、レスチケントとヴォスムスという僻地の村々を、（ソ連の記号空間の中核をなす宇宙飛行の代わりに）焦点とすることで、中心と周縁の間の空間的ヒエラルキーをもてあそんでいる。しかし、空間そのものは、詩の中ではその征服からは切り離され、子ども時代の風景という個人的な記憶の媒介者として提示されている。「色つきで見た夢さえも／わたしはその日の続きとうけとめた！／それは宇宙からの挨拶だった／よりによってわたしに宛てて[31]」。これらの記憶の中で、水没したレスチケントとヴォスムスは「決して朽ちることはない／火に焼かれることもなく／失われることもない[32]」。それゆえ、これらの記憶の中では、過去はまったく過去ではなく、宇宙飛行の時代のような、べつの時間性の一部に存在しているように見える。

第二の例は、サーミの伝統的な生活様式の変容と、それがトナカイ飼いの生活を題材にしたバジャノフの詩の中でどのように表現されているかということに関するものである。このような詩は彼の作品に多く、しばしば北極圏の牧歌（パストラル）とみなすことができる。牧童とトナカイとツンドラとの有機的で調和的なつながりを賛美し、自然の周期的な時間性を強調しているからだ。[33] 牧歌的な描写が、植民地化に対する暗黙の批判的見解を伝えることもある。水没したヌオルティヤルヴィ湖の湖畔で実現しなかった話者の未来について扱った詩「二頭のトナカイが欲しかった」（*la zhelal by dvukh olenei*）がそれだ。湖の運命を意識して条件法で書かれた詩の最初のスタンザは、この詩を近代化に水没させられたもうひとつの牧歌として読むように導く。

トナカイが二頭いたらな
自活するために
そしてヌオルティヤルヴィ湖で放牧するんだ
若い頃のように熱心に
新しい家を建てられるだろう
窓から川が眺められる
それにモミの板の小舟も
それに乗ってどこへでも行くんだ
ぼくたちの祖先が行ったところへ
釣り糸を垂れるために
夜明けに正確な一発を狙いに
飛んでいるガチョウを捕まえるために
冬の蓄えを集めよう
カマスを干して、キノコを採って
ビルベリーのジャムを作るんだ

クラウドベリーもお忘れなく
愛らしいコケモモの実も
樽で保存する
クロウベリーのジュースも作る
そうしてのんびり暮らすんだ(34)!

ノスタルジーと、ノスタルジーの対象である水没した子ども時代の風景や北極圏の牧歌《パストラル》は、バジャノフの詩の中で、ソヴィエトの近代と結びついた直線的な時間のとらえ方への代替案としての時間性を構築していることが見て取れる。ソ連崩壊後の世界では子ども時代の風景は完全に失われているが、叙情的な主語にとっては、この風景は変わらずに存在している。こうして記憶は、水没した風景を保存し、変化から守ってくれる。スヴェトラーナ・ボイムの言葉を借りれば、これは「創造的ノスタルジア」の一形態であり、現在よりも肯定的に評価される過去に執着するだけでなく、ノスタルジーの対象から芽生えたかもしれない未来にも執着する(35)。バジャノフの時間性はまた、ホミ・K・バーバが近代国家思想の分析で論じているような、ナショナル・ナラティヴに代わるものとして機能する周縁的な時間性とみなすこともできる。バーバにとってこれらは、たとえば、強制移住や移動といった、少数民族や混成コミュニティの共有経験から生じる、あまり知られていない現代的な時間形態である(36)。

伝統的な生活様式が破壊され、土着の地域が見捨てられるというイメージは、さまざまな年代に書かれた北欧サーミ文学の特徴でもある。北欧のサーミ文学研究者たちは、現在、北欧諸国で書かれるサーミの詩において、過去や神話的な層が皮肉とともに扱われることがあるとしても、全体としては現代詩でさえ、トナカイ飼育が重要な役割を果たす自然中心の伝統的生活様式へのノスタルジーによって特徴づけられると論じている(37)。バジャノフのノスタルジックな言説は、ニルス＝アスラック・ヴァルケアパー（Nils-Aslak Valkeapää）など、同世代の北欧サーミの作家が過去を文学に反映させる方法と密接な関係がある。バジャノフのノスタルジーは、旧ソ連の遺産に向けられているという点で特徴的である。北欧サーミのポスト／アンチ植民地文学の言説と比較すると、バジャノフの批判は条件付き、かつ部分的に暗示的なものである。

結論

エコクリティシズムの文学研究の文脈では、北極圏はしばしば、共感的ではあるが、やや外的な視点からアプローチされてきた。たとえば、ロシアやソヴィエト・ロシアの文学において北方地域やその先住民族がどのように描かれているかという研究がされてきた。他方、北方地域で行われた地域研究は、土着の文学の独自性を強調することが多く、それゆえ、必ずしも完全には科学的に客観的であったとはいえない。本稿は、エコクリティカルな側面とポストコロニアルな側面に焦点を当てることで、ロシアの北極圏文学に、ある程度新しいアプローチを提供することを試みた。すなわち、北方先住民文学が自然中心主義を表現する具体的な方法と、ソヴィエト文学史の一部としてのその出現と発展を示した。

これらの現象は「隣人性」という概念を通じて理解することができる。この文脈ではこれは、第一に、北極圏のテクストにおける人間と人間以外の自然との相互作用を、第二に、ロシア・ソヴィエト文学との密接な関係、つまり、ソ連時代に発展した文学が、その言語・文化政策や文学実践によってどのように形成されたかということを、それぞれ指す。とりわけ北方文学は、農村派のような後期社会主義リアリズム文学の規範と相反する関係の中で発展してきたように見えるが、これはソ連文学の一部として発展してきた若い文学としてのそのハイブリッド性を再び浮き彫りにしている。そしてヴォロノヴァとバジャノフのテクスト分析は、コラ・サーミ文学における人間と人間以外のものの主題やノスタルジックな言説の考察が、北方先住民文学が社会主義文学の規範や植民地構造の解体に関与してきた具体的な方法についての理解を補完し、より深めることができることを示しているのである。

【注】

（1） 本稿はコーネ・ファウンデーション（Kone Foundation）の助成を受け、ヘルシンキ大学を拠点とする研究プロジェクト「北の隣人たち——ロシア北極圏文学における環境と近代化」（二〇一九—二〇二四年）の一環として執筆された。

（2） ロシアの場合、北極圏の問題は早くから国家経済、地政学的利益、技術の近代化と結びついてきた。ロシア帝国では、天然資源と軍事的潜在力を持つ北方地域の重要性が理解され始めた一七〇〇年代から、北極圏への関心が高まり始めた。ポール・R・ジョセフソン（Paul R. Josephson, 2014, 21-22）が観察しているように、この進展は一八〇〇年代に加速した。世紀が終わりに近づくにつれ、北方民族と文化に関心を持つ科学調査を行う探検家だけでなく、皇帝政府も、帝国の経済成長とヨーロッパ諸国との競争を促進する可能性を探るため、極地に目を向けた（Klapuri 2021 参照）。一九二〇年代から一九三〇年代にかけてのソ連では、北方に対する経済的・地政学的関心が、一般に北方征服（osvoenie Severa）と呼ばれる北極圏の体系的なマッピングと植民地化に発展し、現在もさまざまな形で続いている（McCannon 1998; Josephson 2014; Bruno 2016 参照）。

（3） 北極圏文学の歴史と現状は、彼らの文学言語の発展の歴史とソヴィエト連邦の言語政策と表裏一体の関係にある。ソ連の初期段階では、北方先住民のために文学言語が作られ、その文学は先住民の言語・文学・文化に関する広範な政策（korenizatsiia）の一環として維持された。この政策の背景には、異なる民族からなる近代国家とその平等な近代化という考えがあり、それは辺境地域を文明化し、識字率を拡大することによってのみ達成できるものだった（Slezkine 1994, 221-225; Grenoble 2003; Lukin 2020, 171-172 参照）。

（4） Anderson 2014, 16-18.

（5） Heith 2022, 13-14. たとえば、ティモシー・モートンは、西洋の伝統から生じる人間と人間以外の自然との二項対立を避けるために、「自然」という用語を「環境」という用語に置き換えることを提案している（Timothy Morton, 2007）。ポストコロニアル・エコクリティシズムでは、種のヒエラルキーと文化と自然の二元論によって特徴づけられる西洋文化の伝統も、先住民の作家、アーティスト、学者、活動家によって厳しく批判されてきた（とくに Huggan and Tiffin 2010 を参照）。

（6） Smola 2016.

（7） Ryall, Schimanski and Wærp 2010, x-xi; Klapuri and Lukin 2021.

（8） Kuikka 2022.

（9） Ashcroft, Griffiths and Tiffin 1989, 17-27; Kukulin 2012.

（10） Smola 2022, 963-964.

（11） Lagunova 2007, 14-36.

（12） ただし、以下を参照。Frank 2016; Lukin 2021; Smola 2022.

（13） Lukin 2021, 22-24.

（14） Razuvalova 2015, 32-33.

（15） Lukin 2021, 21.

（16） Bhabha 1994, 5-6.

（17） Lukin 2021, 23.

（18） Lukin 2021, 29-30.

（19） Slezkine 1994, 292-293; Razuvalova 2015, 517-549.

（20） 「内的植民地主義」という概念について、以下を参照。Kukulin 2012.

（21） Lukin 2021, 29-30.

（22） Smola 2022, 959.

（23） Caffee 2013, 21. したがって「ロシア語圏文学」という用語は、これまでのソヴィエト文学や多民族文学の定義とは異なる。例えば、「非ロシア人のロシア文学」や「バイリンガル文学」、「少数民族文学」、「多国籍ロシア文学」など、これらは明確に国籍を基準とした定義である。

（24） Caffee 2013, 20.

（25） 例えば以下を参照。Grenoble 2003; Slezkine 1994, 221-225; 237-244; Siegl and Riessler 2015.

(26) Где раньше был сосновый бор,
Стволы гудели,
Шишки зрели –
В домах, взбежавших на угор,
Справляют люди новоселье...

Еще сидим на кирпичах,
И пахнет клеем и побелкой,
А дети у окна кричат:
– Гляди-ка, мама!
Белки! Белки!...

Они бегут сквозь шум и гвалт
Среди скамеек и качелей,
Там, где закована в асфальт
Извечная тропа кочевий.

И невзирая на запрет,
Через шоссе
к другому бору,
Они летят на красный свет,
И сами –
точно светофоры,
Горят их алые бока.
Уходят белки в сумрак росный,

Туда уходят, где пока
Еще не вырублены сосны. (Voronova 1995, 94.)

（27） Lummaa 2022, 182. 西洋的カノンの古典として、ジョージ・ポープ・モリス（George Pope Morris）の “Woodman Spare that Tree” (1837). ウィリアム・カウパー（William Cowper）の “The Poplar Field” (1874) も参照。

（28） Bakula 2012, 86.

（29） Allemann 2020, 125.

（30） Я, конечно, не слетаю в космос,
не пройдусь в скафандре по луне,
но родные Рестикент и Восмус –
это вехи важные во мне. (Bazhanov 2009, 134.)

（31） Даже сны, увиденные в цвете,
принимал, как продолженье дня!
Это космос посылал приветы,
выделяя именно меня. (Bazhanov 2009, 134.)

（32） Никогда не предадутся тленью,
их не сжечь в костре, не потерять. (Bazhanov 2009, 134.)

（33） 北極の牧歌（パストラル）の概念については以下を参照。Wærp 2017, 112 ff.

（34） Я желал бы двух оленей
непременно завести.
И как в юности без лени
у Нотозера пасти.
Вот бы дом построить новый,
взглядом – окнами к реке,
лодку из досок еловых.
И ходить на ней везде,

где ходили наши предки,
рыбу неводом ловя,
где на зорьке выстрел меткий
на подлете брал гуся.
Ладить на зиму припасы:
вялить щуку, рвать грибы,
да черничного варенья,
да морошки не забыть,
да ядреную бруснику
по боченкам уместить,
выжать сок из вороники
– неспешно можно жить! (Bazhanov 2009, 108.)

(35) Boym 2001, 351-354.

(36) Bhabha 1994, 148-149, 152-153.

(37) E.g., Ahvenjärvi 2015, 21, 28-29 et passim.

[参考文献]

Ahvenjärvi, Kaisa 2015. Mustan auringon paketti: myytti ja melankolia Irene Larsenin kokoelmassa *Sortsolsafari* [‘The package of the black sun: Myth and melancholia in Irene Larsen’s collection *Safari of the Black Sun*’]. *Kirjallisuudentutkimuksen aikakauslehti AVAIN* [*Avain – Finnish Review of Literary Studies*] 3/2015, 19-33.

Aipin, E. D. 1990. *Khanty, ili Zvezda Utrennei Zari*. Moskva: Molodaia gvardiia.

Allemann, Lukas. 2020. *The Experience of Displacement and Social Engineering in Kola Saami Oral Histories*. Acta Electronica Universitatis Lappoensis 288. Rovaniemi: University of Lapland.

Anderson, David G. 2014. Cultures of Reciprocity and Cultures of Control in the Circumpolar North. *Journal of Northern Studies* 8(2), 11-27.

Ashcroft, Bill, Gareth Griffiths and Helen Tiffin. 1989. *The Empire Writes Back: Theory and Practice in Post-Colonial Literatures*. London and

New York: Routledge.

Bakula, V. B. 2012. Literatura rossiiskikh saamov. In *Almanakh saamskoi literatury*, eds. D. S. Balakina and N. P. Bolšakova, 12-24. Moskva: Živaia klassika.

Bazhanov, Askold 2009. *Stikhi i poemy o saamskom krae – Verses & Poems on the Saami Land*. Kleine saamische Schriften 2. English translation by Naomi Caffee. Berlin: Nordeuropa-Institut.

Bhabha, Homi 1994. *The Location of Culture*. London and New York: Routledge.

Boym, Svetlana 2001. *The Future of Nostalgia*. New York: Basic Books.

Bruno, Andy 2016. *The Nature of Soviet Power: An Environmental History*. Cambridge: Cambridge University Press.

Caffee, Naomi 2013. *Russophonia: Towards a Transnational Conception of Russian-Language Literature*. PhD Diss. University of California.

Frank, Susi K. 2016. "Multinational Soviet Literature": The Project and Its Post-Soviet Legacy in Iurii Rytkheu and Gennadii Aigi. In *Postcolonial Slavic Literatures After Communism*, eds. Klavdia Smola and Dirk Uffelmann, 191-217. New York: Peter Lang. DOI: *https://doi.org/10.3726/978-3-653-06149-9* (accessed 2 March 2024)

Golovnev, Andrei and Gail Osherenko 1999. *Siberian Survival: The Nenets and Their Story*. Ithaca: Cornell University Press.

Grenoble, Lenore 2003. *Language Policy in the Soviet Union*. Dordrecht: Kluwer Academic Publishers.

Heith, Anne 2022. *Indigeneity, Ecocriticism, and Critical Literacy*. Northern Studies Monographs 7. Umeå: Umeå University & Royal Skyttean Society.

Huggan, Graham & Helen Tiffin 2010. *Postcolonial Ecocriticism: Literature, Animals, Environment*. Second edition. London and New York: Routledge.

Josephson, Paul R. 2014. *The Conquest of the Russian Arctic*. Cambridge, MA: Harvard University Press.

Klapuri, Tintti 2021. The Winners of the Globe? The Russian Imperial Gaze at the North in Late Nineteenth-Century Travelogues. In *Visual Representations of the Arctic: Imagining Shimmering Worlds in Culture, Literature and Politics*, eds. Markku Lehtimäki et al., 81-98. Abingdon: Routledge.

Klapuri, Tintti and Karina Lukin 2021. Venäjän pohjoisia kirjallisuuksia tutkimassa ['Researching Literatures of the Russian North']. *Idäntutkimus* [*East Studies*] 28 (1), 74-76.

Kuikka, Eeva 2022. Water, Oil, and Spirits: Liquid Maps of the Taiga in Eremei Aipin's Novel Khanty, or the Star of the Dawn. In *Cold Waters*, eds. Markku Lehtimäki et al., 165-182. Cham: Springer.

Kukulin, Ilia 2012. "Vnutrenniaia postkolonizatsiia": Formirovanie postkolonialnogo soznaniia v russkoi literature 1970-2000-kh godov. V knige *Tam, vnutri: Praktiki vnutrennei kolonizatsii v kulturnoi istorii Rossii*, red. Aleksandr Etkind i dr., 846-909. Moskva: Novoe literaturnoe obozrenie.

Ledkov, V. N. 1973. Mesiats Maloi Temnoty. V knige *Mesiats Maloi Temnoty. Roman i povesti*, 7-168. Moskva: Sovremennik.

Leiderman, Naum 2015. Russkoiazychnaia literatura – perekrestok kultur. *Filologicheski klass* 3(41), 19-24.

Lukin, Karina 2020. Soviet Voices in Nenets Literature. In *Ways of Being in the World. Studies on Minority Literatures*, ed. Johanna Laakso, 168-193. Wien: Praesens Verlag.

Lukin, Karina 2021. Kolonialistiset välitilat *Pienen kuukauden pimeydessä* ['Colonial in-betweens in *The Month of the Small Darkness*']. *Idäntutkimus* [*East Studies*] 28 (1), 20-35. DOI: *https://doi.org/10.33345/idantutkimus.107839* (accessed 2 March 2024)

Lummaa, Karoliina 2022. Lungs and Leaves: Ecosystemic Imaginaries and the Thematics of Breathing in Finnish Environmental Poetry. In *Squirrelling. Human-Animal Studies in the Northern European Region*, eds. Amelie Björck, Claudia Lindén and Ann-Sofie Lönngren, 177-196. Huddinge: Södertörns högskola.

McCannon, John. 1998. *Red Arctic: Polar Exploration and the Myth of the North in the Soviet Union, 1932-1939*. Oxford and New York: Oxford University Press.

Morton, Timothy 2007. *Ecology Without Nature: Rethinking Environmental Aesthetics*. Cambridge, MA: Harvard University Press.

Razuvalova, Anna 2015. *Pisateli-"derevenshchiki": Literatura i konservativnaia ideologiia 1970-kh godov*. Moskva: Novoe literaturnoe obozrenie.

Ryall, Anka, Johan Schimanski and Henning Howlid Wærp 2010. Arctic Discourses: An Introduction. In *Arctic Discourses*, eds. Anka Ryall et al., ix-xxii. Newcastle upon Tyne: Cambridge Scholars.

Siegl, Florian and Michael Riessler 2015. Uneven Steps to Literacy: The History of the Dolgan, Forest Enets and Kola Sámi Literary Languages. In *Cultural and Linguistic Minorities in the Russian Federation and the European Union*, eds. Heiko F. Marten et al. 189-230. Cham: Springer.

Smola, Klavdia 2016. Ethnic Postcolonial Literatures in the Post-Soviet Era: Assyrian and Siberian Traumatic Narratives. In *Postcolonial Slavic Literatures after Communism*, eds. Klavdia Smola and Dirk Uffelmann. Bern: Peter Lang.

Smola, Klavdia 2022. (Re)shaping Literary Canon in the Soviet Indigenous North. *Slavic Review* 81(4), 955-975. DOI: *https://doi.org/10.1017/slr.2023.3* (accessed 2 March 2024)

Skåden, Sigbjørn 2014. *Våke over dem som sover* ['Keep an Eye Over Those Who Sleep']. Oslo: Cappelen Damm.

Slezkine, Yuri 1994. *Arctic Mirrors: Russia and the Small Peoples of the North*. Ithaca, NY: Cornell University Press.

Voronova, O. V. 1995. *Khochu ostatsia na zemle*. Murmansk: Murmanskaia oblastnaia nauchnaia biblioteka.

Wærp, Henning Howlid 2017. The Arctic Pastoral. In *Arctic Modernities*, eds. Heidi Hansson and Anka Ryall, 112-127. Newcastle upon Tyne: Cambridge Scholars.

第三部　パストラル

序

中村唯史

「パストラル pastoral」とは、おもに一四世紀から一八世紀に西欧の文学・絵画で隆盛した、自然や田園生活を讃美するジャンルや思潮を指す語である。「羊飼いの」を意味するラテン語を主たる語源としているためもあって、日本ではしばしば「牧歌」という訳語を当てられてきた。従来「牧歌」と訳されてきたことばとしては他にも「小景」を意味する古代ギリシア語を語源とする idyll があるが、両者は西欧においても必ずしも厳密に使い分けられてきたわけではない。

ロシアの思想家・文芸学者ミハイル・バフチン（Михаил Бахтин 一八九五―一九七五）は、西欧文学の伝統的なさまざまなジャンルを各々に固有の「時空間」に即して考察した論考『小説における時間と時空間の諸形式 Формы времени и хронотопа в романе』（一九三七―三八、一九七三年）でパストラルに一章を当て（第九章「小説における牧歌的時空間 Идиллический хронотоп в романе」）、その特徴として（一）「生活とそのなかの出来事とが、一定の場所――母国（その隅々まですべてをふくめて）、故郷の山々、故郷の谷、故郷の野原や川や森、故郷の家――これに有機的に固着し、そこに根を下ろしていること、（二）題材が「人間の障害の数少ない基本的な現実のみにきびしく限定されていること」すなわち「恋、誕生、死、結婚、仕事、飲食、成長――これが、牧歌的な生活をかたちづくる基本的な現実であること」、（三）「人間の生と自然の生の一体化」すなわち「両種の生のリズムが同一であり、自然現象と人間の生の出来事とを語るための言語が共通」であることの三つを挙げている。(1) これらを要約するなら、パストラルの定義は「ある場所の自然、およびその自然と有機的に連動して生きる人間の元型的ないとなみの讃歌」ということになるだろうか。

バフチンが「歴史詩学概説」という副題を付したこの論考でパストラルに独立した一章を割いたのは、このジャンル固有の「牧歌的時空間」のあり方が、遡及的には古代ギリシア・ローマの文芸に起源を持つと言い得る一方で、変容しつつも近現代――一八世紀後半のゲーテやルソー、一九世紀の家族小説や田園小説、さらにトーマス・マンなどの世代小説等――にまで影響を及ぼしてきたと考えていたためだ。(2) 実際、パストラルは、古典古代に範を求めた文学ジャンルとしては一八世紀初めまでに一度その生産性を枯渇したけれども、自然と自然に根ざして生きる人々を礼賛する思潮としては一八世紀後半から一九世紀にかけてむしろ文学の枠を越えて知識層一般の思考に浸透し、西欧の枠を越えて世界的な広がりを見せたのである。

その最大の要因は、この時期にまず西欧で加速し、しだいに世界に波及していった近代化（産業革命を軸とする工業化、資本主義原理の農村への浸透、社会階層秩序の動揺等）に求められよう。産業構造の変化や資本主義の加速的な普及につれて伝統的な地域共同体が崩壊することは、近代化には多かれ少なかれ必ず伴った現象だったが、これに対するアンチテーゼ、あるいは心理的な補償だろうか、国や地域の別なく近代の黎明期には、自然と調和した地縁的・家族的共同体のイメージがあたかも失われた楽園のように理想化され、礼賛される傾向が認められた。たとえば一八世紀後半から一九世紀初頭の英国において農村が伝統的な生産様式を失い、工業化・資本主義化の深刻な影響をこうむりつつあったまさにその時期に、田園風景とその中で生きる人々を美しく描く「ピクチャレスク picturesque」が特に絵画や美的言説において隆盛した過程については、アン・バーミンガム（Ann Bermingham, 1948-）の著書『風景とイデオロギー Landscape and Ideology』（一九八六年）[3]などに詳しい。第三部収録の四編の論文は、いずれもこのような「近代のパストラル」を考察の対象としている。

吉川朗子の論考「ウィリアム・ワーズワスの描く英国湖水地方の自然と共同体――パストラル、エコロジー、ナショナル」は、詩人ワーズワスの一九世紀前半の執筆活動に、絵画における「ピクチャレスク」に相当する志向を見いだしている。もっとも、止めようもない資本主義化の波を前にして、詩人の軌跡は必ずしも単線的ではなかった。彼の物語詩「マイケル」と「兄弟」は、どちらも「パストラル」という副題を付されているが、それはむしろパストラルの理想から程遠い地縁的・家族的共同体の実際の惨状を強く印象づけるための「反（アンチ）パストラル」の試みの一環だった。だが、その一方でワーズワスは、当時よく読まれた著書『湖水地方案内』では、伝統的な地域共同体の崩壊を受け入れている。そのような現実を前提としたうえで、資本主義経済下で蓄財しながらも牧歌的な安らぎを求めて都会から湖水地方にやって来る人々に対し、伝統的な生活様式や景観への尊重を呼びかけている。

この例からもうかがえるように、地縁的・家族的な共同体と自然の調和を元型とするパストラルは、近代化の過程では、すでに失われた、あるいは失われつつある理想として表象されたが、地域単位の現実において崩壊した伝統的価値観や生活様式をあたかも代補のように全国民的に精神的に共有することを志向して、国民国家的なナショナリズムへも転化し得たのである。近代化の先頭を走っていた英国でそのような転化が生じたのが一八世紀末から一九世紀前半にかけてだったとすれば、同様の現象がロシアやジョージア、そして日本などに及んだのは、これらの地域に近代化が波及した一九世紀後半以降のことだった。

たとえばロシアにおいては、本格的な近代化は、一八六一年の農奴解放令をきっかけとして加速したというのが定説である。封建的大地主制度がしだいに動揺して、食い詰めた農民たちが離村し、日雇い仕事を求めて各地を転々とするようになった。若くしてそうした流民の一人だったマクシム・ゴーリキー（Максим Горький 一八六八―一九三六）は、当時の見聞を基に『チェルカッシ Челкаш』を一八九四年に書いている。裏町に生きる盗賊と出稼ぎ青年との大金をめぐる一昼夜を描いたこの短編は、おもに一九世紀末のロシアで資本主義に疎外され、貨幣に躍らされるルンペン・プロレタリアートの姿を描いているが、彼らが故郷の村に抱いているノスタルジーへの言及を忘れてはいない。

「彼は、体内を流れている血を作り上げてくれた生の秩序から、自分が永遠に切り離され、見捨てられていることを思い、孤独を感じた」[4]――重工業と貿易を主要産業とする国際港湾都市オデッサが舞台の『チェルカッシ』において農村の具体的な記述は多くはないけれども、それらが工業や貨幣経済へのアンチテーゼとして、「人間の生と自然の生の一体化」というパストラルの様相を帯びていたことは、この一節からもうかがわれよう。そして、この「近代のパストラル」は、「白樺や柳やナナカマドや野桜の林に囲まれている」「雪が溶け、耕されて、秋播小麦に覆われて明るい緑色になったばかりのみずみずしい母なる大地の香り」[5]などのディテールによって、ナショナルな「ロシア的風景」に重ね合わされてもいたのである。

もっとも、その一方で、たとえばアントン・チェーホフ（Антон Чехов 一八六〇―一九〇四）は、最後の戯曲『桜の園 Вишневый сад』（一九〇四年）の終幕において、ブルジョアジー向けの別荘地とするために大地主領の美しい桜林が伐採される音を響かせ、「ナショナルなパストラル」――「古き良きロシア」――への挽歌を冷徹にうたいあげている。「近代のパストラル」の内実は作家によって、あるいはジャンル等によってもさまざまだった。

井伊裕子「移動派農村絵画におけるパストラル――《ライ麦畑》を起点にして」は、一九世紀ロシア絵画における農村表象を対象として、近代化の後発地域におけるパストラルとナショナルの複雑な関係を浮き彫りにした論考だ。一九世紀前半の画家ヴェネツィアノフはドメスティックな（ナショナルな）意識を持ちながらも、一八世紀に西欧から導入された元型的なパストラルの束縛により、これを十全に「ロシア化」するには至らなかった。その後、ロシアの農民に対する直接的なまなざしは、一九世紀後半の移動派絵画運動の中で、先行ジャンルの拘束が希薄だった風俗画にリアルな反映を見いだしたが、その一方で「ロシア的自然」の理想化に急だった風景画は、農民の苛酷な現実を捨象していく。世紀末の「ロシア的風景」の確立後、その中に再び描かれるようになった農民像には、「ナショナルなパストラル」に合致させるべく、理想化の傾向が見られるという。

五月女颯「A・カズベギ「ぼくが羊飼いだった頃の話」におけるパストラルの諸相」は、やはりパストラルとナショナルの関係を、一八八〇年代のジョージアの状況に即して考察した論考である。当時のジョージアはロシア帝国の版図に組み込まれていたが、ジョージア人意識を強く持っていたカズベギは、貴族の家柄に生まれた知識人だったにもかかわらず、実際に羊飼いとしての生活を送り、その経験を作品に反映した。「パストラル」の語源でもある羊飼いは、ジョージアを含むキリスト教圏で強く宗教的なコノテーションを帯びていたが、カズベギは現実の羊飼いの生活がパストラルの理想に程遠いものであることを、さまざまなディテールを重ねつつ、当事者として描き出している（アンチ・パストラル）。この作品においてはロシア帝国が、ジョージアにあるべき「ナショナルなパストラル」を妨げるメカニズムとして立ち現れているが、カズベギのようなジョージア知識人のナショナルな意識それ自体が同時代のロシア文学・思想を経由して確立された面があることを思えば、近代におけるパストラルにはナショナルのみならず、特にコロニアルな状況下では「帝国」の機構が影響していたことをも考慮する必要がある。

伊東弘樹「幸田露伴の水都東京論——日本のパストラル受容の一つとして」は、一九世紀末から二〇世紀初頭の露伴の言説に、パストラルに相当する諸要素を見いだしている。それらは漢学の深甚な教養を有していた露伴においては東洋思想の文脈で語られる場合が多かったけれども、たとえば「天の利」「地の利」を十全に認識する者としての「船頭」の定位などには、たしかに「人間の生と自然の生の一体化」というパストラルに類した理想、また「環境本位」の思想が認められる。その一方で露伴が首都と全国の関係を人間の身体になぞらえ、「頭」である首都と「身体」としての全国の循環性を構想していたこと、個人それぞれの理想の総体が時代に共通する理想となり、幾分か現実の首都に寄与するようになるといった発想などには、個々人や地域共同体が周囲の環境と直接に連動する元型的なパストラルとの類似よりも、ナショナルな、国民国家的な世界認識への志向が指摘できるようにも思う。

これらの論考が示すように、「近代のパストラル」は、それ以前の地縁的・家族的な傾向が強かったパストラルには希薄だったナショナルな志向に下支えされていた。それは「近代のパストラル」が、本質的に超域的・脱共同体的な原理である資本主義に基づく近代化への対抗として構想されることが多かったためだろう。だが、吉川論文や伊東論文が指摘しているとおり、このような「ナショナルなパストラル」に、たとえば「鉄道」といった近代の装置が不可欠な構成要素として組み込まれている場合も少なくなかったのである。

「ポスト・モダン」と呼ばれ、近代が終焉を迎えつつある現代に生きる私たちが次の新たなパストラルを模索しようとするなら、「近代のパストラル」が内包していた複雑な布置やナショナルなものとの微妙な相関を考察し、定位することが不可欠だろう。それを乗り越えていく隘路を見いだすためにもだ。その意味で、第三部収録の四編の論考は、それ自体が「ポスト・パストラル」の試みにほかならないのである。

[注]

(1)『ミハイル・バフチン全著作　第五巻［小説における時間と時空間の諸形式］他——一九三〇年代以降の小説ジャンル論』北岡誠司訳、水声社、二〇〇一年、三六〇—三六一頁。

（2）　同前、三六四―三七五頁。
（3）　Ann Bermingham. *Landscape and Ideology: The English Rustic Tradition, 1740-1860*. Berkeley & Los Angeles: University of California Press. 1986.
（4）　『二十六人の男と一人の女――ゴーリキー傑作選』中村唯史訳、光文社古典新訳文庫、二〇一九年、一四六頁。
（5）　同前、一四一、一四六頁。

ウィリアム・ワーズワスの描く英国湖水地方の自然と共同体
——パストラル、エコロジー、ナショナル

吉川朗子

イントロダクション

ウィリアム・ワーズワス（William Wordsworth 一七七〇—一八五〇）が友人S・T・コウルリッジ（Samuel Taylor Coleridge 一七七二—一八三四）と共同で一七九八年に出版した『抒情民謡集 *Lyrical Ballads*』は、ロマン主義時代を画した作品のひとつとして重要な詩集であるが、これを大幅に増補して、一八〇〇年に二巻本で出版した第二版の第二巻に、ワーズワスはパストラルと銘打った五編の詩に加え、牧羊世界を描いた作品を複数収めている。さらに一八〇二年、一八〇五年に出した第三、第四版では、詩集のタイトルを『抒情民謡集、パストラル、その他の詩 *Lyrical Ballads, Pastoral and Other Poems*』に改めており、パストラルに対するワーズワスの関心が窺われる。牧羊世界を描いたこれらの作品群には、英国湖水地方の羊飼いが直面する厳しい生活の実態が垣間見られるなど、伝統的な文学ジャンルとしてのパストラルからの逸脱も見られ、詩人がこのジャンルの革新を図

っていたことも分かる。その批評意識は一八〇五年に完成した『序曲 *The Prelude*』第八巻にも見られ、そこでは、シェイクスピアやスペンサーの作品に描かれた羊飼いと、英国湖水地方における現実の羊飼いの暮らしが比較され、パストラル批判がなされている。他方、『逍遥 *The Excursion*』(一八一四)、『湖水地方案内 *Guide to the Lakes*』(一八一〇―一八三五)などでは、自然との共生や先祖代々受け継がれてきた土地との繋がりを大切にする農村共同体の暮らしが描かれている。ワーズワスが生涯にわたって牧羊と耕作を生業とするパストラル世界への関心を持ち続けていたことは間違いない。

英国湖水地方における農村共同体とそれを取り巻く自然環境を描いたワーズワスに対し、一九七〇年代ごろまでの批評では概して、農村の現実を描いているとして、ジョージ・クラッブ(George Crabb 一七五四―一八三二)らと同じ反パストラルの詩人という評価がなされていたが、新歴史主義が批評界を席巻した一九八〇年代には、歴史的現実をゆがめて理想化した牧歌的世界に逃避しているとして批判された。[1] しかしその後は、ジャンル批評や社会史・地方史の観点からの批評において、ワーズワスの描く牧羊世界が示す革新性や現代性、共同体意識、国家意識などが再評価される傾向にある。[2]

他方エコクリティシズムの文脈においても、ワーズワスの自然描写に対する再評価が進んでいる。たとえば、テリー・ギフォード(Terry Gifford)は、エコクリティシズムの立場からパストラルという概念を捉え直し、「理想化という罠に落ちずに」「自然への賛美と責任」を示す言説として〈ポスト・パストラル〉という概念を打ち出し、人間と自然との相互依存関係を描き続けたワーズワスにもこうした言説が見られるとしている。[3] ギフォードが例として扱うのは、一八〇〇―一八〇六年ごろに書かれ、死後出版された未完の作品『グラスミアの我が家 *Home at Grasmere*』であるが、ここにはパストラル、反パストラルに加え、ポスト・パストラルの概念が見られるとして、以下の一節(一部省略)を挙げている。

なんと見事に、個人の精神は
〔……〕外的世界に
適合していることか。そしてなんと見事に――
このテーマはこれまでほとんど聞いたことがないが――
外界は精神に適合していることか。[4]

(*HG*, MS.B. 1006-11)

ここには、我々を取り巻く物理的環境が人の精神のあり様を決めていくだけでなく、人の精神、思考が物理的環境のあり様を決定していくという考えが示されている。これが認識論的なことにとどまらず、人の態度、働きかけが物理的な自然環境を変えていくという考え方まで示唆していると解すれば、現代の環境思想にまで繋がっていると言えよう。

こうした考えがより明確に現れるのが、ワーズワスの作品のなかで生前最も売れた『湖水地方案内』である。これは外部からの来訪者に向けた旅行案内書であるが、同時に現在・将来の住人に対して、人と自然との理想的な関係性について説くという側面も持っており、ロマン派エコロジーの典型として近年再評価が進んでいる作品である。[5] そして、その理想的な関係に基づく伝統的な地域共同体が衰退の危機にあることに注意を向けている点で、『抒情民謡詩』第二版以降に収められた二つのパストラル詩、「マイケル Michael」や「兄弟 The Brothers」と共通する自然観・共同体観に基づいて書かれていると言える。本稿では、これら二つの詩にも目を配りながら、ワーズワスの『湖水地方案内』をギフォードのいう〈ポスト・パストラル〉という観点から考察したい。そして、この案内書に表明される、湖水地方は「一種の国民的財産[6] a sort of national property」(*Guide* 68)であるという主張が、一九世紀後半の鉄道反対運動、第一次世界大戦を経て国立公園《ナショナル・パーク》運動へと発展していく様を辿り、ワーズワスのエコロジカルなパストラル世界が共同体意識、ナショナルなものと結びついていく様子も確認する。

一　ワーズワスのパストラル批判

一八世紀の英国では、反パストラルやパロディーが現れるなど、パストラル世界の人工性が批判されたり揶揄されたりするようになるが、他方で大衆にとっては、これはまだ人気のあるジャンルであり、雑誌には多くの感傷的なパストラル詩が掲載されていたという。[7] こうした状況をうけて、ワーズワスは湖水地方の共同体の暮らしを描く『グラスミアの我が家』で、「アルカディアの夢／黄金時代の黄金の空想すべて」（稿本B、八二九―八三〇行）を否定し、「ありのままの真実」（八三七行）を受け入れようと宣言している。それは苦難と苦労を免れないが、喜びと心の安らぎ、愛に満ちている暮らしである。

一方『序曲』第八巻では、英国湖水地方に暮らす羊飼いの生き方が称えられるが、彼らは、アルカディアの世界に引き籠って「黄金時代」を満喫する存在でもなければ、シェイクスピアやスペンサーの作品に出てくる、恋人を思ってため息をつき、メイポールの祭りに興ずる羊飼いたちとも違うと言う。自分の知る湖水地方の羊飼いたちは、自然の強大な力に翻弄され、様々な危険や災難、困窮に苦しめられながら、簡素で慎ましい生活を営むが、「彼らは美しい――見た目ではなく心に感じられる美しさ」（二一〇行）を持つ、とワーズワスは主張している。そして、季節ごとの具体的な仕事を描いた後、羊飼いの暮らしを以下のように要約している。

彼は自分が務めを果たす
この広い領域において、自分は
自由であり、自らを捧げる人生は、希望と
危険、辛い労働と、人間の本性にとって貴重な

王者のような怠惰とが、交互に訪れるものである
と感じている。[8]

（八巻、三八五―三九〇行）

そして、山の上にすっくと立ち、「自分の領域に／領主か主人のように」（三九二―三九三行）君臨する羊飼いの姿は、子供だった自分に人間の崇高さを教えてくれたとしている。羊飼いの生活に伴う困窮、危険、労働、災害といった負の側面は、美しさや希望、余暇、崇高さといった肯定的側面によって相殺されている。

厳しい現実のなかでも自由独立を保つというその姿は、ウェルギリウスの描く牧歌の世界に通じる、とスチュアート・カランは指摘しているが、[9]こうした理想化は現実を美化・隠蔽しているという見方もあるだろう。たとえばジョン・バレルは、労働と余暇のバランスのとれたこの羊飼いの暮らしは、理想的（したがって空想上の）田園世界にのみ可能なことであり、一八世紀末の農村の現実においては、労働する者と余暇を楽しむ者（地主階級）とは分断されていたと指摘している。[10]けれどもワーズワスの認識では、『序曲』に描かれたような羊飼いの暮らしは、彼の子供時代には（一七八〇年ごろまでは）湖水地方に確かに存在していたが、一八世紀末ごろより急速に失われつつある、ということだった。

『抒情民謡集』第二版を急進派の政治家フォックス（Charles James Fox 一七四九―一八〇六）に献呈する際に添えた一八〇一年一月の手紙で、「今やほぼイングランド北部にしか見られなくなった階級」として、ワーズワスは「ステイツマン」という存在に言及している。彼らは先祖代々受け継がれてきた小さな所有地で日々労働にいそしむが、その土地は彼らを経済的に支えるだけでなく、独立精神、そして家族の絆を支えている。

「兄弟」「マイケル」という二つの詩で私は、今やほぼイングランド北部にしか見られなくなった階級の人々の間に存在する家族愛を描こうとしました。彼らはここではステイツマンと呼ばれる独立心のある小土地所

有者であり、教育があり、自分自身の小さな所有地で日々働いています。〔……〕その僅かばかりの土地は、彼らの家庭的な感情を結集する不変の地点（permanent rallying point）であり、彼らの思いを刻み付け、忘却から救い、思い出の対象としてくれる銘板なのです。[11]

けれども、工場の増加、重税、低賃金と物価高などのせいで、こうした階級の人々が土地を失い、それにより家族崩壊、独立精神の衰退という事態が急速に起きつつあった。こうした現状を、ワーズワスは政治家フォックスに訴えるのである。つまり、失われつつあるという認識があるからこそ、ワーズワスは幾分理想化された物語詩「マイケル」と「兄弟」のなかで、あるべき農村共同体（自然・土地・家族との繋がりに支えられた共同体）の姿、人と自然とのあるべき関係性（自由で独立心を持った人が自然に対して責任を持つという関係性）を描こうとしたのだろう。

二　パストラルの刷新――「マイケル」「兄弟」

「マイケル」と「兄弟」は、どちらもパストラルという副題を持つことで、これまでのパストラル概念を覆し、急速に失われつつある農村共同体の姿を提示しようとしている。どちらの作品も、先祖代々受け継いできた土地を耕し、牧羊を行ってきた家族が、資本主義経済のあおりをうけて、これまでの暮らしができなくなり、家族の一人が外へ働きに出るものの結局土地を失い、家族も崩壊してしまうという悲劇を描いている。伝統的パストラルは牧歌的世界への「逃避・避難（retreat）」とそこからの「帰還（return）」という構造を持ち、外の世界（とりわけ都会）から田舎の世界を見る視点を持つとされるが、[12]これらの詩の場合、似たようなパターンを取ることで、牧歌的（に見える）世界に対する読者の認識を改めさせようという意図が窺われる。

まず「マイケル」の場合、田舎の住人と思しき語り手は地元の案内人の役割を果たし、読者＝旅行者を「牧歌的」世界へいざなう。

街道から逸れ、グリーンヘッドの
騒がしい渓流沿いへ歩みを向けるならば
この坂道を登るのはさぞ難儀なことと
思うだろう。急峻をなして
牧歌的な山並みが目の前に立ちはだかる。
でも勇気を出して！　荒々しい小川の傍に
山々はその懐を大きく広げ
隠れ谷を抱いているのだから。[13]
（一―八行）

ここでは明確に「牧歌的な pastoral」という形容詞が使われており、外から来た旅行者という役割を担う読者は、これから牧歌的な物語を聞くことを期待させられる。語り手も、川の傍らに「半ば積み上げられた（崩れかけた）未加工の石の山 a straggling heap of unhewn stones」（一七行）に読者の注意を向け、そこには「物語が刻まれている」（一八行）と話し出すのだ。そして、歌合戦や恋の悩みといった伝統的なパストラルの世界とは違うものの、[14]読者は別種の理想的な羊飼いの世界を垣間見せられる。即ち、働き者の老羊飼いマイケルは、自由で独立した存在であり、身体的にも精神力の点でも常人離れした優れた資質（四五―四七行）を持つとされ、その仕事ぶりは以下のように描かれる。

山に立ち、彼はあらゆる風、音色の異なる
大風の意味を学んだ。他の誰も気づかぬうちに
南風が地下洞を吹き抜け、遠くのハイランドの
山々に響くバグパイプのような音色を
奏でているのに気づくこともよくあった。
羊飼いはそこに前兆を聴きとり、自分の群れのことを
考え、自らに言い聞かせるのだった。
風がいま、私のために仕事を作り出している！

（四八―五五行）

このように、マイケルは風音のわずかな変化から天気の変化を読みとり、それに合わせて仕事をしている。霧の日も嵐の日も山に登り、仕事場である谷や川、岩場と心を通わせている。山々や畑は「彼の精神に／辛い出来事、技能や勇気／喜びや恐怖を刻印」（六七―六九行）する一方で、「彼が救い、育て、守った／物言わぬ動物たちの記憶を／本のように保存した」（七〇―七二行）とある。この詩では、人と自然との互恵関係を大事にし、自然に対して責任ある態度をとる生き方が称えられており、その意味で、ベイトが言うように、ワーズワスによる羊飼いの理想化は、人と自然との望ましい関係性を示すための「価値ある理想化」と言えるだろう。[15]

人と自然とが共生するこのような暮らしは、先祖代々受け継がれてきたものであり、それを息子のルークへ受け継ぐことがマイケルの望みである。土地への愛着は家族（祖先・息子）への愛と密接に結びついている。イーサン・マノンも指摘するように、[16]親から受け継いだ土地だからこそ、それを息子に受け継ぐことが責務だと感じているし、家族がいるからこそ、その土地を大切に守ろうとするのである。そのため、借金の連帯保証人になったことで土地を売らねばならない状況に追い込まれたマイケルは、土地と息子双方への愛の板挟みに苦しむこと

になる。悩みぬいた挙句マイケルは息子を外へ働きに出す決断をするが、結局その息子は都会で堕落してしまい、せっかく守った土地は次世代に受け継ぐことができないまま売られてしまう。この悲劇についてブルース・グレイヴァーは、「ワーズワスは我々読者がパストラル詩を期待することを予期しながら、人間の努力の悲劇的失敗に焦点を当てることでその期待を裏切り、それによって、牧歌的風景に対する我々の認識を改めさせるのだ」とまとめている。(17) 詩の冒頭で見せられた未加工の石の山は、完成品が壊れたものでなく未完成の羊囲いであり、先祖から引き継いだ牧羊稼業の継承の失敗を象徴することを、読者は知らされるのである。

「兄弟」の場合、外の世界から逃避（retreat）してきて、牧歌的世界への期待を裏切られ、現実へ帰還（return）していくのは、元羊飼いで今は船乗りのレナード・ユーバンクである。この詩の冒頭部でも、地元住人と外から来た旅行者という図式が作られるが、ここでは語り手が読者に直接語る形ではなく、村の牧師と旅人レナードとの対話という形が取られている。レナードは元々この共同体の一員であったが、長らく故郷を離れていたために他所者として扱われてしまっている。牧歌的世界の提示については、「マイケル」の場合、羊飼いと自然との理想的な相互関係に重点が置かれるのに対し、「兄弟」では、地域共同体の理想的な在り方に力点が置かれている。すなわち、死者の思い出を大切に守り、困難な状況にある者を皆で助け合うという共同体のなかで、自然の原理に従いながら、五世代に渡って同じ土地を耕し、羊飼いの仕事を続けるユーバンク家の姿が提示される。

しかし、必死に働いても「土地が生み出す収穫物」（二一五行）以上に借金が増えていき、レナードとその弟ジェームズの両親がまず死に、孫たちを育ててきた祖父ウォルターも死ぬことで、ユーバンク家の土地は、家や羊もろとも人手に渡ってしまう。僅か一三歳のレナードは、生まれ育った土地と弟への愛情ゆえに、お金を稼ぐべく船乗りになることを決意する。土地と家族を救うために外の世界へ出ていった点で、レナードはルークと同じ立場であるが、ルークと違い、彼は働いて貯めたお金をもって故郷へ戻ってくる。船乗りとして海上にいる間も故郷の野山を忘れられず、再び郷里で弟と牧羊生活をすることを夢見て戻ってきたところ、弟は兄への恋しさを募らせて夢遊病を発症させ、山から滑落死してしまったと聞かされる。村の共同体は皆でジェームズを物心両面で支えていたのであるが、兄との絆を断ち切られたことのダメージが大きかったのだろうと語る牧師は、目の前の旅人がジェームズの兄であることに気づかない。期待していた牧歌的世界に自分の居場所のないことを悟ったレナードは、失意のうちに船乗りの世界へと戻っていくしかない。牧歌的共同体というものが、個々人の土地との結びつきと家族への愛情に支えられているとすれば、その両方の絆を断ち切られたレナードにとっては、それは消滅してしまったと言えるだろう。この詩でもまた、土地の喪失と家族の崩壊が表裏一体のものとして示されている。

「マイケル」と「兄弟」には、何世代にも渡って場所との結びつきに支えられてきた理想的な牧羊世界が、資本主義貨幣経済のあおりを受けて崩壊していく様子が描かれており、時間性、歴史性、変化が描かれている点で、伝統的なパストラルというジャンルにおける無時間性、永遠性、不変性の対極にあるとも言える。先に引用したフォックスへの手紙においてワーズワスは、これまで独立した生活を営んできた農民が土地（land）を手放すようになり、下層階級における家族愛、独立精神が衰退しつつある状況について、「a land にとってこれほどの禍があるだろうか」と訴えている。ここでの land とは、農夫や羊飼いの暮らしを支えかつ彼らが世話をしてきた大地を指すと同時に、国土、国家をも表わす。つまり、ジェームズ・ガレットも指摘するように、ワーズワスにとって、人と大地とのエコロジカルな関係性は、調和のとれた理想の共同体、理想の国家と繋がっているのだ。(18)

三　ポスト・パストラルとして読む『湖水地方案内』

『抒情民謡集』第二版の出版から十年、ワーズワスは再び同じ問題――理想的な地域共同体の衰退という問題――に、今度は散文の形で取り組む。一八一〇年から一八三五年にかけて改筆を続けながら五つの版を重ねた

『湖水地方案内』である。ここではこのような共同体は「羊飼いと農耕民の完全な共和国」(*Guide* 50) あるいは「山の共和国」(*Guide* 51) と呼ばれている。都会から「逃避 (retreat)」してきて、しばしの間「牧歌的」世界を堪能し、また都会の日常へ「帰還 (return)」していく旅行者のための読み物とみなすならば、本案内書はパストラルのパターンを踏襲していると言える。加えて本書は、この理想的な環境は消えつつあるという認識のもとに書かれており、これを守るために現在そして将来の住人はどう対処すべきかを説いている。「マイケル」や「兄弟」が人々の共感力に訴えるところで終わっているのに対し、対策を示している点で一歩前進しているとも言え、「理想化という罠に落ちずに自然を賛美し、かつ責任を果たすような言説[19]」として、ギフォードのいう〈ポスト・パストラル〉という観点から読むのにふさわしい作品と思われる。

『湖水地方案内』は、散策ルートや四季折々の良さ、天候、アルプスとの違いなどを紹介する旅行者向けの情報提供と、「湖水地方の景観描写」と題され、この地域の自然と共同体の歴史について語る部分から成る。後者は、「自然によって形作られた景観」「住民の影響を受けた側面」「変化、その悪影響を防ぐための規則」という三部構成のエッセイであり、本書の核心をなす。これらを順に見ていきたい。

まず第一部「自然によって形作られた景観」では、湖水地方の景観を描くにあたり、〈崇高〉〈美〉〈ピクチャレスク〉といった美学的概念を用いつつ、そうした景観がいかなる地形、地質学、植生や気候的特徴によって生み出されているのかが考察されている。そして、自然景観は決して不変なものではなく、とりわけ水の循環作用によって変化していくことが、川、湖、霧、雨、小湖 (ターン) の役割とともに示される。即ち水は、流れの作用によって川や湖の緩やかな曲線美を作り、堆積物によって砂州や半島を作る一方、常に流れていることで透明度を保つ。そのため湖水地方は「生きた湖」(*Guide* 30) によって活気づけられている。また水面や草地から立ち昇る霧は、斜面を滑るように漂って幻想的な風景を作り、山に対する「不思議な愛着」を示すかと思えば、雨となって伏流水を地表に呼び出し、斜面を流れ落ちる滝に高らかな歌声をもたらす (*Guide* 35)。このように、地形的特徴と気象との相互影響関係が詩的なイメージで考察されている。

なかでも特筆すべきは、ターンと呼ばれる、山の高いところにできた小湖の役割についての記述である。これは「谷底の形が悪く、水が完全に流れ切ることもなければ、広い範囲を覆うこともない」場合にできる溜池のようなもので、見た目は必ずしも美しくないが、雨水を貯めることで、嵐の際には山に降った大量の雨が一気に平坦地に流れ落ちて洪水を起こさないようにし、雨の降らないときには、川が涸れることがないよう水を供給するという、重要な調節役を担っている。その有用性を語る際にワーズワスは、「自然の理法 the economy of nature」(*Guide* 31) という言葉を使っている。あらゆるものが互いに関係しあい、役割を果たしあっているという自然環境のよくできた体系 (=エコロジー) への関心が端的に表れている個所と言えるだろう。

自然事象におけるエコロジカルなつながりへの関心は、無機物と有機物との相関関係を捉える視点にも見られる。たとえば、山々に取り囲まれた円い谷という地誌的特徴は、水の循環のイメージで表現されているが、それに加え、湖の上を舞う水鳥の優雅な旋回によっても活気づけられるとし、自身の未発表の詩からの抜粋が挿入されている。[20] そこでは、「眼下の湖よりも大きな円 a circuit ampler than the lake beneath」、「大きな球体 large round」「何百という弧を描く evolves hundreds of curves」「小さな輪 circlets」など円環運動が強調され、鳥たちは自分の属する領域の地形と呼応した動きを見せる。また、太陽に向かって高く舞い上がっては湖に向かって急下降する、という鳥たちの上下運動の繰り返しは、谷の深さと取り囲む山の高さを表す。地勢図と鳥の動きが呼応し合い、天と谷とが作る調和のとれた空間を見事に浮かび上がらせている (*Guide* 29)。

地形的特徴は人々の住居選定にも影響を与えている。つまり、土地の形状・勾配によって水の流れ方が異なるため、洪水の心配や地面の乾き具合などを考慮して、それぞれの土地の起伏にあった家が建てられていることが指摘されている (*Guide* 25)。そして、住人が景観に与えてきた影響について語る第二部では、周囲の環境と調和した家々の美しさは、引用された次の詩行で印象的に捉えられている。

星々のように身を寄せ合うもの、ただ一軒
人目を避けた奥地にひっそり佇むものも多い。
あるいは雲によって隔てられた星たちのように
互いに楽し気に目配せを交わすものもある。(21)

(*Guide* 46)

谷に点在する家々が空の星に喩えられており、ここでもまた、空の円蓋と円い谷との呼応が感じ取れるだろう。

個々の田舎家の描写についても、自然との見事な調和が捉えられている。「マイケル」や「兄弟」に描かれた共同体の在り方と同じく、これらの家々は「同じ生業に従事する一家の父から子へと」受け継がれたものであり、人の必要と天候の影響によって少しずつ変化してきたために、あたかも「自然の産物」、あるいは「人が建てたというより、本性に従ってこの土地の岩から生え出て生長してきた」かのようであると描写されている。これらの家は、荒い加工の石で作られているため、あちらこちらに隙間があり、「地衣類や苔、羊歯や草花の種が休む場所」を提供している。ここには人と自然との共生関係が分かりやすい形で示されている（*Guide* 47）。この家には蜜蜂箱やハーブや花を植える畑、果樹園、チーズ搾り機も備えられている。そしてこの山あいの住居が持つ象徴的な役割について、ワーズワスは以下のようにコメントしている。

自然の営み（the process of nature）を想起させる形をしたこれらの住居は、ところどころ植物の衣をまとい、森や野に存在して万物に働きかける生きた原理（the living principle of things）の懐へと抱かれるように見える。その色と形は我々の心を打ち、謙虚な心の住人たちを幾世代にもわたって導いてきた自然の穏やかな推移と素朴さ（that tranquil course of nature and simplicity）へ、我々の想いを導くだろう。

(*Guide* 47-48)

植物に美しく飾られ、「自然の営み」を思わせる田舎家というのは、一九世紀を通して様々なノスタルジックな絵にも描かれた、典型的な牧歌的イメージであるが、かりにこれが絵に描いた理想だとしても、この「理想化」が旅行者、そして読者に、人と自然とのあるべき関係性——「万物に働きかける生きた原理」に従い、「自然の穏やかな推移と素朴さ」に歩調を合わせた暮らし方——を伝えているのだとすれば、これは価値ある理想化と言えるのではないだろうか。ことに、これが急速に失われつつあるものとして提示されているのであれば。

ただし、ワーズワスは、これは理想ではなく六〇年ほど前(一七七〇年代)までは現実であったと言う。そして興味深いことに、人と自然の理想的な関係性についての話は、ここで理想的な農村共同体の話へとスライドしていく。

> これらの谷の奥には、羊飼いと農耕民の完全な共和国(a perfect Republic of Shepherds and Agriculturists)があり、そこで人々はただ自分の家族を養うか、時折近所の人を助けるために土地を耕し、二、三頭の牛が各家庭にミルクとチーズを提供した。礼拝堂のみがこれらの集落を統べる建物であり、この純粋な共和国(pure Commonwealth)の重要な長であった。この共和国の構成員は、理想的な社会、あるいはまとまりある共同体のような強大な帝国に存在したのであり、その社会の組織はこれを守る山々によって課され、規定されていた。高貴な生まれの貴族も騎士も郷士もおらず、貧しい山の住人たちの多くは、自分たちが歩き耕す土地は、五〇〇年以上に渡って同じ名前、同じ血筋の者たちによって所有されてきたと自覚していた。
>
> (*Guide* 50-51)

ここには、「マイケル」や「兄弟」で描かれた、崩壊前の牧歌的世界、理想的な農村共同体が示されている。彼らは各々が自立しつつ互いに助け合い、山に守られ、山の掟に従って暮らしてきた。ワーズワスにとっては、共同体における人間同士の共助と人と自然との共生は、相互補完的なものであり、理想の共同体こそがこの地域の自然美を守ってきたのだった。そして republic や commonwealth という言葉が示すように、この共同体観の根底には、ワーズワスが若い頃から持っている共和主義的な考え方がある。そして小田友弥が指摘するように、共和主義の理想を体現するこの共同体の構成員の没落が、外来者の流入を呼び、景観破壊に繋がっているというのが、『湖水地方案内』におけるワーズワスの主張であった。[22]

そのことは第三部「変化、その悪影響を防ぐための規則」で詳しく説明されている。すなわち、産業革命と農業革命の進行に伴い、土地の耕作と牧畜、家内制手工業（羊毛を紡ぐ仕事）によって生計を建てることが難しくなった結果、多くのステイツマンが土地を売らざるを得なくなってきている、そんな折、近年の景観美ブームに乗ってやってきた富裕層が、これらの土地を購入して土地改良を行っているため、湖水地方の景観破壊が進んできている、という現状分析がなされている。

政治家フォックスへの手紙では、ステイツマンたちが先祖代々受け継いできた土地を失うことで、家族の絆、独立心が失われてきているという現状が訴えられていたが、『湖水地方案内』では、この問題が景観破壊と結びつけられている点が興味深い。けれども、景観保護を求めるこの案内書でワーズワスは、ステイツマンの保護や伝統的な農村共同体の保全といったことを訴えはしない。ワーズワスは、失われつつある湖水地方の景観を可能な限り守りたいとしていくつか提案を行うが、それは、ステイツマンの土地を買って新たに入植してくる住人に対するものなのである。共和主義的な社会改革意識という点では後退していると言えるが、ただ古き良き「黄金時代」を懐かしみ、去り行く美を嘆くのでなく、将来に向けた提案をしている点で、現実的かつ建設的であるとも言える。家を建てる際には、できるだけ自然の精神に従い、地形や気候の特徴をよく見極めて、周囲の自然環境と馴染むよう心がけること、庭に木々を植える際にも、敷地外の自然の植生との調和を心掛けることなどをアドバイスした後、ワーズワスは以下のような文言で第三部を締めくくっている。

新しい土地所有者には、よりよい審美眼が行きわたることが望まれる。受け継いだものに手を加えずにおくことが期待できないならば、技術と知識によって、以前の貧しい所有者たちが意図せず無意識のうちに辿ってきた素朴な美の道から、不必要に逸脱することがないよう願う。この願いには、全国の純粋な審美眼を持つ方々に賛同していただけるだろう。彼らはイングランド北部の湖水地方へ（しばしば繰り返し）訪れることによって、この地方が、見る目と楽しむ心を持つすべての人が権利と関心を持つ一種の国民的財産（national property）であると立証しているのだから。（*Guide* 68, 強調引用者）

自然との理想的な関係を築いてきたマイケルやウォルター・ユーバンクのようなステイツマンがその暮らしを続けることはもはや難しい、という現実を受け入れたうえで、ワーズワスは、この土地の景観美に惹かれてここに移り住むことに決めた新しい土地所有者に対して、マイケルたちの生き方、自然に対する敬意ある態度を、可能な限り引き継いでほしいと願っている。そしてその願いを旅行者たちにも託している。湖水地方は見る目、楽しむ心を持つすべての人にとっての「財産 property」なのだというワーズワスの言葉は、この場所の自然美を愛するすべての人が、マイケルと同じように、この場所に対して責任を持つべきだということを暗に示している。外から来た旅行者が湖水地方に理想的なパストラル世界を求めてくるのであれば、彼らはただそれを無責任に享受して帰っていくのでなく、あたかも自分の所有する土地（property）であるかのように、その理想世界を守り次世代に受け継ぐために行動すべきだと示唆するのである。この考え方が、やがて国を挙げた景観保護運動に繋がっていくことは、必然と思われる。

四　パストラルからナショナル・パークへ

フォックスへの手紙で見たように、ワーズワスは自分の所有する土地に対する愛着こそが、家族・共同体の愛情を結集する地点（rallying point）になると考えていた。だとすると、湖水地方が国民みなにとっての財産であるという認識は、この場所が英国民の愛国心、共同体意識を支える場所となり得るという考えに繋がる。こうしたことをワーズワスがどれだけ意識していたのかは分からないが、彼の言葉にはそうしたナショナリズムへと繋がる要素が含まれていたとは言えるだろう。[23]

『湖水地方案内』第五版が出版された一八三五年というのは、前年にニューキャッスル・カーライル鉄道が開通し、湖水地方にも鉄道建設の波が押し寄せ始めていた時期であった。ワーズワスも鉄道に全面的に反対していたわけではなく、むしろ鉄道で湖水地方の玄関口までやってくる旅行者に自分のガイドブックを売り込もうという考えさえ持っていた。けれども、鉄道が湖水地方の内部まで侵入してくるとなると話は別だった。一八四四年、ケンダル・ウィンダミア鉄道[24]の建設計画が持ち上がると、ワーズワスはこれに反対表明するべく新聞に公開書簡を送る。[25]鉄道が一時に大量の観光客を運んでくることによって、地域共同体の暮らしが急激に大きく変化すること、また都会の喧騒を離れた田舎ならではの静けさ、安らぎが損なわれることを恐れたのである。鉄道はワーズワスにとって、ステイツマンの暮らしを破壊した功利主義の象徴であり、その近代化の波を押し返すことは無理であっても、ある程度の歯止めをかけたかったのであろう。

この公開書簡の結びでワーズワスは、『湖水地方案内』で用いたのとほぼ同じフレーズを使い、自分が湖水地方を守りたいのは、住民のためだけでなく「見る目、感じる心、〔この場所に〕相応しい形で楽しむ（worthily enjoy）心をもってやってくるすべての人」（*Guide* 144, 強調引用者）のためなのだと力説する。湖水地方は「国民的財産」として、将来に渡って保全すべきであると訴えるのだ。ただし、今回は「すべての人」に限定がついている。「[この場所に]相応しい形で楽しむ」という言葉には、旅行者を弁別しようとする意図が窺われる。湖水地方の牧歌的景観・共同体への敬意を忘れずに楽しめる人、すなわち自然に対して責任を持てる人のためにこの場所を保全したいということだろう。

ワーズワスの鉄道反対キャンペーンは失敗に終わるが、湖水地方におけるその後の自然保護運動に大きな影響を与えることになる。一九世紀末から二〇世紀初頭にかけてケンダル・ウィンダミア鉄道を延伸しようという計画が複数持ち上がるが、そのたびに反対運動が全国規模で展開され、ワーズワスの言葉が援用され、それらの計画は阻止されたのだ。そして、第一次世界大戦が起きてナショナリズムが高揚すると、『湖水地方案内』で示された自由と独立精神を重んじる「山あいの共和国 mountain republic」という考え方は、ナポレオン戦争時に書かれた愛国的ソネット群に表明されている「自由と独立を尊ぶ共和国としての英国」という考えと結びつけられる。そして、国民の財産である湖水地方の山々を、国のために命を落とした戦没者に捧げる記念碑にしようという発想へと繋がっていく。湖水地方の山々が、英国民の心の故郷として愛国心を掻き立て、共同体の結束を促す“rallying point”とみなされたのだ。そして、二つの世界大戦を経て国立公園《ナショナル・パーク》運動は実を結び、一九五一年、湖水地方はすべての国民が権利と関心をもつ国民的財産として認定されることになる。(26)

ワーズワスが「マイケル」や『序曲』で描いた湖水地方の牧歌的世界は、人と自然とが互恵的で調和した関係を結ぶ世界——人が季節や天候、地形や植生といった自然環境のリズムに合わせて暮らし、自分の生活の場である自然環境に対して責任を持つ、という〈エコ・パストラル〉あるいは〈ポスト・パストラル〉な世界であった。一方「兄弟」では、先祖(死者)の思い出を守りつつ構成員が互いに助け合う地域共同体の姿が描かれている。そして『湖水地方案内』のなかで〈エコ・パストラル〉と不可分に結びつけられた理想的な共同体のイメージは、自由と独立を尊ぶ共和主義的な意味合いをも持たされるようになり、次第にナショナルな意味合いを帯びていく。

他方、「一種の国民的財産」という言葉は、先祖代々土地を受け継いできた地元の羊飼いたちに代わって、この風景を享受するすべての人が湖水地方を守る責任を持つのだという意味合いを強めていくことになる。こうして、湖水地方という一地方の牧歌的世界は、その後の自然保護運動のなかでナショナルなものへと変容し、国立公園《ナショナル・パーク》樹立へと繋がったと言えるだろう。

【注】

（1）Jerome McGann, *The Romantic Ideology* (University of Chicago Press, 1983); Roger Sales, *English Literature in History, 1780-1830: Pastoral and Politics* (Hutchinson, 1983); Marjorie Levinson, "Spiritual Economics: A Reading of 'Michael,'" in *Wordsworth's Great Period Poems: Four Essays* (Cambridge University Press, 1986), pp.58-79; Annabel Patterson, *Pastoral and Ideology: Virgil to Valéry* (University of California Press, 1987) などがワーズワスの自然描写を批判している。

（2）Stuart Curran, "Wordsworth and the Forms of Poetry", in Kenneth R. Johnston and Gene W. Ruoff, eds., *The Age of William Wordsworth: Critical Essays on the Romantic Tradition* (Rutgers University Press, 1987), pp.121-26 は、ワーズワスは一八世紀に流行ったパストラル詩から人工性を引きはがし、テオクリトスやウェルギリウスの牧歌を取り戻したと論じる。これを受け、Fiona Stafford, "Plain Living and Ungarnish'd Stories: Wordsworth and the Survival of Pastoral", *Review of English Studies* 59, no.238 (2007), pp.118-33 も、ワーズワスはウェルギリウスの詩に漂う悲哀や社会的・道徳的関心を取り戻すことで、当時の英国の現状を描き、国家の安寧への深い関心を示すとともに、その将来を描こうとする未来志向があると論じている (123, 125)。David Duff, "Paratextual Dilemmas: Wordsworth's 'The Brothers' and the Problem of Generic Labelling", *Romanticism* 6, no.2 (2000), pp.234-61 は、"The Brothers" の副題 "a pastoral" に注目し、ジャンル名が喚起する世界と作品内に描かれる世界の齟齬を読者に感じさせることで、ワーズワスは「アルカディアの夢でなく人間の地味な真実に根差したパストラル」を作ろうとしたと論じている (241-42)。一方、パストラルという副題を持つワーズワス作品について、これをむしろ農耕詩と関連付けて読む流れもある。たとえば Bruce Graver, "Wordsworth's Georgic Pastoral: *Otium* and *Labor* in 'Michael'", *European Romantic Review* 1 no.2 (1991), pp.119-34 は、"Michael" を余暇と労働、牧歌的世界と農耕詩的世界との間の緊張を描いた作品と解釈し、ワーズワスは anti-pastoral のようにパストラルを拒絶するのでなく、Georgic pastoral という新

しいジャンルを作り出したとする（119）。Ethan Mannon, "Wordsworth's 'Michael' and the Imperilled Georgic: Questions of Agricultural Permanence", in Sue Edney and Tess Somervell, eds., *Georgic Literature and the Environment: Working Land, Reworking Genre* (Routledge, 2023), pp.122-31 は、"Michael" をワーズワスによる農耕詩刷新の例として読んでいる。

（3）　Terry Gifford, *Pastoral*. 2nd edition (Routledge, 2020), pp.168-69, 172-73.

（4）　Gifford, *Pastoral*, p.173 に引用。『グラスミアの我が家』からの引用には、William Wordsworth, *Home at Grasmere. Part First, Book First, of The Recluse*, edited by Beth Darlington (Cornell University Press, 1992) を用い、*HG* と略し、稿本と行数を示す。

（5）　Jonathan Bate, *Romantic Ecology* (Routledge, 1991), p.45.

（6）　『湖水地方案内』からの引用には William Wordsworth, *Guide to the Lakes*, edited by Saeko Yoshikawa (Oxford University Press, 2022) を用い、*Guide* と略してページ数を記す。日本語訳にはウィリアム・ワーズワス（小田友弥訳）『湖水地方案内』（法政大学出版局、二〇一〇年）を参考にしつつ、拙訳を示す。

（7）　David Duff, "Paratextual Dilemmas", pp.246-47.

（8）　『序曲』は一八〇五年に一三巻本で完成した後、未発表のまま改稿が加えられ、一四巻本として詩人の死後一八五〇年に初めて出版された。本稿では、William Wordsworth, *The Prelude: 1799, 1805, 1850*, edited by Jonathan Wordsworth, M. H. Abrams, and Stephen Gill (Norton, 1979) に依拠し、一八〇五年完成の一三巻本から引用し、拙訳で示す。

（9）　Stuart Curran, "Wordsworth and the Forms of Poetry", pp.122-23.

（10）　John Barrell, *The Dark Side of the Landscape: The Rural Poor in English Painting, 1730-1840* (Cambridge University Press, 1980), p.50.

（11）　William Wordsworth to Charles James Fox, 14 January 1801, *The Letters of William and Dorothy Wordsworth: The Early Years, 1787-1805*, edited by Ernest de Selincourt, revised by Chester L. Shaver, 2nd ed. (Oxford University Press, 1967), pp.314-15.

（12）　Gifford, *Pastoral*, p.2.

（13）　「マイケル」「兄弟」からの引用は、William Wordsworth, *Lyrical Ballads, and Other Poems, 1797-1799*, edited by James Butler and Karen Green (Cornell University Press, 1992) に拠り、拙訳で示す。

（14）　Mark Jones, "Double Economics: Ambivalence in Wordsworth's Pastoral", *PMLA* 108, no.5 (1993), pp.1098-1113 によれば、「マイケル」には work, industry, wrought, labour, toil という言葉が二八回も出てくる（1101）といい、労働と苦労が強調されている点では反パストラルでリアリスティックな詩とも言える。

（15）　Jonathan Bate, *Romantic Ecology*, p.105.

(16)　「マイケルの家庭事情には、土地との関係性が絡んでいる。自由保有者として、彼は一家の所有地を世話し維持する管理者として行動するが、それは息子のために土地を保持したいからなのである」(Ethan Mannon, "Wordsworth's 'Michael' and the Imperilled Georgic", p.130)。

(17)　Bruce Graver, "Wordsworth's Georgic Pastoral", p.128.

(18)　James Garrett, *Wordsworth and the Writing of the Nation* (Ashgate, 2008), p.166.

(19)　Gifford, *Pastoral*, p.169.

(20)　*HG*, MS.D. 203-29 に相当する箇所が引用されている。

(21)　*HG*, MS.B.141-44 が引用されている。

(22)　小田友弥「ワーズワスにおける共和主義と自然保護」『山形大学紀要 人文科学編』一一七巻四号、二〇一三年、一一二五(一二一)頁。

(23)　ガレットは、このフォックスへの手紙について、「土地を法律的に所有していることが独立精神を育むのであり、その精神こそが国家の胆力を下支えする家族愛を強めるために絶対必要なものであるとワーズワスは信じていた」とコメントしている(James Garrett, *Wordsworth and the Writing of the Nation*, p.51)。

(24)　これは、ロンドンとスコットランド(グラスゴー、エジンバラ)を繋ぐ主要幹線をケンダル付近で逸れて湖水地方へと入っていく一〇マイルほどの短い支線である。一八四七年に開通し現在でも使われている。

(25)　この公開書簡は一八四四年一二月に『モーニング・ポスト』に掲載されたのち、"Kendal and Windermere Railway. Two Letters Re-printed from The Morning Post" という小冊子にまとめられた。*Guide* 130-44 に付録として収録されたものを参照のこと。

(26)　湖水地方における鉄道反対運動、国立公園運動へのワーズワスおよび世界大戦の影響については、Saeko Yoshikawa, *William Wordsworth and Modern Travel: Railways, Motorcars and the Lake District, 1840-1940* (Liverpool University Press, 2020) で詳述している。

移動派農村絵画におけるパストラル
――《ライ麦畑》を起点にして

井伊裕子

一八世紀半ばの芸術アカデミー創設以来、ロシアにおいて絵画芸術は西洋の模倣に頼ったものだったが、一九世紀に入ると共同体のアイデンティティを表明する性格を強めていく。これはフランス、ドイツを始め同時代のヨーロッパにも見られる傾向ではあるが、一八七〇年代から始まる移動展覧会は主たる題材を自国に求めたこと、また帝国内各地で展覧会を開催することによりその動きを後押しした。移動派の画家たちはロシアの歴史、風俗、自然をテーマとし、絵画というメディアを通してそれらを視覚化したが、なかでも農村風景は一八六一年の農奴解放令以来、注目の高まりつつあったナロードを視覚化する画題であった一方、自国の風土の美を表現する舞台としても機能した。この二者の相違は移動展覧会において顕著に表れ、風俗画と風景画はそれぞれ別のアプローチで農村表象を模索していくことになった。

本稿においては、ロシア田園風景画の起点であるアレクセイ・ヴェネツィアノフ（Алексей Гаврилович Венецианов 一七八〇―一八四七）が耕作地でもってそれを創始したことに着目し、移動展覧会発足時の一八七〇年代から一八八〇年代にかけて風景画と風俗画の農村イメージの差異とその融和を、ライ麦畑を中心に風俗画家グリゴリー・ミャソエードフ（Григорий Григорьевич Мясоедов 一八三四—一九一一）、風景画家イヴァン・シーシュキン（Иван Иванович Шишкин 一八三二—一八九八）、アレクセイ・サヴラソフ（Алексей Кондратьевич Саврасов 一八三〇—一八九七）の三者に焦点を当てながら考察していく。

パストラルの起点——ヴェネツィアノフ

ロシアにおいて自国の農村風景を題材にした風景画が登場するのは一九世紀前半のことであり、さらに自国の自然が風景画におけるメインストリームとなるには一八七〇年代を待たねばならないが、まさしくこのジャンルを切り開いた画家となるのがヴェネツィアノフである。(1) 彼は美しく清潔な農民が、実り豊かな農村で生き生きと働くパストラルな風景画を描いた。ロシアの田園風景画は牧歌的な表現から始まったと言えるだろう。

農民表象はヴェネツィアノフ以前から存在したものの、彼の作品が従来と異なっていた点は、農民と農村風景を一体化させたことにあった。旧来の作品の例を挙げれば一八世紀の作例にミハイル・シバーノフ（Михаил Шибанов ?—一七八九以降）作《農民の昼食 Крестьянский обед》（一七七四）があるが、ここで描かれているロシア農民は質素で、薄暗い小屋の内部や「美しい隅」（農村家屋において聖像画を安置する一角）の描写は現実の農民生活を思わせるものとなっている。その一方で、母が子供を抱き、その向かいに座る父親も子供を優しく見守る様子は聖家族を思わせ、シバーノフの目的は伝統的な宗教画のロシア的翻案と言える。(2)

翻ってヴェネツィアノフの作品に目を向けると宗教画的世界観も質素な農民像の要素も薄れ、実り豊かな楽園的な世界観が広がる。ヴェネツィアノフの新しさは農民を農村風景とともに描いたことにあった。《耕作地。春 На пашне. Весна》（一八二〇年代、**別図2**）は大地を踏みしめ種をまく女性と赤ん坊や画面右の倒木と若木というように春の生命の息吹を対比させながら描いている。さらにプッサン《夏またはルツとボアズ》を思わせる《収穫。夏 На жатве. Лето》（一八二〇年代、別図3）は、生い茂る麦と農作業に従事する農婦が描かれている。前景の人物配置と光景に広がる麦畑はプッサンと同様の構図だが、聖書から題材を採ったプッサンに対し《収穫》は徹底的に世俗的であり、農夫の服装や、麦畑と空の対比によるパノラミックな描写に画家の興味は割かれている。季節と農作業を対応させる表現は西洋絵画の伝統だが、ヴェネツィアノフの上記二作品はロシアの風土に重ね合わせながらそれを達成している。

このように西洋画的手法によりロシアの田園風景を絵画化した一方で、《眠れる牧人の少年 Спящий пастушок》（一八二三—二四）や《脱穀場 Гумно》（一八二一）では農民が主役の牧歌的な農村風景を描いている。農民のポートレートも多く残し、それらはどれも幸福な田園世界に生きる人々を描いている。

風景を主題としたものであれ農民を主題としたものであれ、ヴェネツィアノフの絵画において、農村の空は常に晴れ渡り麦は豊かに実り、農民たちは清潔で美しく描かれている。《脱穀場》は労働の場を描きつつも農民の服装や屋内の様子は整然とし、風景画的《耕作地。春》にしろ《眠れる牧人の少年》にしろ、ヴェネツィアノフの農民は理想化され、農婦の服装が地理的要素を担保するのみで農地の描写そのものからロシアと断定することは困難である。それでもなお、風景画家や歴史画家を志す者は皆ローマに留学し、画題もイタリアの風景や西欧的歴史画がほとんどだった当時のロシアにおいて、自身の所有する小さな領地で地元の農民を観察し絵に残したヴェネツィアノフは自国へ熱心に目を向けた最初期の画家の一人といえる。「二十年間エルミタージュで模写することで得た全てのルールやスタイルを廃する必要があった。〔……〕他の作品を模倣しないということは、それはつまりレンブラントやルーベンスや他の画家を描かないということだ[3]」と述べる態度には、素朴な母国の自然への愛着を口にし、長すぎる海外留学は画家にとってむしろ害であると断じた一八七〇年代の画家たちに通じるものが感じられる。

さらに時代の下った一九世紀後半のロシア・リアリズムの時代においては、風景画は森、ヴォルガ、何もない荒野など自然風景へと画題を拡大させるが、その原点は耕作地にあったことをヴェネツィアノフは示している。つまりヴェネツィアノフは自身の絵画作品でパストラルを実現したが、一方で彼の発言からはそのアルカディア的風景はロシアの農村への愛着というドメスティックな視線に下支えされたものであったことが見て取れる。そしてこの意識は時代を超え、一八七〇年代以降にも引き継がれていくことになる。

ロシア・リアリズムにおける田園風景

ヴェネツィアノフの後継者たちはヴェネツィアノフ派としてロシア美術史に名を残したものの、やはり一九世紀前半における風景画の主たる舞台はイタリア、アルプス、ドイツに独占されていた。再び一八六〇年代以降になるとロシアの田園風景が描かれるようになり、彼らが移動展覧会を結成するに至る。

田園を描いた風景画家や風俗画家たちに限らず、移動展覧会の出品作は「ロシア」にフォーカスした作品が多くを占め、現在に至るまでロシアの歴史、風俗、自然の強固なイメージ源となっている。これは移動展覧会が発足時点から、古典的美学をカノンとするアカデミーからの離反とリアリズムの理念を基底としていたためである。

それではまず、この芸術アカデミーとはどのような組織だったのだろうか。芸術アカデミーは女帝エリザヴェータ・ペトローヴナ（Елизавета Петровна 一七〇九―一七六二）の勅令によりイヴァン・シュヴァーロフ（Иван Иванович Шувалов 一七二七―一七九七）とミハイル・ロモノーソフ（Михаил Васильевич Ломоносов 一七一一―一七六五）の主導でサンクト・ペテルブルグに一七五七年に設立される。実際に開校するのはエカチェリーナ二世（Екатерина II Алексеевна 一七二九―一七九六）時代の一七六四年のことだった。ピョートル一世（Пётр I Алексеевич 一六七二―一七二五）以来の西欧化政策の結実ではあるものの、科学アカデミーの設立（一七二四年）に比べれば四半世紀以上経っての設立である。芸術アカデミーの構想は既にピョートル一世時代から存在したが、ロシアの近代化政策は芸術を軽視し、芸術アカデミー設立の計画は後回しにされつづけた結果のことだった[4]。アカデミーでは絵画に関する技術的なトレーニングももちろんのこと行われたが、特に手厚く行われたのが人文学分野も含む包括的な教育だった。これは後の画家たちとも共通する点ではあるが、特にアカデミー発足当時の画学生は総じて階級の低い者たちが多い。当時ロシアにおいて視覚芸術が軽視されていたことも理由であるが、さらには芸術家はアカデミー卒業時に官等表における十四等官の位を得ることができ、社会階級の低い人々にとって、アカデミー出身の画家になることは実力によって社会的な地位を獲得する数少ない方策だった[5]。農奴出身者も含まれるような学生たちに宗教画や歴史画を描くための総合的な教育が必要とされていたのだ[6]。

一九世紀前半のアカデミーにおいては他国のアカデミーとも同様に宗教画や歴史画の権威は揺るぎなく、カール・ブリュロフ（Карл Павлович Брюллов 一七九九―一八五二）やアレクサンドル・イヴァノフ（Александр Андреевич Иванов 一八〇六―一八五八）がドラマチックかつ大作の宗教画（イヴァノフ《民衆の前に姿を現すキリスト Явление Христа народу》（一八三七―一八五七））や歴史画（ブリュロフ《ポンペイ最後の日 Последний день Помпеи》（一八三三））を描いている。前述したヴェネツィアノフやパーヴェル・フェドートフ（Павел Андреевич Федотов 一八一五―一八五二）は芸術アカデミーとの関わりがあったものの、決してアカデミーの本流とは言えなかった。

上記のような作品の権威化と芸術アカデミーによる画壇の支配が強まるのはニコライ一世（Николай I Павлович 一七九六―一八五五）時代である一八三〇―五〇年代のことだった。ニコライ一世は軍人にもアカデミー高官への門戸を開くなど、アカデミーを官僚化し、国家のプロパガンダ発信基地として位置づけた[7]。同時に中等美術学校の設立など地方への美術教育の波及も目指したが、これも芸術の中央集権体制化の一環だった[8]。この体制下では、後にサヴラソフやその弟子であるコンスタンチン・コロヴィン（Константин Алексеевич

Коровин 一八六一―一九三九）やイサーク・レヴィタン（Исаак Ильич Левитан 一八六〇―一九〇〇）が輩出し、後に首都のアカデミーとも双璧をなすモスクワ美術学校も、この体制の影響を受けている。一八三二年に設立され、アカデミーのメソッドを踏襲しつつも独立意識が高かった同校は、一八六五年には建築部門も設けられ、名称がモスクワ絵画彫刻建築学校（Московское училище живописи ваяния и зодчества、略称 МУЖВЗ）に変更されるなど規模が拡大する。加えて同年には職業画家の資格である大小銀メダルの選定と授与を、モスクワ美術学校が独自に行う許可が下りたが[9]、海外留学の権利が付与された金メダルの授与、及びアカデミー会員の選定は依然としてペテルブルグの芸術アカデミーが独占的に有していた。

ここで登場するメダルとは国家が画家の地位を保証するにあたり、学内のコンクールを経て授与されるものである。金メダル（一位と二位がある）を受賞すると最上級画家の称号を得ることができ、一四等官の官位が与えられる。次が銀メダルで、受賞者は政府の施設や公立学校で働いている場合、一四等官を要求する権利が与えられることがあった。しかしながらこの権利は恒常的なものではなかった。そして最後に試験をパスしただけの「階級のない」画家がおり、この地位の画家は自身の作品をアカデミーに提出してアカデミーの評議に通れば一四等官の地位を与えられた[10]。美術市場が発達していないロシアにおいて、アカデミーや国家・帝室にアクセスする権利は、権威のみならず経済的保障を画家に与えるものでもあった。

つまり芸術アカデミーはコンクール・メダルの授与を通して画家を公僕として支配していたと言える。コンクールはカリキュラムの最終年度に行われ、言うまでもなく金メダルの受賞者が画家のヒエラルキーのトップに君臨した。

さて、このように芸術アカデミーは画家を社会的、経済的に統制していたが、一八六〇年代に入るとその支配に抵抗する画家たちが現れ、後にこれらの若い画家たちが一八七〇年代に移動展覧会を設立することになる。移動展覧会発足の主導者となるイヴァン・クラムスコイ（Иван Николаевич Крамской 一八三七―一八八七）は一八六四年に芸術アカデミー卒業コンクールで学生側が自由に主題を選べるよう要求し、その要望が棄却されるとコンクールを放棄した。クラムスコイを含め放棄者が一四人いたため一般に「一四人の反乱」と呼ばれるこの事件の背景にはアカデミーの保守化がある。実のところ、アカデミーは一八六〇―六三年にかけて自身の提示する主題以外の作品にも金メダルを与えていた。一八六一年にヴァシリー・ペローフ（Василий Григорьевич Перов 一八三三―一八八二）が教会と地主の腐敗を戯画的に描いた《村の説教 Проповедь в селе》は大金メダルを獲得しているが、すでに「一四人の反乱」の二年前にウラジーミル・スターソフ（Владимир Васильевич Стасов 一八二四―一九〇六）は「我らの百姓小屋、村、通り、古物市、屋台、様々に湧き起こる人生の幾千もの場面、全ての現代の光景は、今までもそこかしこで叫び声や憤りが響いていた。それはさながら文学上でゴーゴリ的真実が現れたときのように、我らの芸術の歴史において最も重要な意味を持つことを止めることはなかった。そこから私たちの本当の自立した時代が始まるのだ[11]」と記述している。ペローフの《村の説教》などはまさしくスターソフ的リアリズム観を体現しているだろう。

これらの新たな芸術潮流のただなかにいた若い画学生たちにとって、保守化したアカデミーによるテーマの強要は耐えがたいことであり、両者はコンクールの本番でぶつかりあうことになった。畢竟この事件からは伝統的な美術のカノンを堅持するアカデミーと社会批判的リアリズムを新しい芸術とみなしていた学生たちとの芸術思想上の対立が見て取れる。

この自国へ目を向ける態度は風景画家にも見られ、シーシュキンは公費留学においてロシア国内滞在を希望し却下されるなど（結局ドイツを中心にヨーロッパを周遊留学した）、社会批判的リアリズムの最前線である風俗画家たち以外も自国の自然、文化、風俗が絵画化するに値するとみなし始めていた。同様のドメスティックな感嘆は同じく風景画家のサヴラソフにも見られ、「ええ、私もスイスにいました。イタリアにも。素晴らしかった。［……］しかし私はもちろんロシアが好きです。ロシアでは自然が歌っているのです[12]」と言い残している。

さらに指摘しておかねばならないのは、この内向きな美的趣味は画家のみならず絵画を鑑賞し購入する需要層にも共有されていた点である。一八世紀から一九世紀前半にかけてロシアにおける絵画の主たる注文者は帝室・貴族に独占されていたが、市民社会の発展とともに一九世紀後半からは新興商人らが新たな美術のパトロンとして登場する。移動展覧会を熱心に支援したパーヴェル（Павел Михайлович Третьяков 一八三二―一八九八）及びセルゲイ（Сергей Михайлович Третьяков 一八三四―一八九二）のトレチャコフ兄弟しかり、私設劇場を創設したサッヴァ・マモントフ（Савва Иванович Мамонтов 一八四一―一九一八）しかり、一九世紀後半のロシア美術はブルジョワ商人や都市住民が担うことになる。

そのパーヴェル・トレチャコフはすでに一八五七年に以下のような書簡を残している。

> 私の風景画については、深くお願いしたいのですがそのままにしておき、その代わりいつか新しいものを私に描いて頂きたいのです。私には豊かな自然も、豪華な配置も印象的な明暗も、どんな驚嘆すべきものも必要ないのです。汚い水たまり（を描いたものを）を下さい。そう、水たまりには真実が、詩情があることを示すためです。詩情は全てにあり得ることを示すためです。それは芸術家の仕事です。[13]
>
> （強調は引用者。以下同様）

トレチャコフの質素な自然への志向は、一つには一九世紀前半から席巻していたローマやナポリの明るく華やかな風景画への飽きや、「印象的な明暗」が示唆するイヴァン・アイヴァゾフスキー（Иван Константинович Айвазовский 一八一七―一九〇〇）などのロマン主義、アカデミーの画家たちからの反動があるだろう。「我ら」の自然が質素で面白みのないものだという認識はフョードル・ドストエフスキー（Фёдор Михайлович Достоевский 一八二一―一八八一）も共有している。

私はもちろん、ヨーロッパでは私たちの、たとえば風景画家たちが理解されないと言いたいわけではない。クリミアやコーカサス、我らのステップの光景を描いたものがもちろんあちらで興味をそそることもあるだろう。だがその代わり、主に我らの民族的な風景画、つまり北方やヨーロッパロシアの中部地帯（の風景画）はウィーンにおいて大きな影響はもたらさないだろう。「貧しい自然だ」。風景に特徴がないということにおいて、全ての（風景画の）特徴はこのように語られる。しかしながら私たちにとっては愛着があるのだ。〔……〕わたしはもしかしたら間違えているかもしれない。だがドイツ人はこれを気に入ることはないだろう。[14]

ドストエフスキーは、この「展覧会について По поводу выставки」（一八七三）という文章において、「我ら」の自然が貧しいのみならずそれが「ドイツ人」に受け入れられることがないだろうとも述べている。我らの自然が質素であるが、それを愛着を持って受け入れられるのもまた「我ら」のみであるという意識は、移動派がロシアを舞台にした作品を多く描いたこと、また「地方在住者にもロシア美術、及びその成功に触れる機会を提供」し、「社会に芸術への愛を根付かせるため」[15]という一八七〇年の移動展覧会設立規則とも合致する。この点において、画家と鑑賞者の間には思想上における需要と供給の一致が見られたことが分かる。

ヴェネツィアノフがアルカディア的風景として描くことで始まったロシアの田園風景は「質素」な自然の美として一八七〇年代を席巻していくことになる。次章ではどのような「質素」な田園風景が描かれたのかを見ていく。

初期移動派の農民

初期移動派絵画において田園は民衆の生活の場であり、また一方で国土の美を体現する場でもあった。前者を重視したのが風俗画家たちであり、後者を描いたのは風景画家たちだった。無論のこと、より政治的文脈を離れ牧歌的農村風景を受け継いだのは風景画家たちの側であった。しかしながら田園風景がいかに描かれたのかを確認するためにも本章では風俗画も射程に入れて考察する。

まず風俗画において、ミャソエードフ[16]は一八七二年の《ゼムストヴォの昼食 Земство обедает》、一八七三年には《一八六一年二月一九日のマニフェストを読む人々 Чтение Положения 19 февраля 1861 года》を発表し、政治的なテーマを積極的に採用している。ゼムストヴォは農民、地主などのさまざまな階級から代議人が選ばれたがその階級間の断絶を、《一八六一年》は農奴解放宣言を食い入るように読む人々が描かれている。ミャソエードフは農民を取り巻く社会構造を挿入しつつも、その視線は冷静である。

一八七〇年代の移動展覧会結成当時の風俗画、とりわけ農民画は農民への過剰な感情移入や理想化が廃されていた時代だった。ミャソエードフの《ゼムストヴォの昼食》においても、玄関前で黒パンで昼食を取る農民代表の議員とこちらの窓の内側で豪勢な昼食を取っている地主との対比が描かれているものの、その視線は事実を淡々と描写しスナップショット的である。同じく移動展覧会に参加したペローフ《村の説教 Проповедь в селе》(一八六一)(一八六一年金メダル受賞作)と比較してみると、その戯画的で個々のキャラクターに割り振られた役割が明らかなのとは対照的である。

他にも移動展覧会に参加している風俗画家ヴァシリー・マクシーモフ(Василий Максимович Максимов 一八四四—一九一一)は本人が農村での労働を経験していたこともあり、農民のペシミスティックな表現は残していない。《農民の結婚式に訪れる呪術師 Приход колдуна на крестьянскую свадьбу》（一八七五）では結婚式に突然訪れた呪術師と対応する主人という、農民の因習も含めた生活の一情景も描かれていた。ウラジーミル・マコフスキー（Владимир Егорович Маковский 一八四六―一九二〇）の《カルタ遊び Игра в бабки》（一八七〇）においても、農家の庭で少年たちが無邪気に遊びに興じている様を描きつつ、その服装は質素で汚れており過度な理想化は排されている。若い農婦が美しい田園風景を体現していたヴェネツィアノフに対し、一八七〇年代前半においては老若男女様々な農民が描かれた。ヴァルキナーが指摘しているように、ミャソエードフを始めとして画家の多くは地方の下層から中流階級出身者であり、農村への理解を持つ一方で、実経験に基づく実感と冷静で批判的な視線を持って農村を描いていたのがこの時代の特徴だった[17]。

一方風景画は田園風景に詩情を見いだし、絵画化することを重視した。一八七〇年代初頭はヴェネツィアノフ的要素が引き継がれた清潔な農民たちによる牧歌的な田園風景が描かれている。ミハイル・クロット（Михаил Константинович Клодт 一八三二―一九〇二）の作品《広野にて На пашне》（一八七二）では画面中央の農婦は清潔で、耕作地は土も黒々として空も晴れ渡っている。森の画家として著名なシーシュキンも農村風景を描く際にはスタッファージュとして農婦を頻繁に登場させている。

これらの風景画に共通するのは牧歌的で平穏な農民の姿であり、風俗画の厳しい農民像とは対照的に彼らは身なりも清潔で平和な田園風景の一部となっていることだ。これらはヴェネツィアノフからの直接的な引用というよりも、移動派風景画においても伝統的な西洋風景画の画法として理想化された農民が再生産されていたと考えるべきだろう。風景画と風俗画というジャンルの違いは農民表象において免罪符になり得たのだ。しかしながら、ヴェネツィアノフの作品において画中の女性が作中の主題である春と萌え出る生命を体現していたことに比べ、クロットやシーシュキンの農婦はあくまで農村という舞台や画中の状況を示す要素に過ぎない。つまり主題はあくまで自然風景であることが見て取れる。

初期移動派の風景画――サヴラソフの田園風景

ヴェネツィアノフは風景画において農民を必ず描きいれたが、一八六〇年代から七〇年代にかけ農民、加えて家畜の存在は希薄になっていく。まず家畜についてだが、ヴェネツィアノフも牧人と称しつつも家畜の絵は描かなかったように、放牧という主題はほとんど定着しなかったようである。フョードル・ヴァシリエフ[18]（Фёдор Александрович Васильев 一八五〇―一八七三）は羊の放牧を描いた作品（《家畜の帰還 Возвращение стада》（一八六八））があるが、光の転変や色彩の諧調に画家の興味は移っている。牧人という主題に画家たちはロシア性を見出すことはなかったようである。[19]

上記のヴァシリエフの作品を除くとロシアにおいて羊が描かれることはほとんどなく牛の方がよく描かれた。クロットの《水辺の家畜 Коровы на водопое》（一八六九）では放牧されている牛が登場する。精緻な牛の筆致はデュッセルドルフ派の影響を感じさせ、画家の興味が動物の描写にあることは明確である。

サヴラソフの[20]一八六〇年代の作品にも放牧されている牛が何度か描かれているが、《ソコーリニキのローシ島 Лосиный остров в Сокольниках》（一八六九）ではクロットに比べ自然風景の描写に重きを置いている。ソコーリニキはモスクワ近郊にあり、曇天の複雑な空模様が特徴的な本作は、地元の光景を見事に詩情ある風景画に落とし込んだと評価されたように[21]西欧的風景画を、ロシアを舞台に再現するのではなく、ロシアの実景を絵画化することにこそサヴラソフの興味は集中している。ヴァシリエフにも共通するが、サヴラソフはロシアの茫漠とした広野や空をいかに描くかに腐心した画家だった。一八七〇年の《月夜。沼 Лунная ночь. Болото》においても放牧された牛が登場するが、やはり目を引くのはロマン主義的な沼に降り注ぐ月光とそれを乱反射させ地平線まで広がる沼地である。本作のように地平線で空と大地を区切り、大地を前景と後景に分ける構図は画家が頻繁に描いた構図だが、《月夜》はそれまでの舞台の書割的な描き方を脱し沼の岸辺、沼、夜空と前景から後景へと連続した地形を描くことで平野の持つ空間的奥行きを創出している。[22]

移動派風景画家たちの情熱はロシアの自然の美を絵画化することに注がれた。そして風景に没入するために農民は画中から排除されていく。サヴラソフはこの傾向に決定的な役割を果たした。第一回移動展覧会において《ミヤマガラスの飛来 Грачи прилетели》(別図4)を発表し、早春の訪れを自然の移ろいのみで表現することを成功させたのだ。移動展覧会は風景画の出品作が多かったが、縦長の画面で前景の雪が残る丘、ミヤマガラスが飛来する木、そして中景には村や教会が見え、枝の木の間越しに遠景の雪と解け始めた黒い大地が見えるという重層的な画面構成は幾多の作品の中でも異色だった。雪の残る早春をテーマにしたものはヴァシリエフが同年に制作しているものの(《雪解け Оттепель》)、ヴァシリエフが農村に飛来する鳥を発見する親子という叙述的構成を成しているのに対し、雪も残る早春の薄い陽射しの中でミヤマガラスと遠景の大地の黒土のみが北方の質素な春の訪れを告げている《ミヤマガラス》は、ロシアの田園風景の一瞬を鋭く切り取った作品として際立っている。クラムスコイはこの作品についてヴァシリエフに「サヴラソフの風景画『ミヤマガラスの飛来』は最も良く、実際素晴らしい。そこにはボゴリューボフも、クロット男爵もシーシュキンの作品もあった。木、水、空気もそこにはあったが、魂すら存在したのは『ミヤマガラス』のみだ[23]」と絶賛している。サヴラソフはこの作品で自然と農村風景の美しさに没入する理路を切り開いたと言えるだろう。

一八七〇年代から八〇年代への移り変わり

一八七〇年代後半から八〇年代にかけて移動展覧会は大きく転換していく。一八八〇年代は移動展覧会にとって躍動の年代であり、一つの権威として大成する時代であった。各地の移動展覧会会場には何千人もの人が押し寄せ、キエフなどの地方都市においては首都サンクトペテルブルグからやって来る移動展覧会は一つの祭典であり、展覧会で購入された作品は地方の文化資本として蓄積されることになった。この当時購入された作品が現在まで現地の博物館に収蔵されている例も多い。さらに移動展覧会が帝室と接近するのもこの時代だった。移動展覧会の発足には台頭しつつあった都市商人層に販路を拡大することで画家の経済的自立を達成しようとした背景があったが、一八八一年に即位したアレクサンドル三世（Александр III Александрович 一八四五―一八九四）は民族主義的なものを好む点で移動展覧会の都市商人たちと類似があり移動展覧会にも好意的だった。一八八六年には移動展覧会を鑑賞しに足を運びすらしている[24]。

規模が大きくなるに伴い、一八七〇年代後半から八〇年代は移動展覧会結成メンバーとはまた異なった才能が現れ、画家が標榜した「ロシア芸術」「ロシア画派」にさらに広い意味が加えられるようになった。一つには「ロシア」というテーマが同時代のロシアから正教会や民話、中世の時代まで拡大した。また風景画はその舞台を農村から街や公園、都市住民にとっての「田舎」へと開拓していった。ヴァシリー・ポレーノフ（Василий Дмитриевич Поленов 一八四四―一九二七）の《モスクワの屋敷番 Московский дворик》（一八七八）や《おばあちゃんの庭 Бабушкин сад》（一八七八）はその風潮を代表する作品と言えよう。《おばあちゃんの庭》では古めかしい屋敷を前に祖母と孫娘が連れ立って歩いている様子が描かれ、《モスクワの屋敷番》では古き良き〝懐かしい〟モスクワが温かな雰囲気で描かれている。それまではロシアの自然とは森林、ヴォルガ、農村、また特異な景観の存在する場としてクリミアやウクライナを指していたのが、新たに郊外のダーチャや公園などが描かれる一方、ヨーロッパロシアより遠方の地もロシアの風景として立ち現れるようになった。

風景画家のライ麦畑

そのような背景を加味しつつ、シーシュキン(25)の作例を中心にライ麦畑の変遷を見ていく。ライ麦畑は前述のヴェネツィアノフの作品には麦の収穫と農村女性が登場し、平和な農村風景の象徴として描かれている。この広大な穀倉地帯のイメージは一九世紀半ばまでは中部ロシアの表象というよりも肥沃で広大なステップの情景として描かれていた。ヴァシリー・シュテルンベルク（Василий Иванович Штернберг 一八一八―一八四五）は麦畑と風車というモチーフの作品を残しているが（《ステップの風車 Мельница в степи》（一八三八））、この傾向は一八六〇年代から七〇年代にかけても踏襲され、特に画学生時代にシュテルンベルクに惹かれていたシーシュキン(26)は麦畑と風車を描いたスケッチ群（国立タタルスタン共和国美術館所蔵）を残している。

シーシュキンは一八六〇年代にさらに数点のライ麦畑の作品を残している。《ライ麦畑の道 Дорога во ржи》（一八六六、**別図5**）及び同主題ヴァリエーション違いの《真昼。モスクワ郊外。ブラトツェヴォ Полдень. Окрестности Москвы. Братцево》（一八六六）と《モスクワ郊外の真昼 Полдень. В окрестностях Москвы》（一八六九、**別図6**）はともにライ麦畑の中を道が貫き、農民が歩いて行く様子が描かれており、一八六〇年代から七〇年代のライ麦畑はやはり風車や収穫した麦の描写、あるいは農民とともに描かれることで農村生活の場として登場している。モスクワ郊外を舞台に描かれた後者二作品は、明るく燦々と降り注ぐ日差しのなかで鎌を背負った農夫が登場するように、ヴェネツィアノフ以来の明るい麦畑が描かれている。

しかしながら、風景画としてのライ麦畑は広大な空とその光の陰影を描くパノラミックな風景描写を提供し、それが精緻に描かれた前景の草花とマクロとミクロの関係をなして、対照的に展開する画題でもあった。モスクワ郊外の作品群では昼の晴天の眩い空模様への関心が見られるが、《ライ麦畑の道》では左から右へ移り変わる雲の描写が描かれ、真昼の快晴が多いシーシュキンには珍しくライ麦畑のみならず空の雲の移り変わりもが画面を構成する重要な要素となっている。横長の幅広い画面と立ち去る孤独な女性の影が相まって農村の生活のワンシーンではなく、雄大な平原としての風景が前面に押し出されている。

この広大な平原を提示するためのライ麦畑は一八七〇年代に入るとより顕著になる。シーシュキンは一八七八年に《ライ麦畑 Рожь》(別図7)を発表するが、ついにここでは農民も風車もなく茫漠として広がるライ麦畑と林立する巨木のみで風景が成り立っている。麦畑と巨木(オーク)の取り合わせは一八五九年のアレクサンドル・カラム[27](Александр Калам 一八一〇—一八六四)の作品にもあるが、カラムは画面のほとんどをオーク一本で占め、巨木の偉大さを強調している。シーシュキンは学生時代、カラムを頻繁に模写していたが、本作では木を複数本配置することにより、木のたくましさと麦畑の広大さの両方を相補的に示している。そしてまた、人の気配といえば麦畑に分け入る細い道のみであり、それまで彼が描き込んでいた農民や風車といった人工物はすでにない。サヴラソフが広大な平野を開けた空と転変する雲と光によって画面に収めたのに対し、シーシュキンは自然物の配置によって広野を絵画化した。ここでライ麦畑は豊穣と農村生活の一場面から脱し、風景のみで自立する存在となっている。畑という人の手によって育まれたものながら、茫漠とした大地として鑑賞者に迫ってくることになる。

この方向性をさらに推し進めたものが一八八一年に描かれたサヴラソフの《ライ麦畑 Рожь》(別図8)といえる。ここではついに、シーシュキンによって画中で人工的に配された木も取り払われ、広大な大地のみで成り立っている。遠景には小さく教会と村が見えるのみであり、雲が湧きたつ広大な空と、広い大地に雲が影を落とし、日が差し込んでいる様、全面の黒雲や手前の水たまりからおそらく雨後の情景と思われ、季節や一日の移り変わりの瞬間を切り取って抒情性を創り上げたサヴラソフらしい作品と言える。

風景画においてライ麦畑は農村や農民と接続した題材として始まったが、徐々に農村風景の要素を漂白していき、やがては空や雲による光の転変や自然風景がメインとなり、広大な平原が強調されていったことが分かる。

風俗画家によるライ麦畑――ミャソエードフの《ライ麦畑の道》、《農繁期。草を刈る人》

一八七〇年代移動派風俗画の農村表象では、農民にフォーカスするために自然風景は二次的な要素とされるかあるいはほとんど描かれないことも多々あった。だが興味深いことに一八八〇年代に入るとミャソエードフもライ麦畑を舞台に風景画的作品を残している。

これは風俗画が移動展覧会結成から十年の間にその性格を転換させたことも一因であろう。前述したように移動展覧会は一八八〇年代に向かって権威化の道を歩み始めるが、もともと都市商人をパトロンに持ち、彼らの支援を必須としていた移動展覧会は画家たちを含め急速に都市化していく[28]。そもそも移動展覧会の画家たちは「ロシア」をテーマとはしていたものの、諸都市を移動して展覧し都市住民に作品を提示したのであって、農民を啓蒙しようとしたわけではなかった。ペローフの《村の説教》のようなセンセーショナルな社会批判的作品は描いたものの、同時代の総合大学の学生たちのような教養も社会変革の意志も持っていなかった[29]。そのため農民像の変容が決定的になるのは一八九〇年代のことで、一八八〇年代は結成当時のスタイルを維持する画家もいた一方で、ロマンティックな農民表象が出現し始める、ある種の変節が見られる時期でもあった。ニコライ・クズネツォフ（Николай Дмитриевич Кузнецов 一八五〇―一九二九）の《祭りの日 В праздник》（一八七九―一八八一）では祭りの日に少女が美しい野原に寝転んでいるが、同じく休む少年少女という点で類似するヴェネツィアノフ《眠れる牧人の少年》と比べると虚空を見上げる様子はどこか物憂げであり、メランコリックな雰囲気がある。また自然描写において、草原や薄青い空には北方的な質素さが伴われている。さらに服装の精緻な描写からは農民への民族誌的興味が示され、また少年でも成熟した女性でもなく少女という、より可憐なイメージが画中の農民には付与されており、鑑賞者にとって心地の良い無害で清らかな農民像が描かれている。[30] 厳しい社会批判的作品で知られたペローフですらメランコリックな農民像を残している（《荒野の巡礼者 Странница в поле》（一八七九））。ペローフの作例は彼が何点か残した信心深い崇高な農民像を描いた作品のなかの一つと位置付けられるが、ここでは巡礼者が広野で息絶えている場面が描かれている。悲劇的な場面であるが、咲き乱れた花々や柔らかく日の差し込む広野からは悲痛さは感じられない。このときすでにペローフ自身はパトロンに依存する展覧会の欺瞞に耐えられず脱会しており、移動展覧会と袂を分かった画家が抒情的な作品を描いているのは興味深い。農民群像も変化し、一八九〇年代に目を向ければ、ニコライ・ボグダーノフ＝ベルスキー（Николай Петрович Богданов-Бельский 一八六八—一九四五）の農民像は啓蒙されるべき農民の姿を描いている。一八七〇年代においては社会批判的な側面を持ち自立した存在として描かれていた農民は、徐々にブルジョア趣味の中で変貌し、画題として客体化されていくことになる。

さて、ミャソエードフの《ライ麦畑の道 Дорога во ржи》（一八八一、**別図9**）においては、ライ麦畑とそこに分け入る道、歩いて行く男性というモチーフの描き方は一八六〇年代のシーシュキンに通じるところがあり、また手前の開けた部分に描かれている精緻な小花の情景も、先行する風景画家たちの作品を踏襲している。その一方でミャソエードフは時間帯を従来のライ麦畑の表現とは異なり薄暮にし、男性が鑑賞者に背を向けて歩き去っていく様を強調して描くことで、漠として広いライ麦畑を舞台に、ある種の哀愁、悲しみの風情を描き出している。ここでもまたライ麦畑は収穫の喜びという農村の年中行事から切り離されている。

少々時代は下るものの一八八七年に描かれたミャソエードフの同じモチーフの作品《農繁期。草を刈る人 Страдная пора. Косцы》（**別図10**）では精緻な草花や麦の表現は踏襲しつつも、風俗画的要素を取り戻した作品となっている。差し入る陽射しと黄金色に輝く麦の穂や晴れている空は一八八一年の自身の作品《ライ麦畑》よりも一八六〇年代の風景画に回帰していると言えるが、異なるのはここでは明確に労働する農民を描いていることにある。ミャソエードフの《農繁期。草を刈る人》のにこりともせずに無心に農作業に従事している農民たちの描写には、理想化もあからさまな収穫の喜びもない。あるのは黙々と農作業に向き合う人間の姿であり、一八七〇年代から続く抑制された農民像が踏襲されている。

風景画と風俗画の境界線上に立つこの作品を、スターソフは展覧会評のなかで風俗画に分類しつつも、こう論じている。

彼の作品の中で最も素晴らしいものだ。金の麦畑は麦の穂の帯で覆われ、農夫たちが麦を刈っている。空には柔らかな雲が、地平線にはバラ色の柔らかな照り返しがある。全て詩情や輝かしい気持ち、何か健全で壮大なものに満たされている。(31)

風俗画として分類しているにもかかわらず、スターソフはほとんど風景に関する論評に終始しており、彼が風俗画において重視していた生活・人生の描写はここで論じられているとはいいがたい。しかし晴れ渡った空のもとで立ち働く農民を描いた絵画を「何か健全で壮大なもの」と評しているように、農村風景は労働する農民と融合したものとなっている。

ミャソエードフは風俗画家として民衆《ナロード》への関心を維持し続けることで、風景画に農村風景を取り戻したが、一八七〇年代の作品と比べると農民はより田園風景と一体化した存在として描かれている。その一方で一八八七年の《農繁期。草を刈る人》では、風景への興味は示されつつも農民への過度な理想化は排されている。その点においてミャソエードフの作品は一八七〇年代の要素を残しているが、移動派風景画が確立したロシアの自然描写と農民による労働への視線が一体化した作品と位置付けられるだろう。

結論

ロシアの田園風景の絵画化は一九世紀前半にヴェネツィアノフによって始まったが、その性格は牧歌性が強く、農民を含めた田園風景は理想化されて描かれた。再び自国の農村風景にスポットライトが当たるのはリアリズム絵画がロシア社会を席巻する一八六〇年代から七〇年代のことで、農村風景は風俗画と風景画で異なるアプローチで描かれることになった。移動派風俗画においては写実主義の文脈のなかで農民像は社会批判、政治的文脈に回収され一定の理想化を免れたが、反面、田園風景は画中から後退している。一方、風景画は画中から農民を消去することで絵画的な美しい風景を確立した。このように農民と農村風景は分離して描かれるようになるが、自国の農村風景や自然へのナショナリスティックな視線はヴェネツィアノフ以来通底して存在していた。

ヴェネツィアノフの牧歌的な耕作地の伝統は主に風景画が担い、中部ロシアの平原として描かれたが、農民は副次的にしか描かれなかった。さらに時代が下るにつれて、風景画において耕作地は豊穣な田園風景としてのモチーフからロシアの茫漠とした大地を象徴する存在へと変貌し、絵画的には構成や色彩表現を希求する題材となっていく。

一八七〇年代後半に入り移動展覧会が大衆化・権威化すると、風俗画は発足時の社会批判的態度を薄れさせ、客体化された農民はロマンティックな田園風景へと回収されていく。移動派の、自然や農村生活の緻密な描写を駆使した、牧歌的で自然と調和した農民と農村風景が再び登場することになった。しかしながら初期移動派の農民風俗画を保持したミャソエードフの「ライ麦畑」においては、農民と田園風景は、移動派的リアリズムを維持しながら再統合を果たすことになった。

【注】

（1） アレクセイ・ヴェネツィアノフはモスクワに生まれ、はじめはボロヴィコフスキーの指導を受けつつ独学で絵を学び始めたが、アカデミー会員になり、一八二〇年代からロシアの農村を舞台とした作品を描き始めた。

（2） *Коваленская Т. М.* Русский реализм и проблема идеала. М.: Изобраз. Искусство, 1983. С. 19-20.

（3） Алексей Гаврилович Венецианов. Статьи. Письма. Современники о художнике. / Сост. и вступ. Статья А. В. Корниловой. Л.: Искусство, 1980. С. 49.

（4） Императорская академия художеств. Альбом. М.: Изобразительное искусство, 1997. С. 9.

（5） David Jackson, *The Wanderers and critical realism in nineteenth-century Russian painting* (Manchester University Press, 2006). p. 9.

（6） アカデミー設立当初からジャンルのヒエラルキーとして歴史画・宗教画は頂点に君臨していたが、都市景観画を手掛ける遠景特別クラスなども存在した。

（7） David Jackson, *The Wanderers and critical realism in nineteenth-century Russian painting*. p.10-11.

（8） 現在のニージニー・ノヴゴロド州アルザマスに設立された美術学校はペテルブルグと緊密な相互関係を結んでいた。この美術学校新設の立役者は芸術アカデミーを主導したマクシム・ヴォロビヨフだったが、彼はアカデミーのプログラムをそのまま地方に移入することで、美術の啓蒙を測ろうとしていた。*Кривонденченков С.В.* Русский пейзаж середины XIX века: Проблема формирования и пути развития. Дисс. ... канд. искусствоведение. СПб.: 2000. С.40.

（9） Elizabeth Valkenier, *Russian Realist Art. The State and Society: The Peredvizhniki and Their Tradition*, (Columbia University Press, 1989) p.8. 一八六六年発足の新課程からは独自にメダルを授与することが認められたが、依然として金メダルは芸術アカデミーが独占していた。Корина Н. Д. *Московское Училище живописи, ваяния и зодчества как центр формирования московской школы живописи в сер. XIX нач. XX в* // Вестник Православного Свято-Тихоновского гуманитарного университета. Серия 5: Вопросы истории и теории христианского искусства 2014. № 2. С. 119-120.

（10） Elizabeth Valkenier, *Russian Realist Art. The State and Society: The Peredvizhniki and Their Tradition*, p. 5.

（11） *Стасов В. В.* После всемирной выставки // Избранные сочинения. Живопись, скульптура, музыка / М.: Государственное издательство «Искусство», 1952. С. 102.

（12） Константин Коровин. «То было давно...там...в России...» Воспоминания, рассказы, письма. Кн. 2. М.: Русский путь, 2010. С. 561.

（13） *Боткин А. П.* П. М. Третьяков. М. .:Искусство, 1986. С. 38.

(14) *Достоевский Ф.М.* Полное собрание сочинений в тридцати томах. Л.: Наука, 1980. C.70.

(15) Товарищество передвижных выставок. Письма, документы. Т. 1. М.: Искусство, 1987. С. 56.

(16) グリゴリー・ミャソエードフは一八三二年トゥーラ県ノヴォシルスク郡パニコヴォ村で小領主の父の元に生まれる。一八五三年に芸術アカデミーに入学し、一八五九年から六一年にかけて大小金メダル、ならびに銀メダルを受賞、その甲斐あって一八六三年から六九年の間に公費で海外留学を果たしている。ヨーロッパ留学に際してはイタリア、ドイツ、スイス、ベルギー、イタリア、パリを遊学した。その間にアカデミックな歴史画や肖像画、風景画なども描いていたが一八六〇年代半ばからロシアのナショナル・アートを確立することに興味を示し始め、一八六九年から本格的にロシアに腰を据えて創作活動に入っていき、移動展覧会発足時からのメンバーとなった。

(17) Elizabeth Valkenier, *Russian Realist Art. The State and Society: The Peredvizhniki and Their Tradition*, p.86-88.

(18) フョードル・ヴァシリエフは若くして結核にて病没したため移動展覧会には参加できなかったが、クラムスコイ、シーシキンに直接指導を受けていたことに加え、ロシアの自然風景に着目した作風であるので、ここで取り上げている。

(19) サヴラソフのウクライナ旅行時の作品《チュマーク》やクインジの《マリウポリのチュマークの道》、には牛による荷運びをする情景が描かれており、ウクライナ・イメージの一環として描かれているものがある。

(20) アレクセイ・サヴラソフはモスクワの商家に生まれる。一八四三年モスクワ美術学校に入学し、風景画クラスでカール・ラブスに師事する。移動展覧会には第一回から参加しており、母校であるモスクワ美術学校の風景画クラスを担当したが一八八〇年代からアルコール中毒が悪化し免職、最後は救貧院で亡くなった。

(21) *Новоуспенский Н.* Алексей Кондратьевич Саврасов. 1830-1897. Л.-М.: Искусство, 1967. С.49.

(22) 井伊裕子「一八七〇年代初頭におけるサヴラソフの広野モチーフの位置付け――『月夜。沼』、『沼の日没』を中心に」、『スラヴ文化研究』一六号、二〇一九、八三―八四頁。

(23) Переписка И. Н. Крамского. Т. 2. М.: Искусство, 1954. С. 13.

(24) Elizabeth Valkenier, *Russian Realist Art. The State and Society: The Peredvizhniki and Their Tradition*, p.123-124.

(25) イヴァン・シーシュキンはエラブガの商人の家に生まれ、モスクワ美術学校で四年間学んだ後、芸術アカデミーで研鑽を積む。一八六五年にアカデミー会員になり、一八九四―一八九五年にかけてはアカデミーの風景画クラスを担当した。

(26) *Шувалова И. Н.* Иван Иванович Шишкин. Спб.: Художник России, 1993. С. 26.

(27) アレクサンドル・カラムはスイス出身の画家で、一九世紀半ばにおいてアルプスを描いた山岳画で人気を博した。

(28) 一八七四年にはヴェレシチャーギンがトルキスタン作品をギャラリーに展示する際に、モスクワ芸術愛好家協会に所属している商人たちが一万五千ルーブルを提供することを拒んだことをペローフがスターソフに訴えるなど（*Боткин А. П.* П. М. Третьяков в жизни и искусстве. М.: Искусство, 1986. С. 145-146.）、結成して間もない頃からパトロンと画家の相克は始まっていた。ペローフは一八八七年には移動展覧会を脱会している。

(29) Elizabeth Valkenier, *Russian Realist Art. The State and Society: The Peredvizhniki and Their Tradition*, p.22-23.

(30) 一点留意しておきたいのは、この作品が画家の出身地でもあるウクライナを舞台にしていることにある。レーピンやクインジを含めて現代のウクライナ出身でロシア芸術アカデミーに入学し、のちにモスクワやペテルブルクで活躍した画家は何人もいる。特にクインジの初期作品に顕著だが、彼らは帝国内のピクチャレスクな風景、文物としてウクライナやステップ、クリミアを描いた。《祭りの日》の無害で清らかな農民には主題の地理的要素も影響していると考えらる。

(31) *Стасов В. В.* Избранное сочинения. Обзоры выставки полемика. М.: Государственное издательство Искусство, 1937. С.408.

【参考文献】

* 注で挙げた文献のほかに参考にした文献のみを挙げる。

Г. Г. Мясоедов. Письма. Документы. Воспоминания. М.: Изобразительное искусство, 1972.

Мальцева Ф. С. Фёдор Александрович Васильев.Жизнь и творчество. М.: Искусство, 1984.

Сарабьянов Д. В. Шишкин. Жизнь и творчество. М.: Эскимо, 2014.

Стасов В. В. Избранные сочинения. Живопись, скульптура, музыка. М.: Государственное издательство «Искусство», 1952.

Шувалова И. Иван Шишкин. Альбом. СПб.: Аврора, 2014.

Шувалова И. Мясоедов. Л.: Искусство, 1971.

Christopher Ely, *This Meager Nature-Landscape and National Identity in Imperial Russia* (Northern Illinois University Press, 2002).

【図版出典】

別図2 https://commons.wikimedia.org/wiki/File:Aleksey_Venetsianov_-_На_пашне._Весна_-_Google_Art_Project.jpg

別図3 https://commons.wikimedia.org/wiki/File:Venetsianov_Reaping,_Summer.jpg

別図4　https://commons.wikimedia.org/wiki/File:RooksBackOfSavrasov.jpg
別図5　https://ru.m.wikipedia.org/wiki/Файл:Дорога_во_ржи_(Шишкин).jpg
別図6　https://ru.m.wikipedia.org/wiki/Файл:Shishkin_Polden_Okrestnosti_Moskvy.jpg
別図7　https://commons.wikimedia.org/wiki/File:Ivan_Shishkin_-_Рожь_-_Google_Art_Project.jpg
別図8　https://ru.m.wikipedia.org/wiki/Файл:Алексей_К._Саврасов_-_Рожь_(1881).jpg
別図9　https://commons.wikimedia.org/wiki/File:Grigoriy_Grigoryevich_Myasoyedov_Rye.jpg
別図10　https://commons.wikimedia.org/wiki/File:Grigorij_Grigorjewitsch_Mjassojedow_003.jpg

A・カズベギ「ぼくが羊飼いだった頃の話」におけるパストラルの諸相

五月女 颯

パストラルとジョージア文学

パストラルは、人間と自然の調和の取れた理想的な環境の想像である。そうした環境は locus amoenus（「心地よい場所」の意のラテン語）やアルカディア（理想郷）とともにしばしば言及されるが、そこにはいくつかの特徴が区分される。イギリスの文学研究者テリー・ギフォード（Terry Gifford）によれば、パストラルという用語は以下の四つの特徴のもと、様々に使われる。すなわち、（一）文学的なジャンルとしてのパストラル、（二）都市と対比的に用いられるパストラル、（三）環境保護や社会正義、環境正義の文脈におけるパストラル、（四）耕作や畜産といった農業との関連におけるパストラル、の四つである。[1]

牧歌的な表象はそもそも、テオクリトス（Theocritus 前三一〇—前二五〇）の『牧歌 *Eidyllia*』（成立年不明）と、ウェルギリウス（Vergilius 前七〇—前一九）の『牧歌 *Eclogae*』（前四二—前三七）がその代表である、西洋古典における狭義の文学ジャンルであった。そこでは羊飼いがしばしば登場し自身の労働や恋愛について歌を歌う、というのが一つの典型であり、このことをギフォードは「このヨーロッパ的伝統における最良の作品では、環境の理想化が、そこでの労働に従事する労働者たちや、あるいはそこで経験される恋愛関係の緊張により、複雑化される」[2]ものであると指摘する。

こうした牧歌の典型は、ウィリアム・シェイクスピア（William Shakespear 一五六四―一六一六）などルネッサンス期の詩人や劇作家へと受け継がれた。例えば『冬物語 *The Winter Tale*』（一六一〇―一一）や『お気に召すまま *As You Like It*』（一五九九―一六〇〇）では、都市ないし宮廷での争いから登場人物が逃れる先が牧歌的空間であり、そこではやはり羊飼いが登場する。登場人物はそこで力を蓄え、最終的に再び都市へと戻っていくが、ギフォードが「逃避と帰還」“retreat and return”との用語で説明する、このような都市に対比される牧歌的空間は、中世においてパストラルのモード（様式）としてやはりしばしば用いられてきた。

他方で、このような理想化・美化されたパストラル表象に対し、そうしたパストラル表象が軽視・無視しがちな農村での重労働や階級差、経済的・社会的不平等、また汚染などに焦点を当てつつ、軽蔑的・嘲笑的な眼差しをパストラルへ向ける（主としてリアリズムの）文学もまた当然あり得る。前述の四つの類型のうち三つ目に該当するこの態度は、前段で述べたようなパストラルに対する「アンチ・パストラル」として定義づけられるものである[3]。

このようなパストラルとアンチ・パストラルという両端の態度が牧歌的風景の描写にあるとすれば、文学（研究）の現代的展開において、「ポスト・パストラル」と呼びうる発展的な態度がありうる、とギフォードは主張している。都市と農村という二項論的な図式が崩れてゆき、また田園を単純化・美化・理想化するパストラル表象への懐疑がますます強まる今日において（特に人新世についての文脈で）、ポスト・パストラルは、パストラルとアンチ・パストラルの両者を視野に入れ、それらを弁証法的に乗り越える新たなパストラル・イメージを模索するものである。「〔……〕ポスト・パストラルのテクストは、パストラルの問題系を超越するというよりは、人間の自然との関係を調和のとれた安定し自己満足な形としておくことを避け、ダニエル・ボトキン（Daniel Botkin）（一九九〇）が「不調和の調和」と名付けた、動的で自己調整的、ポスト平衡的な順応を目指して、それら問題系を探究するものである」。[4] したがって、このポスト・パストラルには人間と自然の関係についてのさまざまな認識や表象が含まれることになるが、ギフォードは概説書『パストラル』の増補した第二版（二〇二〇年）で、ポスト・パストラルの接頭語「ポスト」は、さまざまな接頭語のうちの一つ（つまり〇〇・パストラルのうちの一つ）であると修正を加えている。[5] ここにおいてパストラルは、接頭語すなわち様々なテーマを示すコンセプトとなっている。すなわち、パストラルは、特定の文学的なジャンルからモードへ、モードからコンセプトへと進化ないし拡大を続けているというのである。[6]

このことからもわかるように、現在のパストラル研究は、（たとえば「ウィルダネス」[7] のような人の手の入らない場所ではなく）人間と自然が多様な関係を結ぶ空間をいかに想像し表象しうるのか、というエコクリティシズムにとっての本質的な問いを提示する。伝統的なパストラル表象が安定的で擾乱のない環境のみを扱っているのではないか、とするアンチ・パストラルの批判を念頭に置き、そしてそれとの均衡を保ちつつ、それでもなお調和のとれた理想の環境（あるいはその破綻や妥協）というものを、今日の文学（研究）はさまざまな形で思い描くのである。

ギフォードによるこのパストラル論をふまえ、ここではジョージア文学におけるパストラル表象について論じる。具体的には、リアリズム作家アレクサンドレ・カズベギ（Aleksandre Qazbegi 一八四八―一八九三）の短編「ぼくが羊飼いだった頃の話 Namtsqemsaris mogonebani」（一八八二―一八八三）で語られる羊飼いの表象をパストラルの議論に位置付ける。先のギフォードの理論は英文学ないし英語圏文学を中心として論じられており、そこでは、ここまで概観したとおり、西洋古典からシェイクスピアなどルネッサンス期の作家・詩人、そしてそれ以降の（アンチ・）パストラルの系譜をみることになる。だが非西欧の場合、そうしたパストラルの系譜や伝統、文脈は必ずしも自明ではない。ジョージア文学においても同様であり、ジョージア文学におけるパストラルの典型として、ダヴィト・グラミシヴィリ(8)（Davit Guramishvili 一七〇五―一七九二）の詩『ダヴィティアニ *Davitiani*』（成立年不明）の第四歌で描かれる羊飼いカッヴィアが挙げられる。ジョージアの研究者ダリラ・ベディアニゼ（Dalila Bedianidze）は、博士論文『パストラル詩とダヴィト・グラミシヴィリ』において、この詩人が当時ロシア語に新たに翻訳されたウェルギリウスやテオクリトスの『牧歌』の影響を受けたと考えているが(9)、この例を除けば、この時代のジョージア文学がパストラルとの関連で論じられることはほぼないだろう。しかしながら、「羊飼いなくしてパストラルなし(10)」との定義を踏まえて、羊を追って山中を（しかも五〇〇〇メートル級のコーカサス山脈の麓を）歩き回る羊飼いの生活を、いわば参与観察のように直接体験し記録した本テクストを、広義のパストラル文学としてみなすことは可能であり、そして本作のエコクリティシズムの文脈における意義を再度捉えることができるはずである。ロシア帝国による支配を受けていた一九世紀ジョージアの文学において、果たしてパストラルと呼びうるような空間の想像はありうるだろうか？　あるいは、それは支配の辛苦に満ちたアンチ・パストラルだろうか？　こうした問いは、ひろく植民地文学のポストコロニアル研究とも結びつくものである(11)。

羊飼いのアンチ・パストラル

カズベギは、ロシア帝国の植民地主義の下、苛烈な生活を余儀なくされた民衆を主題としたリアリズム小説を多く遺した。ロシア国境の山岳地帯であるヘヴィ地方の町ステパンツミンダで貴族の家庭で生まれ育ち、その作品の多くもまた同地域を舞台としている。カズベギは一八歳でロシアへ留学するが、帰郷後、羊飼いとしての山野での生活を七年間にわたっておくり、そこでの体験を題材としたのが、ここで扱う「ぼくが羊飼いだった頃の話[12]」である。

そのタイトルが予期させるものとは裏腹に、「ぼくが羊飼いだった頃の話」で作者ないし語り手が目撃し描いている羊飼いの生活は、いくつもの困難に満ちたものである。その語り手（すなわち作者カズベギ自身と考えて差し支えないだろう）は、貴族の出自にもかかわらず羊飼いの厳しい生活へと身を投じ、そしてその実情を読者に伝えている。「ぼくは人々と出会って、彼らの欲するものを知りたかったし、彼らの生活を実践して、働く人々の背後にある要求や困窮をぼく自身で経験したく、家でじっとしていられなかった[13]」。

その困難とは、具体的には、悪天候や肉食獣、そして人間の盗賊である。このことは、語り手に対する、共に行動する羊飼いスヴィモナの次の言葉に端的に表れている。

「だって、全てが羊と敵対している。肉食獣、人間、天気。これら全ては羊の敵だよ。これらは全て羊を狙っているんだ」とスヴィモナは言い、そして付け加えた。「それだから羊飼いは不幸だ。悪天候だと、どんな職の人でも休息することができて、仕事をしなくてよくなる。だけど、羊飼いの場合はそうはいかないんだ。他の働き手は避難するが、羊飼いは羊と運命を共にしなければならない。羊飼いには昼も夜も休息はないんだ！　夜には、羊が寝られるよう、肉食獣や泥棒が羊をさらって行かないよう、しっかり見張らなくちゃならない。羊飼いには昼も夜も休息はないんだ[14]！」

ここでスヴィモナが語っているように、羊飼いは悪天候のなかでも屋外に残り続けなければならない。というのも、悪天候そのものが羊を脅かすのはもとより、肉食獣や盗賊が羊を捕食したり盗んでいったりしないよう、常に警戒を怠ることができないからだ。この点において、スヴィモナ自身が語っているように、たとえば農民などよりもより過酷な環境に羊飼いは置かれているのであり、したがって作中での羊飼いとしての生活の描写は、アンチ・パストラルのイメージを全体として作り上げるものである。

悪天候、肉食獣、盗賊の三重苦については、それぞれ作品内により具体的な描写がある。たとえば悪天候については、スヴィモナの言葉を受け、語り手は次のように読者へと訴えを続ける。

読者の皆さん、実際に羊飼いの状況を想像して下さい。空の下、暗くて冷たい夜に、ずぶぬれにして、肉と骨を凍りつかせる土砂降りの雨が途切れなく降っている。嵐は、風でなびくフェルトのマントに突き錐のように吹きつける。それなのに、羊から離れることができないのです。というのも羊を牧草地から離すことができず、絶えず注意深く目を配らなくてはならないので、自分は避難することができないのです。(15)

ここで語り手は風雨を山中でやり過ごすことの困難さを克明に伝えている。すでに触れたように、語り手（すなわち作者カズベギ自身）は参与観察のような手法で羊飼いの生活を記録し、そしてこのように読者へとその困難——ここでは悪天候——を訴えかけているのである。

肉食獣や盗賊については、やはりスヴィモナと語り手の会話のなかで、次のように説明がなされている。

「ここでおれたちは慎重にならなくっちゃ」とぼくの方へ近づいてくるスヴィモナの声が聞こえた。
「ここに何か怖いものがあるの？　ここにはコサックたちはいないでしょ？」と僕は尋ねた。
「狼がいるし、オセット人もコサックより良い奴らというわけじゃない」
「どんなふうに……？」
「どんなふうにって、今、きみがおれたちの羊飼い用キャンプへ行ったら、オセット人たちが大勢いるだろうなあ……」
「それで?」
「あたかも羊飼いに敬意を払っているかのように水みたいなウォッカを一本持って来て、どこに羊がいるのか、どこからならより巧く盗めるかと探るんだ[16]」

明らかなように、この一節では狼やオセット人の危険が示唆されている。羊飼いの移動を妨害するコサックについては後述するが、ここではコサックと比較される形で、オセット人が羊を盗もうと語り手ら羊飼いの一団に接近する者として描かれ、羊飼いにとって危険な存在として警戒されている。この会話の後には実際にオセット人は語り手らに接近を試み、そして語り手らがそれを退けるといった描写もなされている。また、狼についても同様に、実際に襲撃を受ける場面がある。

かなりの時間が経った。ぼくが酔っぱらって弱っている人みたいに目を閉じてまどろんでいると、一度に犬のほえ声と鉄砲の発射音と羊飼いたちの叫び声が聞こえた。
ぼくはすっ飛んで行って、羊飼いは全員起き上がっていた。びっくりして怖くなり見境なく走り回って散り散りになった羊の群れを彼らは追いかけていた。反対側では、火のそばで狼を真ん中にして犬たちが取り囲み、身を挺して戦っていた。すぐに狼は倒され、犬たちは皆一斉に狼に向かって行って、引き裂いた[17]。

羊飼いたちが夕闇に束の間の食事をとり休息しているところに(これについても後述する)、上記のように狼が突然襲いかかる。牧羊犬は応戦し、狼を撃退、八つ裂きにしてしまうのである。このような生々しくリアリスティックな描写は、伝統的なパストラル・イメージにおける羊飼いの穏やかな生活と鮮明な対照をなすものである。

アンチ・パストラルとしてみなされうる作品のうち、羊飼いが登場するものの一つとして、ウィリアム・ワーズワース（William Wordsworth 一七七〇―一八五〇）の詩「マイケル Micheal」（一八〇〇）があるが、それとの比較において、「ぼくが羊飼いだった頃の話」は羊飼いの実際の生活をより詳細に描写することで、アンチ・パストラルの要素を別の点から明るみに出している。「マイケル」は、老羊飼いマイケルが借金の保証人になったことに起因する彼の晩年の困難を描いた作品であるが、ギフォードはアンチ・パストラルを論じる文脈でこの詩を引用し、「ここでワーズワースは、実際の村の実際の人のリアリスティックで広範な肖像を作製することで、羊飼いについての従来の想定を転倒させるためにパストラルの様式を用いている」と考えている(18)。だが「マイケル」では、羊飼いの重労働などよりは、むしろマイケルの一個人の羊飼いとしての晩年の悲哀を描出することに重点が置かれており、この点でカズベギの作品は異なるだろう。カズベギは、自らが羊飼いの生活に参与し、その苦労を目撃・体験することで、羊飼いの生活の現実を、より説得的に、アンチ・パストラルとして描くことができたのである。

妨害するコサックとロシア帝国

ここまで、悪天候、肉食獣（狼）、盗賊といった要素が羊飼いを苦しめていることを確認してきたが、もしこれらが羊飼いの生活につきものの困難であるとしたら、一九世紀ジョージアの羊飼いにはさらなる困難がつきまとう。それはロシア帝国による支配であり、特にコサックによる様々な妨害と、彼らがロシア語を解さないことに付随する、通訳による詐取である。

コサックについては、たとえば、作品の第二章では、スヴィモナが自らの体験談を語り手に語っている――ある時、家族の不幸のために家に戻っていた彼は、羊小屋が燃えてしまったとの一報を受ける。自らの全財産である羊が無事であるかを確かめに行きたいのだが、しかし通行証なしではチェチェンへ移動することができない。彼は通行証を取得するため、片道六〇露里離れた村まで真冬の峠を越えるが[19]、役人は不在であり、一カ月は戻らないという。通行証を入手できずに村に戻った彼は、いてもたってもいられず、通行証なしで様子を見に行こうとするも、検問のあるダリアルでコサックらに逮捕され、数週間勾留されてしまう。

第三章以降では、語り手ら羊飼いたちは冬越しのために、コーカサス山脈北側のチェチェンへと、山から平地へと羊とともに降っていくが、その道中でもやはりコサックの妨害に幾度となく遭う。例として、第三章では、ダリアルで「他の権利のほか、往来する人の通行許可証の提示を求め、許可証に書かれた印に基づき正しい書類を提示しているかをチェックするなどの権利を与えられてい[20]」るコサックに、通行証の確認のために足止めされ、さらには通行料を要求される。

「どうして羊を止められたの、コサックたちは何て言っているの？」とぼくは尋ねた。

「難くせだよ、それだけさ！」と一人の羊飼いが答え、さらに「五〇ルーブルを要求していて、くれたら、行かせてやる、くれなかったら、行かせないって」と付け加えて言った。

「ぼくたちは一〇ルーブルやったけれど、彼らは満足しなかったよ」と、さらに他の羊飼いが言った。

「なんてこった、どうしてお金をやらなきゃならないんだ！」とぼくは言って、コサックたちのいる方を向いて言った。「あなた方のうちで誰が所長ですか？」

「何の用だ？」と返事が返って来た。「おまえがリーダーか？」

「ぼくが何者か、じき分かるさ」とぼくは怒って答え、質問を繰り返した。「誰が所長ですか？」

「おれが所長だ。何の用だ？」

「どうして羊を止めたのですか？」

「おれがそうしたかったからだ」
「おまえは羊飼いにどんな損失を与えることになるのか、分かっているのか？」
「全部死んだって、おれには痛くも痒くもないんだよなぁ[21]？」

通行料そのものもさることながら、群れを足止めすることで、羊が泥のなかで蹄を腐らせたり、あるいはストレスがかかり早産してしまったりするなどの実害が出る。それゆえ、コサックのこのような妨害は、羊飼いにとって重大な結果や損失をもたらしかねないものである。また、第五章では、コサックたちが通行証に書いているはずの羊の数について、八千頭以上を数え直すことも要求し、羊飼いたちは通行料を払うまで検問所で再び足止めされるなど、羊飼いが越冬のためウラジカフカスへと移動する道中、いくつもの村落や検問でコサックと絶え間ない諍いが起こることが言及される。

肉食獣、盗賊を撃退し、さらにはコサックとの諍いに立ち向かうため、羊飼いは武装することになる。

羊飼いたちは困難な事柄について、避けられない喧嘩について、盗賊についてたくさん話していたので、ぼくは武器のことが気になり、羊飼いたちを集めた。武器を調べ、ぼくは満足した。鉄砲とピストルは手入れされ、撃鉄は起こされ、フリントは新しくとがっていて、短剣は磨かれ、弾と火薬は十分持っていた。一言にして言えば、必要な時はいつでも戦いに出られるように準備していたのだ[22]。

この後の会話でも言及されるように、羊飼いが越冬地に向かうことは、軍に入ることに似ている――「どちらも武器を手放せない[23]」からだ。武装した羊飼いの（さらに言えば男性的な）表象は、もはや恋愛についての詩を詠むような長閑な羊飼いのそれとは対照的なものでさえあり、そのような羊飼いが登場する伝統的なパストラルを嘲笑するかのような、アンチ・パストラルそのものである。

ロシア帝国のコーカサス支配において、コサックはロシアの尖兵として重要な役割を果たし、アレクサンドル・プーシキン（Aleksandr Pushkin 一七九九―一八三七）やレフ・トルストイ（Lev Tolstoy 一八二八―一九一〇）といったロシア文学の作品においてもしばしば描かれてきた。研究者のジュディス・コーンブラット（Judith Kornblatt）は、ロシア文学においてコサックが暴力と自由、野性と文明といった対立的な概念を包括する神話的イメージが形成され、それがロシアのナショナル・アイデンティティに転化してきたと指摘している。コサックのこのようなイメージは、プーシキンの描いたジプシーや、アレクサンドル・ベストゥージェフ＝マルリンスキー（Aleksandr Bestuzhev-Marlinsky 一七九七―一八三七）やミハイル・レールモントフ（Mikhail Lermontov 一八一四―一八四一）の山岳民など、「高貴な野蛮人」のイメージと共通する。だが、「これら高貴な野蛮人は、私たちの文明から完全に隔絶したどこかに存在し、それゆえ都市住民の主人公が彼らの居住域に旅行し、彼らを称賛し、おそらく彼らから学びもするが、しかし究極的には彼らのあいだに残ることはできない」ような他者であるが、「他方で、コサックはロシア人であ」り、それはすなわち「『他者』であり、そして典型的に『自己』である[24]」点で本質的に異なるという。この「他者にして自己」というイメージこそが、ロシア文学においてコサック神話を決定的に活気づけるものだとコーンブラットは考えている。

しかしながら、ロシア文学研究者のレイトンはコーンブラットのこの論を批判し、コーカサスの文脈においてコサックは、ロシアにとっての山岳民のような「他者」ではないと考えている。ロシア文学のコーカサスものにおけるコサックは「ロシアの国境警備兵として厳密に概念化され」ており、「地理的には辺境にいたが、政治的には中央に仕えていた」からだ。[25] 乗松はポストコロニアルな関心からこれらの議論を、西洋と東洋（つまり自己と他者）の二項対立を前提とする「『サイードのパラダイム』に対する〔ロシア・オリエンタリズムの〕留保のひとつの帰結」であると捉えている。サイードのパラダイムを受けつつ、コサックや山岳民を自他のどちらに区分しうるかについての一連の議論は、ロシアのアイデンティティの曖昧さの一例を示すものであるというのだ[26]。「ぼくが羊飼いだった頃の話」のコサックは、この点でレイトンの主張に近いものだろう。コサックは羊飼いの移動を検問する、まさにロシア帝国に仕える「国境警備兵」そのものであり、かつロシアの帝国主義的支配と共犯（こう言ってよければ、共同正犯）である。こうした共犯関係は、第五章でコサックが語り手ら羊飼いを足止めし通行料を要求する場面での、次の会話に読み取ることができる——コサックとのやりとりに埒が開かないことを悟った語り手は、単身ウラジカフカス（作中ではザウギとも呼ばれる）に向かい、そこで街道を管轄するドラクロワ大佐に直訴することに決める。すると、カントニスト（徴発された少年兵）と思われる書記官らしきロシア人の若者が、語り手に話しかけてくるのであった。


「三頭ぐらい子羊をやったら、行かせてくれますよ」と彼〔書記官〕はぼくに説明してくれた。

「三頭の仔羊どころか、三枚の小銭だってやらないよ」

「お好きなように。だけど、そうした方がいいんですけどね」と彼は言った〔……〕。

馬が連れて来られ、ぼくが馬のあぶみに足を入れた途端、その兵士がまた近づいて来た。

「じゃあ、子羊二頭あげてはどうですか？　行かせてくれるようにぼくが頼んであげますよ」

お分かりですか！　どこから来たか分からない誰かが、まさに同じようにどこから来たか分からない者に頼む、ということなのですよ。つまり、必要な書類を全て携えている、仕事で来ている温厚な男を、国の道路を通させてくれと頼んでいる、ということなのですよ！　神よ、教えて下さい！　ぼくはどこにいるのですか？　その時、ぼくは考えていたのですが、自分のやっていることが自分でも分からなくなりました[27]。


どこからともなく現れて来たロシア人青年が、語り手に、（通行証により認められているはずの）街道通行の許可を求めコサックたちとの仲介を提案する、という混乱した状況が、語り手により読者に呼びかける形で語られている。つまり、ロシア軍に仕えるロシア人青年が、コサックの横暴を止めるどころか、羊を渡したら解決するのではないかとして追認してしまっているのである。この点において、コサックの一連の振る舞いはロシアの体制にとってある種公認のものでさえある。コサックによって引き起こされる羊飼いの困難は、例えば前章で触れたオセット人の羊泥棒とは異なり、ロシアの帝国主義的支配と共犯関係にあるのである。

この会話のあと、語り手は実際にドラクロワ大佐のもとに赴き、検問でのコサックの振る舞いについて抗議する。

「かわいそうな王子さま、区別しなくちゃなりません、区別ですよ！　皆平等ではないでしょう？」

僕は区別ではなく、公平を求めていて、そのために言ったのだった。

「大佐殿！　ぼくは区別とかぼく個人の援助とかを求めているのではありません。ぼくはコサックたちが法に基づいた対応をするよう、求めているのです」。

「あなたは頑固なお方だ」と彼はぼくに返事した。「あなたとただの田舎っぺたちを、われわれが等しく対応することなんて、できるはずないでしょ？」

「この件においては、ぼくたちを皆区別することなく対応しなければならないと思いますよ、だって法の下では一緒のはずですから」

「いくら言ったって、無駄です。皆が平等に扱われるなんて、ありえませんよ！」と彼は頭を振った。

ぼくとドラクロワの話は平行線を辿った。結局、コサックたちは検問の通行料をぼくたちから全く受け取らなかった。あらゆる手段を用いて、コサックたちが法に基づいてぼくに対応するよう、ぼくは試みたのだが[28]。

このように語り手は、自身とその他の羊飼いとあいだで同様の対応をとるよう要求する。だが、大佐は語り手の出自を理由に一行の通行料を免除するにとどまり、今後ともコサックによる通行料の要求をやめさせることはないだろうことが示唆されている。羊飼いがいかに困難な状況に日々陥っているかを如実に訴えかけるこの描写は、他方で語り手と一般の羊飼いのあいだには身分差があり、そしてその身分差ゆえにそうした困難が強化されていることを、読者に認識させるものである。

他方、すでに触れたように、「ぼくが羊飼いだった頃の話」では、羊飼いはコサックのほか通訳によってもまた苦難を強いられていることに注意を払わねばならない。

どうやって羊飼いたちから金をせしめるのか、あなた方読者に明らかにするならば、お伝えしなければならないのは、山の民はロシア語を話すことができないのだが、この類の移動の全行程では、ロシア人に会い、彼らと商売し、話さなければならなくなる。そのために、羊飼いたちはロシア語のできる者を雇い、移動中、彼は通訳する。もちろん、ロシア語のできる者は技師たちと、将校たちと、職人たちといった堕落した輩と頻繁に会う。それで堕落してしまい、「あれやこれや」を学び、名誉と良心を失って、十ルーブルどころか、一ルーブルのためにさえ自分自身の仲間や雇い主を裏切るのだ。(29)

この一節は、ウラジカフカスに到着した語り手らが物資を調達するあいだに羊を放しておく牧草地の使用料をめぐるやりとりの後に現れる。羊飼いたちはロシア語を解さないため、通訳を介して交渉しなければならないが、その通訳自身が「堕落して」雇い主である羊飼いを騙し、牧草地を実際よりも長期間使用したことにし、不当な使用料を請求しているというのだ。こうしたロシア語を使わなければならない状況は、ロシア帝国が地域を支配していることにより生じていることであるからして、ロシアの帝国主義に起因するとひとまずは言うこともできるだろう。

だがより重要なことに、羊飼いはジョージア語話者であるから、ここでの通訳もまたジョージア語話者のジョージア人であると考えるのもまた妥当であろうが、とすれば、羊飼いを苦しめる存在は、なにもロシア軍の士官やオセット人の羊泥棒、そして国境警備兵のコサックといったジョージア人以外の民族に限らない。すなわち「ぼくが羊飼いだった頃の話」は、ジョージアの民族主義のみに貫かれているわけでは必ずしもないのである。比較文学研究者のレベッカ・グールド（Rebecca Gould）は、カズベギの作品群におけるこうした民衆を中心に据えた諸表象を、貴族を中心に形成されていたそれまでのジョージア文学と対比させる形で「アンチコロニアル・ヴァナキュラー」の用語を用いて説明しているが、[30]本作では羊飼いをめぐって、羊飼いを抑圧する側（ロシアの植民地体制にあるロシア人やジョージア人、コサック、あるいは羊泥棒のオセット人）と、抑圧されるヴァナキュラー（羊飼いと同様にチェチェンなどの山岳民）に大きく二分できるのである。

このように、「ぼくが羊飼いだった頃の話」における羊飼いの生活は、羊飼いの生活に特有の困難（悪天候、肉食獣、羊泥棒）に加え、ロシア帝国の支配という一九世紀のコーカサスに固有の条件がもたらす困難が作り出す、アンチ・パストラルの風景である。ギフォードはアンチ・パストラルを「パストラルと対置されるものとして特徴づけられうるものであり、それは、暗黒世界への旅と、再生されるというよりは空虚になっての帰還を伴う[31]」ものと定義しているが、この定義に即して言えば、ここで語り手は羊飼いの「暗黒世界」を身をもって体験し、かといってその暗黒世界での困窮はテクスト内で最終的に解決されることはないという点で、再生とは無縁である。

アンチコロニアル・パストラル

ギフォードは前記の定義に加えて、アンチ・パストラルのテクストは「パストラルとの弁証法的関係においてアンチ・パストラルの集合体であることを意図されている」[32]必要があるとも述べている。パストラルが（西欧において）構築され継承されてきた文学的なイメージであるから、その過度な理想化を批判するアンチ・パストラルもまた、パストラルとの関係において考える必要があるというのだ。では、ここまで論じてきたような「ぼくが羊飼いだった頃の話」におけるアンチ・パストラルのイメージと対になるようなパストラルのイメージは、テクスト内に存在するだろうか？　存在するとして、どのようなものだろうか？

そうしたパストラルのイメージは、たしかに存在する。その例として、次の場面を挙げることができる――すでに触れたように、羊飼いたちのもとにオセット人の羊泥棒たちが偵察にやってくるが、羊飼いたちはそれを追い払い、犬を連れた見張りが警戒を続けるものの、彼らは束の間の休息をとることができる。

残りの羊飼いたちはパンを食べるべく座り、一緒にたくさん持ってきた温かいトウモロコシ粉の団子と塩漬け肉を味わった。夕食の間ずっと冗談や悪ふざけや詩を作ったりして過ごした。生気に満ち、ほとんど心配事がないかのように気が抜けた人々をぼくは楽しい気分で見ていた。羊飼いの生活は彼らを鍛え上げ、疲れさえ見せないようだった。

少しおしゃべりして、パイプ煙草を吸ってから、ぼくたちは皆フェルトのマントを着て、羊のすぐそばで寝ようと囲いへ向かった。

月はすでに沈み、漆黒の空間に星がとてもきらきら光り、その場所に彩りを添えた。歯を食いしばり、行き来する人のために道を与えるはずの山々は、あたかもさらに背が伸びたかのように、夜の闇の中に消えていた。時折、遠くを流れるテレク川の轟音は、ごく稀に、静かで愛情豊かな子守唄のように聞こえていた。肉食獣は羊に近づかなかったし、犬たちもおとなしく羊の群れを周囲から見守っていた。

この美しく、静まり返った、気持ちのよい夜に、いい香りの花々や野草を嗅ぐと、人はなんだか興奮して、心が騒ぐ。

あなた方は、生きていることを、人生は甘いことを、あなた方を抱きしめ、惹きつけ、なんだか軽く、幸せに呼吸させる何かの力があることを、感じることだろう！

この夜はそんなことをぼくに思わせたし、他の人にもやはり、そうだと思う。(33)


ここまで論じてきたような混乱と苦労に満ちた様子とは異なり、平穏な夜半の風景が描写される。羊飼いたちは冗談を言いあったり詩を詠んだりして時間を過ごすが、これは伝統的なパストラルにおける詩を詠みあう羊飼いをも思い起こさせる。また、テレク川(34)も、ロシアやジョージアの文学では荒れ狂う流れが野性を象徴するが、(35)ここではその轟音でさえも、時として「静かで愛情豊かな子守唄のように聞こえて」さえおり、伝統的なテレク川表象とは対照的なものとなっていることも特筆すべきだろう。

また、作品の結末部では、語り手らは越冬のための目的地であるチェチェンに到着するが、そこでもやはり類似の牧歌的な風景が広がっている。


この移動は冬の羊小屋の建設によって終わりを告げたが、特に羊飼いの働きぶりや疲れ知らずな様子は、見る人を驚かせることだろう。庭やパドック、冬の羊小屋のある村全体を想像してみよう。羊小屋の壁は枝で編んだ網が二重に貼られ、その網と網の間には土と砂利が詰められている。毎日途絶えることなく働き、歌って、詩を吟じて、楽しんでいた。

この羊飼いたちの動作する喜びは、冬の羊小屋が出来上がったため、毎日変わりなく繰り返す一様の仕事に変わった。朝早くに羊に草を食べに行かせ、夕方に戻らせて、小屋に入れるのだ。羊に草を食べさせに行く羊飼いは、境界で別の羊飼いの長に会うこともごく稀にあった。もしも会った時には、彼らは座って、お互いに心を開き、自分の冒険を語って、共に時間を分かち合った。しばしば夜の平和はチェチェン人のさらわれた馬の蹄の音と追跡者の鉄砲の発射音で砕かれたが、そんなことがなければ変化は何も見ることはできなかった。しかし、もう一つ、ぼくがとても楽しんでいた時間の過ごし方を書くのを忘れていた。それは、ある有名な羊飼いの、あるいは山賊の生活をもとにしたお話であり、さまざまな伝説の物語の類だったのだ。[36]

羊飼いたちは移動を終え越冬のための羊小屋を建てたのちは、やはり詩を詠んだり物語を語り合ったりするなど、悠々とした生活を送ることができる。言い換えれば、羊飼いの困難は主として移動に伴って発生するのであり、定住している間は「一様で、毎日変わらなく繰り返す」不変の日々を送ることになる。複雑で変化する日常から離れた不変の空間というイメージもまた、パストラルに特徴的なものである。黄金時代やエデンの園といった概念と結びつきつつ、「牧歌と時間との関連は、何にもまして、牧歌に普遍的な性質を与える特徴である。というのは、現実の世界を厭わしいものと感じ、圧倒的な現実世界を逃れて、神聖な過去や、漠然とした未来の救いを求めるのは人類のもっとも深い本能であるからである」。[37]
ここで重要なのは、そのようなパストラル・イメージはアンチパストラル・イメージに対して対照をなし、そしてその関係においてこそ、作品全体のアンチ・パストラルの表象が強調・強化されるのである。このようなアンチ・パストラルのテクストにおけるパストラル・イメージの出現は、環境汚染を扱った作品にもその例を見ることができる。エコクリティシズムの古典であるレイチェル・カーソン（Racheal Carson 一九〇七―一九六四）

の『沈黙の春 *Silent Spring*』（一九六二）の冒頭では、生命に満ちたアメリカの田園風景が描写されたのち、牛や羊、鳥、そして人間が続々と死に絶えてゆき、「パストラルの平和が破局的な破壊に急速に道を譲る[38]」。また、日本におけるエコクリティシズムの文脈においても、やはりその古典的作品である石牟礼道子『苦海浄土』（一九六九）では、有機水銀による汚染が起こる前の漁民の生活が牧歌的に描かれる。生田省悟は、作品の冒頭で描かれる湯堂部落の風景を、「貧しくも晴れやかな生活に対する郷愁めいたものを喚起させずにはおかない」、「まさにパストラルの風景である」と捉えた上で、その牧歌的な風景が実は有機水銀により汚染されてしまっている「現実とパストラル幻想との間に生じる落差こそ、『苦海浄土』の基調をなすものである」と評価している[39]。いずれの作品も化学物質による環境汚染を描いているが、そこでは将来の汚染から守るべき（『沈黙の春』）、あるいは汚染がなければ存在していたはずの（『苦海浄土』）パストラル・イメージが提示され、それを「破局的に破壊」する環境汚染（の危険性）が糾弾されているのだ。もちろん、化学物質による汚染が牧歌的空間を（少なくとも一定期間は）不可逆的に破壊するのとは異なるものの、「ぼくが羊飼いだった頃の話」が示すように、帝国主義や植民地主義もまた、支配が確立するまでの牧歌的空間（のイメージ）を破壊するものであり、したがってここにはパストラルとアンチ・パストラルについての共通の関係が見出せるのである。

帝国主義的・植民地主義的支配を批判する目的のもと、それにより実際には破壊されてしまっているパストラル・イメージを、破壊後の現実としてのアンチ・パストラルとの対照を意識しながら描く語りの戦略があるとするならば、そうしたパストラルを（ギフォードの主張「接頭語＋パストラル」に倣って）「アンチコロニアル・パストラル」と呼ぶことができるのではないだろうか。とくにこの用語の用例に注意を向けるならば、たとえば英文学の研究者カリーナ・ウィリアムソン（Karina Williamson）は、アイルランドやカリブ海、オーストラリアなどのポストコロニアル詩では、宗主国から植民地へ投影されるパストラル・イメージに対して植民地の現実を表すアンチ・パストラルの諸表象が確認でき、ジャマイカのプランテーションを描いたデレック・ウォルコット（Derek Walcot 一九三〇―二〇一七）の詩「カイニットの王国 The Star-Apple Kingdom」（一九七九）でもそれは同様だが、それでもなお作品の「パストラル幻想はそれ自体として解体されていないことから、（ポストコロニアル・）アンチパストラルというよりは、（アンチコロニアル・）パストラルである」と論じている。[40]またアメリカの研究者シュルトは、メキシコ系アメリカ人の作家リチャード・ロドリゲス（Richard Rodrigues 一九四四―）の『義務の日 *The Days of Obligation*』（一九九二）において、ユダヤ゠キリスト教における堕罪以前の世界と比較されるような、メキシコ人社会においてそのアイデンティティを形成する先住民インディアンの遺産やその栄光についての言説を、アンチコロニアル・パストラルとしてみなした上で、作家ロドリゲス自身はそうした言説を、社会が当のインディアンたちを周縁化しているという事実への批判的な文脈のなかで言及していると指摘している。[41]いずれの場合でも、アンチ・パストラルとしてのポストコロニアル状況を表現するテクストにおいても、パストラル・イメージがある種の緊張感とともに用いられていると言えないだろうか。後者で作家ロドリゲスが批判するように、こうしたパストラル・イメージは常に現実を単純化・神話化する危険を孕むが（それゆえに魅力的に映るのだが）、グールドがヴァナキュラーの用語で示したように、カズベギはあくまでもジョージアの民衆の立場から見たロシアの支配を描き、そのなかでふと現れる束の間の安らぎの時間を捉えている。それゆえに、その帝国主義・植民地主義を批判するアンチコロニアル・パストラルの描写もまた説得力を増すのではないだろうか。

結論

ここまでみてきたように、「ぼくが羊飼いだった頃の話」で語られるのは、ただでさえ過酷な労働を強いられる羊飼いが、ロシアの帝国主義によりさらに苦境に立たされているアンチ・パストラルの景色である。なかでもコサックによる通行妨害は羊飼いにさまざまな損害を与えているが、コサックはロシア帝国による地域の支配の一端を担っており、彼らによる妨害はいわば支配体制によるお墨付きのものであった。そして語り手がドラクロワ大佐へ抗議した際の一連の会話からは、民衆としての羊飼いがそうした支配の影響をもっとも受けた存在であることが示唆される。民衆のこのような困窮は先行の民族主義作家により主題化されたものだが[42]、カズベギはそうした民族主義的な主題を継承しつつ、自身の羊飼いとしての体験をもとに、ジョージア民衆のアンチ・パストラルをよりリアリスティックに描出したのである。

パストラルの問題系は、「パストラル」と「アンチ・パストラル」の二つの極のあいだでの緊張した均衡関係において描かれ、またその研究において論じられることも、確認してきた通りである。上述のように、カズベギの作品の主題は羊飼いのアンチ・パストラルであるが、テクスト中の数カ所で書き込まれる牧歌的な光景は、ロシアによる支配がなければなお見られたであろう場面を提示することで、その帝国主義や植民地主義を批判する、アンチコロニアル・パストラルと呼ぶことができるものである。

人間と自然の調和のとれた世界を想像するパストラルは、さまざまな社会問題や環境問題が生じ、そうした世界観にますます疑問が付される現代にあって、かえってその意義を増している。伝統的な「パストラル」の系譜にあるテクストはもちろん、そうした文学的伝統を直接的に受容していない時代や地域のテクストについても、広範な比較関係に置いて論じることで、その意義がより明確に析出されうるだろう。本論は、羊飼いの生活を描くものとしてのパストラルが、帝国主義や植民地主義により破壊されていく様を記録したテクストとして「ぼくが羊飼いだった頃の話」を論考した。さまざまな形で描かれるパストラルの、ジョージア的展開の一端が、そこに見出せるだろう。

[注]

（1）Terry Gifford, *Pastoral*, 2nd ed. (London and NY: Routledge, 2020), p. 1-3.

（2）*Ibid.*, p. 1.

（3）もちろんパストラルとアンチ・パストラルは確固として二分できるわけではない。たとえばリンデンバウムは、ここで「パストラル」と一般に分類される、シドニー『アーケイディア』やシェイクスピアの諸作品、ミルトン『失楽園』など、ルネサンス期の代表的な作品においても「アンチ・パストラル」の要素を観察することができると考えている。Peter Lindenbaum, *Changing Landscapes: Anti-Pastoral Sentiment in the English Renaissance* (Athens and London: The University of Georgia Press, 1986).

（4）Gifford, *Pastoral*, p. 199.

（5）*Ibid.*, p.203-4. ギフォードはここで接頭語の例として、ネオ（neo）、ポストモダン（postmodern）、ゲイ・セックス（gay sex）、都市（urban）、ブラック（black）、プランテーション（plantation）、羊皮紙（vellum）、フロンティア（frontier）、軍事化（militarized）、新（new）、前（avant）、死（necro）、薬物（narco）、エコ（eco）、農業（agro）、窒息（choched）、更新（renewed）、汚染（toxic）、ダーク（dark）、女性（feminine）、母性（maternal）、革命的レズビアン・フェミニズム（revolutionary lesbian feminist）を挙げている。

（6）*Ibid.*, p. 204.

（7）ウィルダネスについては、以下に概略的な解説がある。山本洋平「ウィルダネス」、小谷一明ほか編『文学から環境を考える――エコクリティシズムガイドブック』勉誠出版、二〇一四年、二六一―二六二頁。

（8）グラミシヴィリは、一七二七―二八年ごろにダゲスタンからの襲撃を受け捕虜になった後にそこから脱出し、以後モスクワ、ウクライナで活動したのち、ミルゴロドで逝去した詩人であり、『ダヴィティアニ』は唯一遺された著作である。

（9）დალილა ბედიანიძე, “პასტორალური პოეზია და დავით გურამიშვილი” (ფილოლოგიის მეცნიერებათა კანდიდატის სამეცნიერო ხარისხის მოსაპოვებლად წარმოდგენილი დისერტაცია, საქ. სსრ მეცნიერთა აკადემიის შოთა რუსთაველის სახელობის ქართული ლიტერატურის ისტორიის ინსტიტუტი, 1985), გვ. 21-22 (Dalila Bedianidze, “Pastoraluri poezia da Davit Guramishvili” (Pilologiis metsnierebata kandidatis sametsniero khariskhis mosapoveblad tsarmodgenili disertatsia, Sak. SSR metsnierta akademiis Shota Rustavelis sakhelobis kartuli literaturis istoriis instituti, 1985), p. 21-22).

（10）Leo Marx, “Pastoralism in America,” Sacvan Bercovitch, and Myra Jehlen, eds., *Ideology and Classic American Literature* (Cambridge: Cambridge UP, 1986), p. 45. 同論文の邦訳は、レオ・マークス（結城正美訳）「アメリカン・パストラルの思想――イデオロギーとしてのパストラル」、ハロルド・フロムほか『緑の文学批評――エコクリティシズム』松柏社、一九九九年、一一五―一四一頁

（なお引用箇所は未訳）。また、Gifford, *Pastoral*, p. 1-2 も参照のこと。

（11）　たとえばハガンとティフィンの研究書『ポストコロニアル・エコクリティシズム』においても、ポストコロニアリズムとパストラルの関連が広範に議論されている。そこでは「ポストコロニアル・パストラル」という用語が用いられており、これもギフォードのいう接頭語＋パストラルの一種であるとみなしてよい。Gragam Huggan and Helen Tiffin, *Postcolonial Ecocriticism*, 2nd ed. (London & NY: Routledge, 2015), p. 98-148.

（12）　邦訳は、アレクサンドレ・カズベギ（三輪智恵子訳）『アレクサンドレ・カズベギ作品選』成文社、二〇一七年に所収。本稿では同訳を用いつつ、本稿の文脈や原文に則し修正した。

（13）　ალექსანდრე ყაზბეგი, *თხზულებათა სრული კრებული*, ტ.1 (თბილისი: საბჭოთა მწერალი, 1948), გვ. 442 (Aleksandre Qazbegi, *Tkhzulebata sruli krebuli*, vol.1 (Tbilisi: Sabchta mtserali, 1948), p. 442).

（14）　*Ibid*., p 453.

（15）　*Ibid*., p. 453.

（16）　*Ibid*., p. 457.

（17）　*Ibid*., p. 459-460.

（18）　Gifford, *Pastoral*, p. 8.

（19）　峠を越える必要があるのは、羊飼いがいるステパンツミンダが、峠のロシア側（北側）に位置するためである。ダリアル村（今日も国境がある）や、越冬の地であるチェチェンは、ステパンツミンダからみてロシア側に下ったところにある。

（20）　ყაზბეგი, *თხზულებათა სრული კრებული*, ტ.1, გვ. 454 (Qazbegi, *Tkhzulebata sruli krebuli*, vol.1, p. 454).

（21）　*Ibid*., p. 455.

（22）　*Ibid*., p. 452-453.

（23）　*Ibid*., p. 453.

（24）　Judith Kornblatt, *The Cossack Hero in Russian Literature: A Study in Cultural Mythology* (Wisconsin: The University of Wisconsin Press, 1992), p. 15-16.

（25）　Susan Layton, “Nineteenth-Century Russian Mythologies of Caucasian Savagery,” Daniel Brower and Edward Lazzerini, eds., *Russia's Orient: Imperial Borderlands and Peoples, 1700-1917* (Bloomington & Indianapolis: Indiana UP, 1997), p. 91.

（26）　乗松亨平『リアリズムの条件――ロシア近代文学の成立と植民地表象』水声社、二〇〇九年、二〇―二一頁。本稿でのコサックの一連の議論については同書で詳細に紹介されており、参考にした。また、上村は同様の議論を紹介しつつ、ある程度の歴史的忠実さが求められる歴史小説におけるコサック表象の神話性について検討している。上村正之「動乱期におけるコサック・イメージ――M・ザゴスキン『ユーリー・ミロスラフスキー、あるいは一六一二年のロシア人』を例に」、『研究論集』北海道大学文学研究科、第一六号、二〇一六年、三三―五二頁。

（27） ყაზბეგი, *თხზულებათა სრული კრებული*, ტ.1, გვ. 461-462 (Qazbegi, *Tkhzulebata sruli krebuli*, vol.1, p. 461-462).

（28） *Ibid*., p. 463.

（29） *Ibid*., p. 464-465.

（30） Rebbeca Gould, "Aleksandre Qazbegi's Mountaineer Prosaics: The Anticolonial Vernacular on Georgian-Chechen Borderlands," *Ab Imperio*, no. 1(2014), p. 361-390. グールドはここで、カズベギ以前のジョージアの貴族階級出身の作家・詩人らと、カズベギやその同時代の詩人ヴァジャ＝プシャヴェラを、やや対立的な構図のもとに捉え、後者がジョージアやチェチェンの山岳民のヴァナキュラーを代表していると考えているが、これにはやや留保が必要かもしれない。「ぼくが羊飼いだった頃の話」では、本論でも取り上げている、羊飼いを騙すロシア語通訳が登場するが、同時に語り手（カズベギ）自身もまた羊飼いの通訳である。グールドの見方を敷衍すれば、語り手は羊飼いを通訳行為により代弁しているということになるが、しかしそうした代弁が十全に完遂しているかは、一人称の語り手による語りを素朴に信じるよりほかにない。ここで指摘したいのは、語り手が羊飼いを代弁していないということではなく、語り手すなわちカズベギの微妙な立ち位置のほうである。

（31） Gifford, *Pastoral*, p. 122.

（32） *Ibid*., p. 122.

（33） ყაზბეგი, *თხზულებათა სრული კრებული*, ტ.1, გვ. 458-459 (Qazbegi, *Tkhzulebata sruli krebuli*, vol.1, p. 458-459).

（34） ジョージア語ではテルギ川で、語り手が越冬の旅の出発地とするステパンツミンダを通って流下する。その谷筋にはジョージア軍用道路が通っており、語り手らもその近辺をチェチェンへ向け移動している。

（35） Susan Layton, *Russian Literature and Empire: Conquest of the Caucasus from Pushkin to Tolstoy* (Cambridge: Cambridge UP, 1994), p. 50-51.

（36） ყაზბეგი, *თხზულებათა სრული კრებული*, ტ.1, გვ. 468-469 (Qazbegi, *Tkhzulebata sruli krebuli*, vol.1, p. 468-469).

（37） Peter Marinelli, *Pastoral* (London & NY: Routledge, 2018), p.9-10. その邦訳として、ピーター・マリネリ（藤井治彦訳）『牧歌』研究社、一九七三年、一三頁。

（38） Greg Garrard, *Ecocriticism*, 2nd ed. (London & NY: Routledge, 2011), p. 1.

（39） 生田省悟「覚醒する〈場所の感覚〉――人間と自然環境をめぐる現代日本の言説」、野田研一、結城正美編『越境するトポス――環境文学論序説』彩流社、二〇〇四年、三〇―三二頁。なお、生田はここで「近代以降の日本文学は自然を記述する際、ヨーロッパ文学のパストラルにしばしば影響を受けてきたのだが、石牟礼もこの冒頭で感情を込めながら情景を描き出した点で、田園礼賛というパストラルの主題を意識しているようにも思われる」として、「田園礼賛」であるがゆえに『苦海浄土』での牧歌的風景がパストラルであると述べているが、狭義の「パストラル」が文学的ジャンルまたは様式としての西洋古典以来の伝統である以上、『苦海浄土』がパストラルの伝統と地続きであるとするこの主張は言葉足らずのようにも見受けられる。むしろ、ギフォードが主張するように、パストラルとアンチ・パストラルの弁証法的関係において発展的に立ち現れる、より広義のパストラル・イメージとしてのポスト・パストラルないし接頭辞＋パストラルとしてその牧歌的描写をパストラルの文脈に位置付けるべきであり、本論もその立場に基づいている。

（40） Karina Williamson, “From Arcadia to Bunyah’: Mutation and Diversity in the Pastoral Mode,” Erik Martiny ed., *A Comparison to Poetic Genre* (Chichester: Wiley-Blackwell, 2012), p. 580.

（41） Paige Schilt, “Anti-Pastoral and Guilty Vision in Richard Rodriguez’s *Days of Obligation*,” *Texas Studies in Literature and Language* 40, vol. 4 (1998 winter), p. 428.

（42） ここで念頭に置いているのは、ジョージア一九世紀文学の代表的な作家であるイリア・チャヴチャヴァゼ（一八三七―一九〇七）の旅行記風の作品『旅行者の手紙』（一八六一）である。チャヴチャヴァゼ『旅行者の手紙』とカズベギの関係については、五月女颯『ジョージア近代文学のポストコロニアル・環境批評』成文社、二〇二一年、二九二―二九三頁を参照のこと。

幸田露伴の水都東京論
――日本のパストラル受容の一つとして

伊東弘樹

はじめに

今村隆男[1]によると、日本におけるパストラルは明治期に西洋文学が流入する中で、自然と人生との結びつきを捉える枠組みとして受容されたという。今村はその一例として国木田独歩（一八七一―一九〇八）「武蔵野」（『国民之友』、一八九八・一、二）を挙げているが、おおよそ同時代の〈田園〉主義を念頭に置いていたようだ。確かに一八九〇年代以降、徳富蘇峰率いる民友社同人は近代化・工業化が進む都市に対し、異なる価値観を得られる場として農村を〈田園〉と見立てていた。そして、それは「田園都市」思想の普及とともに社会的な流行となってゆく。

ただし、〈田園〉流行のさなかに幸田露伴（一八六七―一九四七）が異議を唱えていたことには注意が必要だろう[2]。露伴は、東京の市政・公共インフラ・都市施設などを包括的に論じた「一国の首都[3]」（『新小説』一八九九・一一、一二、一九〇一・二、三）で以下のように指摘していた。

詩人及び小説家等は、やゝもすれば都府を罪悪の巣窟の如く見做し、村落を天国の実現の如く謳歌す。何事につけても観察力のみ鋭敏に過ぎて施為《しい》の能に乏しきを常とする詩人小説家等の、都会を好む能はずして村落を愛するに至るべきは勢ひ然るべき事ながら、悪しきものをば悪しゝとのみして抛《なげう》ち捨てんは仁恕《じんじょ》の道にあらず。

（一一―一二頁）

都会を悪いものとして否定し、一方で村落を天国のように愛する詩人や小説家たち。その傍観のみで行為を伴わない姿勢への批判は、「観察」という言葉を標語にしていた民友社同人(4)へ向けられたものらしい。

このように、露伴が批判的な眼差しを持ち得たのは、当時まだ農村風景の広がる向島に住んでいたことに関係しているようだ。露伴は水郷の地で趣味の釣りに興じながら「水」に親しみ、その体験を活かした作品を多く発表していた。「水の東京」（『文芸倶楽部』一九〇二・二）もまさにその一つであり、紀行文ながら水上交通に関する言及も見え、「一国の首都」の補論として読めるものだった。「水の東京」をはじめとした、露伴の「水」の作品群から浮かび上がるのは「水都東京」の思想であり、これは当時の〈田園〉＝パストラルへの対抗と読める可能性がある。

以上から、本稿では同時代の〈田園〉主義の様相を明らかにしつつ、それに批判的な態度を示した幸田露伴と、その釣魚趣味から体得された独自の都市論・環境批評作品（特に「一国の首都」「水の東京」）を例に挙げて分析することで、日本におけるパストラル受容の多様性を見定めて行きたい。

一　一八九〇年代の〈田園〉受容とその特質

国木田独歩は「田家文学とは何ぞ」(『青年文学』一八九二・一一)において、「田家文学」を「文人其の詩想を田家の裡より求め、之れを現はすに田家の材料を以てしたる者」と措定している。「田家」という言葉や、繰り返されるワーズワースやゴールドスミスといった作家名から、漢文脈の「隠遁」思想と西欧ロマン派の「ユートピア」思想の影響下にあったようだ。そしてその「田家文学」を代表するものとして、同じく民友社同人で、公私共に交流のあった宮崎湖処子(一八六四―一九二二)の名前をあげている。

当時、湖処子は『帰省』[5](民友社、一八九〇・六)でベストセラー作家となっており、その名前を挙げることは、読者からも共感の得られるところであっただろう。『帰省』は、湖処子が亡父の一周忌のために帰省した体験に基づいた小説で、そこで描かれる故郷三奈木村は「尼丘《じきゆう》。錫倫《せいろん》。ベッヘレム」かのごとく理想的な様相を示していた。前田愛[6]が指摘した通り、まさに「差異と対立が絶えず無化される牧歌の論理が生きている場所」である。

このように、〈田園〉は都市/農村という存在の確立と、「立身出世」をめぐる移動、地方青年を主な読者とする民友社の影響などから受容されたと考えられる。そしてそれは『帰省』に見られるように、「故郷」の浮上と時を同じくするものであった。続いて宮崎湖処子『帰省』と国木田独歩「武蔵野」から、同時代の〈田園〉文学の特徴をさらに読み取ってみたい。

まず、一つは移動手段として普及し始めていた「鉄道」が肯定的に描かれていることが挙げられる。『帰省』には東京から故郷へ向かう場面(第二)のみならず、東京近郊(小金井堤の桜、国分寺の旧跡、百草園など)を路線に沿って歩いた様子(第一)も描かれていた。それは「武蔵野」でも同様であり、小金井堤の散歩(六)や汽笛の響（九）などから見てとれる。

続いて、「散歩」が重要な身体行為として位置付けられていることである。『帰省』には東京だけでなく、故郷の近くを弟とともに歩く場面（第八）が見受けられるが、「武蔵野」における散歩の言及は日記の引用（二）から、武蔵野の道案内（五）まで枚挙にいとまがない。特に、小金井堤の散歩（六）において叫ばれる「健康」という言葉からは当時の衛生意識も垣間見える。

そして最後に、この鉄道と散歩によって発見される「郊外」が理想的に描かれていることである。「帰省」では「郊外」（第八）、「武蔵野」では「近郊」（八）・「町外れ」（九）と表現されるそれは、自然と人間の生活が相混ざる豊かな場所であった。

以上のような「田園文学」の要素は一八九〇年代以降も継承されてゆくが、[7] 露伴がその「一国の首都」の中で異を唱えていたものこそ、この田舎とも都会ともつかない「郊外」へのむやみな賛美だった。露伴は都市施設の運営の観点から、無秩序な人口のスプロール現象を不安視し、都／都外の境界を明確にする必要を強調していたのだ。その上で以下のように述べる。

都は都たるに適する各般の施設経営を有せしむべし、都外は都外たるの実を有せしめてその相応の単簡なる施設経営をして功を奏せしめ、一半は自然の手の調理をして功を奏せしむべし。これ都をして漸く善良ならしめ、都外をして長く清新ならしめ、都と都外とをして相呼応して互にその福祐を享受せしむるの道ならずや。（七七頁）

都は都として、都外は都外として適した施設経営を行うことで、どちらともが維持・発展され、それぞれがその恩恵にあずかる事ができると言うのである。当時の東京に当てはめるならば、露伴はまさに東京市内外を分離すべきという立場をとっていた[8]。

このような露伴の主張は終始一貫しており、後の「人性の都会心と田舎心」(『実業之世界』一九二四・二)においても同様の姿勢を見せている。一九二三年の関東大震災以降、膨張を続ける東京に対して「緊縮すべき」と論じる露伴は、「都会は飽くまで都会的に」、「田舎は飽くまで田舎的に」その本質を保存すべきと強調していたのだった。どうやら露伴は、都会と農村(の性質)は相交わることができない、つまり田園都市のような郊外は成り立たないと考えていたようである。人間ではなく環境を本位とし、限りある資材をどのように活用してゆくかを重視していた。

二　水の世界へ誘う、露伴の「釣り」

それでは、〈田園〉主義の作家たちが鉄道に乗って東京近郊を散歩していた頃、露伴は何をしていたのだろうか。答えは釣りである。ただし、露伴にとって釣りは趣味以上のものを意味していた。このことについて初めて言及したのは、柳田泉[9]である。柳田によれば、露伴の釣りが盛んになるのは明治三〇年の後半、向島に移ってからで、以降「身を大自然に、心を永遠の世界に遊ばしめるたより」となったという。

露伴が向島に住んだ家[10]は、東京府下南葛飾郡寺島村字馬(番)場二五五番(一八九三・冬―一八九四・二)、寺島村字新田一七一六番(一八九七・九―一九〇八・二)、寺島村字新田一七三六番(一九〇八・二―一九二四・六)の三つだが、それらは隅田川と荒川に挟まれ、目前には西井堀や古川といった水路が走るなど、確かに釣りに適した水郷の地であった。実際、その初期の向島生活が記録された「六十日記」(『新小説』一八九九・四、五)や「蘆声」(『祖国』一九二八・一〇)からは、土日を主として中川の奥戸や西袋に出向き、フナやセイゴを釣っている露伴の様子が窺える。日記には、小寺応斎の『七島日記』を読みながら鯛の空気抜きについて言及する記事も見え、釣りの研究がすでに始まっていたらしい。以降、露伴は生涯にわたって釣りをたしなみ、釣りを題材に多くの作品を発表したが[11]、ここではその営為がもたらしたものを分析したい[12]。

まずは、その輪郭を書き起こそう。今触れたように露伴の釣りは大概一人で、時に父や弟、もしくは淡島寒月(一八五九—一九二六)、石井研堂(一八六五—一九四三)といった文学仲間と連れ立って行われたようだ[13]。独自のネットワークを形成していたことは「釣の秋漫談会」(『水之趣味』一九三三・一一)からも推しはかれる。獲物は四季に合わせながら、コイ、フナ、セイゴ、キス(「鼠頭魚釣り」『新小説』一八九九・八、九)、カイヅ(「かいづ釣の記」『新小説』一九〇一・九)、スズキ(「鱸」『読売新聞』一九一一・八・二七)などが釣られた。ただし、「釣談」(『国民新聞』一九〇九・九・一四)には「私のするのは今は鱸釣のみです。最初は何でもやって見ましたが、そうそう出来るものでないから大抵廃めて了ひました」とあることから、その頃には鱸釣りに絞られていたと考えられる。釣場は主に関東地域の隅田川、中川、利根川、東京湾であり、随時水路を辿りながら巡っていた。

露伴が釣りにおいて重視していたところについては、「釣魚通[14]」に詳しい。露伴はそのなかで、「技術」・「地の利」・「天の時」の三つの要素を挙げている。この「技術」とは、針・糸・竿・釣車・浮き・おもりといった釣具の準備[15](「鉤の談」『新小説』一九〇九・九)から、生き餌や疑似餌の調達(「釣魚談一則」『新小説』一九〇〇・三)、そして陸釣・川釣・海釣といった場所や魚種ごとの釣り方も含むようだ(「江戸時代の釣」『新小説』一九一一・四)。それらは友人や船頭そして本から学ぶこともあるが、魚そのものから習性を学び(「釣の極意は唯一句」『釣の趣味』一九一九・九、一〇)、創意工夫をもつことが大切だという(「余は釣界の創意を好む」『釣の趣味』一九一九・一二)。

ただし、習得した「技術」も「地の利」・「天の時」がなければ意味はなく、それゆえに、釣り人に代わって「地」や「天」に応対する船頭の意義を強調していた(「釣魚通」)。ここからは、川や海を生業の舞台とし、経験知でもって自然に対峙する人々への畏敬の念が見受けられる。露伴はこのような人々と出会い、生業の知に触れた体験をもって、「夜の隅田川」（『文藝界』一九〇二・九）「ウッチャリ拾い」（『中央公論』一九〇六・三）といった作品を描いたのだった。

このように、露伴の釣りは自身の心を豊かにさせるものであり、決して利益を得るためのものではなかった（「游漁の説」『趣味』一九〇六・六）。ここまでに挙げた作品がどれも読者への技術的な「指導」ではなく、露伴の趣向や流儀の「独語」かのごとく感じられるのもそのためだろう。深い教養と的確な考証が、実際の釣りの風景や体験と共に和やかに描かれている。実際、露伴は釣りを通して、四辺の光景を楽しみ、自然に溶け合う事を一番の楽しみとしていた（「釣魚通」）。「水の趣味に寄せて」（『水之趣味』一九三三・一一）で語ったように、釣りは「水」の世界への入り口であった。

> 吾等と水の世界との交渉は広汎であり、水の世界に対しての吾等が感ずる趣味は深厚であり幽玄であり無尽である。釣は水の世界と吾等とを結ぶ機縁の一なのであって、これによって吾等は深厚幽玄無尽の趣味が吾等の胸の奥底から浸み出て、復《また》還って其趣味が吾等を包み蘸《ひた》すのを覚える。　（強調は引用者。以下同様）

露伴にとって「釣り」とは、水辺の自然や環境、そしてそこに生きる物々や人々の思想を楽しみながら学ぶ営為であったのだ。[16] この東京の水辺空間での経験が、「一国の首都」、「水の東京」における都市論、そして「望樹記」（『現代』一九二〇・一〇―一二）や「河水」[17] といった環境批評につながってゆく。

三　「一国の首都」に描かれた／描かれなかった「水」

「一国の首都」はその内容において、東京全般に及ぶ概論と部分的な都市政策論に分けられる。「売淫」に関わる文章が本文の三分の一を占めており、紙幅に偏りこそ見られるが、意識的に議論を分けていたようだ。その概論において、露伴は都市の理想像を描く必要性を説いており、農村や郊外に向けられがちな「理想」のまなざしを、都市に向かわせようとした意図をまず確認しよう。

露伴は冒頭で、首都と全国の関係を身体的に捉えることから始めている。人間の「頭」としての首都と「身体」としての全国は循環するものであり、全国民がその代表者たる首都の建設を、愛情をもって考えるべきだと。そのためには、江戸児（劣敗者）も薩長土肥及び西南の人士（優勝者）も関係なく、全ての東京民及び全国民が「自覚」することが必要であるという。このように個々人に対して「自覚」を求めるのは、個人が首都の一分子であり、その「所行所言所思」（挙動、言語、感情）が都府の外形および内容に影響を与えると考えていたからである。「理想」という言葉もその文脈に沿って使われていた。

人々個々の描くところの理想の首都は、直接には何らの功をも為さゞるにせよ、理想の首都を描くところの人甚だ多きに至れば、各様に描かれたる理想の首都は漸くにして多くの通同点を有して一様式をなすに至り、而して時代の理想の名の下に大威力を有して世に臨み、やがてその幾分を実在界に現出すべき也。（五二頁）

個人がそれぞれの理想を描くことで、時代に共通する理想となり、幾分か現実の首都に寄与する。それゆえに、

「理想」の首都を議論すべき――という考え方の背景には、当時進んでいた市区改正事業とそれに関連した都市論の存在があった。[18] 文化人だけでなく、一都府民も「理想」を語るように奨励した部分に露伴の独創性を感じるが、具体的な都市政策を中心に講じたのもそのためだったらしい。つまり、自らの知り及ぶ範囲から感じたものを述べることで、人々の関心を引きたいと考えていた。個人が「理想」を持って議論することが、直接的に首都という空間を変えると捉えていた点で、露伴は〈田園〉主義にも通底する「理想」の力を信じていたと言えよう。

さて、露伴の描く「理想」の首都において、「水」の世界はどのように描かれていただろうか。まず、直接的にその言葉が使われている言説から考えたい。以下、抜粋して引用する。

① この大都の水は渠《かれ》らの半身を浸し、渠らの児孫の脳頂より足蹠《そくせき》までを浸せるなれば、渠ら如何で長くその水の清濁を問ふことなくて能く已まんや。 （四六頁）

② 目的ある運動を為さゞるの都府は譬へば僵《たお》れたる大樹の如し、既に活動なし、唯朽腐するあらんのみ。また譬へば止水の如し、代謝することを為さず、必ず汚濁を免れじ。 （四八頁）

③ 都市外即ち都市に接近せる郊外の状況をして良好ならしめんとするについては、水の氾濫するが如くに都市の都外を侵さゞらんことを要すること甚だ切なり。 （七六頁）

まず、①の「水」は都民及びその子孫を形作るものであり、清濁について意識を持つべしという主張は、先述した都市と人間の身体を結びつける論理を敷衍させたものと言って良いだろう。このほかにも「この都の水によつてこの身の血液は造られ、この都の風によつてこの身の皮膚は慣らさるゝに至りぬ」と見え、五行思想的な自然観から人々を都市と結びつけ、自覚を促していた。

一方で、露伴は②③のように、都市「の」水ではなく、都市「それ自体」を水と捉えていた。目的ある運動をしない都市はただ朽ちる倒木であり、汚濁した水であると喩えるのは、都市それ自体を「代謝」すべきものと考えていたからだろう。ただし、「水の氾濫するが如く」という言葉を繰り返すなど、都市が無秩序に郊外へと拡大することは忌避していた。つまり、露伴は都市を「水」のごとき流動体として捉え、その代謝や循環を図りつつも、いかにして氾濫せずに治めてゆくかを考えていたようだ。

もちろん、露伴は概論のみならず、実際の「治水」に対する都市政策にも言及している。上水道については、東京市水道鉄管事件を乗り越えて完成へと向かっていることに喜びを示しつつ、水源地の監督問題を挙げていた。水源地保護のため、罰則や規定を設ける必要があると。ただし、より重要なのは下水道、すなわち排水問題と認識しており、特に「本所深川下谷浅草等の区内の卑湿の地」の未整備を批判していた。溝渠の濁水が溢れ、常に臭気が発せられる湿潤の不快な光景に対し、地勢ではなく人為的な施策不足を指摘するのは、かつて江戸という都市が、湿地整備を背景に成立したことをよく理解していたからであった。そして、日本橋や本所深川のように、下谷浅草でも「溝渠を設け、溝渠に得たる土を取って高き地に添へ」るという対応策を要請している。最終的には大小の溝渠が縦横に開通する下水排泄方式が確立し、さらにそれらが全て暗渠式になることを望んでいたようだ[19]。これらの議論は衛生問題と連なっており、続いてごみ処理、理髪業、共同浴場、と続いてゆくのは興味深い。

そのほか、「水」に関しては、都内の施設配置について「工業は自ら深川本所及び隅田川沿岸その他水利ある各地を占むべく」と述べ、「魚市場」の歴史を紐解く場面も見受けられるが、その「水利」つまり、水運についての議論が不足していることに疑問が残る。特に露伴は「交通機関の問題と都の内外の限界線を定むることとの関係の甚だ大なるを認め、かつこの問題の甚だ慎重なる態度を以て考究せざるべからざるを認む」と、市内外に分けて都市政策を進める際に交通機関が重要であることを主張していた。それにも関わらず、「満都の人士の注意は今やこの問題の上に属するを以て、予をして特にこの問題を提出するの要を認めざらしむ」と回避するような姿勢を見せていたのだ[20]。

また、その点で言えば、同時代の都市計画において大きな議題であった東京港築港に関する議論が抜け落ちていることにも着目したい。藤森照信[21]が明らかにしたように、田口卯吉—渋沢栄一—松田道之(府知事)—芳川顕正(府知事)と継承された東京築港の思想は、一八八九年の市区改正計画(旧設計)案成立の過程の中で、横浜港の反対を受けて頓挫した。しかし、一九〇一年には東京市長の松田秀雄が東京築港に関する建議案を提出し可決されるなど、東京築港論再興の兆しを見せていた。[22]

正岡子規(一八六七—一九〇二)「四百年後の東京」(『日本』一八九九・一・一)はそれを受けてか、桟橋が櫛の歯のように並び、世界第一の大軍艦をはじめ数多くの船舶が出入りし、「海上の市街」かのごとき東京港を描いている。結局のところ、子規が描いた未来は東京築港のキーマンであった星亨の暗殺によって空中分解することになるが、「一国の首都」はまさにそのような社会的状況のなかで書かれていた。しかも露伴の身辺で言えば、北方警備の必要性を唱えていた兄の郡司成忠(一八六〇—一九二四)は、隅田川から千島列島へ向けて出発しており(一八九三・三・二〇)、露伴はそれを見送っているのだ。[23]露伴が東京港について意識していなかったとは考えにくい。

これらを踏まえた時、むしろ露伴は東京の水運と築港の問題について、「一国の首都」では論じず、その後の「水の東京」を中心とした「水」に関わる作品群に託したと考えられる。回避はむしろ、時代を見つめるための留保ではなかったか。

四　河川と水路と船が織りなす「水の東京」

「水の東京」は『文藝倶楽部』の「東京」特集号に掲載されたが、その背景には版元の博文館の存在が関係していたようだ。出口智之[24]によれば、日本の風土を近代の眼から再発見しようとする時代の流れに乗った博文館は、別誌の『太陽』でも地誌・紀行類を積極的に掲載しており、『文藝倶楽部』の特集もその戦略に沿ったものだという。出口は本特集に掲載された他作品から江戸回顧への傾向を読み取り、露伴の水路の着目にその影響を見据えたのだった。

確かに、「水の東京」には船上から月を賞し、『江戸名所図会』をひもときながら鐘ヶ淵を語り、芭蕉の卜居に思いを馳せるなど、江戸風情が豊かに漂っている。ただし、冒頭で「更に水の東京の景色も風情も実利も知らで過ごせるものに、聊《いささ》かこの大都の水上の一般を示さん」と述べていたように、都市における水の社会的役割[25]を説明する部分も多く、むしろ都市論として読むことができる。本章では露伴が執着を見せていた水の「実利」を水運と排水という文脈から明らかにすることで、「一国の首都」の補論的側面を論じたい。

まずは、「水の東京」において主人公ともいえる河川と船について確認する。登場するのは、隅田川をはじめとして、綾瀬川・中川・江戸川・石神井川・神田川・赤羽川といった河川である[26]。それらの流路や水景は、数多の橋と渡しを目印に説明されていた。「田園文学」が鉄道の停車場を案内の目印にしていたのに比すれば、それらの視認は難しいものの、露伴は明確に識別していたようだ。その愛着は「渡舟」という作品からも理解できる(『グラヒック』一九一〇・二)。

もちろん、水上を走るのは渡しのみならず、上流と下流を往来する川船・伝馬船・荷足船・達磨船の小舟や、材木船、小蒸気船(千住大橋から永代橋)、釣船、競争用の端艇なども描かれていた。隅田川のその賑やかな様相は昼だけでなく夜にまで続き、多くの漁船や釣り船が通船していたことは、先述の「夜の隅田川」にも詳しい。

露伴がこの河川と船を描きながら浮かび上がらせたのが、江戸・東京の水運体系であった[27]。隅田川流域の河岸(平作河岸・稲荷河岸)や工場(王子抄紙場・鐘淵紡績会社・桜組製革場)、水運と陸運を連絡した隅田川貨物停車場などへの表現からは、近世から近代へと時代が変化しつつも、受け継がれる物揚場の文脈が読み取れる。なかでも象徴的なのは、神田川―隅田川―中川―江戸川の間を縦横無尽に流れる新堀川・小名木川・日本橋川といった水路（溝渠）を緻密に描いていることだろう。以下の一節には「市区改正」という文字も見えており、都市政策上から水路の交通機能を語るそぶりが見られる。

他日市区改正の成らん暁には、この源森川と押上の六間川（あるいは十間川ともいふ）との間二町ほどの地は鑿《うが》たれて、二水たゞちに聯絡せらるべきはずなり。もし二水相通ずるに至れば、この川直《ただち》に隅田川と中川とを連ぬることとなりて、加之《しかも》その距離竪川小名木川に比して甚だ短ければ、人々の便利を感ずること一と方ならざるべし。

（一九九頁）

ここで挙げられている源森川と北十間川は江東地域を東西に走る二水路であり、ともに明暦の大火以降の江東地域開発の際に生まれたものである[28]。両水の間には二〇〇メートルほどの土地があり、開鑿すれば最短距離で中川と隅田川を繋ぐため、市区改正計画（旧設計）には「新川計画」として開鑿が組み込まれていたのであった。残念ながら、この計画は新設計案の際にたち消えてしまったようだが、山本純美[29]によれば一九〇二年から再び請願がはじまり、一九〇九年から三年計画で実現したという。

このように、露伴は未来の都市に向けて水路が果たす役割[30]に期待していたが、それは水運だけでなく、排水機能という面においても同様だったようだ。以下のような一節が見える。

されば三味線堀は今も既に不忍の池の余水を受くるといへども、なほこれを修治拡大して立派なる渠となし、また一路を分岐せしめて、竹町仲徒士町等を経て南の方秋葉の原鉄道貨物取扱所構内の水路に通じ、神田川に達するに至らしめなば、漕運の利は必ずしも大ならずとするも衛生上の益は決して尠少《せんしょう》ならざるべし。

（二〇一頁）

三味線堀とは、下谷・不忍池から東南に流れる忍川の下流の別称で、露伴はこれを改修し、また分岐させて神田川から引かれていた秋葉原貨物取扱所の水路と繋げることを勧めている。この主張は「一国の首都」内で、「卑湿の地」の浅草下谷に対して「大溝小溷縦横適当に疎鑿《そさく》せらるゝに至らば、その土地の良好の状況を呈すべきこと想見するに余りあり」と論じたことと真っ直ぐに結びついていた。

以上のような河川・水路への推察を可能にしたのが、「釣り」であったことは間違いないだろう。「水の東京」における隅田川から東京湾までのルート——吾妻橋—厩橋—両国橋—新大橋—永代橋——は、「鼠頭魚釣り」「かいづ釣の記」における航路と一致を見せている。また、「雨の釣」(『新小説』一九〇一・八)には、平作河岸—両国橋—新大橋と隅田川を下り、小名木川から隠亡堀を経て、中川河口から海へと出る様子が描かれていた。

それでは、「水の東京」の終着点でもあり、釣場でもあった東京湾をどのように見据えていたのだろうか。自らが「海上の状」という光景を、露伴は「澪(澪筋)」と言う言葉でもって説明している。鈴木理生[31]によれば、それは「河口の深い場所、したがって大型船の航行が可能のライン」を意味しており、露伴は海上をその航路でもって捉えようとしていた。しかし、それは限定的なものであり、築地に沿って西南に流れる「本澪」、越中島に沿って東南に流れる「上総澪」の二つしかないという。ここで強調しようとしているのは、むしろ隅田川・中川・江戸川から流れ出る土砂から生まれ、沖の航路である澪を埋めつくしてしまうほどの「砂洲」にあったらしい。

月島下流の地も芝浜沖も、東の方は越中島沖も木場沖も洲崎遊廓沖も砂村沖も、皆大抵春末の大干潮には現れ出づるほどの砂洲にして、これらの砂洲の上は即ち満都の士女等が、汐干狩の楽地として、春末夏初の風和《のど》かに天暖かなる頃、あるいは蛤蜊を爪紅《つまくれない》の手に撈《と》るあり、あるいは銛を手にして牛尾魚比目魚《こちひらめ》を突かんとするもあるところなり。釣魚の場、投網の場もまた多くはこれら砂洲の上にあり。海苔を収むるがために「ひゞ」と称して篊朶《そだ》を海中に柵立するところも、またこの砂洲の上もしくはその附近の地なり。

（二一二頁）

潮干狩りやヒラメ釣り、そして浅草海苔といった風景は、一見すると江戸の磯遊びを連想させるが、同時代の状況を踏まえると、この「砂洲」の強調に都市政策的な意図を見いださざるを得ない。というのも、当時は東京港築港に並行して、海域の船舶船行の便をはかるための浚渫事業が進められていたからである。すでに一八九六年には東京澪浚事業（隅田川永代橋から台場外航路入口まで）が完成され、一九〇六年の隅田川口改良第一期工事へと向かっていた。そのような中で、先述した子規のような東京港ではなく、むしろ砂洲を強調して描いたところに、澪浚や築港事業への否定的な態度が見える。つまり、露伴は「一国の首都」の段階で回避・留保していた水運問題について、近世／近代の水上風景を重ねて語りながら、築港政策に確かな否定をつきつけたのである。

残念ながら、その理由は「水の東京」には書かれていない。しかし、その後の「望樹記」から窺える。庭の樹々を望み、様々な事象に思いを馳せる「望樹記」において、露伴は下町地域の樹々が枯れがちである原因を、水が高くなったことに求めていた。そして、その根本的な問題として、隅田川下流の埋立事業を挙げる。

東京市が隅田川下流に埋立地を造ったり、河口の面積を狭くしたりして顧みぬ結果は、海をして其干潮の時に当って河水を収容する働を十分ならしめぬに至るので、隅田川の水面は二十余年前に比して幾分か高くなっている。さらぬだに東京湾の如き南に面している湾の海岸は、自然の勢を以て其の南に面している浜は年々土砂の堆積し行く傾向がある。〔……〕であるから東京地先の南進を図るのは非とすべくは無い。然し河口に至るまでの距離を算考に取り入れないで長くしたり、河水を収容する直接場所の潤さを考へ無かったりして、河流の放散を不容易の状態に置く事は大失計である。

埋立地の造成によって河口の面積が狭くなり、水が高くなるとその分だけ樹々が根を下さなくなる。加えて、それは排水機能の低下につながり、土地の湿潤化や水害を引き起こす。だからこそ、河口までの距離や河水の収容も踏まえてその流れに備えるべき、と指摘していたのだった。ただし、あくまで露伴がその市政を全面的に否定しているわけではないことに注意が必要だろう。都市整備の重要性を十分に理解しながら、「自然の摂理」や「自然の趨勢傾向」を無視する姿勢を批判していたのである。

ここに、釣りを通して環境に身を委ねることを学び、都市を「水」に喩えながら流動的なものとして捉え、自然河川をうまく活用した水運体系に着目し、江戸東京の過去と未来を見据えていた露伴の都市思想の一端が窺えるだろう。

四　おわりに

本稿では、一八九〇年代以降の〈田園〉主義流行のさなか、異議を唱えていた幸田露伴と「一国の首都」・「水の東京」を中心に分析することで、同時代とは異なるパストラル受容の形を論じた。結果として、都会／田舎のそれぞれの特性を維持・発展させる理想的都市像——河川と水路による水運体系が支える「水都東京」——を見出してきたが、最後に露伴がそのパストラル研究に寄与するところに触れたい。

冒頭に引用した今村によれば、パストラルの伝統形式は牧人達が恋の歌を競い合うというもので、その舞台は主に山間の隔絶地、農村、田園というものであった。その点、それらに反駁し水辺というトポスから釣りを通して、理想的かつ現実的な都市像を語った露伴作品はパストラルの意義を拡大するものと言えよう。また、本稿ではあまり触れることはできなかったが、露伴は長編小説「いさなとり」(『国会』一八九一・五・一九―一一・六)を執筆し、「海と日本文学と」(『海』一九〇〇・七)という一文を残すなど、海洋文学についての意識を少なからず持っていた。この点については今後の課題としたい。

小谷一明[32]は、ギフォードがポスト・パストラルの条件として「「弁証法的な知覚」に基づく環境劣化への応答責任」を求めていたこと、そしてその知覚が「自然と文明、田舎と都市、聖なる自然と俗なる自然といった対概念を止揚せず、往還することで地球環境への感覚を培う」ものであると指摘していた。まさに露伴の文体こそ、このような「弁証法的な知覚」に相応しいものではなかっただろうか。露伴の作品はパストラル受容の時期において、すでにポスト・パストラルの眼差しを内包していたと言える。

【注】

* 引用文では原文のルビや傍点は省略し、旧漢字は読みやすいよう新字に適宜改めた。

(1) 今村隆男「パストラル」(小谷一明・巴山岳人・結城正美・豊里真弓・喜納育江編『文学から環境を考える――エコクリティシズムガイドブック』勉誠出版、二〇一四・二、三二一―三二二頁)。

(2) 「一国の首都」が同時代の〈田園〉主義の対抗言説であることを初めて指摘したものとして、造園学者の白幡洋三郎「露伴の都市論を読む」(井波津子・井上章一共編『幸田露伴の世界』思文閣出版、二〇〇九・一)が挙げられる。

(3) 本稿の「一国の首都」「水の東京」の引用・引用頁は、幸田露伴『一国の首都 他一篇』(岩波書店、一九九三・五)に拠る。また、その他の作品の引用は全て幸田露伴『露伴全集』(全四一巻・別巻二巻・附録一巻、岩波書店、一九七八・五～一九八〇・三)に拠る。

(4) 木村洋「平民主義の興隆と文学――国木田独歩『武蔵野』論」(『文学熱の時代』名古屋大学出版会、二〇一五・一一)。木村は、徳富蘇峰が発表した「観察」(『国民之友』一八九三・四)の影響から、民友社同人たちがその言葉のもと、文学上の議題と社会問題をつなげて考察する特異的情勢があったことを明らかにした。

（5）　本稿の『帰省』「武蔵野」の引用は、国木田独歩・宮崎湖処子ほか『国木田独歩　宮崎湖処子集（新日本古典文学大系明治編28）』（岩波書店、二〇〇六・一）に拠る。
（6）　前田愛「明治二三年の桃源郷——柳田国男と宮崎湖処子の『帰省』」（『前田愛著作集第六巻　テクストのユートピア』筑摩書房、一九九〇・四）。
（7）　以降の〈田園〉主義の流れについては、拙稿「志向／試行される〈田園〉——佐藤春夫・廣田花崖を中心に」（『文学・語学』第二四〇号、二〇二四・四）を参照に挙げたい。
（8）　早くから露伴の都市内外分離論に着目した研究として、樋口忠彦『郊外の風景——江戸から東京へ』（教育出版、二〇〇〇・八）が挙げられる。
（9）　柳田泉『幸田露伴』（中央公論社、一九四二・二）。
（10）　以下、住所と在住期間については、青木玉、金井景子、槌田満文編『〈企画展示〉幸田家の人々』（東京都近代文学博物館、二〇〇一・九）を参照した。
（11）　露伴の「釣り」に関連する作品は、幸田露伴著・開高健編『露伴の釣り』（新装版、アテネ書房、一九八五・一二）にまとめられている。編者である開高は露伴の姿勢に対し、「碩学、至芸す」のなかで「本人の気質、鬱蒼とした学殖と、いきいきした探求心とを、一世を蔽うほどに抱いていながら、同時にどこかでそれら一切を鼻で笑って捨棄し、市井の大隠というよりは利根の葦の一本と化しきってしまうことを無上の清歓としていた気質のための、最終の帰結であった」と評している。
（12）　露伴の「釣り」に関する先行論として、関谷博の一連の研究が挙げられる。関谷は「釣人　露伴——〈安楽〉をめぐる政治／文学」（『幸田露伴論』翰林書房、二〇〇六・三）において、柳田泉の指摘を踏まえながら、その営為を「自然のもろもろの事象」と「自己との関係」を、「技術的具体的な働きかけを通じて体感し、その関係の中に自己をしっくりなじませること」と意義づける。その上で、「ウッチャリ拾い」の分析を中心に、同時代の森鷗外の言説や石川啄木の歌業を参照することで、同時代の〈国民国家〉想像という流れに対して、特異的な位置どりをする露伴像を浮かび上がらせた。一方、「向島蝸牛庵——中川のほとりで」（『明治二十年代　透谷・一葉・露伴——日本近代文学成立期における〈政治的主題〉』翰林書房、二〇一七・三）では、中川という河川の変化（荒川放水路の開削による消失）から「蘆声」を分析し、永井荷風の「放水路」と比較することで、露伴の工業国思想に対する悲しみと怒りを読み解いた。どちらも重要な論であるものの、露伴の「釣り」については部分的な指摘にとどまっており、露伴の言説に従って体系づける必要がある。
（13）　柳田泉『幸田露伴』（注9）。

(14) 初出未詳、伊藤敬次郎編『通の話』(敬文館、一九〇七・九) に所収。
(15) 他にも幸田露伴『洗心広録』(至誠堂書店、一九二六・六) には「釣車考」という作品が収められているが、初出未詳である。
(16) 幸田文は『こんなこと』(創元社、一九五〇・八) において「父は水にはいろいろと関心を寄せていた。好きなのである。私は父の好きだったものと問われれば、躊躇なくその一ッを水と答えるつもりだ」と書いている。
(17) 初出未詳、幸田露伴『さゝの葉』(岩波書店、一九四九・四) に所収。
(18) 市区改正計画が進むなかで発表された主な論文として田口卯吉「東京論」(『東京経済雑誌』一八八〇・八)、福沢諭吉「首府改造と皇居御造営と」(『時事新報』一八八三・六)、森鷗外「市区改正論略」(『国民之友』一八九〇・二) などが挙げられる。これらについては小木新造「幸田露伴「一国の首都」の背景」(『東京庶民生活史研究』日本放送出版協会、一九七九・一一) に詳しい。
(19) 吉田司雄「帝都の「水」が変わるとき――「水道」言説の形成」(小森陽一・紅野謙介・高橋修ほか『メディア・表象・イデオロギー――明治三十年代の文化研究』小沢書店、一九九七・五) はこれに関連して、下水道の不備を憂えた露伴が以降の作品で、「水」の「プラス価値」の賞賛に終始した様子に触れつつも、「水」の循環的なシステムを忘却し、「悪水」を単に隠蔽することに加担していったとする読み方には抵抗があると述べている。
(20) 前田愛は「『一国の首都』覚え書」(『文学』四六号、一九七八・一一) において、『東京市区改正委員会議事録』を引用しながら、市区改正の主要な目標を①交通の整備、②火災の防止、③都市衛生の改良という三点に見出し、『一国の首都』が道路網について具体的な提案を用意していなかったこと、また東京の貧民街や工場公害の問題が視野に収められていないことから、「露伴が激発させた怒りの目盛の分だけ」空想的と指摘した。その議論は西村好子「『一国の首都』試論」(『日本文学』三四巻五号、一九八五・五) に引き継がれ、「儒教的社会秩序の幻想を忍び込ませた進化論的立場に立ったため」と説明している。とはいえ、「一国の首都」内では確かに論じきれていないが、その後の露伴作品には、水辺から交通問題や工場公害、そして社会的弱者を描き出すものもあり、一概に進化論的立場に立っていたとは言えないだろう。
(21) 藤森照信『明治の東京計画』(岩波書店、二〇〇四・一一、一一六―一三八、二三七―二四二頁)。
(22) 東京都港湾局ほか編『東京港史　第一巻(通史)』(東京都港湾局、一九九四・三、五七―六二頁)。
(23) 幸田成行「跋」(広瀬彦太『郡司大尉』鱒書房、一九三九・一〇)。
(24) 出口智之「江戸回顧の時代と文学者の地誌――幸田露伴「水の東京」の試み」(法政大学江戸東京研究センター、小林ふみ子、中丸宣明編『好古趣味の歴史――江戸東京からたどる』文学通信、二〇二〇・六)。

(25) 池田紀は「露伴と川」(注2)において、「水の東京」を「東京における水の社会的役割を述べたもの」と評している。
(26) 河川や水路については、菅原健二『川の地図辞典――江戸・東京/23区編　補訂版(フィールド・スタディ文庫1)』(之潮、二〇一〇・三)を参照した。
(27) 江戸・東京の水運体系については、鈴木理生『江戸の川・東京の川』(井上書院、一九八九・八)、鈴木理生編著『図説　江戸・東京の川と水辺の事典』(柏書房、二〇〇三・五)を参照した。
(28) 江東地域とくに本所の水路と水害については、その地で牧場経営を行っていた歌人伊藤左千夫と併せて論じた拙稿「伊藤左千夫〈水害〉考――災害と文学表象のケーススタディ」(『文学と環境』第二五号、二〇二二・六)を参照に挙げたい。
(29) 山本純美著、東京にふる里をつくる会編『墨田区の歴史(東京ふる里文庫7)』(名著出版、一九七八・五、一〇五―一〇六頁)。
(30) 本田創『東京暗渠学――失われた川を読む・紡ぐ・愉しむ　改訂版』(実業之日本社、二〇二三・一一、九二―九五頁)によれば、川や水路の役割は①飲み水を供給する上水道、②水田に水を供給する灌漑用水、③余った水や不要な水を流し出す排水路、④船の通り道となる交通路、の四つに分けられるという。
(31) 鈴木理生『図説　江戸・東京の川と水辺の事典』(注27、三二二頁)。
(32) 小谷一明「都市とパストラル――パストラル概念の再考と〈環境の感覚〉」(『環境から生まれ出る言葉――日米環境表象文学の風景探訪』水声社、二〇二〇・一)。

自然は近代を超えて語ることができるか
――「あとがき」に代えて

中村唯史

エコロジーと自然について

「エコロジー」は、元来は生物学の一分野としての生態学を指す語だったが、近年では「環境保全」の思想や運動をも意味するようになっている。では、保全すべき「環境」、ひいては「自然」とはいったい何か。考えてみると、広義のエコロジーの基点であり、目的でもある「自然」ということばが示す範囲は、思いのほかに曖昧で揺れている。たとえば日本語の「自然」が現代のように英語の nature に相当する意味で使われるようになったのは一九世紀以降のことだ。それまでは、日常的には「おのずから」「ひとりでに」などの意味で、おもに副詞的に使われていたという。

「自然」を意味する語の守備範囲は、言語によっても異なっている。たとえばロシア語には、現代日本語の「自然」に相当する語が、大きく言って「プリローダ природа」と「スチヒーヤ стихия」の二つある。ただし、その指し示す範囲は違っている。前者は「整えられた秩序ある自然」を、後者は「あらがい難い自然の力」「時として荒れ狂う自然の猛威」を意味しているのだ。[1] プリローダが人間のいとなみに調和するように馴致・整備され、人間に親和的な、いわば里山的な自然であるのに対し、スチヒーヤは人間にとっては如何ともしがたい圧倒的で原初的な自然である。ロシア語においては、語源も異なるこの二つの「自然」が、概して区別されてきたのである。

ロシアのレフ・トルストイ（Лев Толстой 一八二八―一九一〇）は、「「自然」を大切にすること、自然崇拝の感情」を旨とした作家として知られている。実際その作品では「動物や植物と人間の間に決定的な境界を設けていない。すべて同一の自然の内にある存在として考えられている」[2]。だが、そのようなトルストイにも二つの自然を峻別する認識があったことは興味深い。一例を挙げると、晩年の中編小説『ハジ・ムラート Хаджи-Мурат』（一九一二年刊）冒頭部で、語り手の「私」は麦蒔きの前によく耕された黒土の畑を見ながら、こんなふうに考えている。

掘り返された畑は地主の所有で、とても広かった。道の両側にも小高くなっている前方にも、まだ鋤も入らず何も植えられていない黒く滑らかで平らな地面のほかには、何ひとつ見えなかった。見事に掘り返されていたので、一本の草木も見当たらず、辺り一面、ただまっ黒だった。『自分の命を保つために、多種多様な動物や植物を根絶やしにしてしまうとは、人間とはなんと破壊的で、残酷な存在だろう』と私は考えた。生気のない、ただまっ黒なこの平原に、なにか命あるものが見えないかと、なかば無意識に探しながら[3]……。

もし目にしたのが、実りのときを迎えた豊饒な光景であったとしても、「私」の感想は同じだっただろう。たとえ辺り一面、金色の麦畑であろうと、人間が「多種多様な動物や植物を根絶やしにして」、「自分の命を保っために」必要な植物だけを繁茂させた結果であることには変わりないからだ。しかも人間は、生存を許した唯一の種であるその麦をも、時が来れば、自分たちの糧とするべく容赦なく刈り取る。正当にもエコロジカルな作家と見なされることが多いトルストイだが、プリローダ＝里山的自然を、スチヒーヤ＝原初的自然の抹殺という人為の所産と捉え、人間本位の人工的な空間と見なしていたのである。

ロシア語が二つの「自然」を区別しているとはいえ、トルストイのような認識は、必ずしもロシアに固有のものではない。たとえば、時代も地域もジャンルも違うが、同様の認識を語り、作品に昇華した作家に、日本の宮崎駿監督（一九四一―）がいる。

一九九七年公開の映画『もののけ姫』は、それまでの『風の谷のナウシカ』（一九八四年公開）や『となりのトトロ』（一九八八年公開）などによって、宮崎監督を自然と調和した地域共同体や里山を美しく温かく描くエコロジカルな作家と見なしていた論者たちのあいだに、混乱を引き起こした。女性も男性と対等で、階級的な搾取もないコミューン「タタラ場」が、製鉄を基幹産業とし、したがって、その構成員の一人の台詞に「俺たちの家業は山を削るし、木を伐るからな」とあるとおり、根本的に自然からの搾取の上に成り立っているという設定だったからである。

人間による自然からの搾取は、映画の後半では、タタラ場の指導者エボシたちによる、森の守り神と見なされている「シシガミ」殺しの企図にまで至る。だがエボシは、自然からの搾取の土台の上に、ジェンダー差や階級差を無化するだけでなく、他所では差別や排除の対象となっている業病の人々ですらも居場所と尊厳を持てるような社会を築こうとしているのだ。『もののけ姫』は、宮崎監督自身の表現を借りるなら「『悪い人間が森を焼き払うから正しい人がそれを止めた』という映画ではないのです。よい人間が森を焼き払う、それをどう受け止めるか」という問題を、論者や観客に突き付けたのである。監督は「優しかろうが、優しくなかろうが、人間は自然に対して極めて凶暴に振る舞ってきたんです。〔……〕こういう人間の本質みたいなものを据えた、自然と人

間との関わり合いを描く映画を作りたい〔……〕」と考えていたのだった。(4)

『もののけ姫』を考えるうえで観客が混乱した理由としてはもうひとつ、人間によって収奪されている「自然」の側が、素朴な世界とも一枚岩のものとしても描かれなかったことが挙げられよう。森に棲む猩々や山犬、猪などの「もののけ」たちは、確かに元型的な獣ではあるけれども、それぞれに言語と概念的な思考と共同体を有している。「もののけ」は、自然の側にあって、これと共生してきたが、自然を客体化しているという点では自然そのものではなく、人間に近いのである。

一方、森の神と見なされているシシガミは常に単独で行動しているが、この神の営為がどのような論理や法則に基づいているのかは、敵対する人間のみならず、崇拝している「もののけ」たちにも理解不能である。シシガミの行動のあまりの不条理に絶望して、ある「もののけ」は「シシガミは森の守り神ではないのか?!」と叫んでいるが、シシガミをそのように見なし、意味づけているのは、あくまでも「もののけ」たちの側である。シシガミが言葉をいっさい発することがなく、いかようにも読み取れる能面のような微笑をつねに浮かべていることもあって、その真意は――そもそもシシガミに意思というものがあるのかどうかすら――他の誰にもわからないのだ。

シシガミはきわめて謎めき、無気味な形象である。ただし、シシガミが動植物の生死を思いのままにする根源的な力を有していることは、いくつかの場面で明示されている。『もののけ姫』において、シシガミこそが原初的な自然の力の象徴であることは疑いない。

そのシシガミの首をエボシが銃で撃ち抜き、首を探すシシガミの体液によって森が枯れ、自然と人間、森とタタラ場の融和を図る主人公のサンとアシタカが首を返そうとするが間に合わず、シシガミは滅び、その直後から一度は枯れた森が急速に再生し始める。だが、それは暗緑色で陰翳の濃かったかつての森ではなく、日の光が奥深く射して明るい黄緑色の森なのだ。ラストの場面でサンとアシタカがたがいに「会いに行くよ」と約束するのは、シシガミに象徴される原初の自然ではなく、それが人間によって滅ぼされた後の、人間に馴致された自然の中でのことなのである。

以上のような要約が必ずしも私の恣意的な解釈ではないことは、宮崎監督自身の「木を伐ったその後に出来上がってきた風景が、今僕らが自然と言っている、日本の見覚えのある風景だと思うのですよ。それを僕らは、自然と呼んでいるけれど、実はその前に深い、恐ろしい自然があって、〔……〕山奥には人が踏み入ったことのない清浄な土地があって、鬱蒼たる森と清らかな水があって、実はそういう形が日本の自然のいちばんの中心ではないかと思うんです。それが変わるにしたがって、今の慣れ親しんだものになった(5)」という発言からも明らかだろう。現代世界に生きる私たちはロシア語のスチヒーヤ、宮崎監督の言う「深い、恐ろしい自然」に触れることが多くはないけれども、かといって原初的な自然の力を完全に馴致し、人間に適したように改造しきっているわけでもない。そして、そのような自然は、地震や津波や洪水の例を挙げるまでもなく、『もののけ姫』のシシガミのように、しばしば不可知で無気味な、しかし圧倒的に強大な力として立ち現れてくるのである。

私たちが保全し、共生を図るべき「環境」「自然」とは、ロシア語でいうプリローダなのか、それともスチヒーヤをも含むのか。そもそもスチヒーヤと調和し、共生することは、人間にとって可能なのだろうか。『もののけ姫』は、物語としては多分に破綻せざるを得なかったのだが、このような根源的な問いを私たちに突き付けてくるのである。

「暴力も人間の一部なんだという、そういう人間観を立てないと、あらゆるものってうまくいかないということだけは確かだなと思うんです。人間の善悪の問題と生態系の問題という、生き物としての生態系との関わり合いの部分については、そんなに人間の社会のなかで、人間同士だけが培ってきた価値観で、判断を使用することは出来ない(6)」という四半世紀以上前の宮崎監督の発言は、いまなおエコロジーを考えるうえで示唆に富む。私たちは、人間存在それ自体が自然に対して本質的に暴力的であるという、苦く重い認識から始めなければならない。

エコクリティシズムについて

エコクリティシズム――エコロジカルな言説行為に話を移すと、私たちはここで、さらにもう一つの暴力性に向き合うことになる。これは人間の言説行為が本来的にはらんでいる権力性をどうするかという問題でもあるが、エコクリティシズムの場合は、対象であり目的である自然の方からそれ自体の言葉で語りかけてくることがないのだから、なおさらである。自然に関する言表はすべて、人間が自然の立場を思いやり、これを自分たちの言葉やコードで代言しているのにほかならない。だが人間の言葉に翻訳された場合、それが真に自然の思いであるという確証はどこにあるのか。自然と人間との照応や通底を信じるのでないかぎり、人間による自然の意思の代言が、人間の側の一方的な思い込みではないという保証は存在しないのである。

ドイツの哲学者イマヌエル・カント（Immanuel Kant 一七二四―一八〇四）は、人間が自然を崇高なものとして認識するためには、次のような姿勢が必要であると述べている。

それゆえ星のきらめく天空の眺めを崇高と呼ぶ場合、われわれはそうした判断の根底に理性的存在者の住まう世界という概念を置いたり、頭上の空間いっぱいに明るく広がる輝く点のことを、それぞれに合目的的に定められた軌道を運行する太陽〔恒星〕とみなしたりしてはならない。むしろわれわれはこの天空を、現に見るがままに、はるか彼方に広がる丸天井として眺めなければならない。〔……〕これと同じように、大洋の眺めを崇高と呼ぼうとするならば、われわれはごく普通にしているように、（直接的な直観には含まれていない）さまざまな知識を引き合いに出しながら考えてはならない。〔……〕こうした考え方はすべて目的論的判断を生み出すだけなのである。それにもかかわらず大洋を崇高とみなすためには、われわれは詩人が行うように、ただ眼にそのまま映じる眺めに従って大洋を眺めなければならない。たとえば凪いでいる場合には、ただ天空によってしか限られることのない明澄な水鏡として、また荒れている場合には、あらゆるものを呑み込もうとする脅かす深淵として、大洋を眺めなければならないのである。(7)

自然を崇高――人間の理解や認識の埒外に在る大いなるもの――として認識するとは、自然を人間から自律した、まったき他者と見なすことにほかならない。人間は「現に見るがままに」「ただ眼に映じる眺めに従って」自然をただ受け入れるのでなければならない。そうでないと、好むと好まざるとにかかわらず、みずからの「合目的的に定められた」「目的論的判断」の網の目の中に自然を位置づけてしまう。その場合、自然は人間の価値体系の中に意義づけられるが、それは人間が自然の自律性、他者性を認めず、自分たちの従属関数にしてしまうことだとカントは言うのである。

引用の文章の要点のひとつは、人間は自然を俯瞰的な視点から理性的に見るのではなく、あくまでも自然に内在する視点から悟性的に対峙するのでなければならないということだろう。だがその結果として、自然を他者として尊重するなら、それは「崇高なもの」となり、自然と人間の間にある深淵が強調され、両者の断絶が前景化する。その逆に、自然との通底や照応を信じるなら、今度は自然を人間の目的論的価値体系に組み入れ、従属させることになってしまう。

引用の文章が問題としているのが、自然が実体としてどのようであるかではなく、あくまでも自然に対する際の人間の姿勢であることによっても、事態はさらに複雑である。自然はただ在るのであり、そこには肯定も否定も、意味も無意味もない。自然を「崇高」と見なすにせよ、逆に「目的論的判断」を図るにせよ、それはあくまでも自然に対して人間が抱く心象なのである。

自然と人間は実際には照応し通底しているのに、カントの発想が不可知論だからこそ、このようなアポリアが生じてくるのだという異議は、これまでにも数多く出されてきた。だが、堂々巡りのくり返しになるが、私たちが自然の言葉を理解したと思っても、それが少なくとも目に見えるかたちでは人間のコードへの翻訳以上ではないことを考えるなら、自然と人間の照応ないし通底を保証してくれるものは、これを信じることよりほかにはないのである。

もっとも、その意味では、自然と人間の断絶を強く意識し、前者を「崇高」と認識しようとすることも、ひとつの「目的論的判断」であるとすら言えなくはない。自然が人間の理解や認識の埒外に在るというのも、ひとつの定位にほかならないのだ。

自然について言説を紡いだその瞬間に、私たちは自然を自分たちの言語と価値体系の網の目にからめ取り、従属させてしまう。エコロジカルな言説が直面しているのは、前節で指摘したような自然に対する人間存在の根源的な暴力性に加えて、このように人間の言説行為に必然的に伴う意味と価値づけの暴力性である。エコクリティシズムは、みずからのこの二重の暴力性をたえず意識し、はたして「自然は語ることができるか」という自問をくり返していかなければならないのだ。

ロシア・中東欧、近代化後発地域のエコクリティシズムについて

本書が主な対象としているロシア・中東欧地域、あるいはジョージアや日本は、いずれも近代化の後発地域である。やや大づかみに言うなら、近代化も、その弊害に対する是正の試みとしての「パストラル」も、あるいはエコロジカルな思潮も、これらの地域に西欧諸国から波及してきたものだ。

先発地域に端を発した思潮は、後発地域において概して普遍的と見なされ、受容されるが、受容する側は当初はこれをそのままのかたちで取り入れるけれども、しだいにこれとの差異化を図って読み直し、変換していく。

一八世紀末から一九世紀初めにかけて西欧からロシアに移入された「崇高」の理念と美的規範が、一九世紀を通じて文学や絵画においてしだいに変容し、「ロシア的自然」のイメージを形成していった過程などは、その典型的な例である。[8]

普遍的な規範として受け入れたものとの差異化を図るなかから自分たちの独自性を見いだしていくことは後発地域における近代化の過程でしばしば見られた現象だが、この過程はさらに、「自然」により近いことが自分たちの独自性、伝統的な固有性であるという主張に至る場合が少なくなかった。後発地域にとって近代化とは「文明」——産業革命を軸とする工業化・都市化や資本主義原理——の浸透にほかならなかったから、それとの差異を図った結果として、自己定位が「自然」に傾くのは当然の成り行きだったと言えるかもしれない。そのときの「自分たち」「自己」が、失われた地縁性や家族的共同体を代補して、国民国家の範囲にまで広がる傾向があったことは、第三部「パストラル」の諸論文に詳しい。

ただし、近代化における受容から変容へというこの過程自体は、ほとんどの後発地域で隠蔽ないし忘却された。そうでないと、自分たちの独自性の起源が西欧近代にあると認めることになってしまうが、それは西欧や近代との差異化を図る思潮にとっては受け入れられないことだったからである。やがて、このような忘却の帰結として、自然との照応や共生こそが自分たちの古来の伝統であり、国民性や民族精神の核心なのだという主張が生まれてくる。その一例を、私たちはたとえば日本の寺田寅彦（一八七八—一九三五）の最晩年の随筆に見ることができる。

住居に付属した庭園がまた日本に特有なものであって日本人の自然観の特徴を説明するに格好な事例としてしばしば引き合いに出るものである。西洋人は自然を勝手に手製の鋳型にはめて幾何学的な庭を造って喜んでいるのが多いのに、日本人はなるべく山水の自然をそこなうことなしに住居のそばに誘致し自分はその自然の中にいだかれ、その自然と同化した気持ちになることを楽しみとするものである。〔……〕日本人の遊楽の中でもいわゆる花見遊山はある意味では庭園の拡張である。自然を庭に取り入れる彼らはまた庭を山野に取り広げるのである。月見をする。星祭りをする。これも、少し無理な言い方をすれば庭園の自然を宇宙空際にまで拡張せんとするのであると言われないこともないであろう。(9)

寺田は同年の別の随筆でも、これを日本人と西洋人の自然に対する姿勢の相違の表れであるとして、より抽象の度合いを高めて、次のように述べている。

日本人は西洋人のように自然と人間とを別々に切り離して対立させるという言わば物質科学的な態度をとる代わりに、人間と自然とをいっしょにしてそれを一つの全機的な有機体と見ようとする傾向を多分にもっているように見える。少し言葉を変えて言ってみれば、西洋人は自然というものを道具か品物かのように心えているのに対して、日本人は自然を自分に親しい兄弟あるいはむしろ自分のからだの一部のように思っているともいわれる。また別の言い方をすれば西洋人は自然を征服しようとしているが、従来の日本人は自然に同化し、順応しようとして来たとも言われなくはない。きわめて卑近の一例を引いてみれば、庭園の造り方でも一方では幾何学的の設計図によって草木花卉を配列するのに、他方では天然の山水の姿を身辺に招致しようとする。(10)

今日でもしばしば見られる「日本的自然観」の独自性・固有性の主張の先駆とも言うべき文章だが、日本人の独自性を語る際にほとんどいつも「西洋人」との比較が行われている点に、当時なお忘却しきれていなかった、受容から変容への過程の果ての固有性の発見（発明）の痕跡が認められる。だがそれでも既に、自然との照応・

共生は時を超えて日本人固有の心性であるという思想が、古来の文芸、絵画、庭園などから例を多く取ることで、あたかも歴史的事実であるかのように傍証されていたのである。

このような自己定位は、もちろん日本だけのものではなく、近代化の後発地域においては、むしろ広く見られた現象だった。たとえばロシアの思想家パーヴェル・フロレンスキーは、一九一九年の論考『逆遠近法 Обратная перспектива』において、遠近法を西洋近代の機械的な世界観、特に空間認識の典型と位置づけ、これを超克して、新しい空間認識を世界的に確立する必要性を示唆している。

フロレンスキーによれば、遠近法とは、空間をどこも均質に一様であると捉え、したがってこれを単位というマス目で機械的に区切ることができるという前提に立って、視点からの距離を反比例して画面上に表象する方法だ。だが、これは人間の自然な生理に根ざした空間認識ではない。人間は、実際には、自分に関わりの深い場所には注意を払う一方、関心の薄い場所に対しては注意が散漫になる。自分の価値観や関心に応じて、空間を意味づけているからだ。

たとえば子供の絵は、まさにそのようなものである。子供が描く人間の絵は、顔の輪郭と目と口だけが大きく描かれ、胴体はなく、手や足は短い線で描かれるだけなのが普通だが、これは子供が他の人間に向ける注意の程度を如実に反映しているのである。子供の絵は遠近法にはまったく即していないが、人間の自然な空間認識には根ざしているとフロレンスキーは言う。「教育者たちが子どもたちに線遠近法の法則を教え込もうとするにもかかわらず、そうなのだ。そして世界に対する直接的な関係を失ってはじめて子どもたちは逆遠近法を失い、教師たちが執拗に繰り返す図式にしたがうようになる[11]」。

「結局のところ、世界の経験にはふたつしかないのだ。全人類的な経験と、『科学的な』経験すなわちカント的な経験である。これは生に対する関係が、内的な関係と外的な関係のふたつしかなく、文化のタイプには、観照的・創造的な文化と略奪的・機械的な文化のふたつがあるのと同じようなものだ[12]」と述べるフロレンスキーの射程は、遠近法と空間認識に留まるものではない。彼は、この二項対立式の後者が西欧近代であり、これを超克して、前者に至らなければならないと主張しているのである。

このような認識に立つフロレンスキーの歴史観は、「遠近法の理論が歴史的に完成されていった過程は人間の精神生理にすでにそなわっていたものを単に体系化していったのではないと考えざるをえない。それは新しい世界理解の抽象的な要請という意味で、人間の精神生理を強制的に再教育していく過程と考えるべきなのだ」[13]というものだった。自然の生理に根ざした子供の世界認識と造形を教育者が強制的に遠近法に基づいたものに切り換えさせるのと同様に、西洋に端を発する近代化が世界に波及していく過程では、その「略奪的・機械的な文化」が権威を帯び、普遍性の意匠をまとって、人間の空間認識を「強制的に再教育」してしまった。世界との関係を再び生き生きとしたものにし、人間が自然との「内的な関係」——照応と通底——を取り戻すためには、「観照的・創造的な文化」を確立し、広めなければならないとフロレンスキーは言う。

そして、この新しい文化を西欧近代に抗して創出し、世界に普及させる担い手として、ロシア革命から二年後のこの論考において期待されていたのは、当時なお「世界革命」を志向していたソヴィエト＝ロシアだっただろう。フロレンスキーはロシア正教会の敬虔な神父だったが、近代の超克をめざす点では、ソヴィエト政権と同調することができたのである。当時のロシアの知識人には、マルクス主義者ではないけれども、袋小路に陥り、没落し始めた西欧近代の超克の可能性を革命に見いだし、これを支持しようと心がけた者も少なくはなかったのである。[14]

世界革命をうたい、インターナショナリズムが基調だった初期ソヴィエト政権下で書かれた『逆遠近法』は、民族の枠組で思考した寺田の随筆とは異なり、むしろ地政学的・文明論的な枠組に基づいているが、西欧近代という「文明」に抗して、自分たちを「自然」の側に置くという戦略においては、晩年の寺田と軌を一にしている。この例のように、とくに近代化の後発地域においては、エコロジカルな思想や言説がナショナルな、あるいは地政学的な文脈と結びつく可能性は小さくなかった。超域的な資本主義原理と工業化に対抗する拠点として、自然と照応・調和した地縁的・家族的共同体が評価されることは当然の流れだが、そのような共同体は近代化の過程で失われるため、そのイメージを代補的に「民族精神」や「国民性」といった国民国家の審級や、それこそ「文明対自然」といった図式に投影する場合が少なくなかったからである。だが現代においては、エコロジーがもはや一国・一地域で解決できるような問題ではない以上、私たちはナショナルな文脈や地政学的・文明論的な枠組を超えたエコクリティシズムを構想する必要に迫られている。

　エコロジーの思想とエコクリティシズム、そして特に日本やロシア中東欧など、近代化の後発地域のそれらを考える際に留意すべきいくつかの問題についてここまで書いてきたが、以上はあくまでもエコクリティシズムが直視せざるを得ない困難の指摘であって、エコロジカルな思想や言説の否認ではない。人間の自己肯定ではなく、民族や国家の自己是認のためでもないエコロジーとエコクリティシズムの必要性・重要性は、ここで今さら論証するまでもなく、温暖化ほか私たちが日々直面している現実が明らかにこれを示している。よしんば私たちの側の一方的な思い込みであろうとも、自然を理解しようとし、これと融和を図る試みは、人間存在の存続それ自体にとっても不可欠で喫緊の選択である。

　エコクリティシズムとは、固定して安定した静的な図式を志向するものではなく、刻一刻動き移ろう自然に対するスタンスを模索し続ける、それ自体が字義通りの意味での運動だろう。ロシア・中東欧、コーカサス、さらに英国や日本の自然をめぐる諸表象を考察した本書もまた、ささやかであれ、そのような運動の記録と受けとめていただけるなら幸いである。

[注]

(1) 川端香男里『ロシア——その民族とこころ』講談社学術文庫、一九九八年、三一頁。

(2) 川端香男里『トルストイ　人類の知的遺産52』講談社、一九八二年、二七、二九頁。

(3) 加賀乙彦編『トルストイ　ポケットマスターピース04』中村唯史訳、集英社文庫ヘリテージシリーズ、二〇一六年、五四八頁。ちなみに、この記述がトルストイの実体験に基づいていたことが、一八九六年年七月一九日の彼の日記の記載から判明している。

(4) 宮崎駿（インタビュー）「森と人間」、『「もののけ姫」を読み解く　別冊COMIC BOX　vol.2』ふゅーじょんぷろだくと、一九九七年、七七頁。

(5) 同前。

(6) 「宮崎駿NOW and then. 引き裂かれながら生きていく存在のために」（インタビュー）、『ユリイカ臨時増刊　宮崎駿の世界』青土社、一九九七年、四六頁。

(7) カント『判断力批判 Kritik der Urteilskraft』（一七九〇年）第二章「崇高の分析論」内「美学的反省的判断の解明に対する総注」。日本語訳はポール・ド・マン『美学イデオロギー』上野成利訳、平凡社ライブラリー、二〇一三年、一九一—一九二頁に拠る。

(8) その概観として、中村唯史「「ロシア的自然」の成立過程について、およびその波及の素描」、『ロシア・東欧研究』（ロシア・東欧学会）第五二号（二〇二三年）、一九—三八頁などを参照されたい。[https://www.jstage.jst.go.jp/article/jarees/2023/52/2023_19/_article/-char/ja/]

(9) 「日本人の自然観」、『寺田寅彦随筆集　第五巻』岩波文庫、一九四八年、二四二—二四三頁。

(10) 「俳句の精神」、前掲書、二七五頁。

(11) フロレンスキイ『逆遠近法の詩学——芸術・言語論集』西中村浩訳、水声社、一九九八年、四四頁。

(12) 前掲書、四三頁。

(13) 前掲書、五五頁。

(14) ただし、フロレンスキーは、後のスターリン体制下で粛清されている。

編者・執筆者について——

小椋彩（おぐらひかる）　北海道大学大学院文学研究院准教授。専攻、ポーランド文学、ロシア文学。共編著に、『ロシア文学からの旅——交錯する人と言葉』（ミネルヴァ書房、二〇二二）、訳書に、オルガ・トカルチュク『個性的な人』（岩波書店、二〇二四）がある。

中村唯史（なかむらただし）　京都大学大学院文学研究科教授。専攻、ロシア文学、ソ連文化論。共編著に、『自叙の迷宮——近代ロシア文化における自伝的言説』（水声社、二〇一八）、訳書に、イサーク・バーベリ『騎兵隊』（松籟社、二〇二二）がある。

＊

阿部賢一（あべけんいち）　東京大学大学院人文社会系研究科准教授。専攻、中東欧文学、比較文学。著書に、『カレル・タイゲ　ポエジーの探求者』（水声社、二〇一七）、訳書に、ボフミル・フラバル『わたしは英国王に給仕した』（河出書房新社、二〇一〇）がある。

菅原祥（すがわらしょう）　京都産業大学現代社会学部准教授。専攻、文化社会学、ポーランド地域研究。著書に、『ユートピアの記憶と今——映画・都市・ポスト社会主義』（京都大学学術出版会、二〇一八）、訳書に、ヤヌシュ・コルチャク『ゲットー日記』（共監訳、みすず書房、二〇二三）がある。

越野剛（こしのごう）　慶應義塾大学文学部准教授。専攻、ロシア文学・文化史。共編著に、『ベラルーシを知るための五十章』（明石書店、二〇一七）、訳書に、アリス・ボータ『女たちのベラルーシ——革命、勇気、自由の希求』（共訳、春秋社、二〇二三）がある。

松前もゆる（まつまえもゆる）　早稲田大学文学学術院教授。専攻、文化人類学、ブルガリア地域研究。著書に、『嗜好品から見える社会』（共著、春風社、二〇二二）、論文に、「移動・ジェンダー・世代——現代ヨーロッパにおける労働移動の事例から」（『法律時報』九三巻八号、日本評論社、二〇二一）がある。

ティンティ・クラプリ（Tintti Klapuri）　ヘルシンキ大学外国語学部准教授。専攻、ロシア文学。著書に、*Chronotopes of Modernity in Chekhov* (Berlin: Peter Lang, 2019) がある。

吉川朗子（よしかわさえこ）　神戸市外国語大学外国語学部教授。専攻、近現代英文学。著書に、*William Wordsworth and Modern Travel: Railways, Motorcars and the Lake District, 1840-1940* (Liverpool University Press, 2020) がある。

井伊裕子（いいゆうこ）　明治大学経営学部非常勤講師。専攻、ロシア近代風景画。論文に、「トレチャコフとロシア風景画——一八七〇年代移動展覧会を中心に」（『スラヴ文化研究』一九号、二〇二一）がある。

五月女颯（そうとめはやて）　筑波大学人文社会系助教。専攻、ジョージア文学、ジョージア地域研究。著書に、『ジョージア近代文学のポストコロニアル・環境批評』（成文社、二〇二三）がある。

伊東弘樹（いとうひろき）　早稲田大学大学院教育学研究科博士後期課程在籍。専攻、日本近現代文学。論文に、「志向／試行される〈田園〉——佐藤春夫・廣田花崖を中心に」（全国大学国語国文学会編『文学・語学』二四〇号、二〇二四）がある。

ロシア・中東欧のエコクリティシズム
――スラヴ文学と環境問題の諸相

二〇二五年三月一日第一版第一刷印刷　二〇二五年三月一〇日第一版第一刷発行

編者――小椋彩＋中村唯史
装幀者――宗利淳一
発行者――鈴木宏
発行所――株式会社水声社
東京都文京区小石川二―七―五　郵便番号一一二―〇〇〇二
電話〇三―三八一八―六〇四〇　ＦＡＸ〇三―三八一八―二四三七
［**編集部**］横浜市港北区新吉田東一―七七―一七　郵便番号二二三―〇〇五八
電話〇四五―七一七―五三五六　ＦＡＸ〇四五―七一七―五三五七
郵便振替〇〇一八〇―四―六五四一〇〇
URL : http://www.suiseisha.net

印刷・製本――モリモト印刷

ISBN978-4-8010-0853-3